AQUARIUS

AQUARIUS

AQUARIUS

AQUARIUS

每個人心中都有一座島嶼，

藉文字呼息而靜謐，

Island，我們心靈的岸。

minBunun 1

# 成為真正的人

甘耀明

minBunun，布農語，字面釋義是「成為布農族人」。布農語本身的意思是「變成人」、「變成人形」，是成年禮或生命蛻變的歷程，故題目寫成「成為真正的人」。

【出版緣起】

# 「長篇小說創作發表專案」作品出版（二〇二一年）

國家文化藝術基金會董事長

國藝會長期致力關注藝文生態發展及需求，營造有利文化藝術工作者的展演環境，辦理常態補助，支持各藝術領域創作，並推動具前瞻性、倡議性、符合時代發展的專案補助。

長篇小說專案，啟動於二〇〇三年，以「支持創作、穩固藝文生態」為核心，從創作、出版到推廣的「一條龍」概念進行補助。已辦理十八屆，補助六十五部原創計畫，出版四十部作品。其中不乏為作家個人的第一部長篇小說創作，亦有多部獲得國內外獎項。

除了補助政策的有效推動，也期待讓藝術發揮更大影響力，與社會大眾產生連結，達到「Arts to Everyone」目標。藉由「藝企平台」的推動，鼓勵企業參與藝文，支持臺灣原創作品，「和碩聯合科技股份有限公司」從二〇一三年持續贊助本專案。我們也從「協作」的思考出發，在二〇一七年推動「小說青年培養皿」，結合教學現場、深耕校園，培養讀者，也培育未來的創作者。二〇一八年建置「長篇小說專題資料庫」，提供各界研究及運用。二〇一九年舉辦「長篇小說跨領域論壇」，促進學者及業界的跨領域對話。二〇二〇年亦結合馬來西亞華校，共同舉辦台／馬——線上文學課程，並邀請台／馬小說家進行作品互評，擴大推廣效益。

本書作者甘耀明，屬於一九七〇世代作家，是本專案第一屆獲補助者。曾任小劇場工作者、記者、中學教師，現為靜宜大學兼任講師、兒童創意作文班老師，長期致力小說寫作。甘耀明的第一本長篇小說《殺鬼》以及《邦查女孩》，在本專案支持下出版，欣見獲得多項文學獎項肯定。《殺鬼》於二〇一六年，由日本株式会社白水社（はくすいしゃ）發行日文版；《邦查女孩》於二〇一五年，由末路小花劇團改編為兒童劇，跨足不同領域。本書《成為真正的人》（minBunun），發想於二〇〇四年，完稿於二〇二一年，耗時十七年蒐集資料、構想情節。以一九四五年，發生於花蓮的「三叉山事件」為背景，內容豐富，議題多元，也期待未來能進一步跨領域改編，以不同形式和讀者對話。

最後，要向本書優秀的編輯製作群及參與者，表達誠摯謝意！

成為真正的人

目錄

第一章

# 二戰結束，回到小百步蛇溪報喪

「二戰結束，怎麼死亡沒結束。」美軍中尉馬克想著，這時的他駕著B24轟炸機進入臺灣南方空域，進行黃金七十二小時救援。雲量十分之一，視野十英里，同行的搜救機群散布在可見的遠方。這是素顏天空，大地初秋微醺，眼下是充滿生機的翠綠高山。馬克祈求那也有他尋找的生存機率——昨日失蹤的轟炸機，搭載了前盟軍戰俘，他的朋友湯瑪士在上面。

二戰結束後，美國總統杜魯門要求，戰俘得是第一批踏進國門的人。於是在百廢待興的戰區，戰俘運送作業很積極，太平洋戰區的重要運輸線，是以軍機將人從日本運送到美軍後勤支援較完整的菲律賓，再乘郵輪回母國。九月十號，烏蘇拉颱風來襲，機群受到環流影響，兩架飛機與搭載的五十人失蹤，另有一架機械故障墜落海面。這是二戰之後最大的無火藥死亡。接下來幾天，美軍動員線上的機隊搜索，尋找海上救生艇或求救的海水染色劑，或是陸上的蒙皮反光。臺灣是搜索重點。

就在底下的臺灣高山，馬克尋找好友湯瑪士蹤影。湯瑪士被日軍俘虜前，也是同機隊的B24轟炸機飛行員。以往他們在駐守的帛琉安加爾，喝著被謔稱機油的咖啡，在溽熱氣候打赤膊，叼雪茄，玩撲克牌，鬼扯著剛發明的黃色笑話。湯瑪士性成癮似把同個笑話翻修，講到第七天才引爆大家笑聲，然後駕機到菲律賓戰區，丟下炸彈，一切像開除草機割除堪薩斯家鄉前院的草坪，死人或雜草不會哀號。

如果沒有戰爭，飛行員更熱愛飛行，也不會太擔心有死亡的副作用。在一次行動，馬克飛過高射砲密集區域，目睹僚機被擊中，著火下墜，它機翼斷裂，過程像是努力拍翅的金屬蝴蝶。這種畏懼高射砲（flak happy）[2]的情緒重複出現在他退伍二十年後的夢裡，他夢見自己飛行失控，拚命拉方向舵也沒用，抗拒死亡不如順著它的道路前進，失速墜落使人昏迷，跳過死亡的痛苦。

湯瑪士和那些失墜的機員，會這樣幸福的死去?馬克期許。

然而，機體會墜落在哪？

「九點鐘方位的山脈，疑似鋁片反光。」無線電員透過系統說。

「九點鐘山脈。」位於鼻艙下方空間的領航員，在地圖標下疑點。

那是奇萊山東麓的片岩反光，百餘公尺的碎岩宣洩而下，陽光熠熠，折光也銳利。機員很快排除鋁片反光，使偵搜沒有結果。正駕駛馬克透過系統講話，要組員歸位，飛機要轉向了，他記得上次在高空無預警傾斜，害得在尿尿的引擎機械員把東西黏在結冰的金屬尿斗，凍成剛出廠模樣。

飛機下降到三千英尺，準備對花蓮港市投遞東西。街道儼然，黑瓦屋像鼴鼠群向東密集的磨磨蹭蹭，爬過人口密集的火車站，直到太平洋海岸擋下，真是美麗樸實的小鎮。美機又來了，城市的人仰頭奔跑，大力揮手，表情喜悅。機員甚至看到一位八歲男童跌倒後爬起，才開始投遞一捆捆的宣傳紙物。

飛機低飛，引擎發出巨響，成了居民的焦點。他們看到美軍陸軍航空隊的星狀標誌，看見這隻鐵鳥後頭拉出霧狀糞便，然後再上揚，留下金屬回光，迎向太平洋去了。

「飛行機又來滲屎了。」孩子們喊。

飛機屎是戰後同盟國的宣傳品，紙張散開，隨風響遍城市，凌空翻動，累了就去找自己的位置躺下，有的被美崙溪接走，有的被太平洋捲走，有的躺在瓦房上睡去，有的躲在被美軍炸塌的焦黑殘屋。宣傳品引來騷動，今天的全民運動是搶從天而降的衛生紙。孩子們老是愛打架，要是搶不贏，撕毀它也行。大人蹬木屐，哪怕只扯到半張紙，就怕什麼都搶不到，因為他們有股憋在內心很久的無奈

2 二戰美軍航空術語，對砲火出現負面情緒，即今日稱的「創傷後壓力症候群（PTSD）」。

得發洩。

宣傳品飄得優雅，務必抓住風，飛往更遠的他方，只為人世間有太多太多的悲傷，都不願降生於此。

於是三萬隻白蝴蝶在飛，滿城努力飛舞……

花蓮花崗山棒球場，第十二局延長賽，二比二平手。

哈魯牧特等了四小時，還在等上場。這場拉鋸戰要是沒站上投手丘，他的人生就完蛋了，得回到一百公里外深山的霧鹿部落，那有無盡冷風、山豬與巡查。他的人生從逃離那始之。時間夠煎熬，每秒都是刀，刀刀劃過他的焦慮，他握著風霜的豬皮製棒球，拇指摳著球縫線，來到第八次詢問「火男教練」，他可以上場嗎？教練搖頭。

哈魯牧特瞥了計分板，上頭站了一隻黑腹燕鷗。牠的頭頂黑、臉頰白，身體淺灰，站著逆風吹襲，羽毛不時翻動。他記得這種候鳥在九月來訪，一片雲影都會使牠們嚇得從附近的海口濕地成群起飛，盤旋數匝，才了無眷戀，遷往南方追逐陽光。

燕鷗孤單嗎？牠在想什麼？

「或者牠是來看我投球的？」哈魯牧特想，並自我解嘲：「也或許牠是來看觀眾的吧！」

棒球賽從早上九點打到下午一點，夠長了，球場聚集的兩百餘位觀眾，累得隨地坐。哈魯牧特站起來，舒緩筋骨，他不知道球賽要打多久，會比中學選拔賽的嘉農對上臺北工業來得長？那場球賽打三天，共四十局才分曉。要是這場宿命對決打越久，教練通常不肯換投手，怕換了打破僵局。這時響起零星掌聲，第十二場結束，記分員在鮮少使用的延長賽板格畫下〇，這使觀眾激烈鼓掌。記分板用到底了，從頭計分。

記分板上的黑腹燕鷗飛起了，偶爾翩翩，卻時常振翅逆風，最後又停回計分板。球場來了更多觀眾，吆喝聲很大，戰爭使他們憋了很久的怒氣要吼出來，有兩位小孩在計分板下搶粉筆頭而打起來。燕鷗沒有動，無視喧噪，牠是秋季的眼睛般凝視球賽。

你在想什麼？燕鷗。哈魯牧特想。

他走回黑檀木樹下，打開地上的網狀背負袋，拿出黃銅製的十三式德國蔡司鏡片望遠鏡，這是雙筒式，右眼孔壞了，他拆下左筒使用。透過望遠鏡，燕鷗腹部的黑色斑塊很清楚，有細長紅腳，以及黑臉頰裡發光的眼膜。他想確認那雙鳥眼是否也在觀察他。

終究只是美麗的臆測，燕鷗只是站在那，獨自美麗。

火男教練走來，拍了哈魯牧特肩膀，要他再去練幾球，這局下半場由他來投球，「球局要結束了，輸贏不是問題，投幾球給大家看看。」這一刻來了，哈魯牧特收拾望遠鏡，找隊員練球，每次投球都保持最佳狀況，動作簡潔俐落，球速與力道很銳利，引來一小群觀眾用掌聲圍著他。哈魯牧特期待上場，足足等了四年。

四年前的中途島海戰，重創日本帝國海軍，政府停止之後的休閒運動賽。這是懲罰，那年哈魯牧特失去生命中最重要的棒賽，從此接連失去重要東西，今日是戰後首次恢復的中學秋季賽，也是給社會職團選拔新秀人員，如果有機會進糖（廠）團、鐵（道）團、稅務團，可能謀得臨時雇員職位。而接著的職團賽，在下午兩點準時開賽，使中學賽無論輸贏都要結束，哈魯牧特會是聚焦人物。他珍視這次機會，輕握手套中的棒球，投球，由肩胛骨與上腕骨之間遞出力道，只見棒球劃出光弧，砰，落入練習手的手套。

這是好的手感，一股電流在哈魯牧特的指尖流動，細細微微。他喘口氣，拿起水壺喝，就在這時他赫然發現側背袋不見了。海努南在裡頭，放在淺蔥色玻璃罐裡帶來球場看他打球，他這麼微寂，如此輕盈，卻永永遠遠是哈魯牧特最沉重的心情。哈魯牧特不打球了，去追凶手，對方一定還走不遠。他循高砂通往山下跑，又快又急，在十字路口停下，看看四周路口的動靜，新城通、常盤通、筑紫橋通、入船通、彌生通，眾生百態卻獨缺他想要的蹤影。他奮力再衝，然後停在春日通，幾乎像是盜壘，感到肺部氣泡急遽擴張的擠著肋骨，並聞到戰爭時禁燒紙錢的嗆鼻味。

他往附近的路口看。看到了，那傢伙騎單車，沿著一百尺遠的筑紫橋通，往南行，他大喊：

「停下來。」

無效，那傢伙很快通過路口，只留下幾個回頭看的路人。

哈魯牧特繼續追，邊跑邊思考，那傢伙到底是沒聽到他的呼喊，還是故意忽略。他們在距離一百公尺的兩條平行街道前進，哈魯牧特不保證他在下個街口的喊叫聲能有結果，除非，能遠距離擊中那傢伙，也僅能這樣了。

他衝到了黑金通，急停在這。這條是和風街道，日本人在這裡複製鄉愁，銀行、吳服[3]、會社、糕餅、雜貨以及市政府機關。這條被美軍炸癱的街道，首先復甦的是拉麵與糠漬醃菜的味道，馬路彈奏木屐聲。哈魯牧特的急促呼吸裡飽含味噌與煎餅味。他凝視百公尺外，那傢伙即將經過十公尺寬的筑紫橋通了。

出現了。

哈魯牧特早已擺好姿勢，助跑，側身踮腳，大吼一聲，右手奮力揮去，手中的野豬皮棒球飛過八十二公尺，一道完美弧度，距離是軟式棒球的中外野在接到邊界球後，回傳本壘刺殺跑者。

棒球落地，彈起後，擊中那傢伙。對方受到驚嚇，腳踏車不受控制的歪歪斜斜撞到電杆，難免摔了一跤。他站起來，褲子攢聚了一片泥漬，那是內心受辱的外在表徵，他拍不掉就不拍了，而且很快找到了讓他在眾人面前把形象摔倒的禍源。

哈魯牧特走過來了，靜靜看著那個人。

那個人穿上衣袢纏，褲子是皂黑七分褲，腳踏車的後車板掛著哈魯牧特的側背袋。那傢伙的夏遮帽掉了，露出臉龐，秋陽把他的怒氣點燃，怒氣多大，職權就有多大，他是花蓮港警務課的課長樋口，屬「地方警視」之類的隊長職務。他平日穿制服，腰掛三尺長的白鞘長刀，高傲走路，無怪乎這身輕裝騎車的模樣混淆了哈魯牧特的記憶。

哈魯牧特再往前走，他得拿回他的東西，要是平日，他會低聲下氣。因為樋口隊長的權力大，可以任意拘禁嫌犯，當街毆打偷犯，據說他抓到偷吃糕點的蒼蠅會用針插在木板上，一根根扯掉鬚與腳。

「棒球是你丟的吧！」樋口隊長說。

「沒錯，你拿了我的背袋。」哈魯牧特指著那個車後的袋子，「那裡頭有我很重要的東西。」

「是你攻擊我。」

「當然，可是你……」

樋口隊長按捺情緒，說：「除了你之外，沒有人敢這樣攻擊，你這殺死黑熊的高砂族。」他把車尾的袋子拿下來扔在地上，拉起腳踏車離開，街上人太多，他牽著車走。

3 吳服（日文漢字）即和服，是源於中國三國時期，東吳與日本的商貿活動將紡織品及衣服縫製方法傳入日本。

「你偷走我的東西，不准走。」哈魯牧特大喊，他用強烈字眼「偷」，幾乎給了對方難堪。

「我從來不偷東西。」樋口隊長生氣了。

哈魯牧特相信對方說的，警察不會偷東西，這是誤會，應是有人捉弄樋口隊長而將地上的側背袋故意放上腳踏車。但是，哈魯牧特對他積怨已深，不放過教訓機會，大喊：「就是偷，你偷走我很重要的東西，你要道歉。」

「你胡說八道。」

「小偷。」

哈魯牧特心跳怦怦，不再頂嘴，選擇以不動面對僵局。他想到很多事情，那些夜裡被樋口隊長在廣袤稻田追捕、送情書被抓去警務課侮辱、打棒球被逮，他心中有無限的憤懣，感到血液往上擠，腦殼充滿嗡嗡回音，越來越大，越來越膨脹壓迫。他覺得有什麼在腦袋頂咆哮。那是真的，就在這時，一架B24轟炸機正低空掠過，四具渦輪增壓引擎高分貝咆哮，機影刷過哈魯牧特的臉。不久宣傳單落下來了，盈盈又遲遲，在風裡飛舞，陽光下嬉遊，三萬隻白蝴蝶來到了。滿城騷動，大家抬頭追逐，只有哈魯牧特與樋口隊長處在劍鋒對立的狀態，他們之間只有怒氣、鄙夷與白蝴蝶。

在對立時刻，一個瘋女人從失控搶傳單的人群，曼妙靠過來，掠取樋口隊長的帽子給自己戴上，並拿起哈魯牧特的背袋，在兩人間輕盈跳舞。這紅衣女人是城市的活幽靈，不管世界的成住壞空，只管跳舞，又叫又樂，瘋瘋癲癲的消磨日子。樋口隊長不跟瘋女人搶回帽子，東西掉就算了。當他要離開時，被另一個女人喊住，她是火車站南方聲色場所打滾的高麗女人，裝扮很豔，金鶴牌香水搽很厚，渾身像是香爐。高麗女人常怨嘆她被逼來臺灣，表面上對巡查恭敬，在店內被吃豆腐還得安撫那隻吃不停的鹹豬手；但是私底下，她們對巡查的怨恨發洩在砧板上，連切泡菜也要剁響巷子。

「小伙子，那袋子裡有什麼？」高麗女人問哈魯牧特，然後招手，要瘋女人把背袋拿過來。瘋女人懂得誰曾對她好，她常在店外的垃圾桶翻食物，那邊的酒家女常把食物放在盤子給她。

「一個玻璃盒子。」哈魯牧特說。

高麗女人打開檢查，果真如此，她拿出盒子，在手中搖幾下，令它發出沙沙的聲響，才問：「這盒子有很重的心事？」

「不要打開。」

「喔！小伙子，我當然知道心事是不能打開的。」

「是的，那是我朋友的骨灰，他死了。」

「這是你珍惜的東西，才這麼拚命。」高麗女人沉默一下，才說：「在戰爭裡沒有人是贏家，但是輸家通常很慘。」

樋口隊長很慘了。高麗女人猛彎身，先把鞋子往他扔去，隨後吆喝幾個人罵過去。自從日本戰敗後，即便不少被殖民的台灣人洋溢光復的心情，身分轉換，卻少有報復與衝突，不過要是有機會，倒要給日本人瞧瞧，高麗女人找到了。這些在聲色場所混跡而被稱「黑貓」的女人，這時發揮貓科動物本性，生性倔強，抓到獵物要先玩弄才咬死。被逼到騎樓角落的樋口隊長，完全領受當老鼠的下場了。

哈魯牧特拿回背包，跑回花崗山，趕回去投球。他越跑越喘，越跑越慢，背部滲著張狂的汗水，得扶著圍牆喘息。他還受傷了，剛剛那奮力的八十餘公尺傳球，拉傷右臂。他倚在路旁一株樹蔭大方的麵包樹，寬厚的樹葉捧來涼風，他看著葉片裁碎的藍天，現在亟欲做的是祈禱，可是他失去神很久了。

他喃喃，復又如此喃喃著：

現在是下午，你在想什麼？
想著曾有你的花崗山
快樂與悲傷都很美好
如今快樂與悲傷都好寂寞
今天，秋天太頑皮
我差點把你遺失在城市邊緣
那裡沒有海浪提醒我
要努力學它們對海岸哭泣
你要是擔心，要是你擔心就回來看我
化成一隻脫隊的燕鷗回來……

哈魯牧特離開麵包樹，跑回山坡上的球場，繼續喃喃著「你聽到了嗎？花崗山傳來了掌聲，我得回去應戰」。他回到球場，那不斷傳來驚爆聲，不需要他歸隊似的。原來戰局有了傾斜，白隊有人盜上二壘，取得優勢。這樣的優勢或許很快消失，每局常有曇花般的絕美失敗，以掌聲落幕。但是，他要是沒有上場的話根本沒機會成為曇花。

教練罵了哈魯牧特一頓，輪到換人，卻不見蹤影，要他快點上場。上位投手的體力已竭，苦撐十幾分鐘，而順位投手哈魯牧特給人姍姍來遲的錯覺，不少隊員報以噓聲。哈魯牧特很快理解戰局，無人出局的狀況下，對方有位打擊手四壞保送，接著他盜上二壘。這位被稱為「盜壘螺旋槳」的太魯閣族球員，是棒球門外漢，靠膂力盜壘。

在投手丘練完幾球，賽局繼續進行，只要對方得分便提早結束。哈魯牧特的右臂帶傷，但是這是最後機會，他願意用更嚴重的手傷，換來嶄新機會。球賽開始了，他一邊點頭搖頭、用暗號與捕手虛晃幾下，一邊用手輕輕握著藏在手套內的棒球，手指扣法與掌握球體縫線位置，決定了球的飛行性格，即使用快速球對決也會有幾種小變化。哈魯牧特使勁投出，解決了一個打擊手，換來更慘的右臂傷痛。

他如果要投完這局，得換球路，因為手傷惡化讓他無法再投快速球。球要是不能更快，就飛慢點，慢到令打擊者產生幻影，這是他的計畫。哈魯牧特把手指頂著棒球，深呼吸，想像櫻花飄落的速度，然後把球推出去，輕輕的送出去。球飛很慢，比平常更悠閒的飛過本壘包。

打擊手揮棒落空，睜大眼看，連捕手與裁判也很驚訝。他們目睹這顆球靜止般飄過，連縫線都看得到。投手不是扔快速直球，而是無法理解的鬼魅慢球。裁判喊暫停，檢查棒球。它的重量無異，球皮顏色比一般牛皮更黑，一百零八針紅線的針法歪斜，上頭交糅各種打擊與滾地造成的擦痕，這也無疑是哈魯牧特多年來的奮力寫照。

「這顆球太怪了？」裁判說。

「它是我祖母做的，山豬皮製造，我用在很多次比賽都沒問題。」哈魯牧特解釋。

戰爭時期，缺乏物資，自製棒球是常見的，任何動物皮都可用，球場使用過戰時被殺死的動物園黑熊皮棒球，貓皮狗皮都有，連擱淺死掉的鯊魚也能取皮製成球。裁判看不出哈魯牧特的棒球外表有什麼問題，改而問：「除了山豬皮，看不見的球裡面有什麼？」

「楮（アベマキ），有這種樹的樹皮。」

精是栓皮櫟，一種中海拔的殼斗植物，具有軟厚彈性的木栓層。裁判最後認為關鍵不是棒球，是罕見的投球法，當他要求哈魯牧特秀出持球法時，證明了這件事。而火男教練否定的說：「我從來沒有教過這種球法。」中學生投這種球無疑是邪門歪道。

「這叫作『櫻吹雪之球』，球不旋轉，隨風飄移，也稱作指關節球。」哈魯牧特接著說明球技是怎樣來的，「這是神風特攻隊的久保田先生教的，我私下練習多次。」搬出特攻隊的名號，大家沉默不語了，默許他在表演賽使用。

這不是表演賽，是至為關鍵的人生賽，哈魯牧特如此認為。他重新站回投手丘，深呼吸，放空腦海被攪紊的思維。人世間最美的不是櫻花，而是櫻瓣飄落之際，隨風翩翩，這就是「櫻吹雪之球」。哈魯牧特試著把久保田先生的講授在心中慢慢沉澱。落櫻是侘寂，不完美之花、短暫飄零、隨風而逝，那是一種古老精神的哲學。哈魯牧特用指節扣球，不用蠻力，是用身體運動慣性，把手中的球送出去。球速很緩，懂得飄零，晃過很急的球棒。觀眾聚集在裁判身後見證這奇妙的球路，發出驚嘆。

哈魯牧特告訴自己，再冷靜一點，好好三振對方。他全心全意面對打者，完全忽略芒刺在背的二壘跑者。這位跑者來自立霧溪的原住民，球技爛得像拿筷子夾紅豆，盜壘卻跑得比落地彈跳的紅豆來得巧妙。哈魯牧特告訴自己，再一記好球，就能以殘局作結。昨日颱風洗滌乾淨的藍天有一張宣傳單飄零，心事重重似的，遲遲不願落入人間。哈魯牧特從它的蹤影觀察風向。忽然，宣傳單翻動，暴露了風向訊息。

風來了，從海岸翻過花崗山，帶來鹹味。哈魯牧特丟出「櫻吹雪之球」，隨風而去。棒球多了點心情才飛過本壘板，又飄又魅的說是害羞也行，躲過球棒的捕捉，總歸是一道淒迷身影。

三振了，第三人出局，可是球賽沒結束。

棒球還在飛，越飛越低，悠閒的不願鑽進捕手手套，落地後溜到更遠處，停在雀榕樹下。捕手沒有接到這顆球，出現不死三振。球賽仍繼續進行，警醒的打擊手跑向一壘。捕手扔掉護臉盔，轉身去撿球，把球扔回了由投手丘遞補到本壘的哈魯牧特，好去觸殺跑壘員。

這上演了精采的本壘攻防戰。哈魯牧特用上小百步蛇[4]纍纍溪石的力氣，去堵住整條立霧溪的夏季洪水。他接到球，側身去觸殺，狠狠被撞飛了幾公尺，躺在地上，球從手套滾出來。

「Safe——」主審用戰時禁止的英文術語大喊，兩手拉開。

太精采了，群眾瘋狂大叫，花崗山開炸了。

躺在地上的哈魯牧特失敗了。他凝視秋天，那隻燕鷗終於飛走了，一張落下的宣傳單遮死在他臉上。

哈魯牧特移開臉上的整備帽，再度凝視天空，是兩天後的午後。

那是時差的午睡，他醒來，想著自己在哪。他還活著，但是活著沒有值得好慶幸的，他覺得河流活得很單調，海浪也是，每日來來去去重複。他的日子不也天天過去了。

他聽見那隻叫麻魯的黑狗在叫，在很遠的地方跟誰較量，或許水鳥吧！哈魯牧特沒有全然醒來，心思盤桓在剛剛作的夢，夢裡沒有生死，出現很多人。他看不清楚是誰，卻知道是誰，夢中有如何都戳不破的懵懵懂懂，覺得哪裡怪，又不著痕跡的繼續上演。夢裡也有凝視，相顧無言，隱隱約約

4 即今日新武呂（Samuluh）溪，主要流域為臺東海端鄉。Samuluh的意思之一是小百步蛇。

覺得誰死了，誰又活下來，只剩淚水嘩啦啦不停息。

流淚之際，哈魯牧特轉醒來，他睡在北回歸線以南的小河畔，躺在構樹下的一灘閒靜時光，沙堆供他午眠，而麻魯在很遠的地方。他凝視樹外天空，燒藍釉質，沁入眼眸，不遠處秀姑巒溪的水聲，叨絮不停，給他夢裡的淚水有了模仿對象而流不停。夢都是假的，可淚水是真的。如果山邊的小溪沒有睡，淚水流動在它的路上，淚河會夢到什麼？夢到灰濯岩肌理的化石，或是曾是雲的自在，或只是隨著大地起伏而唱出心事。

哈魯牧特起身，拍去身上泥沙，看著幾縷炊煙綴飾的地平線。五年前，他曾凝視機關車帶走了煤煙與蒸氣，通過蒼茫的田野，摺入地平線裡，只剩彎彎淡淡的煙。彼時的他與海努南，整條小百步蛇溪最有希望的少年沿著鐵軌走，鐵軌沒有停過，他們的腳步也是，最後全停在太平洋之濱的夢想城市。如今回來的只有哈魯牧特，就在兩天前，他毀了球賽，沒有選入任何商團球隊，在花蓮港市鄰海的小山丘，他最後失去夢想，得回到家鄉。他揹著側背包，往南行走，帶著一條黑黑的五齡狗，慢慢前進的把自己塞入地平線。

那是二戰結束後迎來的第一個初秋。火車站癱在瓦骸裡，鐵軌無盡的往南延伸，有時出現被炸彈扭成鐵捲鬚的景象，總是斷在不易修復的橋梁地段。哈魯牧特渡河，捲起褲管，分趾鞋掛在肩膀，隨行的黑狗先游過河，在岸邊抖水，濺開的水珠在溪石留下水漬。哈魯牧特踏在石上的濕印子也乾掉後，一隻渾圓的鉛色水鶇再度回到牠的地盤。牠抖身子，不絕如縷的叫聲穿透了水聲，大方的給哈魯牧特回頭用望遠鏡窺看，忍到下一位渡客涉水，才飛入芒草中掩護。他用望遠鏡跟丟了牠，卻在芒草浮光的遠方，忽隱忽現，看見一輛報廢的火車廂躺在軌道。傳說是遭美軍戰鬥機殺死的。

「前進，麻魯。」哈魯牧特放下望遠鏡，下令：「米軍來襲了。」

他往芒草海衝去，剖開一條刻痕，之後在風吹拂下癒合。芒草之後是無邊際稻禾，哈魯牧特驚起一群綠繡眼亂飛，引起幾個人注意。這些躲轟炸從城市疏散到鄉村的人，還沒有返城的意念，得等秋收完成後才返回。一位城市農夫放眼看去，目睹少年與黑狗越跑越遠，沿著微亮的鐵軌奔跑，影子糊了，融進了火車廂。

哈魯牧特躺在車廂地板，仰頭喘氣，他要離開秀姑巒溪的最後尾巴了，溪水在河床也激烈搖如狗尾，散發高緯度針葉林的味道。哈魯牧特求饒，要黑狗不要舔他了。牠只懂得搖尾巴。然後，哈魯牧特感到有什麼來了，那是急促掠過的龐大物體，他大喊轟炸機來了，快躲。來不及了，車廂擱淺在荒草叢生的鐵軌，生鏽蒼老，移動不了。哈魯牧特爬上連座木椅，探頭瞧，隔著長著薄苔的玻璃，龐大群體展開第二波攻擊，在激烈的拍打翅膀後，二十幾隻綠繡眼停在車廂頂，唱著和平歌調。

坐在椅子上，哈魯牧特虛耗了很多時間，他願意想到美好，可是心底卻不斷浮現這輛客車最後的死亡。時光消逝，陽光從槍彈孔漏下，篩下亮痕，光痕越來越斜，直到太陽被山脈遮去。哈魯牧特爬上車頂，鳥飛走了，他俯瞰花東縱谷的地平線，這世界又死去一天，他的日子也是，他盡情大喊你在哪，可惜這世界太大，不肯給回音。於是他在心裡默念……

現在是傍晚，你在想什麼？
在越來越灰調的天空，誕生一顆星星
那是你嗎？
你難過了
眼角泌出來的雲絲

流入沒有火車的地平線懷抱
星星看到了嗎
看到我是平原上的淚痣，在車廂上
從未乾過……

夜來了，把天空的流雲遮去。

哈魯牧特點起了燈，坐在車廂上，吃起了意麵與炸油蔥混合的乾糧。地平線迸出幾盞家燈，有些閃，有些不閃，直到滿天擠滿了更多閃爍的星光，他裹著毯子躺在車頂上看。他在第二個夢被凍醒後回到車內睡，車廂死過人，或許在他躺下的位置，聽說是被機槍子彈打穿身體。他臉頰貼在地板看，找到許多灰色的月桃種子，他嚼到薄荷涼味，鼻腔通暢，聞到車廂瀰漫鐵鏽這種孤單的味道，那是鐵器死掉後的屍臭。他想知道死是什麼，但不知道自己還要活多久才能領略，他才十七歲。他的世界只有棒球，棒球不會讓人死，卻讓夢想死掉。

他翌日起得早，天仍黑得沒有輪廓，一抹晨光匍匐在東邊山稜。他留兩根蠟燭給車廂，跳車離去，沿露濕的枕木跑，黑狗跑更遠。他在漸行漸遠的視野，回望車廂，打算看盡燭光熄滅才捨得走，在距離遠得要將目光繃斷的茄苳樹下，晨光卻從山脈氾濫過來，暴力的把所有的萬物從黑夜裡翻出來。車廂現形，玻璃反光，燭光死了。哈魯牧特這時才意識到他來到小百步蛇溪流域了，這裡的水聲比較布農族，值得他在中午之際，躺在小溪畔睡去，身體有了沙灘承接，他夢中的淚都軟軟的流出來了。

多少次了，他痛哭失聲，躲在無人知曉的角落是他要的，能讓卡在心眼的淚水流出來。不久，他看見一團黑影游進他眼裡的淚水。麻魯叼了什麼回來？是黃臉眶的花鴨幼禽。花嘴鴨常在水面游，飛行能力強，拍翅聲音響亮。但農民視為搶稻穀的惡雁，抓到後，將牠們的身軀與翅膀綁在十字竹架，懸屍示警。有時候農夫會預估花嘴鴨的哺育區，衝過去嚇飛母鴨，滅族式把留下的一窩小鴨群打死。

「麻魯，這是你的餐點。」哈魯牧特大喊。

麻魯眼神無辜，叼著的幼禽在牠嘴中拍翅掙扎。這隻來自城市的狗，上次的生食是生魚片，會對廚房暗處傳來的聲響咆哮，卻被跑出來的老鼠嚇到。很多時候，牠誤以為自己是一隻貓，喜愛曬冬陽，安安靜靜匍匐。

「麻魯，成為一個獵人吧！殺掉小鴨。」

黑狗無辜，搖擺尾巴，放開嘴中的幼鴨。

「不行，殺掉牠。」哈魯牧特握住幼鴨頸部，越勒越緊，直到牠斷氣，拉出一坨稀糞，他才說：「吃掉牠。」

黑狗不懂，搖搖尾巴。

「現在吃掉牠，從現在開始，你已經回到了小百步蛇溪，你如果不能成為一個獵人，會讓嘎嘎浪很失望。」

嘎嘎浪是哈魯牧特的祖父。

嘎嘎浪說，名字有靈力，受人呼喚而甦醒。河流喜歡緩慢，穿上有力量的名字才能逆流往上，於是小百步蛇溪越爬越高，發出激烈的水聲霧鹿霧鹿（bulbul）穿開山谷，創造了我們霧鹿部落；不久小百步蛇溪用野枇杷（Lidu）[5]治療激烈爬行的氣喘，有另一個部落；接著河流有了抉擇，要鑿過多石灰（Halipusu）[6]地方，還是鑿過狹谷（Masaboru）[7]而得名。

「你們要選哪個？穿上多石灰的衣服，還是穿上打贏峽谷的衣服？」問話的是祖父嘎嘎浪。

「我要穿上峽谷的衣服。」先回話的是哥哥帕辛骨利。

「你是勇敢的孩子。」嘎嘎浪轉頭問哈魯牧特，「那你呢？」

「多石灰的衣服。」

「怎麼說？」

「水鹿在那裡舔石灰，牠們喜歡吃石灰。」哈魯牧特說。

「你是勇敢又聰明的獵人，知道水鹿的鹽罐在哪裡。」

「不是，我只是喜歡看牠們。」

嘎嘎浪笑得大聲，帕辛骨利也是，這讓哈魯牧特氣得嘟嘴。嘎嘎浪說，河流比人更勇敢，它兩個名字都選，就像他把雙胞胎留下來。於是河流分成兩邊，揹著湍急汗水，爬上海拔三千公尺的回望山[8]。嘎嘎浪艱辛的帶著雙胞胎孫子來到這裡回頭，望著他們走過的漫長警備道，詢問河流在鹿角般的分岔抉擇。那時是四月，高山的春天要來了，氣溫低得使愛鬧的雙胞胎靠著取暖，靜觀一隻褐鷺飛去。嘎嘎浪要他們注意褐鷺的去向，那是沿著小百步蛇溪闢建的警備道，在關節處長著痛風石，分別是為監視而設立的向陽駐在所、哈利卜松駐在所、戒茂斯駐在所、馬典古魯駐在所、利稻駐在所、霧鹿駐在所等等，痛風石甚至流血，鮮血是駐在所內的櫻花盛開。日本人的美，是布農人的傷，流著布農血。

「那些日本花會坐船嗎？它們會暈船嗎？它們也是走路來到這裡？」八歲的哈魯牧特的問題多到像蝦卵，而且總要刺激哥哥才行，皺著鼻子問對方，「你一定不知道。」

「它們會坐船，但是不會爬山，要人揹上來。」

「你有看到嗎？」

「有，我有看到日本女人坐著竹竿，上山來。」

雙胞胎吵了很久，嘎嘎浪享受他們童言無忌的拌嘴，因為再過不久他們就要進入番童教育所。孩子傳統的記憶，會被文明慢慢毒死，耳朵能分辨各種面值銅板的落地聲，卻聽不懂小米的沙沙響。雙胞胎吵了許久，卻得到相同的疑惑，他們問：「樹真的能走路嗎？」

樹木會走路，這真理像是汗往下流，而小百步蛇溪往上爬，嘎嘎浪強調：「話說以前的事才行。走！下山去，邊走邊講。」嘎嘎浪兩手各牽孫子，他又講了一次樹木走路的故事，總之都在很久之前的年代，所有的木柴會走到家裡，像是栓皮櫟在家屋附近都是，他們會來到家屋的火堆。那時候動物也來到家屋，他們住在鍋子裡。那時候的小米很肥，一粒米可以煮一鍋。那時候的火也很乖，住在木炭縫隙，餵乾草就像一群跳蚤出來幹活。那時候的萬物都到布農的家當朋友。直到有一天來了鐵拐杖，他跳呀跳的來，有隻大耳朵，穿耳洞、戴奇特耳環，還有嘛得細長的啞巴嘴。布農人邀他進房躲雨。萬物警告，不要讓鐵拐杖進來，他是惡靈班班萊克子（Banban-laingaz）。布農人拿兩支鐮

---

5 即利稻部落，南橫東線最大的部落。
6 哈里博松溪，來自布農語，是新武呂溪的支流。
7 瑪斯博爾溪，來自布農語，是新武呂溪的支流。
8 即卑南主山，布農語Sakakivan。

刀，交錯摩擦，發出恐怖的金屬聲驅趕，卻使萬物嚇得大喊不要再讓鐵器的舌頭唱歌了。鐵拐杖不怕，這證明它不是惡靈。到了播種祭，布農人好奇的去拉拐杖的耳洞。布農男人穿耳洞是防止惡靈去拉耳朵，別把人帶走了。那麼拐杖穿耳洞的目的是什麼？

嘎嘎浪繼續說，萬物發出各種噪音，拜託布農人不要拉鐵拐杖的耳洞。火發出爆炭聲、小米敲地、木柴滾動，動物們流淚哀求。布農人保證，只有惡靈才會去拉別人耳朵，他是人，於是他去拉鐵拐杖的穿耳洞。轟，鐵拐杖猛咳，從他細長的嘴巴啐出鐵痰，打中山豬。小米嚇得縮小，木柴與動物逃走了。山豬死掉，豬血卻活著從傷口汩汩冒著，淹死了三石灶的火焰，往各處流竄，用腥味告訴大家，槍來了。

十六世紀的荷蘭人從海上帶來了槍。槍開啟了布農人的遷徙，追逐獵物與尋找耕地安慰嚇壞的小米，翻過三千公尺的山脈，往日出方向移動，要是能找到讓族人安心拉屎之地，必然是豐饒與多植物的棲地，於是在多肥皂樹溪，建立肥皂泡泡般多的部落。當人口多，趁秋日落葉疊疊，山徑鬆軟，再次獲得祖靈的承諾與護佑，子孫遷到小百步蛇溪，在山階跟黃藤、水麻、野枇杷、鬼櫟、山肉桂和莢蒾生活，並且用這替部落命名。

幾年過去了，世界變太多了。哈魯牧特走在回家的警備道，文明教會他神話都是假的，河水不逆流，穀粒不是祖先藏在包皮、從地底偷來，而女人陰道不會長牙齒。可是槍響的故事，仍射中他的記憶，他記得祖父說豬血四處流，最後住進了野漆、烏桕、茄苳、櫸樹的家裡。當天氣越冷，樹葉裡的豬血漸漸凝固，變成紅色。想到這裡，他瀏覽路旁的樹，樹葉隨海拔越來越有豬血色，臺灣欒樹的蒴果很鮮紅，成了森林的肝臟。偶然一陣風使滿山的白匏仔翻出鰾白的葉背，代表颱風要來，他不太相信這節氣傳說，卻想到英文課將白匏子譯成Turn In The Wind（風中之轉）。忽而風來，他從山徑往溪谷看去，每片翻轉的溪水都是白朗朗的，且有樂聲。

當山路與河床的高度落差變大時，霧鹿部落到了。在這有著數萬年來向下侵蝕的自然藝術品，河灣劇烈扭曲，與山脈互不相讓，發出轟隆隆的激流聲響，在紅胸啄花的急促聲中，再點綴小彎嘴畫眉的嘰哩，組合成自然界的布農祭樂小米豐收歌。哈魯牧特聞到空氣中有炊煙，粗獷，微刺，令人的鼻腔擴張。他走過偶有積水、時時有雞跑出來的泥路，走向駐在所位在的監視丘，這時傳來一道粗啞的鳥鳴，他循聲看去，瞧見自己的家屋是部落中最具溫度的記憶，那種了一株高大的野胡桃，陽光如蜜灌溉，藍鵲聲從樹冠傳來。

對久遠才回來的旅客，得先向巡查報告。這是傳統。他走進了刺絲網與石垣牆，警犬衝過來攻擊，被鐵鍊勒停在哨亭旁，戰敗後只有警犬還是盡忠職守的狂吠。哈魯牧特在廳舍的大門，立正敬禮，大喊報到。廳舍有幾人圍著方桌，不太有人理他。哈魯牧特多站了幾分鐘，看著旁邊停業的雜貨店，緊閉的門戶貼著殘詩一句「春夏秋冬月又花」，他自然而然默誦下句「征戰歲餘人馬老」，這是小時候被雜貨店的龜藏爺爺用糖果鼓勵而背下的漢詩，當時覺得詩句很聱牙，爾今壯遊歸來，用血汗換來讀懂，每字都落寞到心坎。

「可以進來了，不用站太久，挑幾樣你需要的裝備。」一位巡查把哈魯牧特叫進辦公室，指著桌上各式登山工具，說：「看你需要什麼。」

「我不是來登山的，我是辦理『寄留退去』登記。」日警嚴密控制人口，經常到家中查察戶口，現場點人頭是否屬實。寄留退去是指從寄留的外地回到戶籍地，得到駐在所登記。面對哈魯牧特的舉動，巡查揮手說這項制度暫停了。

哈魯牧特點頭，再問要幫忙嗎？之所以這樣問，是他年幼時曾在這官廳上上下下跑，知道木板的每根釘子，如何洗啤酒杯與清酒杯，如何煮柴魚味增湯與製作豆腐，如何把裹麵粉的爬岩鰍在油鍋炸得啪啦響；他記得那些花圃倒插當作邊欄的酒瓶有幾罐；他曾經跟巡查的妻子們學縫衣，學最地道、充滿敬語的九州腔日語。還有龜藏爺爺的雜貨店「耳朵先生」，那裡的玩具與商品，他閉上眼都能知曉擺放位置。離開部落這麼多年，對他來說駐在所仍是重要之地。

「沒有要幫忙的，走吧！」巡查揮趕之前，問：「你從哪回來？」

「花蓮港市。」

「那邊有什麼最新消息嗎？」巡查眼睛一亮。

「臺灣省警備總部要在臺北成立了，國民政府要來臺灣了，不過我想這不是太新的消息。」

「這樣子呀！還有嗎？」

「還有新消息。」

「快點說。」

「不過我看不到消息，它貼在我背上。」哈魯牧特虔敬的說，「我可以脫掉我的上衣嗎？」

幾位巡查與警手愣著，看著哈魯牧特把外衣與襯衣脫了，露出背上一塊黑色的漢藥膏。這腫傷是在棒球賽被人撞傷。戰後缺乏紗布料，醫生貼了美軍宣傳單固定。宣傳圖是日本人與美國人跳舞慶和平，天空掉下軍艦壽司、握壽司與豆皮壽司。巡查看了很飢餓，肚子發出空洞聲，最後嚴肅的注意到幾行小字，寫著「原子彈」成功之類，日軍全數投降了；又提到，充滿新希望的國民政府將接收臺灣。

幾位巡查不說話，偶爾在喉嚨發出很淺的「嗯」應答，有些不舒服與百感交集卡在心中，一個時代結束了，而另一個充滿荊棘的時代將來，他們在彼此的眼裡只能找到黯淡，心情靜穆，連桌上菸灰缸裡沒有捺熄的煙味都是一種無奈。這時候，駐在所的所長——城戶八十八剛從外頭廁所走來，用手帕擦手上水漬，往人群湊去看熱鬧，點頭說：「原來那東西叫原子彈呀！」

「到底什麼是原子彈？我記得天皇陛下在終戰廣播說過，美國丟下一種殘忍的超級炸彈。」有巡查問。

「一顆炸彈就炸死了好幾萬的廣島人，米國人真殘忍。」

「不止吧！聽說有三十幾萬人。」

「沒有正確消息，不要亂講。」城戶所長從人群中拉直身體，轉身整理登山裝備，把一組手電筒的電池卸了又裝，說：「原子彈是恐怖的東西，應該是非常大的炸彈，米國人應該是發明了像航空母艦的飛機了。」

「所長，這樣講也對，會飛的航空母艦。」

大家笑穴被點了，頻頻淺笑。城戶所長重咳示意，深覺這些笑聲，對死在廣島居民是侮辱。現場頓時陷入冷氣氛，不知道怎樣接話。城戶所長這時候看著哈魯牧特的背影，即使後者戴著遮緣較多的整備帽，仍大喊「你回來了」。

哈魯牧特的栗色皮膚與較高身形，很容易辨識，他在剛剛的笑語中，陷入了某種哀思，他想說出來，他看過一種死亡炸彈，從美機撒下，沿著密集的街道扔下。它在空中發出咻咻咻的死吟，爆炸後把阿鼻地獄的瞋怒火焰帶到人間，一切化成灰。哈魯牧特想說又不敢說，嫌他們不了解恐怖炸彈，又想描繪它，只不過是一群飛鼠討論鯨魚的樣子。

「你回來了，可是好像很不舒服。」城戶所長說。

「會不會是被原子彈炸過的表情。」有位警察說，並戳到大家笑點。

哈魯牧特抬起頭，說：「我不喜歡你們這樣討論原子彈。」

「只是談論而已。」

「那些死去的人不會得到安息。」

巡查向來是大聲說話，沒人敢回嘴。哈魯牧特的頂嘴，巡查接不上話，氣氛靜得連掛鐘的鐘擺聲都可聞。生命中觸動記憶的瑣事無所不在，或許從部落傳來的小孩嬉鬧聲，或許從廚房傳來製作豆腐香味的時候，或許只是情緒又滿了，哈魯牧特的雙手微顫，他輕聲說，海努南死了。

海努南死了，可世界都充滿他的倒影。哈魯牧特知道。

幾年過去了，巡查們對海努南的記憶越來越淡，這次以死訊淡出。有人想起什麼的往牆上看，在幾張裱框照片中，十二歲時的海努南位於某張。照片中的他蹲著，用豬皮手套接球，揮棒是同年級的哈魯牧特，場地在小百步蛇溪最大的番童教育所棒球場，背景是一排刻意安排站立的警察。海努南與哈魯牧特是駐在所栽養出來的傑出孩子，他們比都市孩子聰穎，能區分賽璐珞與賽璐玢[9]之差，又比鄉下孩子敏銳而能從紅豆堆挑出唯一的蟑螂卵鞘，更能背出日軍八八艦隊的十六艘船名，無可挑剔，瑕疵是番童身分。

海努南的死訊，使大家陷入寂靜，有人劃火點菸，紛紛把菸絲抽響，喉嚨也不知所措的發出淺嘆。有人忍不住問海努南是怎麼死的，大家才把頭轉向哈魯牧特等答案，暴露挖八卦的本性。哈魯牧特繼續哭，真誠而不羞愧，時間從來沒有為他的感傷而稍作停留，而他沉沉不語，終於有人不耐而做起事來。

哈魯牧特的情緒平穩之後，覺得自己活在駐在所，但記憶總是停在遙遠花蓮的轟炸現場。漸漸的，他才聽到鐵刺網上掛著的紙張在風中震動，茶桶的水龍頭滴水，收音機發出雜訊的模糊聲，光線在窗臺邊的地球儀反光，更遠處的警戒獼猴扯動著鐵鍊。接下來那些巡查圍著兩萬五千分之一的地圖，有人用手點著以紅筆圈起來的範圍，討論各種搜救可能。忽然電話響起，官廳立即安靜，城戶所長接起來後大喊摸西摸西，在聆聽對方說話之餘，爾偶回應遵命，並在掛斷電話前虔敬的說：「霧鹿駐在所的警察們會全力完成。」

「警務課怎麼說？」有警察問。

「是總督府警務局來電報。」城戶所長說完，大家一陣譁然，畢竟這是來自警務的最高單位命令。他等大家安靜，才說：「已經證實了，是一架米軍大型的飛機墜落山區。」

「原來是米軍。」大家驚聲。

「可是還沒到現場搜查，怎麼就知道是米軍的。」

「米國已先派遣飛機去墜機地證實，希望我們進行地面搜查。」

「原來是這樣。」

「我在這邊宣布，奉警務局之令，即刻成立霧鹿搜索隊。」城戶所長字句鏗鏘，「我們整備好，山下的憲兵隊也要上來幫忙。」

起先是這樣，在颱風後的晴日，布農獵人攀往高山，覷見沒有雲汙的天空出現黑點，發出轟隆隆聲，那是傳說中鐵鳥盤桓。獵人爬上山頂時，鐵鳥恰好低空飛過。鐵鳥在找什麼？獵人嗅到空氣中有金屬腐爛的刺鼻味，循味前往，在罕見人跡的地區，發現一隻分屍的大鐵鳥。獵人趕緊下山回報。

9 賽璐珞是早期的合成樹脂，類似今日塑膠品。賽璐玢，即今日的玻璃紙。

警察懷疑布農獵人傳述的「一種不長毛的大鐵鳥，被雷電肢解在高山，裡頭摔出金毛白皮的人」，但活生生的證據是獵人從現場拿來的鐵鳥翅膜，一個印著英文的帆布包，那是美軍降落傘包。巡查連忙往上通報。

疑似美軍墜機消息，引起軍部重視，要求霧鹿巡警前去證實。這時候，美國陸軍航空軍才將確實墜機訊息通知日本政府，要求地面搜尋。霧鹿搜索隊成立後，城戶所長再度站回桌前的地圖，用彌勒佛紙鎮，權充布陣棋，先放在小百步蛇溪盡頭的山下，表示憲兵在此集結，隊伍明日中午通過霧鹿部落，彼此會合後到茂莫斯駐在所[10]，也就是登山口。在這夜歇，然後前往失事地。

巡查們看見彌勒佛從城戶所長的手上，慢慢移到地圖上海拔三千公尺的荒涼山區。祂露出曠達的微笑。可是巡警皺眉頭，墜機範圍是以紅墨劃出的大區塊範圍，他們會在那搜索幾天，或許只能找出所有的黑熊糞便。

「除了搜尋困難，也還有個棘手問題。」城戶所長說。

「憲兵隊出動了。」

「不只警務局很重視，連軍部也很重視這次墜機事件，我們得要盡全力搜索出米軍的失事位置。」城戶所長感到沉重。

「請布農獵人，確認出更精確墜機位置。」

「獵人是向茂莫斯駐在所的警察報告，他說看見大鐵鳥是厄運，他不願再前往，但是他回報位置了。」

「這太好笑了，他說是『通過山頂湖泊之後的第十座山，在有松影的樹林附近，充滿熊味』，這麼籠統的說法，很像夢境呀！」一位巡查笑著說。

「大海撈針，要花更多時間搜索。」

「一起去搜索吧！」城戶所長轉頭對哈魯牧特說，「你對山區較熟，可以幫助我們。」

哈魯牧特不再哭，今天的淚水額度已用罄，但是悲傷從未斷過。他抬頭，聆聽城戶所長強調「任務有錢，每日派發兩元，保證發餉」，卻沒點頭。太平洋戰爭末期，政府的經濟拮据，公職薪餉常發不出，強調發薪是誘因。但是哈魯牧特搖頭，對城戶所長清清楚楚的搖頭，他現在不知道要做什麼事，卻很清楚這件事他不想做，不想去慘烈的空難現場。

「我知道你在番童教育所的每年夏天，你祖父會帶你去那一帶爬山，你對那裡的山勢很熟。」城戶所長說。

「我很久沒去了，我想忘記那些山，忘記那些記憶……」哈魯牧特說。也只有他知道，山裡都有他與海努南的記憶。

哈魯牧特很久沒去了，卻忘不了那裡的湖泊與冰磧石營地。日治學校是三學期制，每年的第二個長假期，哈魯牧特隨祖父上山，走到腳底發麻才能抵達海拔三千公尺的月鏡湖[11]，那是布農神話中的圓形湖泊，月亮在湖畔坐在石頭上照照自己的受傷臉龐，照得水光燦爛。哈魯牧特與祖父會在那過夜，進行狩獵，並加強求生技能。

「我哪都不想去了。」哈魯牧特知道，城戶所長邀他搜索，似乎是想藉用忙碌沖淡傷痛，但是

10 戒茂斯原是布農部落，是Haimus（山肉桂）意思，部落人曾參與一九一五年大分事件。關山越嶺道開闢後，日本建立茂莫斯駐在所，位在今日南橫公路旁已廢棄的栗園派出所原址。

11 布農語意思是「月亮的鏡子」（cidanuman mas buan），或「月亮的倒影」，這裡簡稱月鏡湖，即今日登山熱點的嘉明湖。

他哪都不想去了，想好好回家。他掠起背包，說走便走了，暴露在秋陽底下，感到一絲絲溫度籠罩身體。他聽到有人從辦公廳裡刻意大聲的說「他還十七歲，什麼都不懂」、「這麼沒有禮貌的人，做了什麼大事」，或「我想起來，他是那個愛哭的娘娘腔男孩」，自此又換來幾句輕蔑，惹來訕笑。哈魯牧特離開那些嘲笑，走出鐵刺絲與監視丘。麻魯從土坡跑過來，賞給他幾個搖尾巴。

哈魯牧特的家屋在監視丘附近，那裡的幾棟竹屋是二十幾年前被強迫搬下山監控的住戶。在野胡桃樹下，樹蔭交疊，家屋受到庇偎，祖父嘎嘎浪蹲在門前用陶罐煮雞屎湯。湯不好聞，他從小討厭，連帶的也不喜歡祖母趁他感冒時將微烤過的雞屎藤，貼在他額治療。雞屎藤也有雞糞異味。

嘎嘎浪老早就看到哈魯牧特會來，家中獵犬和麻魯對吠，全部落都知道有外人來了。嘎嘎浪起身去柴垛，找俗稱鹽巴樹的羅氏鹽膚木，丟到屋內右邊的三石灶，充沛繁殖的火焰是喜悅。久離的家人回來，點旺火是儀式。燃燒的鹽巴樹發出劈哩啪啦聲音，這是小孩子喜歡的，幾乎像是聽汽水泡泡從杯底成串爬上來的爆炸聲。哈魯牧特從小愛聽，愛看火渣亂噴，可以偎到睡去，夢到火渣似的流星們都摔在霧鹿部落。嘎嘎浪都知道。

嘎嘎浪重回陶鍋邊，無法掩藏自己的喜悅，看著哈魯牧特銜他笑，害他攪雞屎的棒子都亂了。多年不見，他們心頭暖暖的不用言語。哈魯牧特從背包拿出十顆礙子，當作禮物，有兩顆較大的是他在回來路上拆下來的。日本人曾經在山下架起綿延的通電鐵絲，防禦布農人下山出草，礙子是控制裸線方向的絕緣體。哈魯牧特用石頭砸碎礙子，磨成粉。祖孫兩人各做各的，時間無憂，心無慮事安靜，且目的相同——煮雞糞取得白火藥（硝酸），礙子有黃火藥（硫磺），再混合鹽巴樹的炭粉，就是黑火藥。自古以來，獵人用這古祕方製作彈藥，以前在深山躲著日警熬製，現在在陽光下做。

一小時過去，雞屎湯在陶鍋緣結出了結晶體的白火藥，刮下來後混著礙子粉末與木炭粉，依比例放入木臼均勻，完成火藥。祖孫倆看著在陽光下慢慢曬乾的黑粉，覺得心房有什麼也乾燥起來，情緒舒緩下來，哈魯牧特從背包拿出一小瓶的高濃度酒，自己先對嘴喝起來，再遞給祖父。

「這是什麼鬼東西？」

「這是『飛機酒』。你有聽過神風特攻隊嗎？年輕人開飛機去撞大船，用一架飛機，去撞毀一艘像部落一樣大的船。」

「部落幹麼蓋在船上，不蓋在山上。」

「好啦！真的有一種船很大，上頭可以蓋部落，紐約部落都能放在上面，這種叫航空母艦。」

「部落幹麼蓋在船上，不蓋在山上。」

「從紐約渡海過來要好幾個月，船上得蓋部落。」

「船上有森林與獸物，可以打獵？」

「那是挪亞號航空母艦。」

「難怪日本人會輸，他們開飛機去撞紐約部落就好，部落不會跑，幹麼去撞會跑的什麼母艦的。」

「這不一樣。」哈魯牧特又多喝一口，說：「這就像獵山豬，山豬會動，不會動的不值得打。」

「這樣我就懂了。」

「來，喝一口飛機酒。」哈魯牧特勸酒，說：「神風特攻隊出發前，要喝天皇陛下給的清酒。飛機也要喝，喝一種更濃的酒，就是這種，飛機喝醉了，去撞航空母艦才不會痛。飛機酒很特別，我才留給你喝。」

「好多火焰。」祖父喝了一口，挺嗆的，滿口是辣椒，好像有人朝他嘴裡開了一槍，「我快飛起來了。」

「還是跟你喝酒爽快。」

二戰末期，優勢的美軍封鎖太平洋。日本從殖民地印度尼西亞運送物資的油輪一概被炸沉，便以糖廠的副產品糖蜜生產酒精，作為飛機燃料。哈魯牧特祖孫倆對嘴喝著的濃烈「飛機酒」，時光這時是燃燒的油料，爆閃記憶，他們好久沒有蹲在門口看部落了，有很多話想要講，卻不知道怎樣講，直到酒瓶見底便沒有什麼可以堵住嘴巴。

「阿公，世界變了，日本人輸了，你知道嗎？」

「我知道，我才敢跑出來煉火藥，日本人輸了，我們從此以後，可以光明正大的去打獵。」

「可是我覺得是我也輸了，從頭到尾輸得好徹底，內心不舒服，好像小百步蛇溪的身體裡有石頭。」

「河的身體不會有石頭，它會爬過去。」

「我聽到河的哭聲，在回來路上。」

「小百步蛇溪是往上爬，你講的哭聲，其實是流汗聲，沒有任何一條河會在切過山谷而哭泣，從來沒有。」

「可是……」

「河的身體裡不會有石頭，那是棒球沉下去。」

然後什麼都停止了，時光陷入最深的泥淖而凍結。祖孫兩人蹲在門前，看陽光慢慢離開部落，把鑲在屋簷的夕陽線帶走；胡桃樹影越來越斜，最後躲入米倉了。嘎嘎浪抽起菸斗，啪吋響，菸絲是自製曬乾的玉米鬚，這將偏遠山區主食植物徹底利用。絲鬚發出乾澀的煙味，這味道是攪拌棒，深深攪醒哈魯牧特對祖父的記憶。

終於回部落了，記憶從味道甦醒。在哈魯牧特回來時，織布的祖母拿著羊角鉤出來迎接，她把主場留給男人聊天，準備晚餐，默默踩著小米去殼而發沙沙的喜悅；宰雞用灶火去除毛時發出的焦味，這也深深攪動哈魯牧特的記憶。夜要深了，霧氣從山裡走來，跟著農忙而歸的婦人進入部落。哈魯牧特看見母親與嬸嬸從遠處走來，背籠塞滿青菜與工具，拎著田鼠。女人打招呼特別興奮，她們用的是笑聲燦爛，就讓人知道好事來了。將田鼠肚子塞入昭和草烤；蝸牛黏液先用芭樂葉的灰燼去除，燉出的湯品有引爆食欲的植物香澀味，配上在中間放上豬油融化香潤的大鍋小米飯，極為誘人。布農人日常以小米為主食，肉食是盛宴。

晚餐前，哈魯牧特爬上野胡桃樹摘果。布農人會在屋旁種野胡桃，是小孩喜歡的零食，能補充植物性油脂。胡桃在四月開著長條狀、小孩稱為毛毛蟲的柔荑花穗，九月膨脹成熟，哈魯牧特選擇絨毛褪盡、表皮略褐的果實，輕輕扭摘，果蒂便斷裂。胡桃外皮自然腐化要三個月，哈魯牧特等不及，他有很多情緒想要早點剝開來吃，晚餐後花三小時剝胡桃皮，放在火堆邊烤，這是他小時候等待果實快點熟的技巧。當月亮當空瞪著部落，失眠的哈魯牧特憋著難忍的感受從床上爬起來，只用火照亮陰霾角落，他來到滿是胡桃殘皮的火塘，往裡頭添柴，他放了九芎，這種樹好燒又不冒煙，不會嗆醒大家。他看火焰跳舞，愣愣的。火沒有疲憊，如此優雅，踮著腳尖在木柴上輕盈，而哈魯牧特隨之共舞的影子卻沉重的落在他祖父床上。

現在是深夜，你在想什麼？

我看著火焰光著腳
被自己的光芒刺痛
不願意蓋上灰燼睡去

我回到山上了
河流厭惡眼淚
可是成為彩虹
得失去所有的記憶化成霧氣
躺在天空死去

祖父嘎嘎浪終究被火焰吵醒，側身在床，看著孫子背影。他知道，誰要是能花半小時看火焰都是有心事，誰要是從都市回來也有心事。當家人難得相聚而哈魯牧特只願沉默的花時間剝胡桃皮，那不是要烘胡桃，是等心事說出來。胡桃的果實堅硬，用鎚子大力敲，仍是鐵錚錚不開竅，唯有把它放在火堆旁烤，等噗一聲的噴出水汽，再敲裂成兩瓣獲得核仁。嘎嘎浪起身，靠近火塘，遞根木柴餵飽火焰，這時需要火光與親情的陪伴，哈魯牧特會自己開口。不久又多幾位家人在火旁偎著。大家靜靜靠著，給哈魯牧特勇氣抵禦黑暗。

「明天，我要殺豬。」哈魯牧特說了。

殺豬是布農重要文化，遇到婚禮、祭儀都得殺豬。殺豬是代名詞，代表一件重要事情發生了。男女感情成熟，用「他們可以殺豬」的說法取代「他們同意結婚」，遇到重要節慶也用「到了殺豬的日子」表達期待。此外，雙方的認錯、道歉與懺悔，所有的仇恨要解開也都以殺豬開始。

布農族是大家庭共生，不分彼此，沒有客套，族語也沒有請、謝謝、對不起這種文明禮教，也是基於家族照顧，不客套。當哈魯牧特說要殺豬，嘎嘎浪知道自己要共同承擔，他起身拿出下午曬乾的火藥，倒些在石頭上，為明日獵殺豬隻準備，問：「殺給誰的？」

「海努南的家人。」

「他怎麼了？」

「我們去花蓮港市打棒球，答應要彼此保護，我沒做到。」哈魯牧特終於讓自己雙眼離開火堆，淚眼裡沾了紅潤。「他死了。」

嘎嘎浪朝火藥點火。火藥迸出極大光芒，滾起濃煙，最後在石頭留下一圈黑跡。他用手去摸，沒有留下太多殘渣，這是配製良好的火藥，殘滓太多，會讓獵人忙於清除槍管。

「看著火焰跳舞，你會很快睡著。」嘎嘎浪弓臥在三石灶旁，面向火焰，這是獵人在野外過夜的方式。「天亮前就出發。」

哈魯牧特閉上眼，眼皮顫晃著灶裡的橘光。家中婦女們在不遠的地方，為及早出發的獵人煮早餐，用杵搗碎曬乾的玉米粒，以便煮粥。空氣中有燃燒二葉松油燈的嗆味，混合灶內野胡桃皮燒烤的酸味，味道日常，聲音也是，杵搗聲時而茁壯、時而微弱磨蹭，牆上獸骨在牆縫鑽入的風中微吟，這些歲月痕跡逐漸引領他睡去，他有說出心事的鬆懈感，今夜不在睡前為海努南念詩，也許天亮後，世界會好點。

天將亮時，伊斯坦大（Ish-Danda）家族的三人前往名為「褐毛柳」的家族獵場，期待獵物像柳架多，而且「占鳥」綠繡眼的飛向與鳴叫是吉利的。大家蹲成圈子，手持村田步槍與溫徹斯特步槍，舉行祭槍儀式（pislai），祝禱山豬們來到槍管裡面，布農人會謹守禁忌。遵守禁忌的嘎嘎浪先進行夢占，比如誰夢見獸物奔跑、黃香蕉、卷狀白雲都是個人經驗裡的好徵兆，他問孫子昨晚夢到什麼。最後由夢見打棒球的哈魯牧特先走，這是獵團中最佳的個人夢。嘎嘎浪解釋，棒球是動物睪丸，絕對是好夢。

「禁忌很重要，尤其你，納布，要守住自己屁股。」嘎嘎浪說。

這位同行的獵人叫納布（Nabu），半年前犯了在長輩前放屁的禁忌，得殺豬賠禮。他是好獵人，身邊永遠圍繞三隻獵犬，但常在不知不覺中犯忌。「拜託，伯父，我就是要孝敬你豬肉，才故意放屁的。」

「可是你犯了好幾次。」

「我有殺豬呀！」納布揮揮手，要哈魯牧特不要落隊，才說：「這應該是我小時候犯忌，吃到雞腸子，使我的腸子學會雞啼。」

「要不是你是好獵人，我不會忍受你好幾次在我前面放屁。」

「可是，我想知道，伯父你怎知道我放屁，我像山羊拉屎一粒一粒偷擠屁的功夫是天生的，聲音小到連螞蟻也聽不到。」

「我不會跟你講的，不然以後吃不到免費的豬肉。」

納布停下腳步，等落隊的哈魯牧特跟來，說：「你走前面呀！怎麼越走越到後頭，我看到你的臉好臭，是不是昨天回部落後覺得屁股很放鬆，今天想在隊伍後頭偷放屁。」

「鬼扯。」哈魯牧特懶得搭理。

「還不錯，你從都市學到頂嘴的功夫。」納布說罷，轉頭問嘎嘎浪，「你說說看，頂嘴是犯忌嗎？」

「不是。」

「那我以後就可以……」

「不准頂嘴，然後不要談放屁了，談別的。」

「怎麼會這樣，我今天原本要上山，去找掉下來的米國飛機，要不是山下的憲兵慢半拍，說什麼明天才能抵達，我現在就不在這陪你們了。」

「聽說米國人都摔死了。」

「我是熱心幫忙，要不然怎麼會去看死人。」

「那要小心，遵守禁忌。」

嘎嘎浪強調禁忌是前人智慧結晶，像在獵場放屁、打噴嚏，是人不自主的發聲，丟訊息向獸物告密；禁止打紅嘴巴的鳥，以免打到也有紅喙的海碧斯，總之禁忌是有根據的。不久他們來到獵場，切入獸徑前進，九點的陽光慢慢舔乾樹葉上的露水，他們濡濕的綁腿也在肌肉強力活動中漸乾。年紀大的嘎嘎浪自嘲，腳最近長薑了，這種退化性關節炎減慢了爬坡速度，他因此能與落隊的哈魯牧特聊天。

「牠叫什麼名字？」嘎嘎浪再次問黑狗的名字，「我覺得牠的名字使我腦袋住了一條魚，一直打亂我的記憶。」

「麻魯。」

「喔！麻魯這名字很可愛。我看得出來，牠喜歡三石灶的火，牠以後會在家屋住下來嗎？」

「牠不是獵犬。」

「家裡歡迎牠，沒有要牠當獵犬。」

「活在山上，不當獵犬，是活不下去的。」哈魯牧特手上只有拿長矛，他幾乎拿來當登山杖使用。

「那牠會什麼？」

「我也不清楚，真的，阿公。」哈魯牧特不喜歡祖父咄咄逼人，「我覺得牠很沒有用，很廢。」

這使兩人必須沉默，好消化內在情緒。小腿在灌木叢摩擦有聲，配上忽疾忽緩的呼吸聲，他們屢屢要找機會說出心事，最後想想，還是噎在心中就好。當他們繞到山北側，陽光還沒有爬到這潮濕的崩地，前驅植物的山揚波、山黃麻與楤木的種子先抵達了，慢慢發芽將崩地漆成綠意。納布和獵犬都很興奮，他蹲下來檢視山豬用鼻子拱土吃蚯蚓而留下的痕跡，獵犬則嗅著獸味前行。不久陽光照耀到這，空氣中流動游絲，混雜山豬糞與青草澀味。嘎嘎浪喜歡在乾燥地打獵，露水容易打濕底火，但他此刻不棄機會，將槍交給哈魯牧特裝填。

哈魯牧特從槍口依序塞入火藥包、火藥墊，填上鉛彈頭，塞上固定用的彈頭墊，而塞底火由嘎嘎浪來。他懂得裝填，但是沒開過槍。嘎嘎浪似乎也沒有想讓他開槍，認為他比較適合務農。

「當我覺得自己很沒用時……」嘎嘎浪說，蹲下來檢查山豬足跡。

「我會走進山裡，其實是走進自己心裡，那可以發現真正的自己。」哈魯牧特幫祖父講完這句他常說的，「這是真理。」

「沒錯，你看，連小狗都懂。」

「可是那是你的道理，不是我的。」

「你去都市學到的功夫，就是懂得反駁了，你以前不會這樣。」

「我是學到講真心話。」

蹲下來檢視獸跡的嘎嘎浪，幾度琢磨這句話，他眼神停在幾組狹長的母豬蹄印，忽略了遠處的公豬蹄印，而後者的步距大，蹄印深，圓厚，是危險傢伙。嘎嘎浪尋思，哈魯牧特不再是往昔的小孩子了，可以蹲在火邊無窮無盡的練習講述自己的夢境，他現在跟這少年講話變得困難，該說什麼呢？要說什麼呢？一個獵人可以一個月不跟山講話，一個人不跟另一個人說話卻很不自在，只因沉默是為了費盡心機該如何安慰、諷刺或繼續無言下去。

獵犬忽然的連續吠，接著進入樹林追逐逃竄的野豬，這使哈魯牧特與嘎嘎浪有了新話題，而且自不待言。森林底層的灌木密集，往往容不下陽光，靠獵犬追捕才行。納布站在獵捕圈的外圍，發號施令，嘴裡發出一連串單音，有時是鼓勵獵犬追捕，有時是引導獵犬將山豬逼到某個方便他開槍的角落。嘎嘎浪也端著槍嚴陣以待，等待山豬竄出身影，他要求哈魯牧特站後頭些，避開待會激烈無比的前線。

哈魯牧特一手拿著矛，另一手拉住麻魯。這是寵物，不是獵犬，牠在山裡對什麼都感興趣，一隻百步蛇可以引爆牠的好奇，中了這種致命毒液，傳說沒跨出一百步便身亡。在一陣急吠之後，一隻氣噗噗的棕色大山豬從短叢竄出來。大戰開始。納布開槍回擊，槍響劇烈，嚇壞了麻魯。

納布是肩部射擊，能長距離瞄準，缺點是容易被煙硝暫時蒙眼了。這隻一百三十公斤的山豬太大，像砲彈朝納布發射。嘎嘎浪立刻回擊，他的槍準星拆掉了，改短的擊錘避免在叢林戰中被藤蔓勾到，他能在密林的短距離射中山豬，腰部射擊也不會使煙硝蒙眼，還能立即拔出刀子殺去。嘎嘎浪的生命中有不少失算，這次也是，他之前顧著跟孫子談話時，沒有檢視到這隻大山豬的腳印，接著他對衝來的山豬開槍，只射中前肢，他拔刀相迎是給身後的哈魯牧特多些反應時間。

事發突然，哈魯牧特拿著長矛刺去，這沒有別的選擇，只能與迎面的大山豬搏鬥。山豬體型大，厚頸拱開長矛的攻擊，選擇了肉搏。結果他與大豬都滾進了山溝，搞不清楚天地位置，等他回神，看見山豬身上都是鮮血，豬鬃怒張，氣噗噗的看著他，幾乎像是妖靈的化身出現在眼前。在他們之間的是麻魯，牠叫聲清脆，帶著刺探與好奇的吠聲。大山豬朝牠撞來，爬上山溝消失。這一切不過是半分鐘內的事情。

這是慘烈一役。清點戰場，兩隻傷重的獵犬在叢林哀號，一隻被山豬獠牙摜破肚皮，一隻被穿過胸口。這些獵狗淺鳴，似乎不是傷痛呻吟，而是對自己的不夠努力與盡責而致歉。納布非常不甘願，這兩隻辛苦訓練的獵犬快報廢了，牠們幹練，如果去追山豬，半途要是有遇到山羌或山雞也不會分心，仍死心塌地的追捕獵物，結果被城市來的廢狗拖下水。麻魯也很慘，被山豬撞得凌空翻轉，身上留下獠牙刺傷而流血。

嘎嘎浪的溫柔祈禱，很快撫平不安的情緒，他一邊撫摸獵犬、一邊說：「你們是伊斯坦大家族最好的朋友，是火堆旁最溫暖的撫慰；你們是四隻腳獵槍，是獵人最好的夥伴，無時無刻不為人類的狩獵盡力。但是伊斯坦大家族的人沒有守護你們，在需要幫忙時，沒有事先發現大山豬的蹄印，使你們陷入危險，我在這致上愧歉，並同理你們的痛苦，願你們回到祖靈的身邊獲得庇佑。」說完，他用布農刀解決了兩隻忠犬的苦劫，然後把刀遞給哈魯牧特去執行獵人的不忍，卻看見對方用皮帶把麻魯勒死了。哈魯牧特始終面對一株樟樹，他的感傷很短，然後將屍體埋在那裡，他甚至羨慕黑狗就此離開了，只在他的皮帶留下血痕。

回程路上，大家拒絕說話而沉默，進入部落時，嘎嘎浪用網袋揹著的獸屍發出腥味，引起住戶的家犬咆吠。布農獵人會以歌曲報戰功，分享獵物給族人，嘎嘎浪沒有這樣做，被人誤以為是貪婪獵人。受辱就該默默進行，嘎嘎浪揹回的是兩隻獵犬屍體，基於珍惜食物，這會是伊斯坦大家族往後幾天來最屈辱的餐食，這也說明納布為何老是臭著臉了。

「每個眼神都這麼嚴厲，這是我們身為獵人最可恥的一天。」納布說，「難道我們只能被恥笑，被吉斯巴買（cisbangaz）欺負。」

吉斯巴買是嚴厲的負面詞語，意思是獵不到獸物的獵人、失敗者，或是沒用的狗。到底納布是譏笑哈魯牧特，還是取笑戰死的寵物狗，無從細分，由於他之前不斷笑黑狗是廢狗，也就是吉斯巴買，這時候有誰去辯駁，反而給納布說嘴的機會，於是嘎嘎浪與哈魯牧特沉默前行。

「我不覺得可恥，只是難過。」嘎嘎浪終於說話。

「我也是。」哈魯牧特說。

「我認為你應該像樹木沉默走路，而且跟我保持距離。」納布說。

「我想這樣的決定是對的。」嘎嘎浪嚴正的說，「你像古老時代把樹木都罵走的婦人，現在我覺得該跟你保持距離，獵人應該珍惜沒有獵獲的日子，才能體驗豐收的可貴。」

「這是哈魯牧特的失策，他至少該道歉。」

「我們從來不用日文說請、謝謝、對不起，只要是一家人，我們有責任承擔彼此的生活。」嘎嘎浪說到這，轉頭對哈魯牧特說：「狩獵失敗，不代表我們該卸下責任。」

「你說出哈魯牧特要負責了。」納布說。

「這就交給你了。」嘎嘎浪把狗屍交給納布，與孫子走向部落外，留下滿臉疑惑的納布。

警備道兩側原本該砍盡樹木，以防埋伏，戰爭欠缺經費管理，如今還原成綠蔭本色，哈魯牧特喜歡如此叢林，不會走得孤伶伶。這也說明他當下的心境，他受傷了，需要遮蔽，像蓊鬱植物遮掩的山道。他也非常清楚，身而為人要有免疫力面對酸言酸語這種細菌攻擊，他受到納布輕蔑，即使有嘎嘎浪抵擋，情緒仍發燒，恐怕得耗一段時間復原，然而接下來到海努南家報死訊則是更大的艱困，他腦袋有更多情感再度攪盪，心不在焉，來到路彎處的響亮風聲使他充耳不聞。嘎嘎浪走進風強的迎風坡，那有一片五節芒花沸騰翻動。嘎嘎浪的頭髮灰白，無違和的融入白芒，風把草叢擘開又合攏，往復無常，恍如置身在時間裂隙，他摘了些芒草，摺成環狀，相信這古老習俗可以為海努南的家屬祈福與慰靈。除了古老的風聲呢喃，這過程沒有言語，卻使哈魯牧特溫暖，幾分鐘前他還覺得自己沒有任何價值，因為從城市帶回、唯一能聽他講話的黑狗死了。當兩人再度踏上警備道時，哈魯牧特的腳步踏實了，雖然他知道每步都艱鉅的通向海努南家。

海努南的家屋位在部落附近，是破舊竹屋，家族也較小，但是火塘的火沒有熄滅過。嘎嘎浪進門後，沉默不語，從柴堆拿了根檜木放進篝火，這增加安靜人心的馨香，也會把火放大。放大的火更照亮了嘎嘎浪與哈魯牧特手中祈福的芒草環。然後，客廳始終在織布的蒼弱老婦人停下機具，嚶嚶哭了，她知道有人來報喪了，而死者是流浪在都市的孫子海努南。她的哭聲引來家人，大家哀傷的圍在火堆旁，哈魯牧特這才說：「我是來傳遞Nas海努南的故事。」

Nas是布農族對死者名字的敬稱。哈魯牧特第一次這樣稱呼海努南，喉嚨都湧出哽咽，他捏死手中的芒草環，一再壓抑眼淚湧出來，才能講出他與海努南在城市的生活，他們怎麼上教堂、怎樣打工賺錢、怎樣打棒球、怎樣讀書，該說的都說了，不該說的都堅實不吐，說到海努南的死因，他終於淚眼婆娑。他記得他揹著海努南到海邊火化，路途多麼的漫漫，亡者的血淖濕了他的背，在海水往復的岸邊，他用漂流木把屍體燒成灰。他看著廣袤的太平洋，以前覺得海洋是活的，用浪花講話，但從今天開始海死了，因為他把海努南的大部分骨灰拋進去了。少部分骨灰帶回部落。哈魯牧特說到這，拿出那只淺蔥色玻璃罐，骨灰混進了甲子園球場的黑土，成了渾沌息壤，彷彿不是生命的結束，而是即將開始，但是他找不到如何開始。

「他那麼黑，那麼皮，現在變得好白，安靜在這裡。」那個叫薩芛（Savi）的織布老婦人說，「他曾躲在我的裙子裡兩年，沒有警察找得到。」

「他讀書不跟家裡拿錢，他是努力工作的人。」海努南的媽媽說。

「他有肉乾，都會分給我們。」海努南的堂弟說。

「他總是幫忙務農。」海努南的姑姑說。

「他總是笑。」

「他總是大聲喊，我們一起來。」

「他總是努力的往三石灶裡加木柴，火沒有熄滅過。」另一個名為海努南的是祖父，依布農文化，他將自己名字給了孫子。如今他拿起玻璃罐裡的骨灰，撒進火堆，「耶穌啊！是祢將他帶回家屋，我們又團圓了。」

海努南屬於凶死，不得葬在家屋，靈魂永遠得在外流浪，如今被家族接納而回到不熄的灶火，火焰裡都有他。哈魯牧特又驚又喜，覺得海努南被接納，心中激起暖流，而且他看著海努南祖父而心生恍惚，覺得眼前的正是海努南，只是蒼老不已。想到這，哈魯牧特淚流不已，用手擦拭，自責不該跟海努南去城市，要是沒有這開端，他們現在會好端端的在火爐旁。

「看著火，告訴我。」海努南祖父問，「你們在城市快樂嗎？」

「不能說快樂，因為我們失去了夢想，但沒有海努南陪伴，那會是我生命中最無趣的日子。」

「那絕對是美好的，因為海努南也很珍惜你這朋友。」

「他這樣想的嗎？」

「他是這樣想，而且付出行動。」海努南祖父說到這，指著爐火旁一位殘疾的中年人。「他是我的兒子，我的海努南孫子的爸爸，他的腳得到無法治癒的病，被視為家族不幸的象徵，直到耶穌的教導，我們才獲得真的力量，包容他的病痛。很多年前，海努南孫子知道你們是雙胞胎之後，他嚇得不敢去上學，我們永遠記得那天下午他甚至要放棄跟你當朋友。他跟我們說……

「人們說霧鹿部落有個充滿被細菌詛咒的雙胞胎，現在應驗了，他的哥哥死掉了，留下孤單的的弟弟哈魯牧特。他是我的朋友，我想找他玩棒球，但是我怕被他的詛咒細菌感染。」

「細菌是什麼？」

「那是小粉末，會使自己倒楣生病，也會使別人生病。」

「爸爸兩歲時發燒生怪病，腳從此縮成蕨鬚。」父親指著自己得到小兒麻痺的右腿，得用拐杖助行，說：「人們說我這是受到詛咒的怪病，不敢靠近我，你認為你天天靠近我，有細菌嗎？」

「憑上帝發誓，爸爸，沒有。」

「憑站在我們布農人右肩上的聖靈耶穌基督，海努南，你知道你想怎樣做了嗎？」

「我知道了，我明天要去找他玩，我會當成小狗汪汪叫。」

「去吧！不要等到明天，現在就去找你的好朋友，時光有限。」

然後，哈魯牧特哭得更凶了，他終於知道那天，為何那個皮膚黑黑的海努南拿著構樹皮棒球，跑向霧鹿部落的原因了……

# 第二章

# 回憶那些日子，陽光、棒球、他與他都很燦爛

哈魯牧特與海努南的故事，得從頭說起。

那是一九一五年的事了。來自小百步蛇溪的嘎嘎浪，翻過六座大山，到達多肥皂樹溪[12]的大分部落，空氣中瀰漫蕨類孢子、檜木味與霧氣。他咀嚼赤楊樹皮提神，把腿上的螞蝗摘進嘴裡吃，端著用韭菜擦過的步槍，躲在灌木叢對日本族出草。他知道遠在北方的第十條溪發生大事，日本族的大酋長佐久間左馬太[13]，動用兩萬多族人，用巫術使一種槍能連續發射，又使另一種大槍能射垮三座山外的家屋，把凶悍的太魯閣族消滅。現在日本族來了，用高壓電鐵絲網把布農人當猛獸圈養在高山裡，再建山路捅入，闢建山寨，強迫繳械，確保剛運送進來的新鮮文明能洗淨千年來的布農生活。

嘎嘎浪得守住多肥皂樹溪，不然下次自己部落所在的小百步蛇溪就完了。他與幾個族人匍匐陰暗，盯著理番道路，像豹子放勻呼吸。要是出草失手，絕對被槍斃。布農男孩在十三歲的成年禮拔掉兩側虎牙，因此被逮時，嘎嘎浪記得要微笑露出缺牙，說不定由遠方的布農人先狙殺，協助成仁。突然槍聲大響，山林間到處是砰砰聲，嘎嘎浪回頭反擊，遭到日警射傷。嘎嘎浪大笑，用力露出牙，狂笑得眼淚流出來了，沒有人知道他為何瘋了。

狂笑救了他，和那些遭槍斃的布農人，嘎嘎浪被看成瘋子而幸運的被特別拘禁而已。關完十五年的嘎嘎浪由日警從遠方押回部落。小百步蛇溪的警備道完成，它是一百公里長的大鐵鍊，把所有布農人安分鎖住，伊斯坦大家族因為他的出草被迫從戒茂斯部落，遷到警察監控的霧鹿部落，另有幾挺重機槍與日俄戰爭運來的戰利品俄製三吋加農砲從制高點威嚇。山河依舊，警備道太新，他的腳步與心情都不習慣，深深覺得最屈辱的是關押時被逼著學會了日語，他的布農舌頭死了。部落聚集好多人，看著日本高官走向鐵彩虹，用最後一塊木板遮去峻谷下的小百步蛇溪景象，四周響起布農歌，慶祝鐵線橋剛完工。世界變了，變得像不斷飄零的冬天落葉，嘎嘎浪的眼淚也是。

一個月後，在嘎嘎浪向來缺席的家屋，有喜事來了。媳婦分娩，躺在鋪樹葉的泥地，由巫婆拖出一個男嬰。嘎嘎浪依傳統將自己名字賜予，孫子也叫作嘎嘎浪，兩人會是同名者的阿刺（Ala）關係，日後情感更為親密。但是「後頭很大膽的跟來一個小惡魔」，巫婆在手上塗上麻油，再度從產道拖出一個嬰兒，「你得處理掉牠們。」她離開前說。

依布農傳統，生出雙胞胎是禁忌，兩個都要殺掉。這件殘酷的事，就落在嘎嘎浪的身上了，他被監禁多年，無愧於自己，有愧於親人，於是打破回家一個月沒講話的沉默，終於用布農舌頭說：「餵飽兩個。」他披著鹿皮披風走去監視丘，站在門口大聲向駐在所內的巡查報告，他要暫時離開部落。巡查問要去哪？他誠實的說「殺死小惡魔」，並獲得同意，離開前他聽到巡查笑著說，打獵說成殺惡魔，這傢伙日文越來越爛。

嘎嘎浪看著兩個吃飽睡著的嬰兒，心軟了，只殺一個。這被帶走的嬰兒，後來會有名字，叫哈魯牧特。嘎嘎浪揹著小哈魯牧特來到十座山外，盤算著沉重的殺機，見山不是山、見水不是水，終究將自己遺忘在未知名的山水之後，直到紅頭穗鶥叫聲喚醒他，他發現自己流淚了。淚水說明他的殺機多麼無奈。他被捕前有幾次狙殺警察的機會，從不畏怯，因為要不開槍，下次倒下的就是自己家人。可是真正要殺人時卻很艱辛。在一棵兩千年的紅檜樹洞裡，他放下小哈魯牧特，不斷念著**米呼米桑**——這是長輩給晚輩的祝福語，逐漸用在見面或別離時，意思是「期待你的生命力繼續旺盛」，狩獵與遷徙使布農人轉眼入危境，大山大水，無曆無據，期待下次相逢變成情感寄託。米呼米桑，期

12 花蓮的拉庫拉庫溪（Luk-Luk）。拉庫拉庫在布農族語有三個意思，此取其中「有很多無患子樹（肥皂樹）」意思。

13 臺灣日治時期第五任總督，強勢以武力對原住民發動「理番戰役」。他任職總督期間，一九一四年率領大軍親征太魯閣族，負傷，隔年過世。

待你的生命力繼續旺盛；米呼米桑，只為了能再次相逢；米呼米桑、米呼米桑，嘎嘎浪向天神利加甯（dihanin）祈禱神話會成真，在他離開後，死去的人類會像蛇類蛻皮復活，變成獼猴、穿山甲或鳥類，用另一種身分在森林活下去，有天再相逢。

嘎嘎浪放下嬰兒，轉身離開，樹洞被灌木叢掩藏。他莽撞找路，然而高大紅檜像是森林的大手臂拽著他，他耗了三小時，總是走不出那座山，他迷路了，再度回樹洞避難，嘹亮的嬰兒哭聲陪他度過一夜。嘎嘎浪解開胸衣與裸著的小哈魯牧特取暖，感覺小肉球溫暖了他，吸著他又癟又沒味道的奶頭。嘎嘎浪把水獺皮袋裝著的糧食玉米粉，放入嘴裡嚼濕，塗在自己奶頭，那哭著的小傢伙便安安靜靜吃了。

他們相擁而眠，睡夢又深又甜，依照夢占來看都是好預兆。天亮了，陽光穿透樹葉，將森林底層塗繪成斑駁的剪影，空氣中瀰漫沁涼的蘚味，獵人嘎嘎浪覺得自己像母親，而且回家的路順暢。他踏進家門時，懷中還活著的小哈魯牧特餓得大哭，母親則感動得哭。家人的情緒很複雜。

到了夏天的嬰兒祭，沒有人敢踏進嘎嘎浪家為這兩隻小惡魔祈福。嘎嘎浪自己主持。雙胞胎不吉祥，沒辦法照布農傳統襲用祖父或親人的名字，嘎嘎浪為他們取的新名字是：帕辛骨利與哈魯牧特，這是孤獨名，用過就永遠不能交給後代傳下去。這兩個忌諱名字在山林不孤獨，他們是森林重要成員的殼斗科，一是鬼櫟（bacingul），一是栓皮櫟（halmut），橡果實都很大。嬰兒祭展開了，咬碎的石菖蒲塗在雙胞胎頭上，這能避邪，植物香氣對惡魔來說反而是毒氣；又將發酵飯塗在他們的嘴巴，期許小孩聽話又懂得說話。當陽光敷滿在兩個胖嘟嘟的臉，全家靠過來看，喔！小惡魔發威了，他們發狠破壞世界的方式是微笑與流口水。嘎嘎浪期許他們像赤楊能在惡劣土壤中活下來，成為厲害的獵人，一個要有雲豹的迅捷，一個要有黑熊的智慧。

但是帕辛骨利與哈魯牧特像猴子頑皮，在家屋亂爬，手掌與膝蓋永遠是黑黑的，抓到什麼就吃，嘴角永遠有垢。嘎嘎浪把掛在屋牆、被煙燻黑的上百個水鹿頭骨給他們啃都不夠。雙胞胎永遠在問為什麼，嘎嘎浪往往以神話餵飽他們的疑惑，然後又阻止他們模仿將稻穀偷塞進包皮、帶回人間種植的神話英雄，才阻止這個，那個又充滿實驗精神的作亂。他們是小惡魔，到處搞破壞，抓到什麼都丟進火堆，裝飾的水鹿骨或山豬顎、祖母的貝殼耳環、木湯匙都碳化了。他們還把玉米丟進火裡，火舌呸爆出一堆白雪，可以吃，雙胞胎樂壞了。

嘎嘎浪趁機說了樹木會自行來到家裡的傳說，它們跳進三石灶，發出溫暖給布農人。沒有錯，樹會自己走路，想像它們從土裡伸出無數像是蜘蛛的長腳，走來部落。這些樹有的是雨天來，像是山枇杷與山龍眼，身體蓄滿水，無論如何都很難著火。九芎與相思樹穿羊皮雨衣到來，脫掉就著火，不用晾乾身體。黃檜與二葉松的脾氣不好，好吃懶做，又胖又肥，體內多脂，沾到火便氣得冒煙。鹽巴樹是獵人的好友，給人類鹽巴，木炭可以做火藥，「而且它們像麻雀說話。」嘎嘎浪把鹽巴樹放進火裡，發出劈哩啪啦聲。這使雙胞胎瞪大眼，認為祖父講的都是真，樹木真的不斷對他們說：米呼米桑。

雙胞胎不斷喊米呼米桑，亂揮手，就這時候哥哥的手不小心伸進嘎嘎浪的遮陰布，碰到睪丸，驚訝問：「這圓圓的是什麼？」

「帕辛骨利。」

「我躲在那裡呢！」帕辛骨利大笑。

哈魯牧特忙著把手伸進遮陰布，無論如何也要搶到嘎嘎浪的另一顆睪丸。「這又是什麼？」

「哈魯牧特。」

「我也在那裡。」哈魯牧特大笑。

嘎嘎浪笑得最大聲，好得意，老人逗孫的把戲成功了。八歲前，雙胞胎會玩這遊戲玩得很純熟，玩得快樂，直到他們上小學之後的某天，這項遊戲因為少了人而遺憾。

四月初，當駐在所的緋寒櫻凋零，霧鹿番童教育所開學了，這是完整的甲種學校，凡是小步蛇流域的原住民小孩都來就讀，從海拔兩千多公尺的哈利卜松部落來，或從峻谷的大崙部落來，他們凌晨四點拿火把從部落出發，一邊吃烤好的地瓜當早餐，一邊搗著跌傷的膝蓋。這些從遙遠黑山飄來、趕在日出前參加升旗典禮的布農火朵，在霧鹿警察眼裡有著傲慢的詩意。孩童要是不讀書由巡查強悍執行——臺東廳警務課編制九百多位警察，一半以上的警力用在馴化原住民，他們會半威嚇、半勸導找出部落最後一個藏起來的小孩。從霧鹿部落附近來的海努南，晚兩年才上學，他祖父相信文明與水都有毒，前者是劇毒，文字的毒害在於不再用心與自然相處，所以在古老傳說中的祖先乾脆把這些小東西弄丟在洪水中不救起來。於是每次日警搜索都把人藏在祖母的裙襬裡，直到長大塞不下而哭著滾出來。海努南的膽子大，不怕駐在所戒備的凶猴子，也不怕學校廁所有鬼。第一天上課，他走進廁所，看見農藝課養的山羊在隔間，他第一次看見偷了貓眼睛的動物，都沒在怕。可是當他打開下個隔間時，看見布農惡鬼——兩個哈魯牧特在蹲大號，嚇得大哭。這是海努南與哈魯牧特的最初相遇，是永遠的笑話。

三人被帶進辦公室，老師問發生了什麼事。無論如何，只懂布農話的海努南聽不懂老師的話，拒絕理解發生什麼事，他閉上眼逃避，因為睜開眼會看到一模一樣的布農惡鬼。

哈魯牧特對海努南說：「我們是雙胞胎。」而帕辛骨利把兩人的布農對話翻譯給在場日警，像人類學家解說文明衝突。他們祖父嘎嘎浪在監牢花費十五年學會日語，自然也教會孫子。

「不要跟我講話，你們很不吉利。」海努南說。

「看過牠吧！告訴我是什麼？」哈魯牧特在黑板畫下一隻狗。

「不要以為我不知道，它是狗。」海努南用手遮住一隻眼，以為這樣看不到第二個哈魯牧特。

「這呢？」哈魯牧特又畫了一隻狗。

「也是狗。」

「你會怕Cinusdusaan（雙胞胎）的小狗嗎？」

「當然不會。」

「會怕Cinusdusaan的水鹿嗎？」

「不會。」

「會怕很多Cinusdusaan的一群聖鳥海碧斯[14]嗎？牠們一窩有五、六隻這麼恐怖。」

「不會。」

「所以你現在還會怕Cinusdusaan嗎？」

「不會了。」海努南張開第二隻眼睛，疑惑的問：「你們不是生下來就要被殺死，你們沒有爸爸媽媽吧！才沒有被殺。」

「你果然腦袋有病才來學校治病，是長十八年才會結果的混蛋柚子。」哈魯牧特很生氣，然後打了暗號給哥哥，兩人靠近海努南的兩側耳朵，說出一模一樣的話：「不准欺負我們，不然這些圍著

14　紅嘴黑鵯，出現在布農神話中的聖鳥，銜火種救人類。

觀看的凶巴巴老師，會衝到你家殺人，殺光光喔！」

番童教育所的教師，是由警察兼任。在布農印象中，警察是會殺人的，這嚇壞了海努南。雙胞胎這招下馬威的伎倆，是他們的祖父教的，防著孫子在學校被霸凌。可是學校會欺負人的，不單單是人，還有恐怖傳說，例如：蹲廁所時會有斷手伸出來拽走男孩的雞雞、黑板後的縫隙藏著扁鬼、廊柱在夕陽下的影子有雙眼，這是因為學校發生過大屠殺——一百多位日警與隨行的阿美族，來到部落發放鹽巴與針線，訓斥不要造反，無意間卻引發了族群混亂，阿美族人趁機將二十多位布農人屠戮——這些亡靈在學校讀夜間部，讓住校的小孩寧可尿床，也不願意下床。

有的傳說更恐怖，孩子們都體驗過，有人將在他們手臂種下鬼符號，用以控制人。於是在四月底的種牛痘，引起了新生恐慌，而舊生們趴在窗口大喊，日本人下黑巫術了。黑巫術是恐怖的布農法術，用來陷害人。只見十幾個小孩排隊等死，看著最前頭的人被下咒後大哭。哈魯牧特覺得自己死定了，閉上眼受死。公醫折斷安瓿瓶，用痘刀沾疫苗，塗在哈魯牧特右臂割出的刀傷裡。種完痘的他擦乾眼淚，眼看隊伍最後的海努南一邊喊殺人、一邊衝出校門，被日警抓緊。接下來的畫面列入校園傳說，死命不從的海努南，遭三位警察抓牢，只剩大吼的嘴巴與哭不停的眼淚還在抵抗，種痘完後的幾分鐘還在哭號，被高年級生恥笑是歷來日本巫術的成功品。

種完痘，得穿長袖，好好保護包上紗布的小傷口。痘痕癒合，一個月後綻出了漂亮的痘疤。當陽光照入部落，野胡桃的花穗終於謝了，落花纍纍，彷彿要落到人世安慰這時候生病的帕辛骨利。帕辛骨利常發燒，骨頭疼痛，身上出現莫名的瘀血，罹患兒童白血病，病容被高年級生笑是黑巫術發作。他無法上課，在家凝視灶火，臉照得紅通通，腦袋卻空蕩蕩，看著放學後的哈魯牧特與海努南回到家，一人拿檳榔葉鞘、一人拿構樹皮，輪流鞭打陀螺不要停，用這祈求他早點康復。

帕辛骨利發出幸福的微笑，辛苦站起來，說他好了，可以上學，沒有人可以笑他。然後他死了，倒向火塘，被砸爛的火焰碎開，火瓣妖豔，像山芙蓉花盛開。

哥哥真美，那年冬天的山芙蓉也很美，哈魯牧特兩樣都記得。

帕辛骨利換上祖母編織的美麗苧麻衣，埋進嘎嘎浪床下，覆上扁平的石板與泥土。這時嘎嘎浪哀傷的唱起童謠〈Laug要去哪裡？〉，歌詞描述有人編織衣服給受寒的孩子穿。當他們唱到結尾，悲傷難抑，來自歌詞像是描寫蹲在墓穴的小男孩帕辛骨利，他終於去了那裡，不再回來。

為什麼要織布？

要給孩子穿，

為什麼要給他穿？

因為天氣冷。

大家一起去漂亮的大瀑布……

大家再也不能一起做好多事了，像是去瀑布玩這樣簡單又美好的事，有人注定缺席。這使家人流淚，看著無垢無瑕小男孩，以蹲曲、雙手托腮的姿勢埋入家廳，這樣子好可愛，好像跟大家說「不要難過了，我變好了」。帕辛骨利成了家族被迫遷徙後，第一個種入異地的靈魂。靈魂會發芽，盤根緊緊的裹住家屋，圈住大家，霧鹿部落慢慢成了伊斯坦大家族永遠的故鄉。

喪禮過程不准小孩參與，哈魯牧特被關在米倉，哭著要出去。等他疲憊睡去醒來時，天亮了，世界變了，大家除了喪禮期間禁止織布、打獵與耕作，什麼事情都照常軌進行。哈魯牧特還不了解死亡，但是他知道帕辛骨利被藏在祖父床下的泥土，大人不准他靠近。每個夜深，哈魯牧特趁大家睡著，悄悄靠近，對著土裡的哥哥說話，要他不要偷懶，不要躲貓貓了，快點起來上學去。嘎嘎浪躺在床上假裝睡，淚卻醒著，想到每次孫子幫忙捲菸，點火後呼出煙才遞給他抽；嘎嘎浪又想到，每次打獵回來時，孫子跑來纏著，煩人的從他口袋掏出野果，這種實則甜蜜的場景就此消失；嘎嘎浪更難過的是，兩孫子再也不可能擠在他的雙腳間烤火，聽他講神話，而他又聽著剛睡醒的孫子講述他們的夢境，日日分享夢境是愛夢占的布農人的親密行為，並訓練幼童口語。他想到這，淚水流得更凶，月桃床墊都發霉了。失去一個孫子，對嘎嘎浪而言就是失去一個睪丸。

哈魯牧特沒去上課，在家顧灶火，只有看著源源不絕的火舞，他才感受到有人還活著，突然有顆在小米豐收祭使用的祈福球滾到火邊，火光照亮它交錯編織的構樹皮結構。球很美，哈魯牧特望向門口，看看是誰扔的。海努南那小子在門後露出一雙又黑又亮的眼睛，不斷吐舌頭學狗叫。那是哈魯牧特這輩子最記得的畫面之一，他生氣跑去，要把假狗趕走，卻不知道此時刻意靠過來的海努南是突破勇氣來找「受詛咒的雙胞胎細菌人」。

「汪、汪、汪。」海努南繼續叫，他是急衝著來找人，喘得很，不斷學狗叫來緩和呼吸。

「不要再叫了，你是假的狗。」

「我是小狗，我知道你是沒有細菌的人，我很高興來找你去上學。」海努南學狗在屋內爬，然後獻出那個火堆旁的構樹皮球。「這個野球給你，你不要難過了好不好，我們去學校打野球。」

那是海努南最喜歡的玩具，現在送給他。哈魯牧特接受了，小孩子有了玩具就沒有悲傷，跟著到學校。

「我當你的哥哥，你不要難過。」海努南再說一次。

「不要。」

「我只是你假的哥哥，又不是真的，好不好？」

「喔！那可以。」哈魯牧特想了想，又問：「那你的野球是真的送給我，還是假的送給我？」

「真的，我可以跟你打勾勾約定，我是真的喜歡你才送給你。」海努南爽快回答，「還有，你得脫掉你的短裙，沒有人穿那個打球。」

「好的，我願意脫掉。」

哈魯牧特為棒球，脫掉傳統的男裙服，他喜歡這樣穿無疑是天性。兩人伸出小指打勾勾，童言無忌，誰反悔，誰就要被揍萬拳、吞萬根針。誓約永遠一輩子有效。

每個月的最後兩天，棒球教練上山來，帶孩子玩球。

這位教練叫作查屋馬，阿美族人，是東臺灣電力株式會社的員工，到山裡教小孩棒球是他的興趣。球員在警備道等教練，等好久才看到在道路彎彎曲曲、山勢高高低低的那頭，有人揹背包，肩上坐著他的兒子桃子醬[15]，慢慢走，陽光在他身上兜了光圈，有溫靜美好的渲染力。

「吼……嗨……喲！」小球員大喊。

「吼……嗨……喲。」查屋馬喊回去，他的兒子再喊一次。

過不久，兩方在山徑相逢，不多也不少，總有芬芳相襯，有時在落滿果子的雀榕下，有時在芒草剛吐出紅穗的山邊，有時在寂靜盛開的野薑花畔，而什麼都沒有時，總有孩子的笑容最芬芳。孩子衝過來，圍著查屋馬跳躍，他們臉上永遠有著不會失去什麼、也不討好誰的笑容。教練這才注意到剛

15 桃子醬是綽號，醬是日文直譯，是稱呼小孩的口氣。

加的笑容中，有哈魯牧特與海努南，他們站在人群外圍，手牽手，挨得好緊。

哈魯牧特與海努南喜歡棒球，想加入棒球隊。這不會太難的，查屋馬的徵選條件是「限對女孩沒興趣的男生」，全校怕被說閒話的男孩加入了。哈魯牧特與海努南發誓，為了棒球一輩子不跟女生牽手。照傳統他們會成為獵人，從小在胸口不掛彈弓會被笑，現在只掛彈弓會被笑，手上得揣著棒球。

可惜兩人在三年級之前沒機會下場打球，只能練習接球、拋球與揮棒。在高年級分組賽時，哈魯牧特與海努南站在兩側外野，撿漏失的球。只能等到球賽結束後的垃圾時間，低年級男生才分組練習賽。高年級生會有風度的指導技術，像是如何揮棒、抓滾地球、盜壘等技巧，一旦圍觀的女生走光了，便露出本性，嘲笑他們撿球像是山豬找蚯蚓。哈魯牧特與海努南喜歡這樣時光，接受在球場得到的傷口，無論是嘲笑或破皮，棒球都是治癒了他們疼痛的良藥。

入秋九月，陽光輕輕淺淺的流淌，歇腳在植物葉面而有了反光。查屋馬到達霧鹿部落前，踏入木薑子盛開而蜂蝶繚繞的樹蔭下，那混合胡椒與薑的花香。海努南站在那好久了，穿日本浴衣，無論衣服或微笑都多了股極淡雅香，他遞出黃杞製作的球棒，請查屋馬交給依照傳統剛穿耳洞的男孩，那傢伙偶爾穿男裙，很好辨認。「請教練要說，這是您自己送給他的。」海努南用生澀的日語交代。

「我們會交給海努南哥哥。」坐在爸爸肩膀的桃子醬說。

「我是海努南，他是哈魯牧特。」

「你們兩個很像，都黑黑的人、都快快的跑，常常在一起。」桃子醬說，「我沒有辦法分辨誰是誰？」

「他耳朵有洞洞，他是哈魯牧特。」

「他怎麼變成女生了？」

「他是女生，不是啦！他是男生。」海努南氣自己日語不行，講不下去。「不要再問我了。」

查屋馬拿下球棒，順著紋路摸下去，它修磨得溫潤細緻，沒半點疙瘩，沒有半點扎手，還能嗅到小春日和的疏淡氣息，製作這樣的球棒不只耗時，還要付出情感。情不知所起，付出了就收不回，一往而深，越陷越深。查屋馬笑了，覺得眼前的山水都柔和了，他繼續上路，聽著「吼嗨喲」的聲音越來越近，終於在小徑的某處遇上了棒球隊。

「我有禮物，要給你們的其中一人。」查屋馬揮著球棒，展示那件優雅的禮物。

所有的男孩大叫，「我要我要。」

「這要給最照顧我的人。」桃子醬看大家紛紛舉手，氣呼呼說，「說過阿美族女生尿尿的地方會長牙齒的，都拿不到。」

所有男孩大叫，「我沒說，我沒說。」

「有說過的人，大聲說沒說。」

「我沒說。」棒球隊大喊，不知道中計了。

「就是你，這是神給你的禮物。」查屋馬看到後頭的沉默小男孩，他的耳垂穿著小木條，那用來維持剛穿好的耳洞形狀。

男孩們大叫，不公平，怎麼可以給裙子鬼，那隻鬼是在左肩膀的馬可萬・哈尼圖（makuang hanitu）。哈尼圖是布農精靈，每個人有兩位，一位是站右肩的善良哈尼圖，一位是站左肩的邪惡貪婪的哈尼圖。哈魯牧特得到球棒，就不在乎被汙衊是裙子鬼，還是邪惡的那隻，他討厭這稱呼，為棒球可以脫掉裙子，學習漢人用褲子把兩腿纏起來，卻脫不掉帶給他的汙名。

「沒有什麼是公平的，你們要做的是努力打棒球，這樣夢想的球才會朝太陽的方向飛去，而不是天黑後還在草叢找球。」

他們越走越靠近霧鹿部落，以及那裡的小百步蛇溪最大的棒球場，夢想在那出發了。所有的夢想還沒有被詭詐、戰爭與痛苦沾上邊，像是崖邊純白無邪的百合花，對深谷不懼不畏。拿到棒球的哈魯牧特，樂壞的詢問，是怎樣的神，會送禮物給他。

查屋馬停頓在思索答案，孩子們也等答案，因為這值得信仰，他說：「一種叫山里屋（sangliw）[16]的植物，那是沾著很淡味道的神。」

「那是什麼？」

「我不能解釋那是怎樣的神，祂對我很清楚，但對你來說會是個謎。」查屋馬停下腳步，又說：「這世界會有很多的謎，你永遠解不開。」

「那好可怕，解不開。」

「看看那棵樹，那是個謎。」查屋馬指著遠處山稜，有棵怪矍的大樹，那麼遠的距離實在看不出樹種。「唯有爬過千山萬水，才能到達那棵樹，也許有的人一輩子都不想爬到那；有人則費盡辛苦，到那才發現，那棵樹不如在這裡眺望那麼漂亮。」

「好難懂。」

「所以，你可以選擇去解開那個謎，或眺望就好。但是這世界，要是沒有這樣可以值得去追尋的謎，人生多無趣。」

「這樣知道一點點了。」

「人一輩子待在家裡最安全，但是為什麼徒增困擾的去冒險，只不過是到遠方解謎。」

「我們懂了，是為夢想。」

「有一天，我們要一起去花蓮港，看看那裡的大船。」

大家齊歡呼，相約去花蓮港看船。相約去看船是有意義的。當太陽落入山脈那側，黑夜來到霧鹿臺地，帶來霧氣，查屋馬在球場旁生起了營火，火光照亮他的臉龐，更再度照亮他這位傳奇人物，他是花蓮能高團（NOKO）[17]隊員。這球團以原住民為主，到過日本比賽，參觀東京府廳、明治神宮等，並在甲子園球場打敗天王寺隊。日本這時才對這群講著人猿語、臂力強、奔跑速度快的番人刮目相看，認為他們是不世出（ふせいしゅつ）的阿美族球隊。

查屋馬解釋，不世出的意思是罕見、無可匹敵的意思。每次講到這，查屋馬把「不世出」刻在廊柱，深色檜木柱浮出三個白痕字，彷彿也刻在孩子心中。廊柱有二十幾個相同刻痕了，歷經無數寒霜、苔漬與風雨，字痕還沒老去，又在新年度增添新刻鑿，每每在營火照亮下，成了整座棒球場最迷人的明亮。這就是孩子為何叫查屋馬是「不世出先生」了，他們多麼希望，將來有一天在山巔，或在海濱，能複製這樣的期待，也有人這樣呼喊他們。

查屋馬說，自己曾是住野溪旁的野孩子，勝人之處是臂力強，能用石頭擊落低空掠過的秋鴨。他後來去讀花蓮港中學校，課後到海濱打工當船夫，當時的海港還沒蓋，運物資的蒸汽輪停在海外，船夫划著名叫「駁仔」的小船卸貨，翻過無數浪尖，他的手臂肌肉與太平洋的海浪搏鬥。閒暇之際，他練習把石頭當棒球扔，永遠不會疲憊，朝海洋丟去，海浪又撿回來，他發誓要丟完整座海灘的石

16 小梗木薑子，阿美族語，一種植物。

17 日治時期，第一支由原住民所組成的棒球隊，也是第一支在甲子園內進行球賽的純臺灣人隊伍。該團於一九二七年解散。

頭，成為最強的投手。他最後靠著球速快，被邀入以原住民為主力的棒球隊，成了當家投手。

火焰與海浪是雙胞胎，是自然界最美的律動。當查屋馬講出海那邊的故事，火焰在孩子們臉上波動，似乎他們真的到達海邊。查屋馬發現，離火焰最遠的哈魯牧特與海努南，聽得懂故事。新生是聽不太懂日語，乾巴巴陪著，通曉日語的哈魯牧特翻譯給海努南聽，使兩人好近，他的嘴碰到他的耳廓絨毛，嘴皮吮到微電，酥酥癢癢，甜甜蜜蜜，那是他感興趣的滋味，用一種語言換算到一種情感的回報。

這一幕使查屋馬萌生幻覺，哈魯牧特與海努南如此不同，卻如此相似，就像海浪與火焰。往後的日子，他的目光會多給這兩人。每日下午的自由時間，他們認真的跑球場，努力用棒子揮打懸掛在榕樹下的沙袋，徒手接下每顆球，無論多久都找出疏漏在草叢的棒球，無論多久都要掃乾淨棒球場，無論如何都要擰乾身體最後一滴汗水，但是擰不乾毅力與鬥志。練習結束了，他們九十度彎腰，對著無人的球場大喊謝謝您照顧，大山也以回音說謝謝您；他們這才抬頭凝視沒有光線的學校，還有破壘包、破棒球、破手套與破皮膝蓋，可是內心的願望仍嶄新得發光，而且越來越亮，從此之後，他們希望日子是如此開始與結束，並且無懼去實踐：睡著時在夢中打球，醒來時在夢想中打球。

隔日在明媚的陽光下，櫻花盛開，山徑積滿了各種去年的落葉，瀰漫潮腐味道。朝山下走的查屋馬越來越遠離這味道，鞋子越來越靠近亞熱帶樹林，在乾燥向陽的崖邊，他再度來到木薑子樹下。樹梢結了果實，貪吃的鳥兒比陽光更喜愛在這逗留，總是唱著歌曲。送行的哈魯牧特，這時喊住老師，拿出他揣了很久的禮物，是小小的茶杯，得用樹葉包住才行。這茶杯是附生在長葉木薑子葉片的蟲癭，是小生物刺激植物而長出的杯狀之物，當作育嬰房。查屋馬看了幾回，覺得這東西有趣，像是黏在樹葉上的小杯子，不知道它是何以生成，但絕對是大自然之手才捏得出來。世上道理，人類未必能釋盡，但未礙以審美之眼凝視。

「這是月亮的清酒杯。」哈魯牧特說，「很久以前，天上有兩個太陽，使世界太熱了，被我們祖先射下來的那個變成月亮。月亮來送給祖先美麗的杯子，就放在穿雨衣的樹上，用來安慰曬傷的大地。」

「那時候就有日本清酒杯？」

「對呀！」

「我的意思是，在幾百年前、甚至更久之前，你的祖先跑去射太陽時，就有清酒杯。」

「這是我祖父嘎嘎浪說的。他說，清酒杯裝的是布農受傷的血，才變成紅色的；如果裝的是布農受傷的淚，變成白的。」

「這故事有點悲傷。」

「不會呀！如果不受傷、不流淚，就沒有酒杯。」

查屋馬笑了，大抵是孩童未能理解他祖父內心的意涵，轉而問：「那我要怎樣用這酒杯？用來裝血還是淚。」

「把它吃掉。」

「有毒嗎？」

哈魯牧特先吃下證明，查屋馬隨後吃了，兩人口腔有股酸澀，摻著甜汁。哈魯牧特解釋，他觀察到猴子把Kuhaku（木薑子）的果實當作冬季零食，也吃它的「清酒杯」，所以酒杯沒毒。查屋馬這才注意到這個眼裡有棒球的孩子，對自然有更深的觀察力。他們自此站在山道，看著冬日世界，吃著小葉木薑子的蟲癭，而桃子醬吃得更凶，從未嘗過如此滋味，覺得整個冬日在嘴裡徘徊，不知不覺就要吃光了。

「不能吃光喔！」哈魯牧特突然想起什麼了，「剩下的要給那個沾著很淡味道的神。」

「啊！你怎麼知道山里屋？我們吃的蟲癭，原來就是那種樹上結的。」查屋馬想起那天在木薑子樹下，接受了海努南的送球棒任務，隨手以這種樹胡謅了神明送禮的傳說，竟被解開。

「我猜的，隨便猜的。」

「這麼厲害，這樣能猜到。」

「猜謎呀！你說人生就是謎，常常解不開，於是我只想猜猜看。」哈魯牧特轉身離開了，回到部落，他大喊：「不世出先生，你要把剩下的蟲癭，拿給那個神，謝謝祂給了我球棒。」

到了每年五月，播完小米，來到捕獵季節，水鹿是重要獵物。這時哈魯牧特與海努南離開部落，跟隨嘎嘎浪浮出雲海，來到海拔三千多公尺的月鏡湖，進行成年禮的聖鳥海碧斯苦訓，歷經生命中最奇特經驗，他們被丟包在森林，沒有毯子與食物，自己取火，耳朵貼在冰冷的布農刀側當枕頭，聆聽大地動靜，獨自在大山挨過一夜，體驗成為布農人（minBunun）儀式。五天後回到部落，他們帶著水鹿皮毛與熏鹿肉，哈魯牧特的嘴角從那時長出淡淡鬍子，海努南的更長。

所有的經濟作物，拿到駐在所內的交易站。紅豆與板栗最受歡迎，可以做成甜點羊羹，在臺北很受歡迎。水鹿、山羌、水獺的皮毛也是大宗。薯榔與馬蘭等染布植物也不錯；有些是淫羊藿藥草與烤黑的獼猴，甚至百步蛇與雨傘節，可以治陽痿，價碼不賴。買賣以錢，培養布農人對現代交易概念，但是不准與奸詐的漢人直接買賣。布農人無法理解鈔票的魅力，拿到後無感，有些美麗的紙鈔就拿來捲菸草抽，但布農女人喜歡銀幣或有洞的錢幣，可以串在衣服裝飾。他們種種及時行樂與不留隔夜錢的江戶人性格，恰恰與現代生活不同調。

駐在所有間雜貨店，門口貼著乃木希典大將的漢詩「征戰歲餘人馬老，壯心尚是不思家」。店名叫「耳朵先生」，這是店主人龜藏爺爺剛上山時，不斷聽到布農人對他打招呼喊米呼米桑，這音節令耳朵熨貼，決定用一音之差的耳朵先生[18]當店名。這使前來的孩子很錯亂，不知道該把目光放在龜藏爺爺的正常耳朵，還是他的獸狀手指。龜藏爺爺用日俄戰爭帶回來的七根手指，精確又飛快的撥算盤；或者一邊撥算盤當作日本太鼓，一邊吟誦漢詩「東西南北幾山河，春夏秋冬月又花……」，有時候自顧自流淚，往往引來大家觀看。

「你算錯了，也沒有算錯。」哈魯牧特看到龜藏爺爺撥算盤之後這樣說，引起眾人目光。

「怎麼說？」

「過程算錯，結果沒有錯。」

「龜藏爺爺是計算高手，才來到這山裡服務，開雜貨鋪賣便宜商品。」觀看的駐在所所長城戶八十八說，「他不會算錯。」

「哈魯牧特可以看到兩町[19]外，水鹿新長出來的角有多長。所以他能看到龜藏爺爺算錯了。」海努南解釋。

「不可能看到這麼遠？」

「不用看太遠，只要看見松樹的距離就行了，就像我的眼睛與你的算盤間這麼短距離。」哈魯

18　日文「耳朵先生」是mimisan，與布農人打招呼的米呼米桑（mihumisang），一音之差。
19　日式距離，一町約一〇九公尺。

牧特邊說，邊把耳垂洞裝飾用的華山松解下，在場的布農人都笑了，凡是獵人都知道這項大自然定律——華山松的春芽有多長，水鹿的新角便剛好長多少。

龜藏爺爺笑得很大聲，他走回雜貨鋪，把砂糖倒在木盤子給大家。山上的孩子是窮困的，常把光禿禿的玉米梗當零食啃著解饞，這時紛紛把指頭用嘴沾濕，蘸砂糖來吃。龜藏用砂糖化解尷尬。他剛才隱約覺得自己撥錯一個珠子，在最後的總結算時，他猶豫半秒，深知無論算錯算對，都補給布農人那個可疑的金錢。他佩服哈魯牧特的語言天分，能蹲在店裡把彩色漫畫《阿正冒險》翻爛十幾遍，背下對話。哈魯牧特的聰穎，或許還從《少年俱樂部》得來，他與海努南捧著雜誌研究半天，用香蕉糖禮盒的馬糞紙裁出萬里長城；或戴上玻璃紙與鐵絲做的眼鏡，拿著多尼爾水上飛艇的紙飛機，在吊橋朝很深的山谷射出去，看它乘著上升氣流消失。如今誤撥算盤的龜藏爺爺，折服哈魯牧特的觀察力，不吝獻上笑容與砂糖。

然後，在隔年初春，警備道開滿櫻花，到山下讀書的哈魯牧特與海努南回到部落。番童教育所是四年制，他們到漢人的公學校完成剩下的兩年，回程用帶黏性的小槐花豆莢在上衣拼出「野球魂」，洩漏這才是去讀書的願望，甚至用來治療百浪[20]的歧視目光。在經過一個戒備犬叫不停的駐在所，海努南爬下懸崖的樹上去撿那架飛離吊橋七百公尺的紙飛機，看是誰的傑作。孩子們會在飛機上註記名字，寫上祈語，請谷風帶到最遠處，遠到山嵐無盡處。在山路上等待的哈魯牧特，聞到空氣有股味道，他循著找，找到了鮮紅果實的鐵冬青，滿心歡喜，懷了一大把，決心給海努南。他在山道枯等好久，就在海努南要爬上警備道時，這樁好事被山下漸漸傳來的歌聲打斷，他怕被外人看穿，把冬青扔在地上。這群從二十幾公里外來的五十位阿美族人就此通過，長長人龍扛著一百五十公尺長的粗鐵纜，好去修復吊橋。一個男孩給另一個男孩的植物禮物，終究被踏爛了。

「誰的紙飛機？」哈魯牧特隔著人龍，問另一方的海努南。

「你的。」海努南用唇語講。

「我聽不到呀！大聲點。」他大吼。

阿美族聽了唱得更大聲，幾座山都有回音。兩人隔著走不完的人龍，不說一句話，是哈魯牧特先把目光垂下來了，顧著地上被踩爛的冬青，翠綠襤褸，泌出的薄荷味瀰漫空氣中。人走光了，歌聲才漸行漸遠。

海努南把紙飛機攤妥，摺進課本中，兩人往山裡走去，仍舊沒講話，在下五個山彎處，緘默的尷尬才化解。他們看見龜藏爺爺趴在上頭名字是自己兒子的戰死紀念碑旁，冬陽照亮他的斑駁頭髮，碑前的酒瓶供養冬青。哈魯牧特知道這則傳說，很久以前，一位剛上山的年輕日警，遭神出鬼沒的布農人拉馬達・星星出草，盜走頭顱。拉馬達・星星被警察當作是撫番政策的惡性腫瘤。這代價是動員無數警力，在險巇的高山鑿路，抵達他位在最荒冷的家屋，把男丁全部抓去槍斃。爾後，那個無頭日警的父親來到山上開了雜貨鋪，從來不用七根手指賣醬油給布農人，用便宜的鹽巴就行，他認為醬油絕對是布農人買來巴結日警；他賣鹽巴也不會在上秤時放超過，再慢慢用勺子減到足斤，這樣布農人以為東西被偷而不悅，相反的，他會把鹽巴一些些上秤，使布農人相信拿到更多。

在戰死紀念碑下，陽光撫摸龜藏爺爺的臉龐，一串眼淚滑落。哈魯牧特安靜的領受別人的悲傷，海努南也是，他們認為老人皺紋是眼淚刻出來。兩人互看一眼，輕輕抓彼此的手，心中有個篤定誓言，他們很年輕，可以活很久，甚至像檜木不懼雷雨而長命百歲，很久以後的每年，要是龜藏爺爺

20 東部原住民對漢人的稱法。

死了，就由他們在酒瓶插上冬青。

「我作了一個美夢，夢見我跟家人都在一起。」龜藏爺爺仍趴在紀念碑的基座，閉上眼說話。

「還好你活著，跟活人講話。」

「這才是令人難過的，當我醒來，自己沒死，而夢還活著。」

「好難懂的意思。」

龜藏爺爺張眼，眼睛濕濕的看著哈魯牧特，然後視線越過去，越過河流、森林、稜線，落在晴空萬里。這使哈魯牧特與海努南不得不轉頭看去，發現天空沒有留下可以註記的微物。

「布農人的夢占內容都很難解，比起來，我的夢好懂，像透明的水。」龜藏爺爺看著藍天，「天空太遠了，沒有人可以到達盡頭，就像夢境永遠會失去，於是有人懂得捕抓藍天了。」

「誰？」

「布農女人。她們染布時，會偷偷把天空的顏色放進去，那叫甕覗。」

「甕覗？我從來沒聽過這種方法。」

「布農女人在染常常穿的藍布時，會掀開甕蓋，留個縫，然後大聲說這塊布要完成了，顏色比天空還美。藍天不相信，偷偷爬下來瞧，冷不防就從縫隙摔進了甕裡，跌成漣漪層層，從此染布有了天藍色。」

「我奶奶從來不騙天空，她會大方打開甕，讓天空來看。」

「我奶奶也是，」海努南附議，「除非天空也會像巡查，不經過同意就去檢查布農人最珍貴的小米倉，要是收成不好就笑他們懶。」

「不是所有的警察都這麼凶，內地的警察溫和多了。」

「警察凶是因為永遠有不聽話的布農獵人，他們老想要剪斷電話線，鎔成子彈，偷水管當槍管。」

到了夏天，大部分的警察前往更高海拔的部落軍事演練，恫嚇幾個想反抗的布農人，顯得霧鹿部落空蕩蕩，被午後常見的雨霧趁機包圍。駐在所內的日本女人與布農小孩製作豆腐，煮熱呼呼的味噌豆腐湯，好迎接風雨中回來的警察。哈魯牧特與海努南都來幫忙，喝了加砂糖的豆漿。龜藏爺爺則在清除廁所裡硬邦邦的衛生紙，導因是有幾個體驗文明的布農人借用後，用帶來的石頭擦完屁股，塞死蹲式馬桶了。在這時候騷動爆發，警備犬與戒備猴大叫，鐵絲圍籬旁的哨所警察緊張跑回來，關上大門，大喊番人殺進來了。一心想早點死的龜藏爺爺，手握刺刀從後門繞過來，他不怕，卻發現那只是一隻大山豬來襲而怕得尖叫。大門忽然被山豬撞了，聲響真實的令辦公廳震動起來，兩位警察從槍房拿出步槍，又把十幾位日本家眷都趕進牢房，然後上鎖，把鑰匙折斷。這樣攻入的布農人就拿她們沒辦法。

哈魯牧特把藏在角落的鑰匙撿起來，另一截遞給海努南，一人一片，很有默契吞下，這樣衝進來的布農人得剖開他們肚子才能得到。接著，海努南拉著哈魯牧特到廚房，跪著祈禱，說：「快跟著我說。」

「我準備好了。」

「萬能的天神耶穌，請降臨在這最黑暗的霧鹿部落，拯救我們。」

「萬能的天神耶穌，請降臨在這最黑暗的霧鹿部落，拯救我們。」

「我祈求祢，殺死門外的布農瘋子。」

「我祈求祢，殺死……」哈魯牧特睜開眼，他錯愕於這麼銳利的字眼，看著海努南，看他努力祈禱完。

「我祈求祢殺了門外的布農人，要是他們殺了一個日本人，整個部落又要被警察趕走了。我祈求祢，幫助苦難的人……」

哈魯牧特靠過去輕輕一碰，海努南就倒在他肩上哭了。

一九四一年春天的打耳祭，這是布農小米播種後的重要祭儀，對哈魯牧特與海努南而言，也是重要日子，他們不可思議的同時考上了花蓮港中學校，越來越靠近棒球夢，越需要好的工具。他們獵獲兩頭山豬，鞣皮製作球具，把撕下來的獸皮刮除脂肪餘肉，進行鞣製，將獸皮放在有胡桃油的臼裡搗、掛在木柱上來回拉動，這樣耗去兩天時間，手痛得肌腱滑膜發炎，才將獸皮變柔軟。靈魂離開了皮肉，兩者都死掉，唯有鞣皮可以保留皮肉的生前特性，加以利用。山豬背的厚皮可以做手套，較薄的豬肚皮做球帽，兩人還做了豬皮球，球心用栓皮櫟樹皮包裹石頭，但是不夠圓。

當哈魯牧特把球擊出去時，敏捷的海努南沒有接住，不夠圓的豬皮球滾到了操場邊，轉個小弧度，停在一小批遠來的布農人腳邊。為首的人永遠打赤腳，綁著頭巾，穿傳統服裝，脖子圍圍巾好遮住他的甲狀腺腫二級，他撿起豬皮球嗅著，用敏銳得可以聞出每年胡桃樹不同產量的嗅覺，說：「這汗味屬於伊斯坦大家族的。」

伊斯坦大家族的哈魯牧特看著這群遠客，有說不出的陌生，也有說不盡的熟悉。其中一位年輕的布農人拿過棒球，作勢投遠球。哈魯牧特一邊後退接，一邊發出歡呼，只見那顆球長翅膀似飛過所有人的頭，落進駐在所內的屋頂，砸出響聲。警察出來斥喝，看見一群陌生的布農人大喊：「伊斯坦大家族的拉荷．阿雷一家人來到了，我們花了三天三夜的腳程，特地向霧鹿的警察報到，並獻上珍貴的鹿角一對。」

原來是傳說中英雄到來，哈魯牧特大喜，他聽說這位表祖父，在中央山脈的深處闢建了玉穗社，憑著天險，拒絕文明干擾，以游擊騷擾與警察對抗了十八年才歸順，搬到一百公里外受監控的山下住。這位英雄如今翻越大山，來參加打耳祭。

嘎嘎浪歡迎他的表哥拉荷．阿雷，見面後照傳統，交流昨晚夢境夢占，都是好日子的象徵。嘎嘎浪接著抓住一隻雞的脖子當眾捏死，雞的掙扎象徵一種喜慶情緒，再入火燒掉毛，烤起肉，稍後最具誠意的豬肉拿進來分享。這些遠客可以隨意進出家屋，進入較有禁忌的小米倉，代表他們的血統親近。他們喝小米酒，大聲唱歌，醉了倒在地上，醒來又爬起來喝，從來不會做出逾越道德的事。那是哈魯牧特第一次喝那麼多小米酒，覺得劇烈心臟就要破殼而出，與海努南瘋瘋癲癲的唱歌，他看到埋在祖父床下的孿生哥哥爬出來學大人抽菸，對他說：「你永遠不會長大，不能抽菸。」彷彿聽到這句話的哈魯牧特，拿出兩根菸：「那抽了我們就長大了。」他與海努南面對面把臉頰吸垮了，菸還沒拋出一縷悠哉的煙，於是從灶裡拿火炭點，菸頭都燒起來，還把哈魯牧特的眉毛燒出焦味，菸仍是好好的。原來喝醉的兩人誤拿樹枝當菸。他們大笑，躺著看屋頂，梁上懸滿倒掛的小米束與保留苞葉的玉米，有些小火星偏偏往黑黑的地方竄去，好美呀！

這時候，有人匆匆跑進來，說發生大事了，在三十公里遠的北絲鬮溪[21]，對抗警察的海樹兒家族被抓了。所有的人瞬間酒醒了，進入靜默，火炭暴裂與屋外的歡樂聲傳入，顯得多麼炎涼無奈。哈魯牧特聽說了，海樹兒家族不滿被日警遷到平地住，憤而抵抗，回到舊部落殺死警察，逃過數百位警察

21 今臺東鹿野溪的舊名。日治時期在該溪域闢建內本鹿警備道，以控制布農族。

與他族原住民的圍捕，誓死抵抗，沒想到最後還是被強大兵力逮捕。

「海樹兒的出草（kanasan），替我們出口氣。」有人說。

「永遠記得，不要講這種話，他面對的是最凶狠的動物，比黑熊或山豬殘酷一百倍，即使被捕也無所畏懼，這是抗暴（minbas）。」拉荷・阿雷說，「這世上沒有英雄，只有找回尊嚴的人。」

「那我們還做什麼事？」

「日本有很多訓練殺人的學校，不斷製造殺人武器，他們厲害得像是韭菜割了又長，我們有最銳利的布農刀也沒有用。但是不要忘了，他們可以拿走我們的獵槍，拿走我們的語言，拿走我們的部落，但是拿不走我們尊嚴，拿不走我們的歌聲。族人們，讓我們用歌聲為被捕的族人祈禱。」

所有的人站起來，圍成圈，兩手往後抓住鄰人伸來的手，像用苧麻或藤皮編織成的花圈，吟唱起八部合音。哈魯牧特緊靠著海努南，第一次參加這種大型的傳統吟唱，沒有歌詞，當他們用喉嚨回憶起風掠過月桃、手鋤撞擊農地、木臼木杵傾軋、腳步堅實踩過草叢、結穗小米的沙沙擺盪、水鹿山羌在谷地低吟、織布機來回運作聲，便能知曉千年來的祖先不過是用吟唱模仿生活泛音，用以娛悅天神，而今日是希望受難的海樹兒族人平安回到部落，重歸日常。他們唱出天籟，歌聲最後藉由家屋放大，瀰漫整個霧鹿，所有的族人放下娛樂與酒杯唱和。

要是哈魯牧特與海努南還待在小百步蛇溪流域，會感受到任何水聲都保存族音，包括雨滴或淚滴。那年春天，他們在提早來的梅雨季中，往北出發，展開五年制的中學生活。海努南揹著男性的davaz後背網袋，哈魯牧特偏愛苧麻編織的女性側背網袋sivazun，無論背袋與腦袋都裝著球具，就要離開小百步蛇溪的範圍時，灌溉渠的水聲激烈如蛇尾擺動，雨停了，哈魯牧特要送行的嘎嘎浪回去，不想聽他碎碎念要求孫子去當警察之類的話。嘎嘎浪這獵人不得不服老，他的腳踩平地就痛，習慣前傾爬坡的身體走在平地就駝了，他要回山上了，最後想跟孫子單獨講話。但是哈魯牧特不想，把海努南拉在身邊，他說祖父你有話就當著大家的面講。這讓海努南很尷尬。

「沒什麼事。」嘎嘎浪流淚了，他終於在孫輩前示弱，轉身離去時，說：「現在世界打仗了，你們兩個就像兄弟，要互相照顧。」

哈魯牧特看見祖父駝背走在綿延的馬路，身影慢慢摺入寬闊的花東縱谷，除了白雲藍天、山巒、檳榔樹，似乎什麼觸動了他，他被海努南的手肘暗示的撞了一下，忽而也難過起來大喊，「阿公。」

「怎麼了？」嘎嘎浪回頭。

「我們會好好照顧彼此。我去花蓮會多讀書，要是可以，去考上高砂警察後會回到部落。」哈魯牧特終於提到祖父的願望，他以為對方會在告別時碎碎念提起，惹人懊惱，結果對方不提，他倒是提起了。

「這樣是好的，這樣我們部落或許會好過點。」

「我知道。」

「你們慢慢的minLipun（成為日本人），不再minBunun（成為布農人），以後你們起床，要複習在睡醒前的那個夢，夢會告訴你是怎樣的人，夢比鏡子更能反映你的臉孔，夢比候鳥更能告訴你回家的路。」

然後一輛疾驅的火車打斷了對話，嘎嘎浪離開，不再多說，剩下的由孩子的夢說盡一切。他們循著火車的去向走，看著它慢慢摺入地平線，留下一縷彎彎淡淡的煙，他們不搭車，拿出球套與棒球玩，一路慢慢來。結果在三小時後，他們追上了火車，車廂上的乘客都還在等待道班房把昨天壞掉的橋修好。「下來走路吧！學學那兩位年輕人。」最後一節的乘客說完，跳下車加入哈魯牧特與海努南的隊伍。當他們來到第一節車廂，太陽狠毒，海努南在火車陰影裡仰頭喝水，不久猛跳動的喉結垂下來，眼皮也害羞垂下，因為他看到一襲無比深邃的藍天就裁落在一個女孩身上。女孩臨窗又臨風，手擱窗臺，彷彿再多點風，她穿的漢式藍染衣會化為雲飄走，得保持微笑把什麼挽留下來。哈魯牧特把戴在頭上的球套拿下，目光從海努南，帶著敵意的慢慢瞥向女孩。她普通無趣，只是會笑的白皙豆腐，哈魯牧特想。

「火車壞了，我等了好久。」女孩說。

「火車不會壞了，是路壞了。」海努南憋著舌頭講，這樣能講出更標準的九州腔。「要不要一起走？」

「你們要去哪？」

「花蓮港中學校，那是我的學校。」

「是我們的學校。」哈魯牧特摘下頭頂的棒球套，「我們的目標是打進內地的甲子園。」

「你們的棒球能飛這麼遠？」這女孩笑了，她摀著嘴，令人看不到她的咧嘴，只露出鳳眼彎彎。「你們叫什麼名字？」

「哈魯牧特。」

「海努南，一種樹木的意思，哈魯牧特也是樹木名字。」

「不用你雞婆。」

「說話這麼帶火！」海努南笑著，然後對女孩說：「妳的呢？」

「潔子，不用多解釋了。」

「妳有聽過某種藍色，叫作甕覗，它跟妳衣服的顏色一樣。」海努南說。

「這是我祖母染的衣服，要問她。」

「妳祖母在染這塊藍布時，會把甕蓋留個縫，然後對天空大聲說，這塊布要完成了，顏色比藍天還美呀。藍天哪相信，爬下來瞧，冷不防就從縫隙摔進了甕裡，從此染布有了天藍色。」

「我祖母好壞，她怎麼可以這樣害死天空。」

「妳誤解妳祖母了。」

「我從來沒有誤解她，她保守，又脾氣不好。」潔子嘟嘴說，「但我從來不曉得她有能力害死一片藍天。」

海努南尷尬的笑著，「一起走嗎？」

「走吧！兩棵會走路的樹。」

來到東臺灣最繁榮的城市，撬開了哈魯牧特與海努南的靈魂，從靈魂冒出新品種的觸感。他們穿立領西服、戴盤帽，沒有教官巡邏就把手插口袋，走在花蓮港市最繁華的黑金通，兩旁都是日式房舍為主，能看見客廳有著巴洛克時鐘、琉璃飾品、時髦留聲機，晚上點亮了柔暈暈的奶油燈。他們學會吃拉麵配煎餃，再叫一碗飯倒入剩餘的湯汁做成拌飯；吃濃稠甜味的咖哩飯，配上日本醬菜福神漬；吃完蕎麥麵或烏龍麵，肚子餓得再去找甜品。在路盡頭有飄著阿摩尼亞冷凝劑臭味的製冰廠，附近的冰店賣著冰棒或煉乳碎冰。

哈魯牧特高瘦，身形在部落被視為不良品，在市區算標準。海努南則是標準的布農身材，較矮，在市區被視為炸壞的馬鈴薯肉丸。再加上兩人的皮膚黑，永遠是街民的焦點，被指指點點。所以不久之後，兩人都走在黑金通外圍的漢人文化街道，這裡的食物像擔擔麵、滷肉飯比較便宜，還有更便宜的麻油麵線，或不顧眼光的只點一大碗白飯果腹。即使被漢人視為鬼差七爺八爺，被小孩取笑，哈魯牧特與海努南都在忍受，就像忍受整天折磨他們的飢餓，並接受自己是異類。

在黑金通盡頭，有著一間洋式尖頂的大木屋，被附近居民們看作是破壞風水的建築，在自家掛上八卦鏡避煞。整個梅雨季的週日，海努南在裡頭進行神祕儀式，相信故事，不相信自己，比如相信有人在鯨魚肚住上三天三夜、相信有人能徒手將大海掰成兩半、相信有人將動物放在木製航空母艦躲避洪水，這代價得不相信祖靈存在。在外閒晃的哈魯牧特聞到街道的食物味，拉麵、咖哩或白飯的鮮美，餓死了，他給自己避雨的藉口進去教堂躲開誘惑。狹長拱圓窗上的花窗玻璃像是三石灶裡的火焰、濃郁檜木建築味像是置身森林，這很熟悉，這照海努南講的，布農對基督教的天父稱為——利加甯爸爸（Tama-Dihanin）[22]，祂有個兒子，名字叫耶穌，祂是純潔之神，站在布農人的右肩；而邪惡之神撒旦站在布農人的左肩。時時往右肩祈禱，耶穌會給人兩條魚與五塊餅乾，能吃上一輩子。

利加甯爸爸，哈魯牧特默念，走向經壇，看見海努南和教友跪在地上。講壇上的雅各牧師穿著素色羅馬領衣服、披藍色長圍巾，一手持《聖經》，一手對底下的人施魔法，看起來就像神廚丟給他們食物。

「你們願意接受耶穌在十字架上，並成為你們生命唯一的救主？」

「願意。」

「你們願意遵守聖經，作為實踐的路？」

「願意。」

「我奉聖父聖子聖靈之名，為你受洗。」牧師走下聖臺，看見一個幽靈似的少年搖搖晃晃走過來，兩眼渙散，不斷咬嘴唇，兩手顫抖。

「願意。」哈魯牧特終於走到聖臺前，跪下來，用臺語說。

「你怎麼來了？」跪地的海努南睜開眼，面露驚訝的看，他頭上剛好被牧師以聖水澆下來，得馬上說：「阿門。」

「你願照《聖經》所做，將教會作為你的厝？」牧師接著為哈魯牧特受洗。

「我是『吃教的』了，快給我一塊餅乾屑就好，我能吃上好幾年。」哈魯牧特說。

「你聽誰說的？」

「他。」哈魯牧特礙於飢餓，出賣海努南。「他說耶穌是神廚。」

「那是我奶奶薩芛說給我聽的，不干我的事。」

所有觀禮的人都笑了。「吃教的」是外人對基督教徒的貶稱，意思是進入教會能得到免費飲食。哈魯牧特是衝這點來的。他的青春期被飢餓干擾，就像臉上與背部冒不停的青春痘。他早餐與午餐在學校付費搭伙，晚餐自理，每日的棒球訓練在晚上八點結束後，他就與海努南，像山豬在街上拱著鼻子找食物，日本區食物貴，漢人區的也不便宜。有個地方是免費，那是教堂。教堂牧師會留食物給信教的海努南，他簡單吃幾口後，用麻竹葉或玻璃紙包兩個飯糰，拋給窗外等待的哈魯牧特。哈魯牧特不會漏接這顆棒球大的食物，趁自己被飢餓殺死前，雙手穩穩的接住。飯糰裡包味噌、蔬菜，或難得的爌肉，滋味美得像是耶穌。耶穌是對的，哈魯牧特心想。

22 布農語的上帝，是tama（爸爸）與Dihanin（天神）的複合詞。這是布農晚近對基督教與天主教上帝的翻譯用法，而早期受日文影響，布農對上帝稱為神樣（KAMISAMA）。

嘎嘎浪告誡過，下山後信教，信耶穌祂會逼走心中的祖靈，信佛陀祂會讓獵槍腐爛。哈魯牧特哪會不知道，但是每月四元的生活費讓他活在貧窮煉獄，猶豫要不要去教會搭伙省錢。海努南勸說，食物是天數，固定的，你不吃就給他人吃光。哈魯牧特搖頭不去。海努南又說，你想想，學校在週三午餐有燉牛肉，但漢人初級生照家裡吩咐的認為牛是農人朋友，吃了下地獄，於是牛肉被我們吃光光；過一個月，那些初級生發現不對勁，不吃就沒了，肚子也扁扁的，寧願下地獄也要吃牛肉。這樣的勸說令哈魯牧特沒有搖頭，仍猶豫時，被海努南拉著穿越街道食物，蒸的、烤的、炸的香氣使他有強烈戀愛的窒息感，直到人在教堂外，糊裡糊塗接到一顆右外野飯糰，他才醒來。

「歡迎你來到教會，以上帝為唯一的真神。」雅各牧師說。

「這樣很好，神只有一個。」哈魯牧特受洗，是衝著食物來，腦袋完全昏沉沉的，不知道說什麼了。「今天晚上睡覺時，布農的神都會死翹翹，只有利加甯爸爸活著來打擾我。」

「利加甯爸爸是誰？」

「我們布農族的耶穌的爸爸。」

「那好，從今天開始，你不能再崇拜布農耶穌，要禮敬基督耶穌，和祂的聖父。」

「我需要食物的幫忙。」

「沒問題，我們這有很多精神食糧。」

雅各牧師搞不清，利加甯爸爸就是基督教的上帝，也搞不清楚哈魯牧特要的是食物，給了《日曜之糧》。接下來的「日曜學校」[23]時間，哈魯牧特翻開濃縮了《聖經》金句的《日曜之糧》，竟看不懂所有的英文，他讀幾句這種羅馬拼音系統而得到古怪的「祢的話是我跤前的燈，又是我路上的光」與「當我心驚惶，迷失了方向，主，祢猶原佇我的身軀旁」，哈魯牧特很快理解這是臺語。

「完了，原來百浪是天神，我們倒楣了。」哈魯牧特小聲說。

「不是這樣的。很久以前，很多人蓋了一座很高的塔，要到天頂，天神要阻止這件事，將人類語言弄亂。」海努南佯裝翻弄《日曜之糧》，低聲說，「天神很厲害，會講所有語言，當然會講百浪語。」

「怎麼沒有布農語的？」

「不要忘了，布農人怕水，不敢搭蘆葦船出海，去國外蓋高塔。」

「原來天神不懂布農語。」

「祂很快學會的，像你。」

擁有語言天分的哈魯牧特，欣然領受此句。但是他對羅馬拼音不感興趣，隨意翻閱，幻想待會兒的午餐內容，他翹著鼻子聞廚房飄來的炊味，有白飯，另有濃濃昆布與柴魚高湯熬煮的烏賊燉菜，便把雅各牧師晾在桌子前講授。不過當他翻到書末的版權頁，發現薄薄的書，要價是三日飯錢，嚇得發出驚訝聲。

「怎麼了？」牧師問。

「主，我要愛祢到永遠。」哈魯牧特從書冊念出一句，權充他的驚訝，然後抬頭說：「牧師，我吃飽之後，這本糧食會還你。」

「它屬於你的了。人對《聖經》理解的飢餓感，永遠無法滿足。」

「阿門。」哈魯牧特說完上教會的句點句子，扔下書跑了。

23 週日學校的意思。二戰之後，日本對基督教嚴控，將基督教在週日的宗教學習「主日學」改為「日曜學校」。

哈魯牧特就讀的中學，臨近太平洋。海浪在不遠處，來來回回舔著海岸，細微柔潤。海濤是不經意的耳語，夏日來臨後，直到九月初的甲子園預備賽，哈魯牧特能聽到這股潮濕聲音縈繞，不是學校的每個角落都看得到海，但是能感受海濤絮語來到不同地方，有不同頻率。在游泳池裡，淡水不斷吐出拍擊的浪聲。在餐廳，他聽到浪濤累積到腳踝，永遠發出飢餓嘲笑聲。在教室裡，哈魯牧特感到海浪摻混了龍舌蘭、黑松與榕樹的味道，越聽越慵懶，除了英文與農業課，他聽到聲響就在耳邊，有幾次令人快睡著了。

像國家政策培養下的少年，哈魯牧特崇拜德國的一切，會哼貝多芬〈第九號交響曲〉，與唱上幾句末樂章的德國詩人席勒〈歡樂頌〉歌詞，但學校沒有德語課，他只好喜歡上英文。他熱衷英語，這完全遺傳自嘎嘎浪的語言系統，腦海紋路能錄下單字，照字根分類貯藏；他聽力不錯，擁有獵人能聽出螞蟻與蟋蟀走路聲不同的耳膜，注定一次就聽出英文單字responsibility、appreciate有幾音節，並分辨氣音。他不用花太多時間記誦，每天清晨讀三十分鐘，花三塊錢買了三省堂英文字典，翻譯拜倫與雨果的詩，而後者是法國人，順便認識了乳酪魚子醬三明治、奶油蒜烤田螺或紅酒燉兔肉，暫且療癒了餓肚子。他取了一個令海努南笑翻的英文名字「朵娜（Donna）」，幸好只有他們兩人知道，這像他們有好多祕密，少男與少男之間也可以坦誠的流淚。

哈魯牧特的英文老師叫太郎，是怪咖。他蓄著西裝頭、胸繫領帶，口袋放著手帕擦拭汗，公事包總是放著一本英譯書《武士道》，他是基督徒，年輕時到過紐約與底特律，上課會講有尿騷味、垃圾與遊民的美國城市有多偉大，彷彿炫耀噩夢。太郎老師是自由派，在課堂上讚揚新渡戶稻造[24]的反戰思想，私下又向哈魯牧特推薦內村鑑三的無教會主義，介紹他抵抗權威，提倡到處是教堂，何必拘泥於人工建築，森林是上帝創造的最棒教堂，在大自然才能真正的祈禱，去那裡做禮拜就行了。哈魯牧特喜歡這想法，這樣不用奉獻，能省錢的是好教會。

農業課也很迷人，由校長擔任。校長左臉頰曾經腫得像豬頭，然後蔓延到右側臉，被學生戲稱為「阿多福風邪」，也就是腮腺炎的意思。有一次，校長要大家講對動物進化的觀察，學生頂多講狗呀貓的，是如何進化到高雅，上完大號要主人鏟屎，用衛生紙擦屁股；獵人後代的哈魯牧特卻一鳴驚人，他說他曾觀察山羊與水鹿裸露在外的肛門很少沾到糞便，如果人類以粒狀排泄，就不需衛生紙。海努南在旁邊聽得大笑。

「非常好的論調，簡直是文明高見，如果我們進化到用肛門把排泄物切成粒狀，或許我們就不再有痔瘡這種毛病了。」阿多福風邪校長瞪大眼的說話，給大家添了笑料，才對哈魯牧特說：「你殺過水鹿？」

「殺過，我和海努南是獵人。」

「很好，學校養的那頭豬就交給你們殺了。」

六月的一個下午，兩人牽著農業課程養的豬隻，大搖大擺經過市區。那很丟臉，他們愛面子，被居民的目光刺著，灼灼燙燙，每分每秒都增溫。哈魯牧特蹙眉，先說：「我們挑小徑吧！」海努南說：「還挑，快到了。」「這太丟臉了，那些百浪的孩子都笑瘋了。」「不要忘記我們是獵人的孩子。」哈魯牧特知道城市不需要獵人，有的話，狩物是比動物更野蠻的錢，而他們兩個也越來越習慣

24　一八六二—一九三三，被譽為「臺灣糖業之父」，曾是日本五千日圓的肖像人物。著有《武士道》，譯為英文而聲名大噪，即小說中太郎老師公事包放的英譯《武士道》。

這種可怕的獵殺實情。經過商店與擾攘市街，哈魯牧特來到屠宰場。這裡的狀況沒有更好，豬隻嘶聲被殺、丟入熱水鍋褪毛、豬身蓋藍色稅章、靜靜吊在鐵鍊上被屠刀劈開，內臟與血水噴在下方的大盤裡。要是沒有信仰，很難面對充耳不聞的死亡哀號，連遠處設立的「畜魂碑」都不夠用，於是哈魯牧特告訴自己，這裡沒有祖靈，難怪百浪要發明菩薩。

「你們可惜這裡的屠宰牌照，但是得自己去繳稅。」身上沾滿血的屠夫，拿著半月形的刀子，模樣嚇人。

「去哪裡？」

「市役所（市公所），自己去。」

「我們自己去？」

「這些豬跟你們一樣煩死了，不早點殺，整天都在叫。」

哈魯牧特瞪大眼，跟死豬眼一樣。他跟海努南快逃，穿越巷道，一路上頭低得要掉下來，很幸運的找到那座和洋建築的官廳，很不幸運的是手中牽著的豬招來幾個看熱鬧的小孩。海努南在外頭顧豬。哈魯牧特進去問了幾個課員，都得到同樣回答：「豬在這可以繳稅，但不能私宰。」這時門口傳來喧囂，坐著黑色日產汽車回來的廳長下車瞧，害海努南比豬還要緊張。豬會吼叫宣洩，他卻講不出話，臉部肌肉僵硬得像洗衣板。哈魯牧特走上前去，用最恭敬的日語請安、解釋與求恕，但是旁邊的課員卻奚落這兩個黑魯魯的傢伙帶山豬來鬧場。

「這不是山豬，這是養的家豬，我們帶牠來繳稅。」哈魯牧特說。

「你們在山上抓到豬，會先下來繳稅？」廳長問，用他隨身攜帶的那根黑拐杖戳著豬，「太棒了，我們教育成功，高砂族也懂得繳稅。」

「可是繳稅，也不代表他們自己可以殺豬，要送到屠宰場。」課員說。

「你們老師是誰，教你們私宰豬。」廳長質疑。

「那是，」哈魯牧特嚇得不太敢接話，支支吾吾，最後才說：「是阿多福風邪校長。」

沉默幾秒，廳長灰硬的臉部忽然肌肉鬆開，暢喉大笑，直說這傢伙真的叫作阿多福風邪，太有趣了。「他可是非常認真的校長，全力支持各位打棒球，今年秋天的甲子園春季預賽，就是他爭取來的，大家都關注這件事。而且你們很爭氣，先打贏了花蓮區預備賽。你們要好好發揮。至於這條豬嘛！越看越有趣，多麼像腮幫子肉垂垂的阿多福[25]，各位說是吧！」

「下次我們再也不敢造次了。」

「哈哈，豬就帶回去殺吧！我上次跟你們校長見面，他說農業課要一頭豬學習解剖，是吧？」

廳長轉頭對課員說。

「原來是解剖課程，就不是私宰，當然可以。」

解剖課程在兩天之後。圍觀的學生猜測該怎樣殺，有的人覺得用武士砍頭方式，咻一聲剁下頭。有的認為採用割喉；有的人說用錐子朝豬的眉心重敲；有的認為想辦法催眠牠。這時候哈魯牧特拿出一把奇特刀子，樸質無華的木刀鞘，尾端如魚尾。大家終於看到久仰的高砂刀，退兩步成路，給拿刀的人走過。豬嚇得變臉，軀殼弓得腫脹，掙扎不已，發出火車剎車的金屬尖鳴，讓抓住牠的學生在心軟之餘抓溜了。海努南首先被豬撞到，忍痛弓著身子抓住豬，最後由哈魯牧特上前補刀。布農式殺法是將刀子從豬的左肢腋下刺進心臟，再用力轉刀，豬不再掙扎，安然的讓靈魂隨血液衝向他

25 阿多福是日本面具，雙頰圓而飽滿的女人臉。豬頭皮因兩頰腫脹，而叫阿多福風邪。

們——哈魯牧特與海努南都被炙熱的液態靈魂緊緊包裹。這堂課令學生印象深刻，他們沒看過殺豬，今天參與了，從此餐桌上的豬肉不是沉默的肌肉組織，是勞動的紀念碑。

那陣子住宿的學生，聞到洗不掉的豬血味，但哈魯牧特認為那是精液味。同時也是在那陣子，重磅的棒球魔鬼營訓練，使他透支體力，只要身體碰到宿舍榻榻米，馬上睡死，整夜無夢。有種東西可以半夜叫醒他，海洋聲與生長痛。他的骨頭快速生長，扯到肌肉與神經，尤其膝蓋後頭或大腿部分在夜裡開玩笑似的猛疼，這時他醒來，聽著海洋聲已經闖到了窗外。他終於來到海這邊了，來到教練查屋馬在篝火邊傳述的傳奇之地，那麼近，近得隨時聽到，在海洋彼端的甲子園呼喚。

哈魯牧特睜眼，趴在床榻看四周，他喜歡這種在男孩動不停的世界才有的難得靜謐，在下個睡意捕獲他之前，他像雲豹匍匐。在充滿男汗與海味的宿舍，六人一間，掛著大蚊帳，豬形陶罐飄來刺鼻的金鳥牌蚊香。他注意到微風，吹過窗戶，飄動窗臺下的書本，在他用青森蘋果運送箱權充的書桌上，睡前翻譯的雨果詩頁，隨風高高低低的，像聖鳥海碧斯的飛行。

他聞到精液味道，像墨魚腐敗，這種味道在青春期是陷阱，害宿舍裡的什麼話題都會被踩進去。更多時候，是默默進行的儀式，或許是少年的自瀆或夢遺，誰或誰的手，在睡夢中不經意的伸進褲襠磨蹭。哈魯牧特繼續匍匐在榻榻米，等待什麼發生。幾分鐘後，海努南終於爬起來，他盤坐著，看著窗楣上的風鈴。只有風鈴能翻譯風的過去，晃啷啷又晃啷啷，唱過兩聲，又一串低低的羞響，然後浪聲填滿了無聲留白。

「漲潮了，海來了。」海努南說。

「走吧！」哈魯牧特回應。

他們起來，穿上鞋子，來到廁所。那有盞二十瓦的鎢絲燈，是宿舍熄燈管制之後唯一的明亮處，平日考試衝刺的學生都會擠在這夜讀。這時的廁所沒有人了，哈魯牧特站上凳子，把兩片葉子貼在燈泡上烤，燈光穿過葉綠素，使廁間綠暈暈，一分一秒過去了，精液的味道越來越濃。這片散發特殊味道的魚腥草正在烘烤，是布農用來治療瘀傷。哈魯牧特掀開海努南腰際的衣襬，小心撕掉沾黏的舊藥膏，露出瘀血，那是三天前被豬撞傷的。他重貼上藥膏，把燈泡轉下來，將裹在燈泡上的溫熱魚腥草推向藥膏，它們混成奇特的味道與觸感。

「你記得以前警察都叫我們柚子嗎？」海努南問。

「桃子栗子種三年收成，柿子種八年，混蛋柚子是十八年。」哈魯牧特知道這是罵人的俗諺，他記得有些小原住民花了兩年，才搞清楚右左手之分，被惹惱的巡查老師大罵，柚子也比你們厲害。

「柚子花很香，你聞到了嗎？」

哈魯牧特停頓。黑暗中，他左手抓對方的肩膀，以便右手將電燈泡壓近，感到肌膚燥熱。「我聞到的是栗子花的味道。」

「你聞到的是魚腥草。」海努南些微挪移身子，卻沒有躲開。

「是栗子花。」

「栗子？可能嗎？」

「那是家屋的味道，我聞到了。」

恍恍惚惚，黑得不見光的空間，哈魯牧特的手停下，停在今日進度，停在海努南充滿小錐狀粉刺的後背。水龍頭滴水聲魚貫傳來，竈蟋與鈴蟲卻時時發出金屬摩擦聲。哈魯牧特想到什麼？海努南也會這樣想吧！在很遠的山上，海拔夠高便可見到霧氣模仿海浪，翻弄蕨類之森，被迫遷移後留下的舊家屋，空蕩蕩，四周種滿了板栗。板栗在春天垂著灰白的柔軟花軸，像小小花火消逝前的感嘆，花味腥黏，小時候的哈魯牧特覺得那種味道似曾相識。那是男性才有的腥甜，水果黴酵前的潤味，他鍾愛，摘下花藏在褲袋超過整個夏季。每當板栗花味飄來，巡查說，這是大自然的種子味道，女眷聽了便羞怯走開，留給男人們鬼扯不停。哈魯牧特後來才知道，種子發音，是跟精液同音。

然後，哈魯牧特鬆開手，起身把燈泡拴回去，亮晃晃，也搖晃晃。海努南穿上衣服，遮住身上的棒球與藤鞭的瘀青，但沒有豬撞傷來得痛。他們輕輕提起門拉開，減少門軌響，戶外沁涼，夜風微微，陪著他們穿越禮堂與游泳池，爬出校門圍牆。他們開始跑起來，跑進港口內，穿越港口軌道與幾幢倉房，要不是被海浪擋下來，會持續跑下去。他們停下來，眼神仍跑出去，看見港口延伸出去的防波堤盡頭矗立著白燈塔，閃爍紅燈。

他們太年輕，沒有準備好做個安分的孩子，希望太巨大，他們拉起郵輪的粗繩纜解悶，大力搖晃，試著往上爬，最後被守衛阻攔。他們逃開，努力狂奔，而且覺得往哪裡去都會被黑夜寬容的隱藏，索性大笑，再也不想讓心中的夢想憋死了。

每到下午四點半放學，棒球隊初級生最先衝向操場，要是慢點，會被跟來的學長罵。先體訓五公里，逼出汗水，因為汗水是夢想的引信。之後初級生去搬出球具、練習具，用石灰器畫壘包線。高年生揣著棒球玩，但很機靈，看見火男教練來了就上緊發條，裝忙瞎忙。

五十幾歲的教練，據說曾小中風，嘴巴歪一邊，像傳統的祭儀使用的滑稽面具「火男」，才被人這樣叫。他手中常揣球棒，要不是往自己肩上輕敲按摩，就是往球員的屁股重打懲罰。他的豐功偉業在哈魯牧特入學的兩個月後來到高潮，帶領學校在全花中得到甲子園預備賽第一名，從此他的嘴更歪，能吊幾斤的傲氣，在學校公開叼根菸走路。從那時開始，他變得更凶、更狠、更得到讚許，要把球隊操練更強。火男教練的脾氣不好，隨時發飆，練習時沒照著他的指令，會換來飆罵，他罵內地人「凸肚臍的變態，再跑慢了，滾回冰冷的樺太島[26]當原始人」，又罵本島人「一群亡國奴，球那麼大都追不到，不如纏腳在家裡吃鴉片」，還罵哈魯牧特與海努南是「番人打獵最厲害，幹麼下山玩球，球又不能吃，再偷懶就滾回山上去吧」。被教練打打罵罵的練完球，天黑了，看不到球又再體訓跑五公里，沿海岸跑，體能不好的火男教練騎車在後頭趕，屁股翹高騎，抵抗海風阻力，大喊：「偷懶的野球部。」「有！」「要是頂不住，就讓海風把夢想吹壞，好不好？」「不好。」「你們要是嫌累，乾脆退部去吃壽喜燒慶祝，好不好？」「不好。」「野球部，那就給我衝刺跑完，要流淚就滾回棉被去哭。」「衝！」

玩棒球有階級，升上三年級之前的球員，沒有機會下場出賽，而且大部分的時候是學長洩憤對象。火男教練規定，每天滑壘二十下，滾地球接不到得挺胸擋下來。學長嫌球場多石頭與雜草，導致滑壘受傷，又使滾地球亂跳而接不到，從此哈魯牧特這些初級生，每週六下午訓練完，留下來撿石頭與拔草。火男教練知道後脾性爆炸，大罵進廚房嫌熱就像是玩球嫌球硬，乾脆玩安全的軟式棒球，他把一籠石頭扔到球場，下令：「現在脫下上衣，要是身上瘀青少十個的人，去撞地上石頭補齊。」大家裸著坑坑疤疤的上半身，又黑又壯，尤其哈魯牧特與海努南被太陽曬得看不出奶頭在哪了。高年級趴下去，任石頭在身上烙印，初級生也識相的陪他們吃苦；火男教練拿球棒打他們翹高的屁股，看見有人哭了，才嘆息作罷。

然後夏天來了，接高飛球會覺得藍天嗆眼，球彷彿融化了，然後漏接。於是在學校澡間，水龍

26 今庫頁島，二戰前曾是日本領土，目前由俄羅斯統治，但日本未承認俄羅斯的主權。

頭流出充滿夏日餘溫的水，哈魯牧特操過頭的手拿起肥皂時，發抖著，他呆看長滿繭與傷痕的手，沒注意危險來了。一位高年級球員這時扔了勺子，伴隨大聲喊「接球」的警告，吸引所有人看去。只見沉重的木勺子擊中哈魯牧特的頭，瞬間流血。扔勺子的人也嚇著，不得不用傲氣擺平自己的失禮，說：「你這位替補投手，不好好餵球，總是讓人打出高飛球才害大家沒接到，是吧！」高年級球員紛紛點頭，穿衣離開時不忘奚落新進球員的水準，跟池水一樣軟。

哈魯牧特躺在宿舍榻榻米，由海努南壓住傷痕止血。球員式光頭的哈魯牧特覺得有雙溫熱的手罩在頭頂，一陣緊一陣鬆，一陣軟一陣暈，伴著一陣又一陣來的海風，撩起了窗楣的風鈴聲都算是他酸甜心情的呼喊。他就是不想醒來，醒來就沒了。海努南知道他裝死，演內心戲，傷口流的血是多了些，也不至於令人閉眼裝瞎，嘴角還能往上勾著梨渦不墜。

「我看不行了，這樣下去就……」海努南看著傷口。

「怎麼了？」室友過來瞧。

「腦髓是柔軟組織，幸好有頭骨保護；但頭骨裂開，流出腦漿就完了。」

「不會吧！這樣人就死了。」

「幸好他的腦漿沒有流出來。但是，」海努南撫摸傷口周圍，「我上次看書上記載，腦髓儲存人類記憶，要是受傷，可能喪失最熟練的技術。」

哈魯牧特嚇得睜眼，說：「真的？」

「你練習最熟的技術看看。」

哈魯牧特一骨碌的爬起身，舉臂伸展肱二頭肌，確定每束肌肉能運作。他身材削瘦結實，手指嶙峋細長，臉上飄著書卷氣，這源自他常在日文課朗讀宮澤賢治的詩句；他不想當文學教師，或是照祖父的想法當警察，只想玩棒球，這是他最熟練的技術與夢想，便拿起豬皮球，試試記憶有沒有喪失，目標是窗外那株木瓜樹。很快的，一陣疾風射出，刷響了窗楣上的風鈴，穿越夏季衣服飄飄的晒衣場，把即將熟黃的木瓜擊爆。

「你沒有忘記自己是投石捕獸的獵人。喔！不，是木瓜農。」

「是棒球。」哈魯牧特認真大喊。

「這下治好你裝死的腦袋了，你的傷好了。」

「但沒有治好我的餓病。」

初級生一起上街覓食，抱怨自己是工具人，平日幫學長洗髒的球衣褲，可是路上看見他們，還得在三公尺前敬禮，不然會被罵被揍。初級生根本是出氣包與免費撿球員。吃了一碗陽春麵，海努南與哈魯牧特沒有飽，青春發育的飢餓感會在晚上復發，從乾癟肚子發出高頻率的疼痛，他倆要到教會找解藥，即使一碗白飯攪味噌也行。在這時候，穿著浴衣、騎著腳踏車的火男教練經過，臉上冷漠得像是裝上欄杆，錯過球員的敬禮後，他才急剎車的回頭問大家吃飽了嗎？球員大吼吃飽了，謝謝。火男教練點頭微笑，把右腳踩上踏板、兩手緊抓剎車器，低頭幾秒才跟大家說：「去，把野球部全都叫到操場，我有大事要宣布了。」

哈魯牧特對這件大事已有耳聞，要聽教練親口證實，還真遺憾。半小時後球員從各地跑到操場，幾個來遲的，噴汗衝過來。果然如此，火男教練宣布今年夏季的甲子園賽取消了。甲子園賽分別有夏季晉級賽與春季表演賽，前者比較受矚目。花蓮港中學校參加的是春季表演賽。但夏季賽被取消，影響春季賽命運。這一切源自世界局勢越來越糟，哈魯牧特每隔幾天從報紙得到世界戰況，德國以閃電戰進入蘇聯阿斯特拉罕；皇軍與中國激戰，並增兵進入越南。然而報紙尚未報導的戰事，是美國對日本實施境內資產凍結與經濟制裁。

「那，春季賽會取消嗎？」有人問。

「聽到壞消息而沮喪的，只能當失敗者，只能用眼淚裝飾自己。」火男教練難得把嘴努正，說：「那些未來的問題，就留給未來的我們解決。」

「沒錯。」海努南大喊。

「野球部，你們吃飽了嗎？我聽不到聲音。」

「沒錯。」大家回應。

「吃飽了，去把裝球具的竹籃抬出來，我們繼續練球。」火男教練大吼，「要是慢點的，我們就被對手趁機甩開了。」

他們像活火山，內心充滿不得不爆炸的塵灰、岩漿與閃電，在豔夏的傍晚積極練球。他們繼續拋接、揮棒、衝壘或練體能，累得靠球場暗號表示心情，躺回宿舍榻榻米就睡著，隔天上頭留有鹽狀結晶的人形。日子越來越焦熱，汗水越來越多，哈魯牧特這種初級生要是沒下場打球，也不能站在樹蔭下觀球，得站在烈陽下嘶吼加油。某個時刻，一顆界外球飛了過去，哈魯牧特順勢瞥去，目光便顧著旁邊的海努南沒有離開了。海努南的右臂蜷著一朵肉苞，是牛痘疤形成的蟹足腫，色粉紅，像花苞，在一片枯寂膚色中綻著嬌豔。哈魯牧特記得這傢伙種完牛痘就大哭，隔天到校，嚼著山芙蓉樹皮，那是大人給小孩轉移傷痛的口香糖。上課時，海努南把口香糖放進口袋，下課拿出來嚼，回家時循著一條布滿塵土和落葉的警備道回家去，突然委屈得哇聲大哭。海努南說他不曉得這件事了，但哈魯牧特沒忘掉，像痘疤不褪。

突然午後雷陣雨來了，雨珠爆灑，世界活在叮叮噹噹的節奏裡。球員繼續練球，在雨中揮棒、撲壘與快傳，比賽不會因雨中斷，練習也是，接著大家沿海岸練體能跑，發出必勝的呼喊。最後狂風暴雨來了，從太平洋爬上來的颱風像末日巨獸登陸，踩垮樹木與房屋，在各處留下深淺的水窪痕。棒球隊就等這天來到，可以放假休息，沒想到火男教練去宿舍把大家吼到大禮堂集合，搬開所有椅子，進行體訓，汗水氾濫，衣服濕得像從泳池起身時緊黏著身體，直到爆發的肉體熱氣在毛玻璃窗塗上蒸氣才休息。大家在玻璃寫下願望，字跡邊緣滲水，露出外頭快被暴風折彎的椰樹與滔滔巨浪。世界瘋狂局勢成形了，而他們還年少，不曉得如何對抗，唯一能做的是衝入風雨，用雙手張開的飛燕式跳入游泳池，再用鐮刀式扎出水花，最後躺在甜圈圈狀的汽車內胎，浮浮沉沉，睜眼忍受暴雨刺著。「天塌了也不怕，世界的考驗來吧！」哈魯牧特大喊，「我們不會死掉的。」

他們度過了兩個颱風，九月就來了。過去幾個月的太陽，將他們烤成砂糖色皮膚，手臂鼓著肌肉，小腿強壯，血液願意為球賽暴竄，但是看見女孩卻變成拉不出絲的笨納豆。兩人在海港碼頭，再度看見潔子。她穿著女中的水手制服、藏青色長褶裙，混在上百位女同學中，拿迎接旗，歡迎從兩百公里外來參賽的中學棒球隊。三千噸的郵輪響笛了，高聳的重油引擎的煙囪冒煙，幾隻海鳥從救生艙起飛，盤桓幾圈，低低掠過正走下前舨的五支球隊，迎接的掌聲從這一刻要響起五分鐘。

哈魯牧特與潔子認識，卻不講話。他們曾在街上、節慶、校園活動碰頭，眼神蜻蜓點水，從來不會有肢體語言的傳遞。倒是海努南見到潔子，目光不知道要斂在哪裡，顯得靦腆或裝得更冷漠。在迎接棒球隊的行伍中，哈魯牧特與海努南相距十公分，卻感到距離十公尺外的潔子就站在兩人中間，於是他更靠近他，近到海風也鑽不過。海努南皺眉頭回應自己的腳被踩得不舒服，看見禍首哈魯牧特看著天空，他也望去。有種細小微物，跳著華爾滋舞步飄落，是種子，有木質化長翅，不知道努力蹭了多遠才落到海岸，卻注定死在鹹浪。哈魯牧特舉起手，想撈些種子回去種在窗下，卻引起好多人往天空看。那有滑翔機，金屬翼迸光，好刺眼又亮眼。

秋風爽颯，陽光柔澈得很，滑空部（滑翔翼社）的學生在花崗山運動場拖著繩索，把踮腳助跑的飛行員，一鼓作氣的拉上天空。天空有了夢想。地面的觀眾驚呼，巨大的機翼也發出聲響，從尾部噴出慶典用的五彩小紙花。「飛行機又滲屎了。」滿城孩子喊，跑去撿到處飄落的傳單，憑單可以折價觀賞秋季棒球賽，有鐵團、鹽團、料理團、專賣團等職業團切磋，最值得期待的仍是甲子園預備賽。大家走向花崗山球場，秋詣節慶的擺攤早就飄起煎餅與炸甜圈圈的滋味，還有漢人零嘴的蔥糖與糖葫蘆，聚集人氣。球場邊，架起灰白的遮陽棚，底下坐著戴金邊帽、掛著佩劍的官員，桌上有茶具與閃閃發光的獎盃。數百位觀眾把球場圍成人牆，後頭的樹椏坐著人，連海濤也願意安靜片刻，畢竟來到賽程最後一天的冠亞軍之爭，不負眾望的花中棒球隊撐到這關了，進入七局，零比零，哇！每一球都砸死大家的呼吸。

哈魯牧特與海努南參賽了，打壞低年級不下場的潛規則，高年級很吃味。這是火男教練的決定，他觀察到兩人的打擊率與跑壘都很厲害，他們是獵人，眼力極佳，看到的快速球路徑就像有人看得出作曲家林姆斯基的〈大黃蜂的飛行〉密密麻麻的音符跌宕。至於跑壘，簡直是傳說的雲豹，從來沒看過。火男教練更深刻的體悟是，這兩位高山來的原住民，抱著必死決心下山，願把畢身的獵技、青春與身分折換為球技發光，毅力與企圖強過所有的學員，更在他們身上看到自己年輕的身影，每位偉大的失敗者會把夢想的棒子交給正確的年輕人，哈魯牧特與海努南就是。「聽說海努南為了躲警察，藏在祖母的裙子裡兩年，這樣他年紀超過三年級生了。」即使火男教練這樣緩頰，也得不到高年級生的認同。

這說明了嫉妒。於是當比賽來到七局下，兩好兩壞，無人上壘，哈魯牧特敲出安打，球溜過三壘手，被撈到的外野手銳利的回傳到二壘手時，哈魯牧特先踩上壘包了。全場轟動兩分鐘，記住這傳奇時刻，花崗山從未有發出這樣激烈的人造聲響。但是，場邊的高年級不甘願鼓掌，應得的光彩被山猴子搶光了，牙齦緊咬，情緒痙攣不已，他們有的再不上場，畢業就沒機會，中學的最高潮竟然淪為坐冷板凳看球賽。

「教練，不好了，我們的密語好像被識破。」一位候補生從冷板凳起身，「換另一套如何？」

「這跟我猜的一樣，難怪老是突破不了僵局。」

「怎麼辦？」

「叫海努南來。」火男教練見人來了，說：「看一下對手陣營裡，有你們布農人嗎？」

海努南觀察對手與群眾。布農特色是皮膚黝黑、眼眶深邃、鼻子較大，還有一雙善跋的粗腿，應付陡峭的高山環境。出於敵我之分的天性，海努南環視數百位人群。好獵人能從夜間獸眼的反光得知是水鹿、山羌或野豬，每種動物的雙瞳距離不同，差之毫釐。海努南是好獵人，用在目視群眾足夠了，確定沒有看到布農人。

「現在，直接用口語下令，你傳達給哈魯牧特。」火男教練說。

啦啦隊大喊，聲浪激烈的往球場湧去，觀眾向前擠，注視球賽的高官們把茶杯舉到嘴邊就忘了飲。站上位置的打擊者用球棒敲鞋邊，揮揮棒球，他接到火男教練的指令，以犧牲短打，將哈魯牧特送上三壘。這跟哈魯牧特從教練那裡得到的暗語是一樣。

風之又三郎來了，傳說秋詣的風精靈，乘著乾淨舒爽的風，有時輕輕吻過臉龐溜走，有時頑皮的掀起女孩裙角，有時又逞凶的掀起重物。現在它姿態萬千的來到花崗山目睹這場比賽，樹葉颯響，塵土揚起，廢馬口鐵罐咚咚滾動，女孩微笑屈膝的緊壓裙角，稍後供十幾人用的遮陽棚竟大力風搖幾下。站在球場二壘的哈魯牧特目睹一切，他站在球場中央，環視四周人群，知道自己踏上夢寐以求的理想之途了。然後，連大風也來了，花崗山像夏日曬架上的氈子抖了兩下，觀眾紛紛低身，整座山崗不牢靠的東西都飄出來。哈魯牧特看到飛行的種子，那是黃杞，秋日之後，午後熱風上升時，它用種子對世界傳遞訊號。種子有三隻膜質翅膀，脫落就乘風，模仿鷸鴴科水鳥在淺沙留下的足印，踮尖尖的凌空跑，呼啦啦轉，溜過整座城市。哈魯牧特從未懷疑過的是那是風之又三郎的三角腳。

「來自小百步蛇溪的傢伙，你聽到我講的話，就抓抓你脖子。」有人用布農話喊。

哈魯牧特在日語與臺語的加油聲中，聽到布農語，循聲就找到海努南。他抓抓脖子，接著照指示做，不要把目光聚焦在海努南的方向，但是聽對方口令。很快的，哈魯牧特意識到，海努南的口令與火男教練的手語，絕然不同，他沒猶豫就相信前者了。這是戰略。

「你想像一下，本壘是上頭放了鹽漬櫻花的紅豆餡麵包，要是你達陣，我請你吃個夠。聽到就離壘包一步。」

哈魯牧特屏氣凝神，多離開二壘一些了。

「你是神的孩子，神會喜歡你的努力，聽到就輕輕咬下唇。」

哈魯牧特咬下唇，等待下個口令。

「靜心，然後你能得到雲豹的速度，與黑熊智慧。」

守備縮小，應付可能的短打。投手投出球了。打擊者果然把棒子橫舉，碰出內野滾地球。早在碰撞完成之前，在三壘旁擔任跑壘指揮員的海努南，已經大喊快跑，他先用獵人之眼，看出棒球路徑會觸及到球棒哪點，就像能在五十公尺外看到疾飛的綠繡眼倏忽停在楨楠的第八根樹枝。投手衝去撿起球，疾傳一壘，把打擊手封殺，但萬萬沒想到哈魯牧特已踩離三壘，往本壘衝。他們設想哈魯牧特會停在三壘，或過壘幾步猶豫，但是他現在幾步之差就到本壘。他速度快，獲得雲豹力量，穿著紅條白長襪的小腿飽滿，釘鞋踩緊地球，兩臂拉開風。這衝破大家的視野，要目睹到奇蹟了。

一壘手將球，快傳捕手。

哈魯牧特與棒球同時撲向本壘，湧起塵土。

風之又三郎來了，它頑皮旋轉後才把塵土吹走，遺留下三角足印，有好多枚呢！留在哈魯牧特與捕手碰撞的本壘上。過了一秒，塵埃落定，裁判的雙手從胸前往兩側大力拉開，大喊：「Safe。」

花崗山掀鍋了，呼喊聲爆炸。

曬過的榻榻米，乾爽無垢，混合表層藺草與內層填充物稻草的田野味。放假的哈魯牧特與海努南喜歡躺著，想像自己是睡在稻尖的雲朵，擱淺磨蹭，慵懶無限，使天氣熱得不動也會沁汗的身體慢慢涼了。榻榻米會吸收汗穢，每隔三個月拿去曬乾淨。切勿久曬，不然藺草會岔斷，果然哈魯牧特不舒服的被扎了背，他身體翻正了，把臉頰磕在交疊的手背，凸顯上週本壘戰留下的臉疤，靜靜看著海努南。他記得他們第一次躺榻榻米，是在小三時，在駐在所寫功課，好難寫，是模擬寫信給被砍掉頭的「六氏先生」[27]，稱許他們到偏鄉教學卻被人殺死了。兩人寫到睡著，被抱到客房榻榻米睡，像睡在水聲泠泠的野澗水席。「辛苦的六位老師，你們死光光也要去找到自己的頭，努力要回信給我喔！」那封古怪的信，令警察老師又氣又好笑的罵了海努南。哈魯牧特至今不時拿來當笑話，但今天沒有，他躺在榻榻米，靜觀閉上眼的海努南。

27　一八九六年，六位日籍教師在返回臺北芝山巖學堂，遭數百位抗日人士殺戮，被斬首。六氏先生，六位老師之意。

海努南右手臂的牛痘花苞，不知是荼蘼將盡，還是苞蕊迎春。哈魯牧特悄悄拿出鋼筆，在對方的右臂畫圖。他喜歡在上頭作畫，喜歡而已。筆墨沿皮膚的細紋暈糊，冉冉擴散下去，他不清楚筆意何在，只想畫一朵綻花。這朵花被風拂過而綻，或吹落地了，像哈魯牧特心情總是輾轉不已。

嫣紅有時，落英亦有時。角桐草的白花，不是開在野澗，是落款在海努南的手臂。它就要隨窗風搖曳，它就要泌著草芳，可是偏偏是畫的。他總是閉眼感受那點酥癢，而另一個他老是醒著對他悄悄呼吸，呼吸近得像是有人在作畫。哈魯牧特再多點吐氣，白花願意伸展細梗而不願貼在褐蜜色皮膚，而哈魯牧特多添幾筆，花朵旁邊的黑痣慢慢迸成藍豔金花蟲了。

海努南沒有醒來，或者說他不想在這時睜開眼。有些事很抽象，變成難以解釋的情緒，在純粹男孩的世界裡，海努南知道有人喜歡更靠近男孩，哈魯牧特就是。他從小喜歡依賴海努南，問東問西，有玩具找他玩，有困難找他流淚，長大了還是會流眼淚，只不過是往內心流，海努南都看到。海努南知道他很多的心情渣滓，不可能全然接受，也不會全然打翻，他選擇沉默，這是最好的防線，沒有圍牆，是可來可走的無疆界。就像現在他沉默著，不想掃興，把觸覺放在針尖的筆頭，感覺它柔潤迸開。

「我夢到部落秋天的野胡桃，空氣中有烤胡桃的香味，每個胡桃裡有兩隻狐狸。」海努南閉眼說。

「每棵胡桃樹上有無數的猴子臉。」哈魯牧特接著說。

冬日野胡桃落葉，每個葉柄脫落後，會在枝條留下剝落痕，像猴子臉。整棵樹有無數的猴子臉。裂開的野胡桃內又有兩隻狐狸臉。這成了兩人每每談論到這種樹的反應。

「真期待涼爽的深秋快點來，這樣悶熱的九月初秋還是太熱了。」海努南睜開眼，看看右臂的圖案。「你又畫鈴蘭？」

「不是，那是山澗野花，沒有名字，我卻記得樣子。」

「不是沒有名字，是人類還沒發現。神說要有光，就有了光，有了陽光就有植物生長，植物餵養了人類。人類到世界各個角落，為各種植物命名。」

「人類會拿走最後的一株植物，當標本。」

「反正最後一株注定無法繁殖而死。」

「植物只要愛自己就能無性繁殖。」

「無性繁殖？這至少要蜜蜂幫忙授粉才行。」海努南說道，起身從衣櫃拿出木盒，捧出淺蔥色玻璃罐子，上頭有鈴蘭花的浮雕紋。他認為哈魯牧特畫的花朵源自查屋馬教練給的東西。這罐子是昭和初期製，裝了位在大阪附近的甲子園球場黑土，查屋馬在那裡打球時收藏，後交給兩人，希望他們能回到球場歸還，再拿回新土。這是傳遞使命。罐子裡還有幾顆種子，也是取自大阪附近，跟乾燥的黑土混在一塊，旁邊放著用紙張包裹的木炭除濕，防止它發芽。

「裡頭種子應是鈴蘭花的，種種看。」海努南說。

「那都是不同種子，沒有一顆同樣的。」哈魯牧特說，「要是這附近沒有這種植物，它就是最孤單的。」

「愛自己就能自行繁殖，這是你說的。」

「騙你的。」

「高田二郎，你這樣也太會扯了，是誰教你這樣似是而非的道理？」海努南開玩笑的罵。

「高田一郎。」

高田一郎與高田二郎，是海努南與哈魯牧特的日本名字，很兄弟，常用在戰爭氣氛的皇民化生活。他們私下刻家長的印章，蓋在甲子園參賽同意單。然後涼爽深秋來了，過不久是冬天，中午陽光敷在身上的觸感如此柔潤，市囂與鳥鳴都很日常，他們逐日增加的預感成真，珍珠港事件發生了，好多人興奮討論，大幅報導的報紙很快賣光，大肆描寫美國海軍西維吉尼亞號和奧克拉荷馬號名艦被重創。不久，又報導強大的英國威爾斯親王號艦隊，遭皇軍在南太平洋擊潰。那段期間，棒球隊的訓練減少，哈魯牧特討厭膝蓋的傷疤有時間癒合，手繭變薄，常常拿來炫耀的本壘戰留下的臉疤好得看不出來。當他在某次不夠緊湊的訓練中，問起赴日的甲子園春季賽事情，火男教練想起什麼似的說那早就取消了。球員們也聳聳肩無所謂，說這樣反而省下旅費。

同時是那段期間，哈魯牧特聞到海努南身上有菸味，彷彿戰爭的煙硝，當他們再次躺在榻榻米享受爽潤的草味，已是過三月之後的事，窗外雜駁的樟樹影子延伸進來，偶爾有風搖動樹影。海努南的手臂被長袖遮住。哈魯牧特趴著看，想像兩層冬衣下的紅潤肉苞，它呼應哪朵花的倩影。風鈴不得不有心事響著，因為風的緣故。哈魯牧特沿著袖子往下瞧，目光停在去年冬日為他補的衣肘補丁，再下去的袖鈕是拆下自己的縫上去，然後是海努南的手。他記得他手上的傷痕、他的血，以及那些過去的日子。他流連於海努南手指在第三指節長出的細毛，那沒有被捕手套磨光，在冬陽下，柔柔矗立。他用鋼筆尖，學著蜜蜂輕觸蕊毛，輕滑沾惹，他抓得距離剛好而掠得海努南很癢，花間盈盈，浮光靄靄。這讓哈魯牧特更加忘情，用鋼筆在自己食指上畫了朵兔兒草花，放在嘴邊哈氣，輕輕印在海努南指節，使那指毛更是蕊蕊了。就在這時候，他聞到他指間的菸味，很重，那絕對不會被誤為花味，而是壞掉的心情。

忽然有人闖進宿舍，沿走廊跑得出聲，拉開門，看見躺在榻上的哈魯牧特把鋼筆夾在鼻子與上唇間，而海努南輕咬下唇。兩人都閉眼睡去。這個人拿著牆上的盤帽，給自己戴上，大喊：「大白天還躺著睡，還不趕快去遊行。」

「又怎麼了？」

「新加坡淪陷了，街上遊行慶祝，有免費又好吃的紅豆包可以拿，再慢就沒了。」他說完跑走。

衝著美味的紅豆包，他們無論如何都要出門，坐在門邊打綁腿。哈魯牧特發現海努南的眼角黑糊糊，那是墨痕，他肯定趁人不注意時用手指抹淚。他們慢慢走向街道，冬陽日煦，徐風斜斜，小鎮都是或長或短的光影，他們影子也是，細細長長，沉沉默默，總是交疊著。經過雜貨店時，哈魯牧特走進去買東西，他手拿著幾包拆開零賣的菸湊到鼻尖聞。菸可以一根根零賣，店內的橘子、柚子也可以一瓣瓣剝開後放在櫃檯零賣，窮困造就奇特的零售文化。哈魯牧特聞著的每種菸味都很像，哪種才是海努南指尖的，那是混合青春汗的酸味。猶豫時，他的目光穿過各式和洋雜貨堆疊的縫隙，定在騎樓下低頭的海努南，這使他在臺製「茉莉」香菸與皇軍戰捷菸「荒鷲」徘徊，最後在情感上買了後者。要送人的，貴點沒關係。

街上歡聲傳來，號角響起，慶祝皇軍進入新加坡。在幾條巷子外，一個無人的角落，哈魯牧特斜倚磚牆，把菸送給海努南。海努南笑了，推卻不了盛情，打開抽屜式硬盒菸，甩了一根在唇間，他說每包菸有許願菸，選一根將商標菸頭反過來放入菸盒識別，這根得最後抽，抽時許個願會完成。說完他為自己拋火，兩腮幫子猛吸得淪陷，鬱積在胸口後吐出。

「這老菸槍，」哈魯牧特心想，「你哪時學來的？我都不知道。」

「喏！你要嗎？」海努南敲出一根菸。

「好呀！我要你抽的那根。」哈魯牧特從對方嘴裡搶過來，抽上一口，不太順口，卻從現在會抽菸了，才能跟海努南同陣線，有話題。

「真貪心，拿現成的。」

「哪有貪心，只有拿你一根，你卻有我給的一盒。」哈魯牧特拿過菸盒，敲出那根許願菸，送上海努南嘴裡。

海努南拒絕那根留到最後抽的菸，哈魯牧特卻送上火，把什麼迸亮。那是奇特又陌生的感受，火與人都湊在眼前，必然熱情燒著。要是不吸氣助燃，菸只會不明不白的短去，海努南豎起眉毛，看見哈魯牧特濃眉毛下比火還亮的目光，迷人又危險，他便顧火抽上幾口才遠離。

「跟你抽菸真煩。」

「你再抽一根菸就解悶了。」哈魯牧特笑嘻嘻，「趕快許願，抽這根許願菸要許願才行。」

「不要啦！」

「快，我想聽聽看。」

三催四請，海努南便不說話了，認真將菸抽出了心情，都是煙氣繚繞的憋悶，不彈菸灰，餘燼彎曲後脫落，話也悠悠的落下，「願望就是我下學期起，準備休學了。」

「混蛋，這好爛。」

「真的好爛，我的人生沒有太多選擇。」

「你要回山上去了，那我怎麼辦？你不打棒球了？」

海努南悶抽了幾口，存心玩著繪有一式戰鬥機的荒鷲菸盒，不講話。他想起部落的老故事，很多年前日本人一直控制不了小百步蛇溪的布農人，便駕駛一種鐵製老鷹，鷹鼻嗡嗡旋轉，鷹爪抓著太陽碎片，然後拋向地面，引起激烈爆炸。很多族人嚇得臣服。從那時開始，海努南的祖父知道，有毒的文明來了，文明的毒藥與解藥都是錢，人每天睜開眼是去賺更多錢解毒，賺更多錢又讓自己中毒，於是有錢人貪婪而死，沒錢人窮困而死。這件事真的令踏入城市的海努南體驗到了，他當初求爸爸、求爺爺給他到都市打球，都不准，最後下跪才得到勉強同意。家人沒給太多錢，沒錢就回部落，如今錢快用罄，不想回部落就得休學賺錢。

「我不會回部落，我只是賺錢，復學就去內地打球。」海努南把口水濡濕的無濾嘴菸尾巴，放進嘴巴嚼爛，求得最後滋味。「我們很快打贏戰爭，贏了可以繼續打球。走吧！去吃紅豆包。」

「真的？」

「我跟你發誓，做不到就吞針，但我們不用打勾勾，都幾歲了。」

季節來了，又過去，一年來了又失去了，流光把什麼都帶走，唯獨花朵有情有義的年年盛開。哈魯牧特與海努南各騎著鐵馬，沿泥路往南走，鍊條演奏一條鐵錚錚的歌曲。有幾架戰機轟沉沉的低空掠過，他們停車觀看。飛機過了，風沒有停過，牽牛花爬過的荒涼枯木仍在顫巍巍，朗潤的藍花盛開，哈魯牧特堅持去摘回藤蔓掛在車把。海努南點菸等待，看人走入荒蕪，為幾朵花痴心，沒有強光照射的牽牛花更有深淵色的嬌顏，誘人去犯摘。此後他們路上都看著花在車頭上晃動，彷彿天空在眼前。哪都有花，真的，在駁雜漫漶的碎綠草光，在流水潺潺的水畔，在陰晦狹隘的牆縫或石隙，在未受注意的樹深處，總有撒著金箔般花朵的時刻，隨風招手。

「有沒有植物是不開花的？」哈魯牧特這麼想時，身在靠海的里漏部落，躺在麵包樹蔭下的獨木舟，一千葉，兩千光斑，三千縷風，宛如銀河之上。這是種滿檳榔、毛柿、香蕉、龍眼的阿美族部落，不遠處是墳墓，據說遺體要順著銀河這條黑夜彩虹的方向下葬，靈魂才會被燦爛的流星帶走，乘著星芒編織的獨木舟回到祖地。在八十齡的麵包樹下，蔭涼水漾，樹幹遒勁，樹冠大得可以當洋傘，往外延伸而遮去幾座墳墓，不只害阿美族的祖先會忘了跟流星走，連哈魯牧特也想久居。他躺在獨木舟往上看，沒有注意過麵包樹的花朵，它會開花嗎？會的，他看到樹梢結滿了果實，不開花哪來果實。他決定觀察明年麵包樹的花季，這樣日子多了期待。

「人有開花期嗎？」哈魯牧特從獨木舟爬起來，下巴磕在舟緣。

「會吧！」海努南嚼著抽剩的菸屁股，點著頭。

「哪時？」

「抽菸時。」

「鬼扯？」

海努南拿出菸盒再抽，他在麵包樹下等漁獲已經一小時了，有些不耐煩，再美的光斑都無動於衷。哈魯牧特奪下菸盒，叼根菸擦火，抽得吱吱迸亮，然後遞給海努南。海努南不願抽口水菸，奪回菸盒，卻沒有奪回火柴盒，要點火得向哈魯牧特的紅菸頭靠去，他寧願叼菸發獃，菸頭被口水弄得發脹，看遠處的小孩在溪溝邊用小蝦當餌釣魚，一旁的黃斑貓等待收穫。

「你在想什麼？」哈魯牧特問了第三次，不得不提高音量。

「看人釣魚。」

「人都走了，你看誰釣魚？」

「真的？」

溪溝邊緣意無窮，綴著寶藍色的紫嘯鶇孤鳴。海努南看見無人，笑說：「我在看鳥抓魚啦！」

不料他嘴巴猛然被塞來一根點燃的菸，便癟著腮幫子吸，菸頭多了吱吱響的晶紅，然後往上吐了好大的煙圈，詭稱這就是人的花期，人抽了菸就會開煙花。

「你在想什麼？抽菸都是在想心事吧！」

「哪有想什麼。」海努南看著樹冠，又噴出煙圈，說：「這些麵包樹要是芒果就好，芒果好吃。」

「你在想什麼？」

「好吧！我在想上帝，你知道的，這是好事情。」

「上帝會抽菸嗎？祂會煩嗎？」哈魯牧特追問。

「嗯！」

「上帝抽什麼牌的香菸？」

「嗯。」

「上帝是在抽蚊香吧！還是抽雲朵，吐出霧氣。」

「嗯？」

「嗯是什麼意思，我亂講你都說嗯！」

「我在想上帝，想上帝的時候要心無旁鶩嘛！」海努南把抽完的菸尾巴拿來嚼，「你很久沒有去教會了，大家都很想你，不要只有肚子餓到不行，才到教會討飯吃。」

「我想去就去，不去就不去。」

「生氣了？」

「哪有。」

「去教會要奉獻錢，偶爾又還要用百浪話讀經，很痛苦吧！」海努南說。

「沒有。」

哈魯牧特有點生氣，教會在主日學傳著奉獻袋，不勉強捐多少，只見窮得要死的海努南投不少錢，結果下一個窮孩子偷偷從布袋內撈錢。哈魯牧特討厭那孩子，別以為仗著自己得到瘡癰皮膚、癩痢頭與渙散眼神，就可以向上帝揩油。教會目前公開講經得用日語，但私底下常講百浪語，沒有勉強你學，但不努力學就被嫌得零零落落，從此他在主日學的百浪語講經更有理由拒懂，他不相信上帝要用百浪語溝通，也不想學會百浪語，他聽懂的只有耶穌、食飯、祈禱，最愛喊阿門，喊完可以吃飯，喊完可以散會，喊完就可以甩開上帝了。

忽然間，什麼東西從樹梢掉落，兜頭砸中哈魯牧特。他嚇得視線矇矓，頭殼發脹，從來沒有過的昏暈感盤桓，也從來沒看見海努南笑得這麼誇張，鼻子與眼睛皺著，嘴上的菸都掉了，被他嘲笑是亂想才被上帝懲罰了。哈魯牧特乾脆晃腦兩下，栽在稻草成堆的獨木舟內，佯裝暈了，裝死好了。

海努南嚇著了，連忙把砸在哈魯牧特頭上的麵包果拿掉。它軟爛多汁，瀰漫豔膩腐味，難怪很多蒼蠅繚繞，這更給他一種哈魯牧特就快不行的感覺。海努南心想怎樣才能救人，急得在他身上東摸西摸，好像找到開關才能重新啟動。而哈魯牧特內心大笑，心想：「你這蠢蛋，剛剛是怎樣笑我呀！」他裝死是報仇，沒有注意到海努南那隻充滿菸味的手指在他身上跑跑跳跳，蜻蜓點水般弄得他心頭與胸口有不尋常的漣漪，乳頭與下體都勃起，雙腿間有些緊繃，泌著濃濃汗液，而呼吸不受控制。這樣會露餡，暴露自己又蠢又笨的裝死，他只好想像自己真死了，順著獨木舟棺材在銀河流動，流星像雨下著，喔！真慘，這船竟然死死的擱淺，哪也不去的留戀在海努南的指尖。喔！哈魯牧特祈禱，耶穌祢就讓我不要醒來，也不要昏去，祢創造了我的道路、真理與什麼呢？是生命，不，是海努南才對。

海努南叫不醒人，跑去求助。哈魯牧特趁這時睜開眼，看著隨風搖擺的寬大麵包樹葉漏下光柱，一千葉，兩千光斑，三千縷風，宛如銀河之下，他的下體像訊息棒接受到某種情愫，滿滿的，脹脹的。他有種剛剛被上帝懲罰的恍惚，因此對興趣缺缺的教會又有了再去懺悔的愧歉感。他深深呼吸，瞄到一群孩子嚷嚷著Cikawasay（巫婆）來治病了。於是穿黑色族服的巫婆用香蕉葉拍打，灑著米酒，仍然殺不死哈魯牧特的恍惚感。他兩眼渙散的看著海努南，表情醺淡，覺得芭蕉與米酒很催情，頭上的爛麵包果也是，全世界都很迷人，包括海努南頭上垂掛的青蛙。

不，哈魯牧特突然清醒，因為災難快來了，那隻青蛙是垂掛在小男孩手中拿著的竿子。男孩喊：「他被蛇精附身，用青蛙釣出來。」這是真的，哈魯牧特舌頭微吐、兩眼淒迷、身體軟弱無力，光斑在身軀形成無比鬼豔的黑眉錦蛇圖紋。孩子們努力把青蛙塞進他嘴裡，嚇得哈魯牧特跳下船，在大家的縫隙間竄來鑽去，最後爬上麵包樹，發現有人從遠方穿越黃槐樹林過來，大喊：「漁獲來了。」

阿美族男人從海邊回來了，帶回季節性鮪魚、鰹魚、馬加、鯖魚，他們不喜歡外人觀看捕魚，要哈魯牧特在煮魚房旁邊的樹下等。哈魯牧特每隔幾天來購魚。他現在颼聲跳下樹，跑去挑漁獲，魚眼都鮮得沒有陰影與皺紋，不用挑就放進車後頭裝有碎冰的木箱，趕緊逃離現場。後頭追來的小孩大喊，蛇精，你記得要生吃豬大腸外緣的那層肥油，會成為勇士。哈魯牧特把部落甩開，直到下次魚季前都不想來，把追來的海努南笑壞了，兩輛車在泥路磕巴啦的亂跳，像兩隻小野馬。

那間十八坪的料理店，成了哈魯牧特的生活重心。他在這工讀，與海努南住閣樓。每天早上陽光拜訪料理店的閣樓，微風吹響窗下風鈴，街上傳來有人做收音機體操的吆喝聲，哈魯牧特已起床讀英文，著手翻譯西洋詩集。他還常常趁料理店沒人時，偷聽東京廣播電臺對盟軍放送的「零點時刻」英文節目，一邊聽一邊整理桌子，先用濕抹布擦過，再用乾抹布擦乾，然後學著廣播主持人「安」用尖酸刻薄的英文嘲笑，好像店裡坐滿了美國俘虜。他沒有太專注學校課業，他想專注的棒球卻沒有常態練習了，因為戰事越來越緊，在山本五十六[28]的骨灰運回東京國葬之後，謠傳突然強大的米國海軍像是野獸一路打勝仗。每天下午四點半放學，他收拾課本回料理店，走捷徑衝過隨時有火車來的臨港線鐵道橋，刻意跑上花崗山，因為那有座常常有人在打棒球的運動場。

棒球是運動場的靈魂，有球跳躍，才是本色。哈魯牧特站在左外野方向的動物園旁，給自己十分鐘觀賞，看完就得趕回料理店。那十分鐘是美夢與噩夢，看投手總是投壞，捕手漏接，打擊手老是揮不到球。他抱怨最笨的業餘玩家都耗在球場傷害時間，逝去時間的疙瘩慢慢磨蝕他的情緒，遺憾再度糾結。他捏緊手，手上是隨身攜帶的豬皮棒球，無論上課或工作之餘，他想到會拿來轉兩圈解癮。有時候他看球出神，鐵欄裡的獮猴會伸手勾住他的褲袋，發出嘰喳笑聲，引起隔壁籠的黑熊情緒，在籠內慌張踱步。這隻熊有重度憂鬱症，幾乎被自己拔光的體毛像男人陰毛發出臊味，牠有時坐地上，露出淺灰色的掌墊，有時咬著鐵欄，用尖牙示威。牠是花崗山的明星，兩年前有人從餵食口扔進一顆棒球，牠就懂得用熊掌揮打。哈魯牧特不喜歡黑熊，聰穎的布農獵人知道遠離牠，何況他有幾次因古銅皮膚，被人謔稱「野熊玩球」之後，就更遠離黑熊。偏偏有學童喜歡打開餵食口，朝內丟番薯，把黑熊塞在籠口搶食的頭當壘包扔。自從他不常練球後，哈魯牧特覺得黑熊越看越像什麼，那是彼此厄運互映的對鏡。他看過籠中熊哭泣，看過籠中熊自戕，看過籠中熊不愁吃穿，他近距離觀察的黑熊超過獵人一輩子的頻率。他覺得自己是熊，卻不是嘎嘎浪期許的那隻充滿智慧的野熊，他有自己的透明鐵籠了。

然後球場那頭發出歡呼，一顆被擊出的左外野球飛來。哈魯牧特往前，徒手接住，踮幾步扔回出，球在銳利飛行後落入捕手手套。全場發出歡呼，卻摸不著頭緒是誰扔的。「是黑熊吧！不要小看牠。」有人說，發出湍急笑聲。哈魯牧特沒有聽到笑聲，轉身離開球場後的掌聲與笑聲，都不是他的生命了。他跑下山，跑過幾株綠得不像話的麵包樹，夏天來了很久，賴著不走，他越過黑金通那被熱力融化的膏狀柏油，進店前把黏在鞋底的石頭磕掉。

他的工作不繁重，做外場的端盤、收盤與清洗，空閒就騎車去製冰廠買大冰塊，鑿成碎冰，鋪墊在展示玻璃櫃內放魚肉，或放在杯內當涼飲。熱到不行，他會把碎冰從領口倒進衣內，閉眼想像球隊在寒冬沿著太平洋跑體訓。他每三天去里漏部落買鮮魚，通常在週三與週六下午，這兩天生意比較好，饕客可以吃到最鮮的旬味，好滋味令人又能多活七十五天。他偶爾會去廚房，幫忙煮味噌湯，或炸豬排。要是較空閒的週日，他就蹲在後巷練習磨刀，順著刀刃弧度把生魚片刀磨利，銳利得可以將果皮滑溜的番茄切成薄狀，或將一根頭髮切斷，他便把刀子拿給老闆檢查。

老闆叫雄日桑，快六十歲，養了一隻黑色柴犬，叫作麻魯。他空閒時坐在桌子旁聽著那臺美製的RCA電木殼電子收音機，比起老是流淌音樂的機器，他擅長沉默與抽菸，放任柴犬趴在腳邊。他拿著哈魯牧特遞來的刀，逆著光瞧，接著用來剃自己的手毛，最後搖搖頭。哈魯牧特不知道哪裡出錯，或從來沒有錯，雄日桑只要他不斷練習。

陽光朗朗，街上人潮來往，街角有個在南洋戰死的日本年輕人靈堂，弔唁了一個月好給人英雄

28 日本海軍大將，曾參與珍珠港事件與中途島事件，一九四三年四月，座機在巴布亞紐幾內亞遭美軍戰機擊落身亡。

感；幾個在菲律賓捕獲的美軍戰俘，走過街道，在軍人監視下提著皮箱，前去港口登船，移監他處，謠傳美軍菲律賓區的司令溫萊特就在其中。哈魯牧特坐在店裡，看著門外，與雄日桑隔著同張桌，各自發獃、抽菸或玩玩手中的棒球。他不希望自己畢業後的日子就這樣，有時又覺得這樣也不錯，機械式做看起來不會出錯的事，生魚片四釐米厚、米在煮之前要泡六小時，清酒控制在五十度C能散發最佳的香氣、甜味與旨味，不像棒球投壞一球就毀了江山。要是這樣想時，他會抬頭看向窗外，目光掠過料理店店名「雄日芝」的軒燈便能看到隔壁的三層樓旅社，海努南在那工作。

「去吧！」雄日桑說。

「不了。」

「去吧！不要勉強自己。」

「不要。」

「不要就不要了。」雄日桑決定泡壺茶來喝，說：「哈魯牧特，不如去幫我買那個『豆腐羊羹』。」

「那叫作布丁。」

買布丁，要到隔壁那間和洋文化混合的旅館。哈魯牧特走出料理店，從旅館後門進去，錯過大門的挑高大廳華麗吊燈與波斯紋地毯，但是比較沒壓力。他認識旅館的人，曾在這幫海努南做過很多雜事，清除喫菸室的菸灰、為撞球室的撞球上蠟，刷洗廁所與貼著各色小圓磁磚的澡堂，用洗米水洗刷檜木地板，處理食堂的髒桌子，這些都是免費的。這間風華旅館，可以從每日澡間的人垢看出有多少人入住，但是戰事吃緊之後，來旅遊的人少了，出遠門住旅館還得憑公文，澡間的積水不到晚間十點就乾了。

海努南正在湯沸室，用毛巾把杯具擦乾淨，厚的茶杯不能有水痕或棉渣，薄的洋酒杯不能留有指紋。他把杯底對準光源檢查水漬，看見裡頭冒出一個扭曲且熟悉的哈魯牧特，對方眼微微、牙白白，臉上掛著服務員第一次站櫃檯的笑容。海努南扭過頭去，繼續工作，把杯具整理妥當，包括有幾組廣田硝子品牌的厚重褐色咖啡杯。接著他去澡堂刷洗抿石子的盥洗臺，無數的細裂紋藏垢；銅製水龍頭下，經年的滴水形成小凹槽。他埋頭清理。

「喂！不要不講話，要不要吃芒果？」哈魯牧特問了好幾次，手上拿的芒果都快給掌溫焐壞了。

「我在忙。」

「你又在想什麼？」

「想什麼？」海努南停下動作，把掛在頸部的毛巾拿來擦汗，終於吃了那顆多汁的芒果，「很好吃呀！哪買來的？」

「摘的，明天帶你去摘。」

「我沒有暑假，每天工作，哪來空閒去摘。」海努南把嘴角抹淨，聽到大廳傳來澡堂即將啟用的鐘聲，他打開水龍頭將熱水注入澡池，很快的霧氣瀰漫，牆上用霓色磁磚貼繪的東亞首峰玉山的「新高雪霽」彷彿在雲水間活過來。玉山在布農語是東谷沙飛（Tonkusaviq），避難之巔的意思。海努南記得《聖經》裡的上帝為了懲罰人類，以洪水淹沒世界，挪亞造方舟逃難；而《聖經》未提及的災區，布農人逃到避難之巔，請聖鳥海碧斯取得火種保存，並敬重牠。從此布農人如果模仿牠的叫聲，聖鳥會燒你的衣服，也會銜火去燒你的房子。

「你在想什麼？」

「龜藏爺爺過世了，我今天接到部落來信。」海努南把磁磚圖看獃了，入魂不可自拔。「我每天最喜歡這一刻，在湯池旁，看雲霧淹過大山，很多年前我相信自己的畢業旅行是去爬布農的聖山新高山，現在我相信努力點可以賺到錢。我離開部落越來越遠了，可是發誓過要學聖鳥銜火的勇氣，拚死努力爭取的東西都沒拿到，好丟臉，我不想回去。」

「我也不回去。」

「那明天去摘芒果吧！」

芒果有花嗎？隔天上路時，他們討論此事，為什麼值得高喊萬歲的夏果，要低調的開細碎小花？難道芒果在成道之前是侘寂美學的少年，結果後成為腰油脂肥的大叔。「可怕，將來不要這樣。」他們這樣說時，安靜牽車走出市區，穿過準備上戰場的士兵與親朋合照的惜別場面，處處是「祝出征」的長旗飄盪。據說美軍控制南太平洋了，有個詞「玉碎」常出現，是皇軍集體陣亡意思，令人有遺憾、顛簸與急煞的感覺。接著是關島玉碎了，那是夏天的事，有點麻木而事不關己，而哈魯牧特與海努南終於離開市區，跨上車子輕馳，車鈴噹噹。

沿著紅毛溪前進，有些垂枝柳在水面劃出水紋，水草嫩透了。夏日陽光在河面閃爍，鋪著黃金碎光。哈魯牧特打量附近，回想他有次路經的芒果樹在哪，找得有些慌張；海努南看著河面，他知道，這時候不要多問什麼，免得給哈魯牧特壓力，然後他靠近水澤，摘了幾束香蒲，那看起來像是漢人的烤香腸。

幾架戰鬥機從不遠處的南機場起飛，倒影掠過河面，波光閃閃。海努南在樹下領受清涼，脫去綁腿與鞋子，雙足延伸到水裡，感受來自奇萊山水源的沁涼與舒爽。河流是地上流動的雲，源頭是來自雲朵被高聳的山巔勾住，從此浩浩蕩蕩淪落人間，這是哈魯牧特從日文漢字「雲水」得到的聯想，現在找不到芒果的他加入夏日滌足，雙腳入水，富節奏的水流滑過，水面在腳踝四周形成圈狀的日光環，剛剛的煩躁隨水而去。海努南的鼻梁與眼眶滿是樹蔭的篩光，以及河流閃爍折光，那是青春的臉。哈魯牧特側頭看去，卻看出那是憂愁的臉。

「你在想什麼？」

「呃！也沒有想什麼，」海努南繼續閉上眼，腦海都是蜃影，「對了，你哪時掛上耳環？」

「暑假不用上學，就掛上了，好看嗎？」

「還行。」

「你沒睜眼看就說還行，那知道是什麼材質的嗎？」

「兩天前我的背很痛，混蛋，原來是你的耳環放在榻榻米，害我壓到，你是故意的嗎？」

「我怎麼會故意呢！」哈魯牧特是故意放的，要讓海努南知道有人戴上貝殼耳環了。然後，兩人的時光寧靜，唯有小溪喧譁心情，讓哈魯牧特有種插不上嘴的荒涼，看著樹隙間的藍天，白雲散漫。在孿生哥哥帕辛骨利夭折之後，哈魯牧特被嘎嘎浪提早穿耳洞。戴耳環的布農男人不會被惡鬼牽走，穿耳洞是文化，不是美學，哈魯牧特卻喜愛後者。來到都市後，他從鏡子看到自己耳垂上緊縮的洞痕，像是害羞的酒窩，他枉費了好多的勁就是不敢再戳下去，還是由海努南幫忙才重穿過。

「你要穿耳洞嗎？」

「我還用不上，我不想。穿耳洞很怪，那是女人才這樣。」海努南看著兩架戰機凌空飛起，說：「戰爭很快停止，你不用擔心。」

「媽呀！」

哈魯牧特大叫，雙腳縮回岸上，他被螃蟹偷襲了，小溪報以笑聲喧譁，海努南也笑出來。兩人跳上車，循著河畔小徑往回走，屁股下的牛皮鞍座發出緩阻彈簧的聒噪，在幾個顛簸後，把肚子顛得空蕩蕩，這時的哈魯牧特只稍把眉毛往上挑，樹梢都是芒果纍纍。踏破鐵鞋無覓處，找了幾回原來在民家的後院。海努南覺得芒果枝從民家探出頭來，是有主的，摘了就是偷竊。哈魯牧特豎起了腳踏車駐車擋，站上去，還欠幾吋就碰到，他不管，帶海努南出遊，少說得摘個最爛的犒賞人家。摘不到，他從站立的車墊俯瞰，尋思找個竹竿勾打，不經意看見水光爛漫的河畔有兩個落果，沉沉浮浮，他跳車去撿，都是橢圓完滿的芒果，他在胸衣上擦拭，伸手將兩個揣給海努南，不留半點給自己。「我吃了會過敏，皮膚癢。」他說。

「少來了。」

「真的，皮膚癢得晚上難受。」

「吃芒果過敏，有解藥，只要吃咖哩飯就解毒。據說薑黃粉、蘿蔔與馬鈴薯的組合，能稀釋毒素，治療情緒低落的效果也很好。」海努南拍拍口袋，「我昨天發月給，我請客。」

「好扯，那我就吃一個，吃完就去解毒了。」哈魯牧特願意嘗試解藥，便大口吃芒果，吃到頭得往前伸才不會被汁液滴到胸口，他滿手鮮甜，嘻嘻哈哈，看起來是中了誘人的微毒。兩人肚子餓了，很快吃完，果核啃乾淨，把果皮上的殘肉用牙齒刮淨，吃完芒果就可以正式告別夏天了，並覺得世間蟄藏的秋意開始滲出來，慢慢暈渲烘染，溪水與微風有了涼意，秋日象徵植物的甜根子草從遠方朝他們朗朗盛開而來了。哈魯牧特與海努南相視，兩眼笑成細細的月牙兒，心眼朗朗，他們是這樣兩小無猜的笑到長大。

「混蛋，竟然偷別人的東西。」一位警察大喊，伴隨尖銳的剎車聲。「兩個小偷別走。」

「站好。」另一位警察大喊。

這是很丟臉的事，兩位巡查騎車過來，逮捕他們。警察極具權威這件事，不容置疑。況且是有人發現偷竊，恰巧警察就在附近巡邏，馬上叫過來處理。哈魯牧特與海努南否認這件事，他們有偷竊動機，也站在車墊上勾芒果，但是卻沒有偷，只是撿落果。哈魯牧特相信事情會得到通融，他認識其中一位來處理的高階警官樋口隊長。樋口是料理店常客，週三與週六傍晚來享用新鮮生魚片，喝幾杯酒就大聲談話。但是在毫無緣由的歧視中，一旦有人家中遭竊，最先想到的是附近皮膚最黑的孩子幹的，報案的是中年婦女，她後院的一隻雞在兩天前不見了，合理推斷與眼前的番人有關。

「哈魯牧特，你被誤會太久，進來吧！」一位穿著碧藍衣服的老婦，從植有芒果樹的後院出來，她又說：「還有海努南也來吧！」

「原來你們認識，是誤會。」警察說。

兩人只好進去後院，好證明清白。警察走了，徒留乾瞪眼的報案婦女。哈魯牧特很驚訝，眼前帶路的老婦知道他的名字，她穿的藍漢服給人布農婦女裝的印象。他直覺有陰謀。海努南卻掉下去了，穿過植滿瀅瀅蔬菜的後院是廚房，有個午後陽光包圍女孩坐在那。她臉上撒著薄薄的笑容，要是過多表情會排擠她白脂臉龐，勻淨杏眼，有著昨天才長出來似的巧鼻，五官放的位置剛好，哈魯牧特怎麼看都刺眼。她是潔子，在火車上遇到的人，他們早就認識，很多場合有碰頭機會，今天是第二次講話。

哈魯牧特回想，他們相遇次數超過十幾次，在敬祝皇軍攻下東南亞各國的盛大遊行會、在每月八號固定到神社參拜的儀式、在港廳的秋季運動會、在穿浴衣的節慶場合；有兩次在半馬的校際競賽，他們在跑往南方機場的道路擦肩，折返時看到穿燈籠褲的她棄跑，汗水滂滂的散步。在男女分校學習的舊氣氛，他們對自己散發的荷爾蒙與情愛悸動，哪敢秀給異性，裝出羞怯或鄙視。男孩太靠近女孩，會被歧視與指責，不跟少女講話的才是正常，即使認識在公開場合也漠視彼此。

「吃飯吧！你們這兩棵樹木，至少假裝跟我們很熟，不然外頭那個討人厭的婦人，會一直在那徘徊。」潔子說。

「這怎麼好意思。」海努南說。

哈魯牧特看見圍籬外有人祟動，又看回桌上的餐飯，兩盤簡單的青菜與一鍋豬肚鹹菜湯，誘得他兩頰酸澀。海努南兩番推辭後，用基督教謝飯禱告迎接，大喊：「那我就開動了。」哈魯牧特乾脆喊阿門就動口，只是吃完飯，沒動菜，吃完坐在那發獃。

「你的朋友看起來，很安靜。」潔子問。

「才不咧！」

「那我看錯了。」

「他常問我，你在想什麼。這是我最常聽到的。」海努南笑著說。

「你在想什麼？」潔子借用這句話，轉頭問老是沉默不語的哈魯牧特，「你要不要繼續吃？」

哈魯牧特不語，低頭凝視空飯碗。

「他平常不是這樣的，很聒噪，要不是我當他是弟弟，會難以忍受這樣的性格。」

「你們這對兄弟樹，有點不像。」

「不是親兄弟，只是他的親哥哥很早過世，我就當他哥哥。」海努南越說越直腸子，「不要小看當哥哥的我，我可是對他很照顧，很了解他。」

在那個夏秋之際，潔子家的廚房窗邊，供了幾束野薑花。花朵極富美感，白瓣展開、另有大唇瓣外加下方白色的絲狀構造，像是要進化成新品的蝴蝶。風從窗口流入，野薑花味甜沁柔潤，流進哈魯牧特腦子有股奇異的感受飛舞，像蝴蝶忽高忽低。他覺得自己度過了好幾年，因為海努南把這幾年對他的觀察講給一個女孩聽了。他覺得那不是自己，也是自己，有種從毛玻璃觀看自己的虛魅，於是他聽到海努南說他有纖長手指不適合當獵人扣扳機，適合摺紙飛機、丟球與畫圖，他常蹲在路邊對花草發痴，他在高山湖泊進行布農傳統「聖鳥海碧斯之夜」的生存體驗時大哭，他喜歡在冬日曬棉被時把人躲在裡頭嗅味道，他幫海努南洗衣褲會先掏出口袋東西，他喜歡讀英文、喜歡寫詩，他發獃看著天空就流淚了，他喜歡在瓶裡插花就像現在妳窗前的野薑花，有股香皂的味道……

「嘻！那真的是香皂的味道，蜂蜜牌，我喜歡用。」潔子說。

「味道很自然。」海努南也覺得那是青春女孩常出現的體味，一種簡單的皂香，轉頭問哈魯牧特：「你有聞到嗎？」

「有嗎？」

「你怎麼臉有點臭臭的。」

「有嗎？是我吃飽了。」哈魯牧特把碗往前推，兩頰燥熱，桌下的腳往旁邊踩去。「謝謝妳的招待。」

「我也吃飽了。」海努南的腳被踩，結束這話題。

「然後呢！」

「什麼然後，我不懂？」

「你沒有講完話題呀！」

「歐巴桑，謝謝妳煮的飯，很好吃。妳有沒有聽過某種奇特的藍色，叫作甕什麼的？總之那詞很難記得。」海努南轉移話題，對潔子的奶奶說話，「就跟妳衣服的顏色一樣。」

「甕覗，覗是偷看的意思。這詞我記得。」潔子說，「不過我奶奶不會說日文，我來翻譯。」

「奶奶妳的衣服很美。一定是妳染衣時，在甕口留個縫，引誘藍天來看妳的布疋顏色，結果天空摔進去了。」

「聽你講狐狸花貓[29]的，我的甕蓋得很緊，『衣服』不會被收走。」老奶奶起身，到角落掀開用木板蓋著的大甕，從裡頭撈起幾片琥珀色、芥菜浸漬的客家福菜，空氣瀰漫了濃醇的鹹甘味。她展示她的醃醬菜功夫，說：「這東西拿到太陽下曬乾，塞進瓶子貯藏，從來不讓天空偷走。」

潔子笑得拘謹，海努南在獲得翻譯後苦笑不已。哈魯牧特木訥幾秒後，突然大喊：「吃飽了，走了。」「去哪？」「去吃咖哩飯。」兩人匆匆走到後院，那個疑神疑鬼的婦人還守在車旁抓證據，用邪鄙的眼神瞪著哈魯牧特，好證明她胡亂猜測的成見。

哈魯牧特上車後，對她大吼：「我再也不會回來了。」

「你還有膽回來。」婦人大叫回去。

每週三或週六，樋口隊長會帶幾位同事來料理店。他們靠近那個掛著類似孟克〈吶喊〉油畫的牆邊坐著，安靜拘謹的吃生魚片或壽司，不忘點壽喜燒，喝了幾壺清酒後大聲說話，爆發的笑聲像是從喉嚨擤鼻涕般誇張。哈魯牧特不喜歡這些警察，他們是糾察隊，違規者像是燙髮、濃妝與穿高跟鞋會被懲罰，黑市買賣更是嚴抓嚴打；有些規定只有警察知道，比如他們在車站抓到穿漢襟布釦的婦人，當場用剪刀鉸掉。

海努南總是焦慮。那是一九四五年初的事，不只是戰爭，是他不喜歡樋口隊長。在不可理喻的戰爭氣氛中，基督教被視為同盟國的邪惡產品與思想，這就解釋樋口隊長常去教會找碴，被禁的聖誕老人裝有好幾年都放在倉庫當鼠窩；主日學之前要先念《教育敕語》，內容是天皇的詔令；檢查教友的袋子有沒有違禁品，比如《聖經》或十字架；聖餐改用清酒，牧師穿和服；另外，教友奉獻金被拿去當作戰艦資金。這當中最奇特的指控是懷疑雅各牧師是間諜，替美國工作，全天候跟監。

海努南的焦慮，哈魯牧特看進心坎。海努南在廚房讀日文版的《日曜之糧》時壓抑情緒，但偏偏以蹩腳的百浪語念出〈歌羅西書〉：「天主按怎饒赦了恁，恁也要按怎饒赦別人。」然後是〈以賽亞書〉：「恁的罪雖然親像硃紅，必然變成雪白；雖然紅彤彤，必然白如羊毛。」他無法消化這些話，憤怒和憎恨要如何被饒恕，而血恨如何顛倒成雪白，這時候他聞到一股魚腥味，抬頭看見一蓬蓬石楠花插在瓶裡，素淨細緻的花朵妝點枝頭，籠罩著瓷白光潔，他靜下心，知道是誰的心意。是春來了，春天不在遠方，他們衝去海灘大喊罪惡滾開，黃昏聚集的黑腹燕鷗突然群飛發出悶悶的鼓翅聲，上萬羽，形成一群灰白的響雲往北遷徙。春天於是來了，隨著太平洋登陸花蓮，浪浪湧入，從沙灘的馬鞍藤紫花，到淺山的千金榆那種纖紅嫩嫩的柔荑花，植物在趕進度似的爭妍開花。學校後方的高爾夫球場都是花，而哈魯牧特就順手拈來。

到了晚上八點，客人離開了，那束石楠花被移到食堂桌上。弄點小菜，大家添酒發洩情緒。海努南的怒氣又被酒精催吐，把樋口隊長罵得臭頭，還用筷子朝酒瓶戳，把它當人形標靶攻擊。哈魯牧特不是虔誠教友，卻也對樋口隊長有怒氣，他記得英文課的太郎老師是反戰的自由派，容易與主戰的愛國派起衝突，結果惹出風波。有天樋口隊長來，鄭重警告太郎老師，雙方起衝突，當下把太郎架出校外去修理；隔天，太郎老師臉上到處是新鮮的瘀青，他從公事包拿出《武士道》英譯本，用敵人的

29 客語，說謊的意思。

語言朗讀：「勇，除非是在正義行為中，很少被認為是一種美……做正義的事情就是勇，甘冒危險、不顧性命衝向鬼門關。」在窗口監視的樋口隊長哪會懂，學生也聽不懂太深的英文，只有哈魯牧特低頭瞅著，眼眶紅紅的，全班只有他聽懂艱深英文的意思，真理很簡單，卻要用另一種語言才能大聲宣誓心裡最深的想法。太郎老師抵抗的下場，是很快被徵調，去菲律賓戰場跟美國人廝殺。也就從那時開始，為帝國盡忠效命的皇民化運動爬起來，英文課被拿掉了，它成了敵人語言，禁止出現在日常生活與課堂裡，這使得哈魯牧特每日晨間的英文自學變成了避世的祕密生活。

「雅各牧師快被逼瘋了，到哪都被跟蹤。」海努南咬著牙說，「樋口隊長擺明就是要搞垮教會。」

「這種細菌人，活動力強，到哪都能生存。」哈魯牧特說。

「這世界上，只有小孩才可以擁有自己。人年紀大了，身體軀殼不是自己的居所，心中不是住著神，就是住著鬼。」雄日桑喝了酒，「樋口隊長只不過是被控制的傀儡。」

「他聽誰的？」

「戰爭的，戰爭使大家像草原上的同種動物大規模移動，最後只能有一種想法。像太郎老師這樣的逆向移動，注定會失去聲音。」

「聽起來沒有選擇？」哈魯牧特說。

「只能選擇往同個方向移動。」雄日桑接下來又講了他當兵的日子，在秋色爽朗的日子，他們從花蓮港屯駐的兵營出發，穿過太魯閣溪水切過而石壁像是雲霧夢境的峽谷，像一列螞蟻在群山皺褶走，有時候會遇到大雨，有時候冷得要命，在越過三千公尺的高山後，他們抵達那個一百多位日本人被慘烈屠殺的部落，花了一個月把犯案後誓死抵抗的高砂族屠滅。雄日桑說，他沒在第一線，也沒有開過槍，事實上他們不過是隨時待命的部隊。他只看過屍體，由協同作戰的番人[30]割下、排滿地上的幾十顆番人頭顱，有大人，有小孩，全睜眼看著比他們更文明的殺戮者在慶功。他到過那棵最終集體自縊的大樹，數十個不願歸順的番人懸在那腐爛，像倒懸蝙蝠。死者沒有感覺，但是觀看的雄日桑頭皮發麻，並在不久後習慣死亡就是這樣，要不然沒勇氣睡著與吃飯。

「如果是殺死一個人，那應該是伸張正義。」雄日桑喝杯酒說，「如果是一群人殺死另一群人呢？像一千人去殺死一千人，一百萬人去殺死一百萬人，這會是怎樣的原因？」

「這是戰爭。」

「戰爭是，一群自認正義的人，去殺另一群自認正義的人。」

「聽起來都是悲劇。」

「不是悲劇，是無可奈何的必然過程，那場戰爭過去太久，像這幅畫般成了難解的夢境，充滿毒氣與硫磺味。」雄日桑又喝了杯酒，抬頭看著那幅像是孟克〈吶喊〉的油畫。畫裡是一位張嘴嘶吼的原住民母親，滿臉痛楚，手中緊抱幼兒；另有兩位裸身的孩兒縮在媽媽腳邊，驚懼睜大眼。這家人剛失去父親，留下的人活在窒息感。這張畫令觀者有種接近瀑布的巨聲壓迫與撼動。哈魯牧特在燈火管制而闃黑的食堂，靜觀畫幅，往日瀏覽只是似曾相識的感覺，彷彿在哪見過，但又從未見過，如今透過雄日桑的故事，他覺得作品流露無比的悲天憫人情懷，眼眶濕潤，轉頭看見海努南已流下淚水，這悲傷來自他們有同樣的命運與情感，布農人也遭遇過這樣的舛途。

深更夜，供在瓶裡的石楠無端落花了，在木桌敲出淺吟，由塗上不透明顏料的防空燈泡漏下的

30 即是「味方番」，味方有結盟意思。一九三一年霧社事件中，日本人會借助同族群的原住民衝突勢力，剿殺反抗的原住民。

弱光照亮，錦亂如雪，清雅脫俗，且說不出的靜謐。三個人抽菸與飲酒，覺得有種滋味不斷搔著腦門，看石楠花綿綿細細，留不住枝頭。哈魯牧特很清楚，樋口隊長是令人生厭的，除了討厭，什麼都做不了，他反而在意海努南情緒，看著他的臉在陰晦的燈光中被煙氣繚繞。在香菸還沒有與罪惡的肺癌連結的時代，它不邪惡，非毒藥，是情緒緩解劑，男人湊在一起不聊天，就叼著菸。於是哈魯牧特有理由，掏出一包在口袋蹭得良久的新菸給他，更有理由為他點盞火。他是優秀點菸器，小時看到長輩掏菸，連忙搶到自己的嘴裡上火，先抽幾口逗長輩歡心，才遞給他們。現在他願意為海努南點菸，並在菸盒底下壓著紙箋，那是他翻譯的詩句。

天明破曉時分，田野微曦之際，[31]
我將啟程，知道你在等我
我將穿越森林，穿越峻嶺
我再也無法與你遙遙相隔

我走著，關照著我的思緒
外面的一切，我充耳不聞
看不見也聽不見
獨自一人佝僂著背，交合著掌
傷心之餘，白天亦有如黑夜
我不去看夜幕低垂的昏黃

也不去看遠處歸來的帆影
當我到達時，將在你墳上
放上一束**黐木**與綻放的**山靄**……

海努南讀了兩遍，覺得胸中鬱積的塊壘，逐漸消除了大半，似乎比《聖經》更有效果。詩是一種良藥，大部分的時候可以治癒對時間麻木的病情，少部分可以緩解劇烈情緒。雄日桑也拿來讀，不斷點頭。

「黐木與山靄？這是什麼植物，值得獻在墳上？」

「黐木是聖誕節布置的植物Holly（冬青）啦！」哈魯牧特之所以清楚，是教會在聖誕教唱〈The holly and the ivy（冬青與常春藤）〉歌曲，形容冬青花似百合、有荊棘般的刺、樹皮苦澀。在教會聖誕節被禁止前，他們採來當裝飾花環，更早之前，他們在部落山道，將摘回的冬青插在龜藏爺爺的兒子墓碑前。

「山靄這麼美，翻譯為植物就令人不懂。」雄日桑問，「莫非又是店名『雄日芝』之外的另一種朦朧美？」

「山靄是Erica（歐石楠），這邊沒有這種植物。」

「原來是這樣，可是Erica與山靄這種聯想太難了，」海努南敲敲酒杯，「就像『雄日芝』這種

31 此詩是法國文豪雨果所寫，悼念十九歲溺死的長女，描述父親為她上墳，原題〈天明破曉時分〉。

草不是不存在，而是找不到。無論雄日桑怎樣解釋，我們就是難以想像那種雜草。」

確實如此。根據雄日桑解釋，「雄日芝」是處處可見的雜草，這成了他的名字，憑據的是他父親認為「人生如果像花朵燦爛，注定坎坷，如果只是草就不被注意，自由自在生活」而得來。「雄日芝」的字面解釋是「陽光草坪」，無論雄日桑如何解釋這種草莖強韌、走莖蔓延，是強悍雜草，但哈魯牧特總覺得它不是某一種雜草，而是所有的雜草。雄日桑還認為，「雄日芝」跟大樹那種出人頭地的生命哲學相反，小時候厭惡，長大才體悟到，他認為這跟阿美族的野菜哲學很相近，野菜多被視為是雜草，有苦味，做蔬菜天婦羅不錯，成了店裡的特色菜單。

「相見不如懷念，敬！雄日芝。」雄日桑舉杯，邀大家喝了。

「山靄的說法，不會是避開敵性語吧？」海努南說。

「開始是這樣想，但後來想，這是自己翻譯的詩句，也沒有計畫放到校刊，沒有避諱。Erica有『山間薄霧』的稱呼，才這樣翻譯。」

「山靄，確實美好。想想那些敵性語，店裡的檸檬萊姆改作『噴出水』，炸肉餅要叫『炸肉饅頭』，很奇怪，但也是沒有辦法。」海努南拿起酒杯，「希望我們打勝戰，早點結束戰爭。」

「祝勝利。」

「祝必勝……」

但他們聽到的都是前線節節敗退的消息，社會瀰漫詭異氣氛；料理店常常來的年輕戰機駕駛員，他們吃幾餐之後就駕機撞美艦，再也沒有回來。哈魯牧特希望日本最後能贏，海努南也是，大家一起去花崗山打棒球。

今早哈魯牧特在水瓶插上鼠菊草，料理店增添氣色了。

鼠菊草從生長的農地、路旁或空地，來到料理店桌上，黃蕊碎花團聚，莖葉上覆著細長的白柔毛，永遠挽留了昨晚流過的薄霧。這是蒙受薄霧眷顧的山巒花朵，是歐石楠的遠親嗎？哈魯牧特挽下時思忖。此時他摸了它的濃密綿毛，指尖沾染異香，那是漢人在節慶食物草粿摻了這種植物的味道。

海努南坐在對桌，無心看花，用指尖不斷搓耳朵，他擔心接下來的穿耳洞會痛。他肯穿耳洞了，與其說遵循布農傳統，不如說被哈魯牧特纏到受不了。他們先去傳統市場觀察怎樣做。漢人用薑片把耳垂揉得潮紅，將帶紅線的長針扎通，粗線留在耳垂，綁成環狀，每幾天抽動線防止傷口緊縮。這一點都不衛生，海努南的結論。

「別搓耳垂了，手很髒，像蒼蠅。」哈魯牧特說。

「神會允許我們穿耳洞嗎？」

「是雅各牧師不高興，不會是神不同意。神看重的是我們的心意，不是我們如何遵守《聖經》。」哈魯牧特從製冰廠拿來冰塊，幫海努南冰鎮耳垂，再從斟滿燒酎的酒杯拿出消毒的長針，說：「耳朵有感到麻麻的嗎？」

海努南搖著頭說：「雅各牧師瘋了，他被警察逼瘋了。」

「我知道。」

「姬望[32]姊妹確定要來給雅各牧師祝福了。」海努南說，「你來幫忙吧！教會弟兄說需要手腳矯健的人來幫忙。」

---

32 姬望・依娃爾（Chiwang Iwal），一八七二—一九四六，是太魯閣族第一位受洗的基督徒，為傳福音不計代價與日警衝突。

這時空襲警報響起，低沉聲響迴盪在巷弄，街上騷動。兩人僵著不動，哈魯牧特手拿長針；海努南往上瞧，嘴巴微啟。不久，警報像被拔掉的水栓子，留下無力的尾聲結束了。他們鬆口氣，長警報是轟炸機來襲，得跑防空洞，短警報是偵察機過境。然後海努南發出戲劇性的尖叫，耳垂已掛著針，接著換穿竹籤時他痛得又再叫，這樣他有理由乾掉那杯消毒的燒酎。這杯酒是雄日桑的珍藏，對民資緊縮的戰時生活來說很奢侈。喝完酒的海努南喉嚨帶火，眼神渙散的看著窗外藍天，那剛剛有場虛驚，他說：「時間過得真快，我快十八歲了，再過幾個月會接到兵單，我要先回部落。」

「你要哪時回去？」

「八月吧！你要回去嗎？你那時放暑假了，我們很久沒有回去了，都快忘記部落在哪了。」

「如果可以，回去看看也行。」

「耳洞穿好了，有個事情要你幫忙。」海努南懸著半邊屁股，好從口袋掏出一封摺妥的信封。

「幫我送過去。」

「這是什麼？」

「也沒什麼啦！你可以拆開來看看。」

原來穿耳洞有陰謀有代價，要幫他忙。哈魯牧特拿信看，它素樸，無垢，象牙白的紙封只寫著潔子收。這迥異於海努南平日的瀟灑字跡，好端正，像是好女孩嫻靜不語的坐在朦朧夢裡。於是接下來上課的日子，哈魯牧特抵抗那封信，它夾在理科課本的法拉第電磁感應定律，以磁場改變了哈魯牧特的情緒與思緒。中餐是在糙米飯中央放一顆酸梅，這擺得像國旗的克難餐叫「日之丸」，酸梅像是潔子的紅臉頰，令哈魯牧特食不滋味。中午過後的農業課取消，改成在操場對稻草紮的美國軍人刺槍，他大吼，表現前所未有的怒氣，無關戰恨，而是情恨；接著他走出校外，在街道旁和同學們合力蓋水泥防空洞，防空警報又來了，十幾個擠在防空洞內對坐的男孩嘰嘰喳喳的聊天，哈魯牧特無語，惦記那封放在口袋給他擰了不下十次而弄皺的信。回到店裡，忙完工作，他把信封放在防空燈泡下透光看，回閣樓用小刀拆信口又覺得太招搖了。海努南曾經說，裡面沒寫什麼，你要看就看。哈魯牧特看不出端倪，唯獨信封上的名字很礙眼，他甩不開潔子，她穿著仿納粹女子青年團制服、無褶青紺裙的中學生模樣可憎。

這時哈魯牧特聽見有人上樓，刻意把信擺著不動，鑽進蚊帳，癱成一副睡死模樣。上樓的海努南走到書桌前，徘徊數秒，然後掀開蚊帳，搖著他的手問：「你今天沒去送信？」

哈魯牧特被搖晃幾下，故作慵懶的睜開眼。「喔！忘了。」

「怎麼會忘？」

「我現在很忙呀！」

海努南耗上一陣沉寂，表達負面情緒，才說：「小心點，信封不要弄得皺皺髒髒，還有水漬，人家收到會怎樣想。」

哈魯牧特聳聳肩。海努南把百葉窗拉上，端出厚棉被，把自己蒙起來，開手電筒寫信。這是戰時防止燈光外洩的方法，免得被巡警抓。他發出窸窣聲響，並伸出右手，說：「去拿有狐狸臉的核桃過來。」哈魯牧特摸黑去櫃子找，碰翻了鐵盒子，裡頭的雜物沒長眼似的四處掉，他瞎火找不到。這時海努南用棉被遮住雜物，打開燈，把兩人蹭在棉被裡，靠得好近，找到那枚部落帶來的胡桃殼。海努南拈起來，沾了紅印泥，捺在信封上施力均勻，蓋出一枚雅致的果核紋絡，像是狐狸臉——桃子裡有兩隻狐狸，嘴親嘴，剖開來面對面——整個部落只有兩個小孩這樣唱。

「記得拿給潔子。」海努南搖晃信紙，加速印泥乾燥。「我聞到你用蜂蜜香皂的味道了。」

「喔！好像是。」

「還行，只不過，好像沒有蜂蜜的味道。」

「這樣有聞到嗎？」凝視是危險的誘惑，哈魯牧特靠緊點，

「我自己一直聞到蜜蜂的味道。」

「是你比較像蜜蜂。」

躲在棉被裡，侷促著一盞小昏燈，整個光度是秋色蘆葦的柔美稀薄，哈魯牧特看著海努南，漾著水澤淺光，足足有五秒鐘——這是他用上第三百零八次的凝視，深記每次的時地——可是他再輕輕靠過去問你在想什麼時，海努南拿出印有狐狸臉的信封擋下。然後燈熄了，棉被掀開來，無邊際的夜聚來了，海努南側翻兩圈，把層層水澤波光都滅了，背對著睡覺。哈魯牧特躺著看天花板，往往累得躺下就睏眠的他又失眠了，轉頭看海努南，想知道他的耳洞好點了嗎？這麼近，永遠是這麼黑，好嚴苛的黑夜與苛責，直到他聽到粗獷打呼才閉眼。這又是彼此生命中的一夜。

隔天週六下午沒課，哈魯牧特去送信，他的車沿紅毛溪前進，他的心卻抵抗這件事，把信投入信箱後馬上掉頭離開，急響的鍊條發出嘎嘎聲，幾乎像抱怨這次行動。忽然他停在河畔，被蠟質葉面反光與鞍褐色棒狀物吸引，那是提早到來的水蠟燭。它隨風微顫，鍍著粼粼水光，甚為可愛，哈魯牧特起了收留之心，他放棄用竹子勾取的俗濫想法，親自去摘。他脫鞋子，步步慎微，感受軟泥擠進腳趾縫的滑潤感。這時城市空襲警報響起了，尖銳嘶吼，一群紅領瓣足鷸從水澤驚飛後盤桓數圈，似乎警告什麼。哈魯牧特暫停，抬頭看，天空有一種沁冷的荒涼感，搪塞了幾片流雲，他心知小溪距離城市與防空洞很遠，也不太可能受到轟炸，便繼續涉水，在空襲警報的伴奏下他挽到了五支水蠟燭。

那年春風帶來綿延的輓歌。哈魯牧特這時聽到異聲，在遠處爆發一串急促的單音爆裂，答答答答。幾秒後，輓歌演奏者出現，美軍戰機高速刨過他的頭，朝糖廠發射機槍，再度發出急促單音，答

答答答。他趕緊離開小溪，看見南方機場冒出小型蕈狀黑煙，接著是一架米切爾型轟炸機飛過，聲響大到令他震懾，它朝城市飛去，尾部撒出幾枚掛著白色降落傘的東西，容易給人扔這種物品是開玩笑的成分。但那種緩降炸彈觸地後，爆出濃濃火光，接著傳來轟隆巨響。

哈魯牧特跳上車，衝回到城市，有幾處塞滿了消防隊員與喧鬧人群。有些房子像是被惡魔的重拳從空中擊碎，散落碎片，未熄的火悶燒，空氣中瀰漫水蒸氣與木炭的濕臭味，三具屍體在曠地上被布蓋著，腳露出來。哈魯牧特到旅館找沒有人，又到料理店找，衝過在處理破盤子與掉落油畫的雄日桑，往閣樓去，海努南沒在那，木桌上的照片框被炸彈震倒。那是海努南休學前邀去照相館照，兩人學拿破崙把右手插入胸口的衣釦縫，酷酷的不看鏡頭才是最摩登的。哈魯牧特把相框扶起，底下壓著剛寫好、署名給潔子的信，午後陽光哪都不去，凝眼的逗留在信封上。他恍神不動，好久好久，直到有人喊才解除封印。

「哈魯牧特……」有人在外頭喊。

哈魯牧特眼淚滾了出來，那是熟悉的呼喚聲，人沒事就好，可是他不想去窗邊呼應，免得給人看盡他的哭樣，醜死了，先耗著，眷戀那熟悉呼喚。「再喊一次。」他心想。

「哈…魯…牧特…」

「再喊長一點。」

「哈……魯……牧特……」

「換個方式。」哈魯牧特心中回答。

「高田二郎，出來吧！」

「再換一個。」

「朵娜（Donna），出來吧！」海努南接著小聲講以下句子，「ドーナツ[33]，你這顆麵粉圓球滾出來了。」

「喔！再來。」哈魯牧特在心中吶喊。

「砂糖天婦羅[34]，快點啦！」他大吼。

裹著糖粉的綽號，落入耳中都融化成甜漿。哈魯牧特探出頭來，天明朗朗，人們慌張走動，還有幾只無主的鞋子遺落，爆炸引起的大火仍在熊熊燃燒，這慌亂世界仍可愛，因為他看見海努南站在街央，身上裹滿陽光而發光。

「米呼米桑（活著真好）。」哈魯牧特說。

「米呼米桑，你這小子怎麼回事呀！都不怕轟炸，這很危險，下次不要在家躲警報。」

「我是……」哈魯牧特千思萬緒，欲言又止，乾脆就不說，這樣從閣樓安安靜靜的看他就行了。

「去幫忙，黑熊逃走了。」

他們往花崗山附近跑去。那裡聚集十幾人，手上拿著棍子抵禦。依據海努南說法，美機一路朝港口轟炸，一艘數千噸的戰艦冒起濃濃黑煙，其中一顆炸彈落在花崗山動物園附近，意外開啟了關黑熊的籠子。牠逃出來。之後有人躲完警報回家，竟看見一顆黑茸茸的未爆彈躺在客廳，他大叫，炸彈也大叫，後者朝廚房跑走。一群人開始圍剿逃出來的黑熊。這隻黑熊不具攻擊性，牠只會逃，卻無法照大家的意思逃往山區，也無法回到鐵籠。終究大家明白了，這隻黑熊從小被關在鐵籠，沒有親近過森林，見到行道樹都很陌生，牠注定哪都不能去的逗留在城市帶給大家困擾。大家決定殺了牠，在竹竿前綁上剪刀或銳物，朝牠戳去。黑熊被惹得發瘋狂逃，血到處噴濺，有幾處民家成了凶案現場似恐怖。

黑熊逃到圍牆邊，原地兜圈子，發出哭泣的悲鳴。

大家熱血瘋狂了，看牠這麼害怕，覺得殺了牠是值得的，拿尖銳的長竿子戳去，當牠是軍事訓練的美軍稻草人。

哈魯牧特從最前線，慢慢退到後頭，他有點怯手，並知道這隻黑熊的命運已來到盡頭了。牠不回到籠裡，不回到山裡，城市會要牠的命。果不其然，當黑熊被激怒得站起來，幾根竹竿戳去，把牠扎在牆上。黑熊身上都是血孔與掙扎，直到死神來臨，而哈魯牧特又被擠到前頭，手中的武器不自覺的戳向黑熊。黑熊熄滅了，血與淚都流不乾。

依布農文化，黑熊不能殺，殺了得在小米祭之後才能回家。

哈魯牧特擦掉血，努力忘記這件事。

那日之後，哈魯牧特常常去送信。

信封購自品項齊全的並木學生堂，配上日曬白素箋，無論用二軟鉛筆或中庸[35]鋼筆寫，能感到筆尖掠過它的絲絨觸感。在春陽朗朗，梅雨季將至之前的薄潤空氣裡，海努南在桌前寫信，他耗了好久還沒寫出來，卻興致未減。他要哈魯牧特隨意念些不明不白的詩，最能明明白白傳遞他的感受。哈魯牧特不願意，拗不過就隨口說：

早上七點，你在想什麼？

沾著煙硝的足跡，來到窗下

33 這是日文甜甜圈意思，與英文的甜甜圈Donut發音類似，與哈魯牧特的英文名字Donna類近。
34 甜甜圈的意思。二戰時，日本將英文當作敵性語，禁用，甜甜圈用砂糖天婦羅表示。
35 暫時避開敵性語的說法，鋼筆的中庸約是F尖，二軟是2B鉛筆。

輕聲說，山邊的小溪沒有睡……

「妳在想什麼？」海努南把筆叼在人中，橫躺在榻榻米複誦這句，覺得饒富情緒，起身認真抄下來，在廢紙上反覆抄寫，好把字跡寫勻，最後抄寫在日曬白的素箋，黏死信口，上班前吩咐哈魯牧特去送。哈魯牧特起身去瞧，信件擱置在複寫同樣詩句的廢紙上，風吹來，窗楣的風鈴先說話了，紙張隨之嘩啦啦。**山邊的小溪沒有睡，淚水流動在它的路上，留下光痕蹣跚**，他的心情被抄了滿紙，無一是他的心意。哈魯牧特騎車去寄信，沒閒手拿信，咬死在齒間。信裡有他隨意發想的詩句，他越想越咬緊牙，心情難堪，還蓄積憤怒，有時候他閉眼幾秒想像自己的詩句被第三人介入便流淚，他不解海努南怎麼這樣做，也不解自己還不吭聲的送信，送完信回來不舒服半天。

季節遞嬗之間，春雨霏霏，人們期待更糟的天氣到來，美軍就不會出航丟下炸彈。哈魯牧特有幾天先送完信，才去部落買魚，他淋著小雨，與幾輛載送城市人去鄉下躲空襲的牛車交錯，他們表情蒼冷。哈魯牧特聽說了，美機幾度俯衝朝火車攻擊，火車不是安全選擇。牛車也不安全，只要聽聞天空有飛機噪音，立即跳進水溝躲起來。你永遠不曉得天空有什麼出現，但是天氣越糟，美機越不會出動。

天氣好轉的日子，陽光照落屋簷，被水滴鑿出小凹穴的地板長著苔蘚，幾個年輕人掀開布遮，走進料理店，輕喊打擾了。他們坐同桌聊天，話聲很小，緩緩抽菸，緩緩吐煙，一併把不悅的情緒也吐出來了。哈魯牧特送魚入門時，他們轉過頭來微笑；送上餐時，他們也微笑。他們吃握壽司，會用附贈的薑片蘸醬油刷上去，而不是粗魯的整個拿去沾醬油。戰爭導致山葵斷貨，生魚片是配上紫蘇或是嗆味重的蕗蕎，他們讚嘆滋味很美味。哈魯牧特知道他們是神風特攻隊，口袋總是塞著白手套，每隔一陣子進店來消費的都是新面孔。

用餐結束，雄日桑先用披在頸部的毛巾擦乾額頭汗水，再出來寒暄：「小店招待不周，還請見諒。」

「我們很滿意，謝謝。」年輕人點頭，指著水瓶供養的水蠟燭，說：「可是我們不懂，這種植物是什麼？有什麼作用，考倒我們了。」

「是香蒲，那是裝飾品。」哈魯牧特說。

「這種香蒲（蒲の穗），很像沾醬烤好的鰻魚，據說蒲燒鰻會這樣叫的原因是與香蒲的顏色很像。」雄日桑再度欠身，「還是致上歉意，小店的配給不多，能做出的食物不夠好，一時漏嘴提上美味的蒲燒鰻引起遐想，還請原諒。」

「這麼說來，這香蒲是花了。」

「算是吧！」

「這世界有太多神祕美好的東西了，怎麼看也看不完。」年輕人說，「可以給我一根香蒲嗎？我喜歡。」

「這花放在這是有目的的，已送了人。」雄日桑說罷，看著哈魯牧特，才發現自己說溜了嘴，又說：「不過要拿走絕對是沒問題的。」

哈魯牧特愣然，這花確實是給海努南。他常常從野外隨手摘回來，不過是看看哪兒有顏色攢聚，便從哪兒挽點姿色，猩猩紅、淺鮭粉、琥珀黃到燦爛橙，荒野隨時竄出斑斕，哈魯牧特拈來，放在素瓶供養，放在特定的桌上，使那有種淡淡陽光、淡淡牆色與淡淡的心情，這麼淡定的情意，總在海努南從旅館下班後呈現。晚間九點打掃完廚房的哈魯牧特拿出大碗，放進意麵與油蔥酥，注入熱水泡熟。戰爭期間嚴禁明火，哈魯牧特在日落前把熱水煮好，養在熱水瓶，冒出的熱氣從軟塞縫滋滋響，彷彿活著等海努南回來。至於意麵這種漢人食物是先油炸過的蛋麵，方便保存，幾乎是泡麵前身，那時代的中學生拿來泡熱水吃。海努南特別喜歡吃泡意麵，等麵熟之前，兩人有一搭沒一搭聊著，都是無趣話，都是小小防空燈泡下的溫潤流光，有靄靄的野花顏色，有瀌瀌的碗緣蒸氣。雄日桑都看在眼裡無數次了，今天是第一次說出來。

「沒有這回事，你們都拿走吧！」哈魯牧特急著搖頭，否認一切。

那些青年們紛紛點頭，把香蒲拿走了，只剩一枝孤伶伶的豎在瓶口。哈魯牧特看著那枝，覺得可以再去摘回來補齊，但又覺得孤獨一枝勝過強挽一片水澤的香蒲來相伴。這想法是對的，到了晚上九點，海努南掀開碗蓋時根本沒發現香蒲有幾枝，他簌簌響的把麵吃光，然後抬頭用深邃的目光看哈魯牧特，眼眶帶著淡淡濕光，說：「姬望姊妹要來了，我需要你的幫忙。」

「哪時候？」

「這週主日學的時候，你來吧！」

「禮拜天店裡比較忙，我怕沒辦法去。」哈魯牧特一手支著腮幫子，手指摳著桌子。「而且警察抓教友抓得很凶，處處刁難。」

「雅各牧師瘋了，我們得幫他。」

「我很久沒去教會了……」哈魯牧特要說下去時，看見海努南流淚了。他很少看過他流淚，那是哀憫的訊息，那是求情的姿態，那是無法拒絕的懇求，哈魯牧特心軟了。「趁這機會去教會看看也行。」

到了週日的追思禮拜，教友陸續來到教堂，為轟炸死去的受難者祈福。活動在向晚時分，不是白日，這引起巡查注意，況且他們早就聽聞姬望要來，增派人員嚴查。樋口隊長用微弱的手電筒照著進門的哈魯牧特；後者得瞇著眼，被燈光照了十幾秒，感到敵意，有種錄口供的威嚇。最後樋口隊長將他做的十字架杜鵑花圈沒收了，才說：「進去吧！切死丹[36]。」無法被沒收的是哈魯牧特在胸口留下的花圈殘香，卻很快的被教堂內燃燒的檜木粉異香取代。他眼睛適應黑暗，看見來了兩百多位教友。不少人站著，靜默凝肅，無懼的待在燈火管制的教會裡。禮拜開始，大家預演好的唱起〈與主更親近〉，透過木構建築的迴盪，每絲聲音匯成琥珀流質的軟光，那像是活在上帝胸懷共鳴的時刻，接受神的擁抱。哈魯牧特的皮膚起了雞皮疙瘩，寒毛豎著晃著，他倆的手臂親密碰著，穿過人群。

「抓住他，他是小偷。」有人大喊，幾個人衝過去。

那是癩痢頭、瘡癰皮膚的孩子，永遠有股惹人嫌的征露丸臭味，常常從奉獻袋撈錢，現在抓走整袋。幹壞事的很機靈，他鑽過在教會內監控的警察時，打開奉獻袋露出蟻窩，學神風特攻隊，往更多巡查站崗的大門自毀式衝去。「我願與主親近，更加親近，縱然被釘十架，高掛我身。」教堂內這樣高歌。奉獻袋內的上萬隻舉尾蟻用蟻酸當作生化武器，攻擊男孩與警察。警察拍去螞蟻，小男孩狼狽跑走，而教堂大門關上。警察發現中了調虎離山之計，趕緊踹門。

哈魯牧特聽到大門外有騷動、嘶吼與撞擊，全部漂浮在聖歌之外，他被海努南緊緊拉著前進，回頭看見上百位教友表情肅穆的唱歌。「夢中階梯顯現，上達天庭，一切蒙主所賜，慈悲豐盈。」所有的人靠過去，在聖壇前圍成扎實的人牆。

哈魯牧特看見雅各牧師坐在椅子上。偌大空間有微光，淡淡渺渺，他安靜，他坐著，可是他瘋了，要嘛拿刀殺警察，要嘛拿刀自殺，雙手才被綁死。那個傳說中的姬望不知道哪時出現了，她蹲在

36 日本早期對基督教徒的蔑稱。日本戰國時代，對基督教徒稱「吉利支丹」，蔑稱「切死丹」。

雅各牧師的膝前，解他的枷鎖，又把他手腕的枷鎖勒痕輕輕揉去。

只有十分鐘能相處，而時間過一半，他們只是凝視。

「我是來看你的。」姬望說。

「我是失敗的了，讓上帝失望了，我是個無用的人。」雅各牧師說，「時時刻刻活在痛苦裡。」

「今天不讚美上帝，也不談井上伊之助[37]那種崇高的犧牲。」

「為何不讚美祂？」

「我說過，我只是來看你，我來看看你這雙手。」

「它無時無刻不想殺人。」

「我知道，所以我才過來跟這雙手說話。」七十幾歲的姬望捧起雅各牧師的手，靠近她那張從下巴到顴骨有V字形紋面的臉龐，說：「我在山地宣道二十多年了，躲到山洞，被警察囚禁，被警察逼著踏過《聖經》。當我絕望的跪著祈求真理降臨時，祂從來沒有獻靈，可是我忘不了你這雙手。」

「它沒這麼偉大。」

「我五十歲在這個花蓮港教會受洗時，就是由你這雙手。雅各牧師，這是最平凡的手，當我遲疑與挫敗時，我祈求時，我都想起這雙手。」

「它沒這麼偉大。」雅各牧師哭了。

「它獨屬我的偉大，它可以再幫我受洗嗎？用你的淚水。」姬望閉上眼，領受一雙濕潤的手與她蒼白頭髮碰觸，說：「感謝這雙手帶領我前往真理，在靈命之路跌倒，也願意站起來。阿門。」

哈魯牧特覺得這是他信教、抗拒上教堂以來，最沒有上帝，卻又最接近靈命的時刻。他也感到海努南很靠近他，手臂蹭著，與對方微汗的皮膚交換氣息，有更深的悸動。然而時間到了，巡查沒衝破大門，改以打破花窗侵入，教友用桌椅再也抵禦不住了，於是打開所有的門，兩百位教友突然散會似的湧出去。警察措手不及，咆哮大罵。哈魯牧特與海努南從側門走出去，他們現在照計畫成了姬望的隨扈，在不遠處的民家拿出了「蟹轎」這種簡單方便的交通工具。它是由一根長竹篙懸掛藤椅，供乘客橫坐。姬望坐上去後，一行人往山區疾走，他們拐了九次小巷，來到一條出城的農路，自此天地大開，阡阡陌陌，田裡養活了蛙鳴與稻苗，潮濕的春泥氣息從地面沁出，後頭追來三位騎單車的警察猛吹哨子，給人壓迫感。月光微弱，在某個不明顯的岔路，一路扛轎的哈魯牧特與海努南讓姬望下轎，由兩位穿男性衩褲的太魯閣族姊妹帶走。

「請姬望姊妹，為我們祈福。」哈魯牧特說。

「時間急迫，請原諒這件事留到往後……」一旁姊妹要再說下去時，被姬望打斷了。姬望說：「兩位弟兄，我在路上已經為你們祈福了。」

「那就不用了，感謝。」

「但是我願意再來一次。我時常活在被追逐的恐懼，但是從來沒有被真正打倒過，我的武器就是受難。」她把雙手放在哈魯牧特與海努南的肩膀，閉眼說：「願主保守，從現代直到永遠，無畏無懼，你們都是神的孩子了。」

姬望走入隱蔽小徑，消失在春草遠處。他們此生再也不會相見，於是在離別前祝福對方。哈魯牧特與海努南繼續扛著蟹轎當誘餌，小跑步往前，故意暴露蹤影給巡查追。在靠近中央山脈山腳下的

37 一八八二—一九六六年，日本人，是基督徒，父親在花蓮採樟腦被原住民殺害，卻激發他來臺灣山地服務。

田疇，他們把蟹轎丟棄，藏身在農用溝圳，水很湍急，還有湍急的風把稻子吹得窸窸窣窣，就聽不到巡查追來了。哈魯牧特和海努南縮在水裡，溪水潺潺，覺得好寒冷，十分鐘過了，隨時間消逝的是難以負荷的麻痺，他們挨緊取暖，從來沒有這麼靠近，流水無法穿透兩人的間隙。在黑冷的水裡，他們忍著水邊的木賊搔臉，聽到巡警追過仍沒有鬆口氣，擔心對方隨時回頭。

海努南要去觀察巡查去向，不能耗在水裡。他艱困爬上岸，由哈魯牧特用肩膀頂住他的屁股。野草埋藏了海努南匍匐前進的身影，像豹子窺看遠方。哈魯牧特輕聲叫喚他別走太遠，有點怕。他過往有好幾次夢見自己死掉，而海努南在旁邊哭不停。如今他認為夢境要應驗了，牢牢被冷水困住，身體激烈發抖，牙齒猛打顫，連呼救都沒有就被水捲走了。

哈魯牧特在幾次嗆水、幾陣冷水浮沉後，被海努南攔截住。海努南光是把這傢伙拖出水來，也耗盡力氣。兩人躺在爛泥裡喘氣，是擱淺小船，是數公頃的綠琉璃沸騰般稻禾中的相擁。月光很弱，星子很火，照著剛剛逃過死劫的兩人。哈魯牧特在流淚，海努南也是，青春的淚水穌潤，卻也無奈，從此摻入了荒冷。

「我剛剛夢見你哭了，快哭壞了，因為……」哈魯牧特說，「因為你看到我死了。」

「我們會活得很老，一邊吃檳榔，一邊罵孫子的頑皮。」

「夢那麼真實，根本不用夢占。」哈魯牧特哭了，好一段時間，眼淚抽抽搭搭的淪落臉龐。

「我死了，你會來我的墓前看我嗎？」

稻浪與風聲很喧譁，從遠方來的水流在這裡湍聲幾匝，又走了，唯獨兩人無言，海努南沉默，哈魯牧特也是，後者還有更多的淚水與悲傷。走吧！海努南說完，把無力的哈魯牧特揹著走。兩人循小路前行，路的盡頭，城市天際線的剪影在宵禁的夜裡匍匐。哈魯牧特期待不走到那裡，那裡什麼都有，包括惡意與夢想失落。他只想在冷冷夜裡與海努南獨行，端詳他頸部的寒毛，毫末柔潤，瀰漫一片雄性的汗液麝味。哈魯牧特用臉上的寒毛貼著海努南的頸部寒毛，距離微渺，兩座森林繾綣，那是拘謹，那是纏綿，那是我再也無法與你遙遙相隔的按捺。這一刻，海努南與黑夜，都由哈魯牧特獨占了。

「人世間有太多的折磨，不是嗎？」海努南終於開口了，「我們其中一人必定會先死去，這是定律。」

「沒錯。」

「要是哪天你死了，我不會讓你孤單，會帶黐木去看你。」

「謝謝你。」

「但不要打勾勾了，也不要講什麼說謊的人要吞一千根針了。」

「好的，但我有個要求。」

「我好累，可以多揹我嗎？」

「混蛋，你這小子。」海努南笑了起來，「弟兄，當然沒問題，我可以揹到我動不了……」

星期六的下午沒課，回到閣樓的哈魯牧特又看見一封素箋。他坐在桌前凝視它，風鈴晃著，陽光漾著，直到樓下的掛鐘在兩點響了，他才換便服，把信封叼在嘴巴，前往潔子家送信。

說是便服，整體看起來很氣派，象灰色的冬季豎領服熨過的，頭戴的棕櫚葉草帽還很新，皮鞋上過蠟油。他平常穿分趾鞋，軍事訓練與工作很方便，穿皮鞋覺得腳趾頭繃著。他上次穿皮鞋是兩年前的新年去神社參拜，在攤位買了棕梠帽，是跟海努南去。

他騎車沿著黑金通前進，這條街是較富有的日本商店，在華麗琉璃燈具、沉色檜木櫃與電木殼電話之中，他很容易看到時鐘，兩點一刻了，他還有四十五分晃蕩。然後他在筑紫橋通左彎，在這出現臺灣味與戰爭帶來的簡樸，往日鐵鍋冒著的豬大骨鹹湯被便宜的蔬菜湯取代；打鐵店的老闆在騎樓下抽閒菸，因為鐵器被徵作戰爭武器，令哈魯牧特想起他的布農刀也捐出去了。在榻榻米店，哈魯牧特看到老掛鐘，還剩十五分鐘，他連忙在路邊挽了一束蒲公英出發，半路得意的換了更難看的紫酢漿草。

這次送信使他的心猛跳。終於準時在三點騎到潔子家，他一腳拄地，把花放在欄杆，信塞進郵筒裡，絕對放慢動作，連握花時都要翹著小指，投信前得把它放在鼻前嗅，好像他真心真意的愛上潔子了，因為這一切要給別人目擊。果不其然，校長衝出來大喊住手，另一個人從角落跑出來阻止。哈魯牧特將信箱內的信掏出來，叼在嘴上，花拿回手上，他不急著突圍，在現場繞兩圈鑽過圍捕的人，悠悠往街上去，他還邊騎車邊把花朵摘掉。轉過筑紫橋通，又來到平坦鋪柏油的黑金通，他放開把手，兩手揮動，聽著兩旁有錢人家的收音機在放送軍歌〈拉包爾小調〉，「船要出港了，向著港外啟航。向我揮著手帕告別的，是我所愛的姑娘。」哈魯牧特唱著情歌，陽光漾在臉上，唱到角色在黯然離別使「含在口中的香菸，也略帶著苦味」，哈魯牧特樂得把手裡的信箋撕成碎片，碎屍萬段，撒給那些追來的人。

最後哈魯牧特被警察撲倒。他那種放手招搖騎車、後有追人的模樣，值得路過的樋口隊長逮捕他。他在被逮的剎那，一路在後頭追來的校長與教官都趕到了，他們圍著警察，再三解釋哈魯牧特沒有犯什麼錯誤。

「你們死命追著他，」樋口隊長說，「這傢伙看起來就是犯人。」

「我們確實追他，追了很久，但是他也沒有犯什麼錯。」校長轉頭對一旁的教官說，「我們只是追他，對吧！」

「他偷了什麼？一看就是小偷。」

「我是去送信。」被壓在地上的哈魯牧特說。

「他真的去送信。」教官說，「我們親眼看見，他不是小偷。」

「鬼扯，要是送信，你們幹麼追他？」樋口隊長動怒大吼。

「我只是去送信給女生，違反校規。」哈魯牧特大喊，「你們就抓住我吧！我犯了天大的錯誤。」

哈魯牧特在警務課折騰了一個小時。這段時間，樋口隊長仍不信哈魯牧特只是送情書，懷疑是學校另有隱匿，尤其他把遺留現場的證據——碎屍般的信箋——拼湊個大概，更加深自己的疑慮。

「這信裡沒有一個字，這是預謀計畫。」樋口隊長臉上平添不少喜色，這顏色卻在十分鐘後陰沉下來了，因為他對潔子剛剛拿來的十幾封信箋，一一檢查，大喊：「混蛋，怎麼每封信都是空白的。」潔子也大惑不解的回答：「我每隔兩天收到一封信，署名給我，但不懂空白的內容要傳達什麼。」信都沒字，除了哈魯牧特叼信留下的齒痕。樋口隊長借題發揮說，這吻痕就是情詩，罪證確鑿。

「山邊的小溪沒有睡，淚水流動在它的路上，留下光痕蹣跚。」哈魯牧特噴了一股詩氣，說了懸疑話。

「什麼？」

「春去秋來，落葉換上蝶衣，翩翩飄返枝頭。」

「這不是俳句表演。」

「每封信都有詩，它們蒸發了。」

「混蛋，這時候還講鬼話。」樋口隊長大喊，然後對校長沒好氣的說：「你是怎樣看這件事？」

「我們接獲密報，有人會去送情書才抓人而已，你也用不著這麼生氣對我們說話。」校長大聲反駁。

「你們的學生有問題，是切死丹。」

「所以，你抓到他們是間諜的把柄？」

「上次差一點抓到他在教堂搞怪。」樋口隊長憤怒難平，然後指著在門口站了兩分鐘的海努南，說：「還有那傢伙也在教堂搞怪。這是警務課，不要讓我們變成獸性大發的理番課。」

「那我得認真告訴你，我花了兩年盯著這些山地來的學生，然後浪費了兩年時間，發現他們連學校的一支粉筆都不會放在口袋裡。」校長從藤椅站起來，離開前，扶了眼鏡說：「我們不值得你懷疑，那只會浪費你的時間。」

離開警務課，大家在路口分開，不多話的潔子低頭先離開；校長與教官對哈魯牧特訓斥一頓，認為他太魯莽，少不了禁足的處分。接下來十分鐘，哈魯牧特與海努南一起走回料理店，前者把車鈴鐺打出慢板的〈拉包爾小調〉節奏，這是他能想出來的伎倆，緩解尷尬氣氛，也減少海努南的罪惡感。因為海努南接到電話趕到警務課幫忙，知道事端起於他。兩人走在黑金通，雲影帶來蔭涼，不時有把身體的不悅拂去的快意。海努南腋下濕透的衣服傳來一股麝味，那是書桌青森蘋果箱殘留的果熟香，還混合著小百步蛇溪的野蘋果澀味，這是他緊張而泌出的證物。哈魯牧特不拒絕此味，覺得自己是蝴蝶，追慕他腋下的那片汗痕。走過兩條街，哈魯牧特把鈴聲停在路口，空氣有股進入梅雨季前的濕潤，便說：「我們這次在畢業典禮之後，要舉辦棒球聯誼賽，你要來嗎？」

「我根本沒讀書了，去參加幹麼？」

「我們也邀請了還沒去當兵的野球部畢業生，你也來吧！」

「算了！我的球具都壞了，我去參加幹麼，這世界美好的事情很多，不要叫我去參加棒球賽。」

「那來看我投球，好不好？」

「你投的球，只有我能接到。」海努南有點驕傲的說，「所以要請我去打棒球沒這麼簡單，我擔心我們兩人的組合會天下無敵，被人嫉妒。」

「太臭屁了。」

兩人笑笑鬧鬧的回到料理店，氣氛輕鬆不少，海努南回旅社去忙，哈魯牧特轉身進大門。還沒到營業時間，店裡已坐了一組男女客人。哈魯牧特微笑欠身走過，來到後臺。雄日桑說，在座的是久保田夫妻，久保田先生昨日緊急出特攻隊的任務，飛機故障折回，結果今天妻子剛好從臺東上來探望；隊上的人謠傳他是故意弄壞飛機，好等遠來的妻子見最後一面。哈魯牧特看去，難怪覺得久保田先生有些面熟，並與對方對上眼時，發出職業性微笑。

「請問有什麼需要嗎？」哈魯牧特看見久保田先生招手，上前詢問。

「一起坐，聊聊吧！」

「這怎麼可以，我們在服務，實在不能在這時候輕忽。」

「你有聽過『櫻吹雪之球』嗎？」久保田先生看見牆上的球隊照片裡有哈魯牧特，知道這話題最吸引人。「一種使棒球像櫻花飄落的球技。」

「那是違規球吧！」

「是真的，把球投得像櫻花飄落般緩慢下墜。我大學時就投這球，是吧，春子？」

久保田太太自顧自微笑，點兩下頭。

「我改天教你投這種球，好嗎？坐下來說話。」久保田先生抬起頭，對後臺那邊說：「雄日桑，你也一起過來吧！」

哈魯牧特看到雄日桑比出同意手勢，才坐下來，說：「幸好營業時間還沒到，這倒是可以通融的。」

料理亭對神風特攻隊、軍官、警察等較禮遇，成為他們聚會場所，以便在戰時換取比較寬裕的食物配給。要是久保田先生邀請入座，哈魯牧特沒有回拒的理由，他坐得很拘謹，手放在腿上，保持樣板笑容，低頭盯著桌面，而雄日桑則豪氣的舉杯與久保田先生對飲。大家閒聊，言語中都是家常，哈魯牧特偶爾抬頭看著久保田太太。她的笑綻很寒薄，所有五月的花都不會開得如此哀淡，顯然她淋著生命中最淒厲的冷雨。時間離去，春陽悠悠，牆上光痕像隻貓爬下來，無聲無息趴在桌上，舔亮酒杯與盤子邊緣。哈魯牧特也微笑盯著光，腦海盤桓著自己如何匿名寫信向校長檢舉自己送情書，這項計畫忍了好久，終於在今天做了，好終結這一個月來的信差工作。

「春子，妳也跟大家說幾句話打招呼吧！」久保田先生說。

「沒事的，謝謝大家的照顧。」久保田太太搖頭，才說：「其實我會選擇來這個料理亭，是聽說這裡有美好的故事。」

「這間店沒停止營業就是好事。」雄日桑說。

久保田太太笑得燦爛，說：「我聽說這有『百夜通』的故事，特地來看，而且故事發生在這張桌子。」

「百夜通？」哈魯牧特抬頭睜大眼。

「在平安時代，深草少將愛上貌美無比的小野小町。小町告訴深草，只要連續百日的夜晚來到她的窗下拜訪，便可以結為戀人。深草連續前來，卻在第九十九天時，半途遇到雪災死去。這時已愛上深草的小町，受到嚴重打擊。這是傳說中的百夜通。沒想到，在這料理亭也有類似的傳說。」

「這不過是隊上的傳言，隊員說是發生在這料理亭。我跟春子說了，她無論如何都要來看看這張桌子，和桌子上的花。」久保田先生說。

「花出了什麼問題？」哈魯牧特急問。

原來這束供養在瓶子裡的花朵，自己滋長出傳說了。傳說是這樣，有個男孩常來店裡用餐，他深受附近的一位女孩欣賞。女孩在這張桌子供上野花，那是我化身為花、與男孩共餐的情意，最後令男孩感動。他們結為夫妻，過得幸福。有天男孩去南洋打仗，跟妻子吩咐，只要她採一百種不同種的花供養，到時候他就會回來團聚了。妻子每次摘回一種野花，待花凋零之後，再去尋覓，這排遣了她的寂寞，多了美好想望。可是挑戰越來越難，日子來到第四年了，妻子把附近的每樣花都採過，她得到更遠的地方找，往往耗上兩三天，好不容易完成第九十九朵花季，來到第百朵時，無論如何也找不到花了，彷彿所有的花她都摘過。她悲痛來到桌前，期待第九十九朵花不要凋落。後來人們發現妻子趴在桌上死了，手腕被割開的血液氾濫，盛開出不可逼視的曼珠沙華。

「我從來不曉得敝店，發生過這麼……」雄日桑忍不住大笑，「這麼悲傷的命案，原諒我的笑聲。」

「這只是故事，好荒謬，隊員聽了都在笑。」久保田先生大笑。

「我聽過更現實的版本，這位妻子沒死掉。」雄日桑喝杯酒，說：「她找不到最後一朵花，發瘋了，從此穿著紅焰焰的衣裳，在防空警報響起而街上無人的時候，大膽跳起舞，裙襬如花，跳給天上的丈夫看。」

「好怪喔！我看過那個瘋子。」連哈魯牧特都笑出來。

「是呀！」久保田太太卻哭出來，深深低頭，手掩悲泣。

氣氛凝死了，沒有人接話，唯有久保田太太的哭聲。哈魯牧特沒聽過這般故事，真的很荒謬，然而久保田太太的哭泣反而會覺得荒謬的是自己，把悲傷當笑料了。況且那臺被拆掉ＲＣＡ銘牌以免被巡查罵的美製收音機，此刻正播放電影配樂〈蘇州夜曲〉，歌聲幽杳，令人想到美麗的明星李香蘭在電影的劇情，送了一束桃花給情人，最後殉情。世界上要是沒有愛情，離別這般寡味，沒有愛情，離別也就沒意義了，哈魯牧特這樣想。

「抱歉，桌上的花是我放的，沒想到引起風波。」哈魯牧特說，「我不知道會引起這麼大的誤會。」

「沒關係。」

「我以後不會在桌上放花了。」

「沒關係。」久保田太太擦乾淚，說：「平淡的桌子，要是多了花，它就不再是桌子，而是期待相聚的美好地點。」

「多了相聚的美好……」哈魯牧特陷入沉思。

「其實這是店名引起的誤會。店名『雄日芝』給人古怪感覺，才產生了淒美傳說，不過要是故事中的年輕妻子獨具慧眼，會發現雄日芝這種雜草也有不起眼的花朵。」雄日桑起身到後巷的水泥縫隙，摘了幾束雜草回來。果然在纖細花梗的兩側，開著如芝麻般的小紫花，萬般迷你秀氣，不仔細看還真難發現微芒花朵。「你們看這種雜草的花如此細微，要卑屈低頭才能發現。」

「原來這就是雄日芝。」哈魯牧特說。

「不是，這只是雌日芝[38]，這詞的意思大概是『月光草坪』之類。我在後巷發現它的蹤影，便摘來了。」雄日桑說，「有些東西刻意去找反而找不著，真苦惱。」

「這是女版的雄日芝？」

「連植物都有浪漫的故事。」

「又誤會了，我這只是料理亭，沒有什麼浪漫故事，對吧！」雄日桑看見哈魯牧特猛點頭，才說：「雄日芝與雌日芝，只是長得很像的雜草，這兩種草聽起來像是羅密歐與茱麗葉的搭配，或是小野小町與深草少將的關係，但什麼都沒有，也沒有一種雜草值得人們用愛情歌頌。」

「那為何有這麼美的名字？」

「這是兩種生活範圍重疊的雜草，靠得很近，但是無論誰開花，都不會使對方授粉。因為這樣，才使得這麼浪漫的名字成了懲罰。」雄日桑把雜草的長梗整理，供在瓶中，窗外的落陽便流連不去，「仔細看，這種雜草之花充滿不可逼視的力量與美感，我們卻不曾注意，雄日芝與雌日芝或許有愛情，像是羅密歐、茱麗葉的關係，不過最後以悲劇收場也說不定。」

這麼說出來，在場的人陷入哀傷，任何喟嘆都是對這故事的怠慢。久保田太太擰著和服的青紫色袖子，久保田先生沉思，雄日桑自顧自喝上三杯清酒。這時防空警報響遍滿城，尖聲闖過每條小

38 升馬唐，是戶外極易見的雜草。雌日芝是日文漢字。

巷，大家起身躲避時它停了，唯有桌上的那塊光斑如斯嫻靜，眷滯在雌日芝花束。哈魯牧特的目光放在上頭，覺得是雄日桑刻意講這故事給他聽，也或許是他的多心猜測，他最終有種思緒成形，決計不再摘花了，摘了使荒野多了個傷口，摘回來也使得桌上多了故事傷口。荒野是花朵最好的花瓶。

「可見製造貴店傳說的人，要是懂得雜草之美，會讓年輕的妻子隨手摘到一束花朵，丈夫就回來了，皆大歡喜。」久保田先生試圖挽回那個哀傷無比的故事，他提出個想法，「不然就要像我這樣的飛機駕駛，從天空俯瞰地面，找到任何細小的花朵。」

「哪能看見地面上的小花？」久保田太太說。

「成片的、壯觀的都能看到。」

「也是一般的花朵？」

「不是，那是絕無僅有的虞美人草，我在飛機上看到呈現海洋狀態的虞美人花開遍了原野，故事中的妻子要是摘到，悲劇就轉為喜劇。」

「虞美人草？那是什麼植物。」

「是罌粟。」

「怎麼可能有那種東西？」哈魯牧特問，他想起毒品鴉片。

「那可以製造菲洛本[39]，一種摻入香菸的營養劑，我想抽菸這件事確實可以提升飛行時的精神。」

「怎麼會稱為虞美人草？這名字好奇特。」哈魯牧特又詢問。

久保田先生用手頭沾水，在桌上寫下這古怪的漢字。他解釋，虞美人是中國古代大將項羽的妻子虞姬。項羽原本會統一中國，後來兵敗如山倒，不只被六十萬的敵人從十個方向圍困於垓下，還聽著敵人運用戰術唱出楚地的思鄉曲，無論糧秣或戰力都用罄。大勢已去，項羽在帳中酗酒，對著虞姬悲壯的唱曲，訴說自己曾有的叱吒風雲，如今無能為力了，連毛色迸黑如綢緞的坐騎烏騅馬都跑不動。虞姬也哀愴唱和，舉劍獻舞，最後刎頸而死，不想成為天明之後丈夫在突圍戰的包袱。虞美人草是隔年之後，盛開在她墳墓上的嬌豔紅花，當戰死去的項羽化成一縷風而來，她會翩翩舞著紅裙襬，就像訣別的那夜。

「那你得帶我去看虞美人草。」久保田太太說，顯然她被這個古老的愛情故事打動。

「當然，明日出發。」久保田先生欣然答應，獲得太太的微笑。

這時營業時間到了，門口有人敲門示意。哈魯牧特去迎客，雄日桑卻搶前說今日沒有營業，抱歉。這讓久保田夫妻充滿歉意，起身準備離去。雄日桑趕緊挽留，說今天不對外營業，只為兩位貴客服務，他早上去市場看到阿美族人將纖白的野薑花當作野菜，味道非常芬芳，可以拿來做薑花天婦羅，這聽起來有點煞風景，但確實是美好的食物。久保田夫妻面露喜色，決定嘗試。

「哈魯牧特來幫忙吧！別辜負雄日芝的招牌，我們可是有創意的料理。」雄日桑說。

「馬上來。」

「也許有天我們研發用雌日芝入菜，放在雄日芝的菜單，是吧！」

「什麼？」哈魯牧特有點會意不來，但隨即懂了，說：「當然，我期待這道妙不可言的菜色。」

---

39 成分是甲基苯丙胺，現今俗稱的冰毒；二戰時是合法的興奮劑，提升作戰力，低劑量可以提振警醒度及專注力。

那是畢業典禮不久後的事了，美好回憶該有的背景都具備了，五月到臨，陽光柔順，百花盛開，清風不乾不澀，風鈴在窗上隨風巧笑倩兮，下樓的哈魯牧特看見一束虞美人供在水瓶。血紅的花瓣如翩翩裙襬，偎在綠花萼，一朵嬌豔，兩朵情醺，瓶子裡恰有三朵蹭出淡淡的雅逸。這值得他把久放的水蠟燭移走，將久保田夫妻餽贈的虞美人草好好供養，哈魯牧特端詳它，有種日子越來越好的幸福感，他便用剪刀鉸開好久不穿的皮鞋，裁出幾塊，把海努南那只三年沒再用的龜裂手套補好，把臉塞進手套裡對著太陽，光痕柔潤，照在那塊四年前本壘戰留下的臉痕成了上帝光，他還聞到強烈的霉腐味與淡淡的麝汗味，球場曾有的嘶喊與衝殺顯影了。他把球具放進網袋，出門前，將虞美人花移放在那幀破損的母子劫難圖前面。他越來越覺得那是聖母瑪利亞受難圖，尤其在落雨窗前，濕答答的雨聲莫名的訴說了悲傷。

哈魯牧特來到旅館的窗下找人，看見有人影在樓上，沒顧忌的喊去，喊出三音節名字，使他的腦門充滿共鳴的喜悅。「海努南，去打球了。」

「快了，我再忙一下就好。」海努南從二樓窗口探頭，頭綁白毛巾，說：「你的帽子太好笑了。」

「特製的戰鬥帽，為棒球奮戰。」哈魯牧特把手套當帽子戴。

「再等十分鐘。」

「先接著。」哈魯牧特把球衣與球鞋往上拋，有兩次沒被接著，他看到海努南得把身子掛在窗外才盛住，喊：「太糟了，你的球技跟山豬一樣糟了。」

「是你丟得太糟了。」

「好捕手應該能接住暴投。」

「這是亂投。」

「別再鬼扯了，打棒球不能慢，給你三分鐘時間下樓。」哈魯牧特不顧行人的目光，大聲喊：

「我倒數了，一百八十秒，一百七十九……」

哈魯牧特大聲倒數，板起嚴肅臉孔，越數越有警告意味。海努南冷不防從旅社旁的小巷竄出來，往哈魯牧特頭上敲出爆栗，一邊倒退跑一邊大喊：「你太慢，人家都盜往二壘了。」只見海努南穿著日曬色素的白運動服，紅條襪包住小腿，腳上的釘鞋踩得喀喀響。那是美好記憶。他們很久不打球了，甚至刻意不討論它。如今他記憶翻攪。很多年前他們相信能去甲子園，用力抓球場黑壤，指甲縫都是泥土，現在期許自己成為業餘玩家，只要週末能拾起棒球玩得盡興。這是難得週末，沒有空襲與梅雨，一切像剛誕生般的令人喜悅，哈魯牧特誠心感謝上帝發明了棒球、天空與海努南，這些都閃閃發亮，兩人邊跑邊鬧的到學校，沿路哼唱貝多芬〈第九號交響曲〉的第四章，大喊德語Freude（歡樂）！Freude！那是他們在音樂課所學到最棒的席勒式歡呼，直到棒球社的人都到齊了。

校園移作軍事用地，操場架了兩座高射砲，教室住著士兵，禮堂變成軍資倉庫。游泳池屯著兩公尺的水，長青苔又漂著樹葉。棒球隊大略整理校園。學寮提供神風特攻隊住了，有人從窗口看去，瞥見木牆留下他們出征前留下的心情，招大家來看看。那曾是哈魯牧特住過的地方，夏日蚊香燙傷的牆板與翻譯過雨果詩句的臨窗矮桌，都留下特攻隊的遺言：「萬般不捨，還是得出征去了。」「好想要活下去，真誠的躺在冬陽下呼吸。」「我會蒸發，化作雨水回到故鄉，請敏子在西邊窗下等我的雨碎聲。」其中一塊木板寫著：「春子，如果我們下輩子不能成為虞美人草，就成為雜草那樣安靜活著吧！」只有哈魯牧特知道意涵，並參與那天下午的談話，使他眼裡有什麼哀傷打轉，對上海努南時，都快把對方捲入這漩渦中。

「只是想起久保田太太往後要怎樣過日子，便難過起來。」他這麼說時，他們正往後山的高爾夫球場移動，手中拿著球具。

「你總是往壞處想。」

「是想太遠了。」

「想遠就會想壞了，這就是你的性格。」

「還好我有帶法寶來了。」哈魯牧特從口袋掏出一包罕見的菸，「這是解悶的好玩意，等下可以試試。」

「你怎麼會有的？」

「久保田先生送的，他說我身上有股菸味。我說，我不太會抽菸，這菸味是朋友留下的。但是他仍送我這包菸。」

「還慢吞吞的，給我快跑過來。」火男教練在遠方大喊，用一種久違的嚴厲口氣。棒球隊員抬起頭，看見人就站在果嶺，那裡植滿用來提煉工業潤滑油的蓖麻。「來了。」棒球隊員大喊，一口氣往那衝去，雙方碰頭時臉容燦爛，多了像是麵包樹革質葉鞘的反光。原來是有人邀請教練來打球，他提早來探查地形，現在他遙指第三座果嶺，選出那適合當棒球場。一群人出發，越過幾個起伏地形與樹林，路上的話題都環繞如何壯大棒球社。目前學業時間都拿來做軍事訓練，社團時間都刪去，刺槍完、行軍完的休息，毫無球打的棒球隊會坐在一起眺望，奢華的想像球場在晴空。

戰事影響，娛樂事業停止，不再使用的高爾夫球場很荒涼。第三果嶺沒有種植蓖麻或提煉瘧疾藥的金雞納樹，原有的百慕達草匍匐，適合當內野球場，不過雜草也太多了，得清除一些。哈魯牧特拔掉一株牢牢吸住地面的牛筋草，對著海努南說這不會是雄日芝吧！這正是雄日桑說的雜草，有強悍的伏根與生命力。他又看去，四周的雜草還有兩耳草、雙穗雀稗與芒稷，每株更像雄日芝，而且用力拔除，果嶺會留下傷口。雜草贏了，棒球隊決定跟它們共處。

畫線用的石灰受潮結塊，他們先磨成粉，放入畫線器畫線，從球場水池裝水灑在白線上以便固定粉末。從倉庫拿來的壘包被老鼠咬破，填充物是前十屆的棒球隊球衣，名字無人知曉，但是衣上寫的「野球魂」很招魂。沾過汗的手套放太久都發霉，得用布擦淨。海努南戴上捕手頭盔，固定的皮革帶斷裂，哈魯牧特很大方的將皮帶卸下來代替。比賽開始了，打得很難看，揮不到球、追不到球、撈不到球；有人從外野的長草區撿到了安打球，長傳回來的卻是高爾夫球；有人擊出一壘安打，守備誤傳又漏接，讓打擊者跑回本壘得分。只有火男教練不改本色的罵人，說這是他這輩子看過最誇張的球賽，大家像足球賽在猛追球，得分跟籃球賽一樣多。大家都笑了。

幾個人躲在遠處的樹下抽菸，二十幾棵黃杞樹開花，花苞微微，數量多得壓低了枝頭，這就是風之又三郎的大本營，城市之風的起源地，夏末結出隨風旅行的三足翅膜種子。哈魯牧特抖出那包傳說中的菸分享。大家起鬨說，終於抽到「天皇陛下賞賜你的香菸」。這句是平日罵人「去送死」的意思，畢竟這種專門給特攻隊的御賜菸，抽了就得犧牲。大家嘴上叼一根，互傳一根柴火，傳到海努南，火滅了。他從哈魯牧特以菸碰菸借火，猛吸一口，感覺有什麼在身體周轉，再緩緩吐出。「果然有點特別。」這是大家的結論，但特別在哪又捏不出道理，於是悶著抽。青春很無聊，得浪費在無解的時間，抽菸也是。海努南抽完菸，順手把哈魯牧特手上的拿來抽，他知道他不喜歡抽菸，把菸耗在指間等他接手。海努南還知道，哈魯牧特就是喜歡笑著看他抽菸。

「我已經接到兵單了，在這跟大家說再見。」海努南說。

「你哪時收到的，我怎麼不知道。」哈魯牧特很驚訝，也有點惱怒，他想海努南怎麼能把這祕密悶在心裡這麼久。

「早上收到，我家裡託人打電話過來，說兵單來了。」海努南說得淡，這意謂他不久後要回部落了。

「我也收到兵單了。」

「我也是。」

「我也收到了，那就以菸代酒，敬大家。」

大家舉起菸代表酒杯，輕碰後猛吸，在腦袋與肺葉裝滿濃濃的尼古丁，彼此無聲微笑，聽著又一批神風特攻隊飛機從頭頂掠過，抬頭卻看見天空沒有留下可值得註記痕跡，想著這是自己命運的預告片，各自眼角都窩著淚水，只有繼續仰頭才不會丟臉的流下來。哈魯牧特難免神傷，這時才真正感受離別的惆悵，他被禁足，再加上得補回休學的功課，要多待半年才能拿到畢業證書。更難以描述的情緒是海努南要回部落，這城市會少了什麼，而去當兵的海努南，又會到哪裡駐軍呢？哈魯牧特在腦袋塞下這麼多無解的問題，又亟需解開，想當面詢問又礙於眾人，只好為自己點上菸，吐出的煙都是扭曲的，滾幾個踉蹌後消散。

這時的球場傳來騷動，夾雜衝突聲。哈魯牧特到樹林外瞧，還沒起身就看見答案走來了。兩個警察迅衝進抽菸的人群，勒令站好，不從就拍腦勺警告。哈魯牧特被重重拍了後腦，菸掉了。警察踩熄後，撿起來，塞進他嘴裡，說：「都叼好，這是證據，全部出去。」排前頭走出去的哈魯牧特，聽到後頭隊員不斷的輕咳。那是暗示，他們把嘴上的菸嚼爛吞下，消滅證據，唯有遲遲沒回頭的哈魯牧特還叼在嘴上。

在果嶺上，棒球隊員罰站成四排，聽樋口隊長訓話。犯案工具排開來，五根球棒、六顆棒球、十六個球套、三個壘包與三十位棒球員。樋口隊長臭罵，整個國家卯起勁對抗英美鬼畜，下令禁止娛樂，你們就躲在這玩球。他要嘛連珠炮開罵，要嘛沉默不語的用匕首般的目光看人，然後冷冷說：「剛剛我來時，誰在那位置當裁判大喊safe。」

「是我。」

「出來。」樋口隊長看見球員出列，上前問：「你當時怎樣說？」

「Safe。」

「啪！」樋口隊長賞出一記耳光，「這種鬼畜下流無比的語言[40]，怎麼可以講出來。」

「謝謝。」被打的球員不免要道歉。

「本田先生，我得向你請教。」樋口隊長轉頭對火男教練，「這次來打球的學生，由哪位發起與帶隊的？」

「這一切都是誤會。」

「人・贓・俱・獲，何來誤會，誰是帶隊的？」

這般堅持，雙方沉默幾秒，火男教練才微笑欠身，說：「還真對不起，是由我帶隊來的。」

樋口隊長上前，拎著火男教練的胸襟，左去右來的賞兩個耳光，完全不給對方面子。接著樋口隊長轉身面對球員們，大喊是誰帶隊的？他每次的吼聲像宏亮的巴掌聲，嚇壞大家。哈魯牧特低頭，他想起反戰的自由派太郎老師，也曾受樋口隊長的耳光，當時走廊響起的霹靂聲極具威嚇。現在樋口隊長的嘶吼簡直像是失控的太平洋爆浪，一波波襲擊隊員。

40 英文是敵性語，全面禁說，因此棒球術語safe要改成日文：よし（安全）。

「我再問一次，是誰帶隊的？」樋口隊長大吼。

「就是我。」火男教練說。

樋口隊長回頭，上前揪對方的手臂，低身過肩摔。火男教練頓時頭暈，人躺在地上，臉上的招牌歪嘴巴調回原位，用來呻吟。他非常狼狽，端坐地上，右手揪死一株雜草，表達他無奈的怒氣。這一幕激起棒球隊員的憤慨，但是他們抵抗不了，只能咬牙忍著。

「你，就是你，混蛋，還叼著菸。」樋口隊長大吼，衝入人群把哈魯牧特往外頭拽，「你的國民精神是用在抽菸？」

「隊長，是剛剛有一群人在樹林抽菸。」一位巡查報告。

「還有誰抽？」

「就我而已。」哈魯牧特咬著菸回答。

「我知道你是誰了，你這穿耳洞的陰間（娘娘腔），太礙眼了，國民精神都被你踐踏在地上，對吧！你這在教堂的切死丹。」樋口隊長從鼻孔出氣，「校長保證你不曾偷過一根粉筆，現在嘴巴卻叼著菸，不，在我看來就是叼著粉筆，膽子不小。」

「那根菸是我抽的。」有人說。

「出來。」樋口隊長說，「你這高砂人很有義氣。」

自告奮勇的海努南走到人群前，兩手併攏，眼睛直視，「我不是學生，我沒讀書了，菸是我抽的。」

「別給我裝是不是學生。你說說看，菸怎麼會不在你嘴巴上。」樋口隊長往海努南踹去。

「哈魯牧特常把菸叼在嘴巴當裝飾品，等我去拿來抽。」

「屁話，男人抽男人的口水菸。」

「所以抽菸的只有我。」哈魯牧特說。

樋口隊長冷不防賞一個耳光，清脆響亮，把菸從哈魯牧特的嘴上打落。他把菸撿起來，對球員說，學生的精神是面對戰爭，不是玩棒球與抽菸，不然怎麼對得起靖國神社裡犧牲的英烈。樋口隊長邊罵，邊捏著手上的菸，展示證據，忽然他看見香菸紙捲上有皇室專屬的燙金多重菊花紋，極為驚愕，對哈魯牧特說：「這菸從哪裡偷來的？」

「特攻隊的久保田先生送的。」

「不可能。」

「久保田先生說，棒球是他讀大學時的夢想。」哈魯牧特拿出硬殼菸盒，上頭有燙金的「御賜」兩字，說：「久保田先生又說，他起飛時，希望從天空看到我們快樂的打球，要我們無論如何都不要忘記打球的快樂。」

「鬼扯。」樋口隊長要出手打人。

「天皇陛下萬歲。」哈魯牧特把菸盒放在胸前，努力嘶吼。

樋口隊長不得不立正，併攏雙腳。他牙根咬緊，有怒言卻不能反駁，收隊把五位警察帶走。在日本二戰年代，天皇是國家宗教與政治的最高信仰，是日本的上帝，永遠不容侵犯。哈魯牧特大喊「天皇陛下萬歲」，強化御賜菸是皇室精神的保證，迫使樋口隊長得服從。

哈魯牧特沒有勝利的滋味，棒球隊也是，這是悲傷下午，他們把被打傷的火男教練從地上攙扶起來，懇求他的諒解，感謝他替大家擋下了一頓挨揍。他們走回學校，到達某個果嶺時，難過的隊員終於哭得淚眼模糊，他們曾忍下很多殘酷訓練與難堪都沒流淚，唯獨這次哭崩了。火男教練告訴大家，傷痛會在幾天後消失，記憶會永遠保存下來，那不是被打的難堪，而是和棒球員擁有一個美好的棒球賽。教練繼續說：孩子，你們不久就要上戰場，保衛國家，也許會像櫻花凋零也說不定，但不要忘了，棒球曾經帶給我們美好的夢想與熱情，那是永遠不會熄滅的光芒……

「就像久保田先生的快樂，不是嗎？」火男教練說。

這城市的記憶就像藤編行李箱快滿出來了，來的時候沒這麼多，離開的時候卻多得難以斷捨離。哈魯牧特把雄日桑送的望遠鏡放箱底，據說它曾用在霧社戰爭與無數次的山林活動；他把自己與海努南的冬衣互疊，捲起來放，用三件汗衫把窗臺上那組易脆的風鈴包裹好，兩組茶杯放入三層乾淨的襪子裡保護；幾本英文與日文詩集收入；兩枝鋼筆與信紙放入，文具放入，一組曾穿過耳洞的針喘放入；再把海努南那只補過的捕手套擠進去，就沒多少空間，他猶豫自己的球套要不要放進去就花了十分鐘，而快壞掉的豬皮棒球不帶走，放在窗臺，露出樹皮球心，但他決定修補後帶走。哈魯牧特要跟隨海努南回部落，學業先暫停。

樓下有人喊他，名字多次轉換，喊到「砂糖天婦羅」了，聽起來像舌頭跌在糖罐裡，對方已斷續叫了幾天。哈魯牧特揹著網袋，手裡提大行李下樓，看見海努南氣噗噗的說：「兄弟，走啦！」

「你催得很急。」

「當然急，你行李整理了七天都還沒整理完，我們哪時能回家。」

「現在可出發了。」

「慢點再走，我找到畫家了。」

那幅掛在料理亭的油畫，在轟炸中震落破損，也成了雄日桑送給哈魯牧特的惜別禮。哈魯牧特想要修復好，海努南便去找畫師找得勤，今日找到了。兩人將兩公尺長、六十公分寬的油畫頂在頭上，一路橫過街，像是扛棺人在舉行某種祕密宗教的活動，在二十條街外的小巷子，他們找到隱居的畫師。說是隱居不太符合現狀，那是因為畫家的生活作息曝光了，他住擁擠的閣樓，身上穿著沾滿色料的圍兜。三天前的美軍轟炸，炸彈引起大火蔓延，消防隊為了阻止火勢，把畫家隔壁著火的房子都拆了，他生活空間才裸露。

他們走入屋梁橫陳的火場廢墟，碳化木頭像黑寶石在陽光下反光，破碗也反光，泡過救災水乾掉的衣物黏在地上，空氣中有種炭火剛熄的氣溽味。在宛如巨獸腐爛屍骸的體腔內，他們小心走，高舉那幅畫，大喊：「油畫來了。」

畫家扶起眼鏡，從沒有牆壁的二樓往下看。「你來了。」

畫家所謂的「你」是那幅畫。他用麻布糊在畫作破損處的後頭，加強支撐強度，再用畫筆補妥線條與顏色。等待黏膠乾燥的較長時間，畫家觀察畫作，畫得很野派與混沌，這是真跡，是他的老師鹽月桃甫[41]畫的。他說，這位老師是怪胎，禿頭戴帽、衣裝不符規定、對社會批評，簡直像是蠻風（ストーム）的高校生，還會叼著菸、穿木屐的破壞事物，可是他卻對高砂族文化著迷，會翻山越嶺的在深山部落觀察原住民生活，跟他們打成一片。

「但我無法解釋的是，這幅畫怎會來到花蓮港？」畫家說。

「我的料理店老闆說，他年輕時，曾帶這位畫家到過深山部落。」哈魯牧特拿起補好的畫作，

41　一八八六—一九五四年，日本畫家，熱愛原住民，繪畫作品〈母〉（即小說中的這幅巨畫）以控訴日軍在霧社事件，以強大軍力鎮壓賽德克族。

說：「他們曾是朋友。」

他們帶著油畫離開時，話題周旋在跟少年叛逆有關的詞彙「蠻風」，比如在橘子裡偷灌顏料；把別人用棉被包起來丟進泳池；只穿丁字褲、頭戴水桶，學著劍客在校園跑；用鞭炮的火藥重製蚊香；半夜在沒水的泳池裡打籃球，或半夜在有水的泳池騎腳踏車；走一百公尺海堤到風強的花蓮港燈塔許願，但手中蠟燭不能半路熄火；在颱風前的大風浪中游到海堤外的突礁。這些校園傳說，哈魯牧特與海努南都沒有參與過，他們只參與棒球隊的傳說，在颱風登陸的花崗山進行棒球賽；連續三天三夜棒球不中斷賽；超級體訓，直到大家的衣服擰出二十公升汗水才停；然後，受學長吆喝去火車站跟人幹架被抓，要不是火男教練擔保，棒球隊就解散了。

念此際，他們要疏散回鄉，好像沒有留下瘋狂記憶，左看右瞧，撞見一間賣麵的小店。幾年前，他們剛來此城，到店家買食，黑皮膚被老闆當下認出是本島人又不會講臺語，慘遭羞辱。當時哈魯牧特發誓再也不要進這家店，現在他覺得自己講的臺語行了，可以秀給老闆看。

「待會機靈點，免得被人家的蠻風掃到。」兩人頂著巨畫走進店，哈魯牧特用日語大喊：「來碗麵。」

「你們是本島人？」老闆說。

「是。」

「那你要講河洛話才可以買。」

「這個我很勇，講得削削叫。」哈魯牧特舔舔嘴，用臺語說：「天主按怎饒赦了恁，恁也要按怎饒赦別人。」

「你講啥？」

「恁的罪雖然親像硃紅，必然變成雪白；雖然紅彤彤，必然白如羊毛。」哈魯牧特與海努南一起喊，不再硬邦邦，有種鬆軟流利。

「幹恁娘，你這吃教的死番仔，來給我創（捉弄）。」

老闆氣爆了，手拿長鏟揮舞。兩人大笑，惹怒老闆追來，非要把人揪倒。憤怒者容易發明新的粗鄙話，哈魯牧特的語言也絕非等閒之輩，凡是老闆講什麼幹話，他回音牆彈回去。漢人最大的武藝是用粗話意淫，內容不脫強姦女性、生殖器交媾與精液牽絲，漢人在街上吼粗話，沒有人想要理解他的憤怒，反而嘲笑他。在那個春天將結束的日子，蒲公英絮隨風來，粗話與棉絮都不值得回憶，但哈魯牧特覺得是美好的，為大家帶來歡樂，他與海努南頂著巨畫，在街上逃竄，把後頭的那個笑話拽了十分鐘。在某個路口，兩人分開跑，哈魯牧特把追來的人引開，由海努南把畫帶回店裡，他流汗慢跑，穿過巷子便是河流，沿著河流又回到巷子，有時候他會突然加速消失，再繞路從那個笑話後方追上來；有時候又猛轉身跑，與那個笑話交錯而去。

最後哈魯牧特把人甩了，回到料理店。人不在，但是畫掛回位置。哈魯牧特把畫調整好，詢問海努南去哪裡了。在備料的雄日桑說，他掛完畫又出門去找你了。哈魯牧特坐在椅子等人回來，他調整收音機，躍過幾個頻道後來到「零點時刻」，這是他兩年來常偷偷聽的英文節目。女主持人叫作「安」，是孤兒，用霞紅錦鯉游在牛奶裡般的舌頭，流利開場「大東亞共榮圈的聽眾，大家好，又到了太陽旗升起的時間」，她常說著美國文化，常調侃美國人，勸美國大兵趕快回家到鄰居的床上找沒穿衣的女友，再慢的話，女友會到鄰村找第三個情郎。哈魯牧特趴在桌子上，又到了他聽廣播學英文的祕密時刻，一手枕著臉，一手摩娑著桌面的纖纖刮痕；廣播正放送茱蒂．迦倫唱的〈彩虹之上〉，他沉浸在幽邈歌聲，莫名的將眼淚滴在桌上，聽到歌詞「青鳥都能飛過彩虹」時想起什麼，問：「海努南回來了嗎？」

「沒有。」雄日桑說。

「走啦！」哈魯牧特慵慵懶懶的說，「把火熄了，走吧！去防空洞，我覺得空襲要來了。」

「沒這麼準啦，哪有你說空襲來就來了。」

哈魯牧特端起身子，看著窗外，城市的天空有太平洋的鬱藍，沒有彩虹、青鳥與轟炸機，也許是他多慮了，但是每次偷聽到「安」的廣播，他有種聽了就要付出代價的預感。但他更大的擔憂，是海努南去找人還沒回來，他楞楞盼著有人掀開大門布簾進來。

半個月前摘來的水蠟燭，被冷落在靠門的那桌。哈魯牧特看見了什麼，它深褐色的熱狗狀花穗發霉了，霉絲很特別，一種微微銀澈的細絲，他動手去扯竟然是種子的棉絮。這卻使成熟的水蠟燭像是拉開手榴彈的引信繩般，密擠的棉絮潰湧。風來了，穿過窗子與大門，在料理店發出嗚嗚嗚響，把不斷噴散的棉絮吹走。

空襲警報終於響起了，在整座城市悲鳴。

海努南到哪去了？哈魯牧特想，而警報聲呼嘯驚人。

「你快去躲防空洞。」雄日桑反而悠閒的拿出菸，從煮湯的柴灶點火，哈出一口煙，「我留下來煮湯。」

「你不走？」

「我正在煮湯，先顧一下。」雄日桑走過來，把收音機的音量調高。裡頭的「安」說美國牛肉沒了，有人發明肉色油漆塗在石頭上解決困境。哈魯牧特笑了。雄日桑要他翻譯。但哈魯牧特說笑話不能翻譯，這就像剛喝進嘴裡的湯，又吐出來給別人喝。

「湯也不能煮一半，你先去躲。」雄日桑說，然後低頭對柴犬說：「麻魯要留在這裡吧！」

哈魯牧特來到街上，躲空襲的人潮來到尾巴，偶爾有人快速穿過街心，在街角駐守的義警催促大家避難。哈魯牧特跑到最近的防空洞，裡頭裝滿了人群與嬰兒哭聲，他蹲在外頭的防爆牆邊。又陸續來了個戴防火巾、穿燈籠褲的婦女，哈魯牧特把位置騰給他們，來到防空洞外，然後撒腿跑，穿過街道到另一個防空洞時，在街心被紅衣女人攔下。紅衣女人嘻嘻哈哈笑，光腳丫，踮腳尖，模仿水鳥輕盈的跑跳，紅髒衣袂飄呀飄，她最愛在空襲警報時跑出來跳華爾滋，街道都是她的舞臺，她是瘋子，不怕死。

哈魯牧特被滯留在街上，紅衣女人牽他的手跳舞，哼著白遼士的名曲，配著滿城嘹亮的警報。大家知道，只要揍女人一拳，就可以掙脫，看看瘋女人臉上的鮮血便知道她多麼勇敢邀人跳舞。哈魯牧特不忍打她，僵住不動，看她在四周輕盈。那是夢境才有的畫面，街道空空蕩蕩的，布招隨風、理髮店的三色筒轉動、電影《姿三四郎》海報在上跑，這時候哈魯牧特看見海努南了，那遠處小小的人影站在料理店前大喊，喊道：「甜甜圈，你這麵粉球滾出來吧。」

「我在這。」哈魯牧特推開瘋女人，邊跑邊喘著喊，聲音好小。

「砂糖天婦羅，快走啦！」海努南叫兩次，衝進了料理店。收音機正流瀉歐金妮．貝爾德的〈我心對我說〉，深深淒婉，店裡沒人，彷彿音樂是在安撫悲傷的家具，唱給世上最哀愁的寂靜聽。這時陽光不過移動微微，便落在楚楚婉約的虞美人花，哈魯牧特五分鐘前落下的淚珠，在桌上凝聚成發光的痣。海努南知道是誰遺落的，布農人會在路徑留下東西，某種自己人才會辨識的信物。眼淚是生命路徑最哀愁的遺物，海努南用指尖收起了淚，想起什麼似衝進廚房，掀開木地板，一股鮮味道湧出來，他趴著身子探頭到底下的小型防空洞，大喊：「哈魯牧特，是你嗎？」雄日桑就著微弱的小燈在啜湯，端著一碗煮好的魚湯，回說：「他沒有在這，進來喝湯吧！」

「不夠，還得塞下它。」

「它？」

「那張油畫。」

「也把麻魯帶走吧！牠不喜歡這洞穴。」

海努南縮回身子，起身到店裡，站上椅子拿下那幅巨畫。他們費了這麼多工夫修好它，怎麼能不帶走。他把畫頂在頭上，用腳勾開門離開，麻魯先衝出去，空中傳來低沉的嗡嗡聲響。整幅畫把天空遮住了，他牢牢抓住它，看不到機群，卻聽到一種稱為惡魔口哨的咻咻聲響向地面快速墜落，那是炸彈，劃破空氣釋放出尖銳的嘶鳴，令人戰慄。

來自無可解釋的命運交錯，海努南看見了哈魯牧特，而麻魯衝去迎接。在空蕩蕩的街道，陽光亮得必須瞇眼，紙張到處跑，從料理店湧出來的水蠟燭棉絮到處逃，他看見哈魯牧特朝他跑來，不得不大喊快逃。他只能這樣做，希望對方逃過這劫難。這些閃過的念頭好平凡，像在春天摳掉小黃瓜的嫩刺，咬去頭尾，兩人坐在橋邊臨水吃瓜。但是平凡的念頭注定沒了，炸彈掉落在城市，其中一枚墜落在前方房舍，五百磅炸彈爆擊地面，激烈得把街上跑來的哈魯牧特震倒了。那是海努南最清楚的一幕。

同時間，一個重物凌空摜落在海努南不遠處的房舍。那是燒夷彈，隨著它墜地噴出稠狀的膏淖物，瞬間燃燒起來，地獄之火釋放了，膨脹的熱空氣把四周的玻璃窗震破，木板鼓著弧度斷裂，鐵釘從木頭裡噴出來，所有再也恢復不到最初的美好了，盡皆被熱焰吞噬。

海努南知道，他這邊的世界毀了。
他只要那邊的世界，哈魯牧特一生平安……

# 第三章

# 轟炸機、月鏡湖、鹿王，以及豹眸中的哈魯牧特

哈魯牧特最後還是參加搜索隊了，前往美軍空難現場。

清晨微霧，搜索隊從登山口入山。陽光未抵達森林底層，秋海棠與杜鵑葉的水珠沾濕了小腿，垂落藤蔓在無意間勾住背包。大家有說有聊，話題逗留在美軍墜機、二戰結束與原子彈，漸漸的，話題隨著隊伍拖延而中斷，只剩藪鳥高亢鳴叫。兩小時後，帶隊的哈魯牧特聽到喘息，撇頭看見城戶所長頻頻換氣，墊底的藤田憲兵靠在楠樹喝水。粗大的楠樹被血藤纏繞出凹痕，樣子恐怖。這條百年來的布農獵徑像血藤勒住搜索隊員的腳，路程才開始，步履已顛躓，就快把他們的汗水擰光。

「快到了嗎？」藤田憲兵問。

「我們才開始走，你已經問了八次。」講話的是三平隊長，他是支廳憲兵分隊的副分隊長，擔綱這次搜索隊的隊長。他說：「從現在開始，你要是懂得禮貌就不要問這句話了。」

「快到了，加把勁就行了。」哈魯牧特說。

「等一下，我抓飛鼠的肝給你吃，保證你活蹦亂跳，保證你會……」講話的是納布，他是哈魯牧特的堂哥，也參與了搜索隊。

「會怎樣？」

「用飛的。」笛盎笑說，他也是布農獵人。

三平隊長點菸抽，燙掉手背的螞蝗，再抽口菸，把藤田憲兵頸部的螞蝗也燙落。螞蝗蒂落後蜷縮，藤田憲兵猛踩爆，他驚訝打綁腿可以防螞蝗攻擊，沒想到腰部以上仍被攻擊。哈魯牧特觀察到三平隊長不太說話，呼吸非常沉，像他抽菸的節奏，這成了他的風格。三平隊長看森林時，也是呼吸很緩，潤綠的森林在他眼裡飽滿得要氾濫了。哈魯牧特以為他是跟植物對話，卻是目光放空——因為有次在他前方樹幹有隻細長步足的大蚰蜒，他只顧抽菸發獃。倒是藤田憲兵衝來，打死這隻怪蟲，他很懂用腳底跟昆蟲打招呼。

「快到了……」藤田憲兵背上鬧汗災，他聽到三平隊長咳嗽示警，改口：「快到哪裡了？」

「你又再問了，這就像是問人的隱私。」三平隊長說。

「這樣問像是感冒的咳嗽，總是忍不住。」

「這點小病要是忍不住，後頭更大的挑戰怎麼辦？默默前進，不要老是問到了嗎？」

「到了，我聞到味道了。」哈魯牧特插嘴。

空氣中有沁涼味道，這時更夾雜一股淡淡馨味。哈魯牧特看到一株枝繁的栓皮櫟站著等他，無數歲月已去，它還在守候。這株樹以他的名字活著，他以樹的名字走路，樹在微風中擺動，在豔陽中閃晃葉光，或在迷霧中佇立，或在豪雨裡守候，哈魯牧特隨時回來都是美好的相逢。栓皮櫟穿了布農服，那是哈魯牧特的舊衣，令他有種自己在此久候的恍惚。這是嘎嘎浪每年春季替樹穿上的，當它是好友看待。哈魯牧特記得，從前走到這，隨行的嘎嘎浪會說，另一個哈魯牧特在那等你，去摸摸它、抱抱它。好幾年沒回來的他，這回靠近樹，栓皮櫟樹皮依舊又厚又軟，溝紋深，他用較敏感的手背磨蹭，栓皮櫟彷彿是巨大溫馴、鬆厚彈性皮毛的生物對他撒嬌，有種說不上的感覺從手背傳染開來，沿著神經傳導，在他的腦袋最深處突然觸動到什麼了。

「到哪了？」藤田憲兵問。

「到舊部落了，這是召喚的鑰匙。」哈魯牧特從樹穿著的衣服口袋掏出橡果實，那是去年留下的。

栓皮櫟的果實特別，殼斗有細長捲絲，有如烈焰四射的小太陽，於是秋果落地，彷彿以光焰標示出位置，給聰明的鳥類與囓齒鼠類捷足，將殘核遞回給落葉與大地。

越過山頂，有幾間破舊家屋。家屋還給大自然，落葉與雜草成了房客，石板牆掛著一串長苔的水鹿頭骨，後院的野胡桃搬進客廳生長。屋內地板下還埋了嘎嘎浪的臍帶，也葬下祖先。用過的家屋不宜打擾，他們在附近蓋工寮，種植板栗。板栗在春季疏枝、夏季剪除萌櫱，秋季結果，用長竿鉤子勾落果實，以厚實鞋底踩破布滿尖刺的殼斗，用鐵鉗取出板栗。板栗經濟價值高，是羊羹與糕點的食材。多年來，警察允許他們栽種，嘎嘎浪帶哈魯牧特回來耕作，農忙後，祖孫安靜坐著，扶起代表傳薪的三石灶，聽山林吟哦。他們會滯留一小時，看著野胡桃的樹影踱進家屋，潺潺的草跡與苔痕，時光溫靜，這實在令嘎嘎浪的情緒呢喃。這是多年前他到多肥皂樹溪出草的懲罰，部落被迫遷移，以便監控，然而葬在客廳石板下蜷葬的祖先仍活著，用落葉滾動聲代替說話。片岩石板牆在陽光下發出特有的晶亮濕痕，那是祖靈在流淚嗎？嘎嘎浪先淚流了，說：「舊部落（mai-asang）深深埋下了我的心（isang）。」哈魯牧特聽得平靜，他對舊部落沒感情，有時想這麼險峻山區不適合打棒球，還好現在住山下。

如今，重回家屋的哈魯牧特，舉行祭告（mapakaun），對於使用過的土地或部落，再訪都要以祭儀打招呼，他以栓皮櫟代替酒，放在屋前的石板，納布、笛盎也虔誠做。三平隊長把玩手中的兩顆果實，在指間繚繞幾圈，放進口袋，他對這種較大的橡果實感興趣。城戶所長真誠的獻上他的橡果實，他在霧鹿部落待了十六年，經驗告訴他，什麼都不信，就遵從布農人相信的做，於是他放上的果實在石板上晃了兩下，彷彿得到允諾。離開舊部落之際，哈魯牧特瞥見一隻松鼠從樹梢爬下，叼走貢品。橡果或許被吃了，最好是帶到森林某處埋藏起來，發芽成了森林的一分子，努力蒐集陽光與雨水，只為期待與哈魯牧特再次相逢。

在一片乾淨的松林，褐色松針鋪出路徑。陽光澆灑，光影浮動，在鳳尾蕨下生長的琉璃草綻著紫花，空氣中沁著芬芳，三平隊長舒展呼吸，把口袋的栓皮櫟果實扔在地上，不想擁有這玩意。隨後的哈魯牧特撿起了，落入自己的口袋，他知道這片純松林不適合橡果發芽，它注定在這死掉，他要把種子放在小百步蛇溪支流，犒賞前往喝水的動物。一顆被水鹿吃掉的橡果比較幸福，松鴉也是不錯的饕客，在這之前，它會聽到溪水的吟唱，直到死去之前。

藤田憲兵看到哈魯牧特撿起了橡果，這給他個想法，說：「要是我們這次去救援，撿到了珠寶，要還給米國人嗎？」

「當然要還給人家。」城戶所長說。

「可是要是珠寶是我們的呢？」

「怎麼說？」

「米國打贏，肯定搜刮我方士兵或居民的財寶，送回國家，他們花了這麼多錢打造飛機與戰艦，自己絕對欠錢，歪腦筋就動到我們身上。」

「是有可能，我們戰時奉獻黃金，像我自己就將結婚時的小金飾奉獻，連鐵釘或窗戶之類的金屬，都要奉納出來造船造飛機。」

「我也被迫捐佩刀，不過我的刀子變成子彈後，射出去較厲害。」納布笑了起來。

「你的刀子彈有問題。」笛盎大笑不已，「敵前士兵用這子彈發射，子彈都轉彎射山豬，上萬顆的子彈像蜜蜂出巢攻擊山豬。」

「哪有可能，我的刀子只能做成幾顆子彈，哪有上萬顆。」

「你的刀子有『專攻山豬』的癖好，熔化成鋼鐵，這種癖好也會傳染給整個鍋爐的鋼鐵，這樣所有子彈都得怪病了。」

當大家笑時，皺眉頭的城戶所長，轉頭問三平隊長：「要是墜落的米國飛機上載了珍貴珠寶，我們先稟告總督府，你看如何？」

「你這決定很正確。我贊成。」三平隊長點頭。

「我會分兩個紀錄，一個紀錄給總督府，這個比較仔細清楚；另一個紀錄給米國。我這樣做請大家體諒。畢竟，我們不太相信米國。」城戶所長轉頭，對藤田憲兵說：「不過，你很仔細，竟然想得到米國飛機可能運珠寶。」

「哎呀！你們都沒有想到鮑斯嗎？」

講到錢德拉・鮑斯（Netaji Subhas Chandra Bose），大家都懂。鮑斯是印度獨立運動的激進派，為了早日讓印度脫離英國的殖民，親自向德國希特勒與蘇聯史達林求援，都沒獲得同意。一九四一年，日軍進入新加坡，支持鮑斯心願，成立臨時政府，由他擔任「印度國民軍」最高司令官。二戰結束，鮑斯繼續他的建國之路，帶了一批民眾捐獻的珠寶向蘇聯尋求合作，卻在臺北轉機時墜機。哈魯牧特記得墜機新聞，發生在天皇宣布停戰之後不久。死訊登在報紙，配上戴宋谷帽、黑眼鏡的鮑斯照片，標題是獨立之雄圖空付[42]，霸圖碎了，像流星墜在寂寥夜空，徒留無盡的漆黑。

「印度人一定非常不高興，認為是我們戰敗，順便謀害鮑斯。飛機在臺北飛行場失事，死的不只是鮑斯，同機隨行的還有我們的緬甸軍方面的參謀長四手井中將。」城戶所長說。

「這才可怕，印度人會認為我們的計畫完美，賠上四手井中將的命，演出完美的犧牲戲。印度人不會原諒的，我們的友誼雪上加霜。他們會跑來調查這起事件，可惜鮑斯已化成骨灰了，不能為我們講話。」

「珠寶是真的嗎？我聽說找臺北第一高女[43]的學生去撿。」哈魯牧特問，這件傳聞沸沸揚揚，連花蓮人都知道。

「我想是真的。」憲兵藤田說，「我的朋友在臺北當憲兵，聽說墜機事情發生之後，趕緊把傷患送到醫院，並且封鎖，不准任何人進入。然後找來兩百位一高女的學生，排列成橫隊，走過墜機區域，撿回珠寶。你們知道為什麼要找一高女來幫忙嗎？」

「別賣關子，快說。」

「墜機現場有這麼多珠寶，連總督府都擔心，要是少了，印度人怪罪我們是貪圖財寶，於是請女學生來撿，她們比較知道分寸。」

「這有可能。」

「米國的轟炸機把臺北炸得這麼慘，死了很多人，尤其一高女位在轟炸熱點的總督府旁，慘遭波及，校長在巡邏時被炸死。這些女孩活在戰火，想必見過很多死傷，據說有人進入現場後，看到被墜機壓爆的人塊，事後發瘋了。可憐，好好的一個乾淨女孩就沒了。」

話題到此，哈魯牧特落隊了，他頭撳得低，注視自己的分趾鞋。他不是為那女孩悲憐。女孩瘋了或許是傳說，戰火製造很多蜃影故事，每個都很真實。他是為了說不出的感受而鬱悶，有什麼卡死，呼吸不順，心裡噎著強烈作痛的情緒魚鉤，吞不下，更嘔不出，他沒辦法若無其事的加入大家的話題。

城戶所長回頭看，問哈魯牧特還好嗎？他落隊了。大家也回頭看他的神情落寞。這時候，溪流

42 原句是「獨立の雄圖空し」。

43 今「北一女」前身，臺北第一高等女學校。

救了他，小百步蛇溪的源頭在前方，流水澄湛，在巨石與倒木間激盪，發出永恆的嗚咽或禮讚，端看聽者的心情。哈魯牧特低頭喝了水，一種液態雲朵的詩意滑過喉嚨，還摻著深山遼廓。他心情好點，要大家把身上的容器裝滿水，包括肚子，不然他們下次見到流水是尿尿時。藤田憲兵問，再往上爬就沒有水了嗎？哈魯牧特說有，他們會經過一座月鏡湖，那裡藏著布農族有關太古時代第二個太陽變成月亮的傳說，那裡的水喝不完，但帶著奇特味道，絕對是月亮的味道。

「月亮的味道？」藤田憲兵問。

「月亮的味道是很神祕，你要是喝了，要說好喝，不然月鏡不高興。」納布說。

「很好喝，喝過的人都說好喝。」笛盎補充。

「我想你可能不喜歡的。」哈魯牧特來到一小片平坦草地，這是他們今晚的營地。「月亮的味道，像是還沒有完成的詩。」

「這樣的說法，讓這次的搜索有了動力，我還以為我們的腦袋一路都裝著墜落的飛機。」城戶所長踏了踏營地，它不會太硬。「今晚在這住下來，努力去想像詩的味道，如果不介意的話，待會我來朗讀幾首俳句給大家聽。」

「不如先給我們來一首，解除疲勞。」三平隊長說。

「既然三平隊長這樣說，我恭敬不如從命，獻醜。」城戶所長卸下背包，深呼吸，念著：

空山松林

霧氣只摩娑了櫻瓣

蟬鳴才嘆氣

大家聽了，一片寂靜，陷入不解的困境。哈魯牧特知道意思，平凡之作，講述了人生禪意。藤田憲兵脫掉綁腿與分趾鞋，飄出汗臭味，他一邊用針挑破腳底的水泡，一邊說自己不太懂沒頭沒尾的詩風。納布、笛盎搖頭，他們的日語只夠用在對話。三平隊長則點頭，不斷說這俳句應該是城戶所長的傑作，卻推謙是別人寫的吧！

城戶所長笑著，他四十幾歲，臉龐的法令紋在笑容下埋藏了詭思似的。他卻說，這是女詩人寫的，他忘了名字，倒是在報紙看過照片，要是說這位女詩人像是大正時代的國民美女柳原白蓮，我想大家都不相信，但是她的氣質倒很像。這位女詩人有白皙皮膚、小巧鼻子、富士山形的額線，以及聰慧心靈。我建議你們發揮想像力，想像柳原白蓮穿吳服、蹬木屐，走起路是不勝春風的嬌羞，溫靜的蹲身去撿花瓣，她的氣質，連蟬都驚嘆的叫了。

「原來是這樣呀！我以為這首詩在講打獵方式，要注意蟬聲停了，山豬就來了。」納布拿起布農刀，去砍松柴，他對笛盎說：「我們去讓幾棵松樹瞧瞧，讓它們發出害怕的嘆息吧！」

「我懂了。」藤田憲兵說。

「總算懂了。」

「原來是這樣的呀！照三平隊長講的，這首詩是你寫的，你借用柳原白蓮這樣的美女形象，讓我們懂得詩意。」

「這詩真不是我寫的。事到如今，接下來我只好獻醜，拿出我寫的俳句，讓大家了解我的詩風，與這位女詩人的差距。怕大家不了解意境，先講明這首詩是描寫秋蟬，牠以鳴叫不斷發出了禮讚，也頗具大正浪漫時期的曠遠與深奧。」城戶所長說。

「再深奧的蟬鳴，我們都挺得住。」

大家停下手邊工作。哈魯牧特暫停營繩、營釘固定，三平隊長停下抽菸，納布與笛盎回頭看。

大家看著城戶所長把刺刀插進他在挖的帳篷排水溝，滿臉微笑，仰天長嘯他的秋蟬：

嘰嘰嘰嘰嘰

嘰嘰嘰嘰嘰嘰

嘰嘰嘰嘰嘰……

大家挺不住了，直到憋不住寂靜後，笑意才爆炸，噴出的口水像是滿樹的蟬受驚後噴尿飛走。大家各自幹活，不再說話，卻不時岔氣笑出來。這首詩是笑病，往後幾天誰忽然大笑，都是病毒發作。

遠古時代，有兩個太陽，一個落下山谷之際，另一個從山崗爬起來，世界沒有日夜之分，越來越熱。一對夫妻到耕地工作，將嬰兒放在樹下，沒想到嬰兒被曬死，縮成蜥蜴乾。

爸爸非常生氣，帶著大兒子上路，決心報仇。大兒子還小，走著走著，還要爸爸揹著。他們走了十幾年，走過無數山脈，兒子長大，爸爸漸漸老了，但路途沒有終止的時刻，仇恨與憤怒永遠還在。爸爸時不時從胸袋掏出蜥蜴乾，攤在陽光下的掌心，提醒泯仇滅痛的日子不遠了。

兒子越來越不懂，不懂的是：為何仇恨花上三十幾年還沒有消除，好幾次鼓起勇氣問爸爸，他想回家了。直到某次被爸爸賞耳光之後，他不用問了，氣得掉頭回家，但半途折回來，默默跟著爸爸孤單的背影，看著他跌倒後在地上掙扎好久都爬不起來，看他憤怒大吼，連布農刀都搆不著。遠處看著的兒子，也看到自己的辛酸、悲傷與愛恨就是爸爸的背影，他走過去，扶起爸爸，陪爸爸走，然後在越來越多年後，他甚至要揹爸爸繼續復仇之路。他沒有恨，他只是要幫爸爸解決他的恨。

終於來到這天，他們抵達世界盡頭，看見太陽碰觸稜線後，變成了罩著極為明亮光圈的太陽人，走下山谷。太陽人很亮，他擦身而過的樹木都熱得捲起來變成蕨類，太刺眼了，父子倆沒有機會看清楚這傢伙，容易錯失機會。復仇機會到了，爸爸跑去抱住太陽人，要求兒子趁機射死太陽人。兒子知道，他們一生奮鬥的目標是此刻，但要是殺了太陽人，爸爸也會死掉，因為爸爸的生存動力就是仇恨。於是兒子只射一箭，射傷太陽人的右眼。太陽人痛得大吼，光芒威力減弱了，露出的真面目竟是發光的熊。憤怒的熊一掌壓住爸爸，一掌摺倒兒子，壓住他的腳。兒子安詳的沒有反抗，微笑看著熊。這讓熊冷靜下來，問明原因。熊很感動，原諒了父子。

很多年以後，兒子瘸著一隻腳回到部落，他是蒼老衰弱的老人，右腳因為被熾熱的熊掌壓傷，捲曲成蕨類。部落的人嘲笑他，骯髒落魄，殘障腳，連遮陰布都破破爛爛。老人說他花了一生去射太陽熊，救世界，才變成這樣。部落的人不相信他的謊言。老人又說，發著光芒的熊被射傷後，血濺到天空變成星星，掉落的眼珠落在山崗變成淚湖，這樣可以當鏡子看到自己的傷口復原狀況。部落的人仍不相信他的謊言。

「這是我弟弟，他的名字叫halus（鹽巴樹）。」老人從胸袋掏出幾顆裹著白鹽的顆粒，說：「這原本是蜥蜴乾，沾了我爸爸乾掉的眼淚結成鹽巴，太陽人把它變成種子，種在土裡就可以復活了。」

「說謊。」大家說。

「這是我爸爸。」老人從胸袋掏出一隻黑色的聖鳥海碧斯，「他是被太陽壓太久烤焦了。」

「不可能。」大家說。

聖鳥海碧斯很生氣，牠不會講話，但是能證明牠的兒子是英雄。牠振翅，往天空飛去，越飛越高，從天空銜下一枚火熱的星星。牠忍著嘴巴燒紅，就是想證明什麼。牠飛下來時，嘴巴叼著熾烈的光芒，所有的人相信了。

但是老人死了，他看見聖鳥海碧斯飛上天時，以為牠化為天使了，便安心的死掉了。聖鳥海碧斯難過不已，牠整日發出像是貓那樣的悲鳴，哀傷悲痛，永遠失去兒子，牠會繼續哭下去，以兒子為榮……

搜索隊脫離森林，進入高山草原，是在第二天中午時刻。氣溫轉冷，強風翻捲著霧浪，在離地數公尺的地方劇滾。哈魯牧特背包的野胡桃吊飾發出聲響，更凸顯風勁。三平隊長等幾個平地來的人，不適應高山氣候，昨天都睡不好，像躺在冰冷的砧板，睡眠被帳篷外呼嘯的風給剁得斷續。他們頭痛，早餐的米飯與味噌湯吃得沒滋味。

「我的頭好痛。」藤田憲兵說，「像是飯粒卡在腦袋。」

「而且越來越喘，我有種感覺，這樹呀、動物呀，還能活得這麼好，因為他們不用呼吸。」三平隊長接話，他拿著東西刮頸部，提振精神，說：「我現在相信刮痧可以增加人的血液溶氧量，哈魯牧特你來幫我刮。」

這已是海拔三千公尺，稜線空曠，寒風吹襲，幾人有了高山反應。藤田憲兵把早餐吐出來了，嘴角都是唾液，他休息時間越來越長，而且越走越慢。一隻水鹿站在視野的盡頭，吃著人類嘔吐物，不斷短鳴，一種夢中才有的濕陷場景，像是取笑人類的脆弱。哈魯牧特的臉頰寒毛都是露珠，細霧流嘯，他抬頭凝視水鹿站在霧中的圓柏下。那株圓柏兩百多歲，老態遒勁，忍受經年風雪的壓枝而橫亙生長。圓柏是通往月鏡湖的指標，看到它就知道目標不遠。高山草原往往沒有清楚的路徑，霧中要是迷路失溫，下場會像是一路走來看到的水鹿骨骸。

這隻水鹿的殘骨不知年歲，骨瓷潔潤，顯得死亡是友善，是永恆的美好，為枯澀草原提供美麗駐點。大家稍微逗留讚美。三平隊長撿起一塊水鹿骨板，要求哈魯牧特用在他的頸部刮梳，讓皮膚充血火辣，出現微血管破裂的瘀青。這刮痧是漢人治療身體不適的方法，能排毒清熱、醒神祛邪，他原本不信民俗療法，在臺灣嘗試後還滿能接受。

靠近月鏡湖了，靠近充滿記憶的湖泊，哈魯牧特刮得不專心，心情像風中翻動的領子躁動，老是想起海努南講的射日傳說。之後他走近圓柏，風非常強，扭結樹身在風中輕顫，刺針狀樹葉積滿水珠，他把兩塊水鹿鹿骨懸在上頭就哼出撞擊聲，呢喃一種情緒。水鹿退到更遠的地方，繼續鳴叫。但是哈魯牧特覺得那是呼喚，水鹿在呼喚他。他走上山崗，湖在眼前，在層層迷霧中，他不用憋著情緒就大喊：米呼米桑。

月鏡湖在前，淺灘有石塊拼成的ミホミサン（米呼米桑），那是多年前他留下的祝福語。哈魯牧特走去，小小山坳，一座海拔三千三百公尺的湖泊靜躺，水態柔柔，在濃霧中靜謐，哈魯牧特看得心有千言萬語。藤田憲兵瘋狂的喝湖水，身體匍匐，喉嚨噴響，他一路嘔出好多東西，現在渴得需要進帳，彎腰而凸顯大衣底下的皮革槍袋。

哈魯牧特注視那把槍，因為憲兵帶槍上山了。

「這是什麼水池？這是水鹿的游泳池吧！有種腥味。」藤田憲兵大喊。

「好喝吧！」納布說。

「混蛋，你在開我玩笑，這哪會好喝。」

「我想你誤會了，我要你記住這個池水的滋味，因為接下來幾天，你會懷念這種水的味道。」

「接下來的水，我絕對不喝。」

「你最好練習喝水鹿游泳池的水，因為接下來幾天，」納布笑了，「我們要嘗試更強烈的水鹿尿桶的味道。」

當晚搜索隊住在湖邊的冰磧石堆，那有宿營空間，是哈魯牧特狩獵訓練曾住過的。月鏡湖是冰斗湖遺跡，冰河時期的水分滲入岩隙，當夜間溫度驟降，滲水結凍膨脹，將岩石裂成石塊。布農人卻從神話學解釋，相信是月亮來這裡臨水攬鏡，檢查被箭射瞎的右眼，把石頭坐破。搜索隊將帳篷帆布蓋在冰磧石上，壓上石頭防風，他們在狹小的空間生火，松煙到處跑，混雜臭襪味。與昨日的分帳篷而睡，今晚大家擠一起，就著小小篝火，臉上陰影分外深，一種永遠抓不住焦距的恍惚，哈魯牧特卻看到彼此的容貌，以及瞄到大家時不時瞥著憲兵腰際的手槍。

「我不如跟大家說明這件事，這樣過後，大家就不會東想西想了。」三平隊長拿出槍袋，打開袋釦環，露出十四年式手槍的槍柄。「這是我的手槍，藤田也有帶。我以為米軍入侵硫磺島之後，會攻擊臺灣，要是這樣我會用上這把槍。我有了為天皇陛下犧牲的決心，當初為了阻止米軍進攻臺灣，大家想盡辦法，沒有武器的就拿削尖的竹子對抗。現在想，那真是不堪一擊，竹子怎麼能夠對抗武器強大的米國。就像我們憲兵，為了讓佩戴的手槍達到更大殺傷力，把子彈的內芯挖空，製成達姆彈。這種子彈射入人體會碎裂成小彈片，造成更大的殺傷力。」三平隊長說到這，猶豫一下，最後沒有展現槍套裡的達姆彈，並且把槍套放在自己盤著腿的中心。

「我想隊長這次帶槍，不會是面對米國人。」

「沒有錯，但這次上山來，相信大家都有看到我們帶槍，但是目的不是面對米國人，既然都已經和談了，算是朋友。」

「沒錯。」

「我這次帶手槍，主要是防黑熊與高砂豹，牠們是山區最危險的動物。聽說熊皮很厚，得用長槍，而且骨頭很硬，子彈往往無法打穿，而達姆彈能打碎熊的內臟。」

「依我來看，山區最危險的還有我們這樣的布農人吧！」納布倚靠身後的大石塊，「以前聽巡查說，來本島山區，遇到最可怕的三樣東西是：黑熊、雲豹與番人。對吧，城戶所長？」

「我當警察二十多年了，在霧鹿駐在所待了十六年，當初確實是這樣想，走在山路很擔心有高砂人埋伏，放冷槍打傷我之後，把頭砍走。高砂人出草，不時出現，住在平地的家人都希望我早點調下山。不過我認為高砂人輪廓深，看起來有點凶，事實上人溫和，像黑熊。這樣說我得解釋一下。我曾經有幾次在山路看到黑熊，確實嚇壞了。但黑熊比我更緊張，不但沒有攻擊我，還快速跑掉。依我來看，受到黑熊傷害的人，絕對沒有多過受到人類傷害的熊。」

「我沒看過黑熊，牠到底長什麼黑炭模樣？」藤田憲兵問。

「不用上山，去漢藥材店就知道熊的療效，你只要買了熊頭、熊膽、熊掌什麼的，拿來拼圖就知道了……」

搜索隊邊講邊笑，氣氛變得鬆軟了。在這如巨獸腔室的冰磧石洞，風從縫隙咻咻灌入，地面鋪了獸皮與毯子仍反潮，濕意蔓延在哈魯牧特全身。他沒有細聽大家講什麼，時間是泥淖，記憶陷在他與海努南曾在此共眠的夜晚，越陷越深，得逃去外頭才行。他感到孤獨，想要離開笑鬧的氣氛。快樂扼殺人的思緒，可是他更不喜歡悲傷。

城戶所長帶來的藥師如來佛像，放在某個石頭上，那是他保佑這次行動平安的支柱。佛約兩吋高，火影拂弄，姿儀不動。哈魯牧特瞥著神尊，心想，世上最厭世的會是神嗎？祂不願現身跟人類來往，卻偏偏眉眼低垂的聆聽，而人們也將神看作糖罐裡漂亮的糖，舔著罐子安撫自己。他想離開這裡，不想舔他人舔過的糖罐，但沒有勇氣離開，也找不到藉口離開。他為自己連這樣的勇氣都沒有而感到沮喪。

「哈魯牧特，你老是沉默，會不會是觸景傷情，我聽說你的好朋友就是死在米軍的殘忍之下，是嗎？」三平隊長說。

哈魯牧特看了看大家，又把眼瞼低下，點了頭。

城戶所長趕緊說：「真是抱歉，哈魯牧特，這是我私下跟三平隊長說的。我們在這次搜索的路上都是朋友，你是最年輕的隊員，我想隊員間都會想關心彼此的事，這樣有什麼要幫忙時，都願伸出援手。」

「他在花蓮港工作時，被米軍的炸彈炸死，當時我也在場。我想那種炸彈是一種小型的原子彈……」

「原子彈？」

「沒錯，它帶來了阿修羅地獄的火焰，城市一下子陷入火海，如果沒有親眼看過的人，絕對不相信。」

「遇到這種事一定很難過。」

哈魯牧特低頭，情緒低劣，有什麼浮渣從濁光底層漂上來。他輕握著掌心的小白石，那是很多年前他與海努南在月鏡湖找到的，放在石縫，當時笑著、鬧著、復又浪費時光，認為大人都很愚蠢，相信自己能面對世上挑戰，而且不相信會死。如今他沉默無語，感覺自己可能明日一覺不醒，但是往往被迫睜眼醒來，人生發懶，擺脫不了心中濃烈的失敗感，便說：「我是個失敗者，侮辱了我的族姓，才會逃回山上，而且逃到這樣的深山。有時想想，當一隻狗都比當個人有尊嚴。」說罷，他緊握白石。

「當狗可以自由自在的追山豬，至於當人？」納布想了想，才說：「我記得以前巡查來家裡訓誡、勸我們安分時，會威脅說：『你們要是不喜歡日本，請離開臺灣，我們可以提供船票錢。』現在想想，我們從小生長在這裡，聞到花香就知道是哪種植物盛開，觀察糞便都知道是哪種動物，離開這要去哪？要是能變成布農神話中的狗或老鷹，我也不想要變成人，是吧，笛盎？」

「我要變成黑熊，布農人不隨便打黑熊。」

「哈魯牧特，你就不用太傷心，從誰來統治我們的眼裡，我們都被當作是失敗者。」納布說。

這顯然是諷刺，城戶所長尷尬笑著，「我們這些警察與憲兵也是失敗者，太平洋戰爭打下來，我們輸了。說真的，以前治理山區，必須照規定做，才給你們這麼凶惡的看法。不過，現在你們自在了，戰爭結束了，我們反而擔心你們會對我們報復，把江戶的仇在長崎報[44]，還好沒太嚴重。不過，將來蔣介石的人來管理你們，情況會更好。」

「更好？我只知道，像我這種高砂人，誰來都一樣。就像你渴望自由變成任何動物，不論你變成什麼，都要面對槍管。」納布說，「我們不論在哪個統治者的眼裡，都像動物一樣吧！」

哈魯牧特終於提起勇氣，拿尿遁當藉口，挪著屁股往帳門去。他套著分趾鞋便出去，連綁腿都不用。外頭氣溫低，穿大衣的他瞬間被棒球擊中身體般，抖了幾下，他還有機會鑽回帳篷內，卻站在帳外，不想待在人多而溫暖的空間，寧願把自己丟棄在曠冷的天地間。

在那刻，一聲短鳴吸引了他，在十幾公尺外的湖緣，輪廓微微的水鹿用第一步踩破湖水的寧

44 日本諺語，意指在料想不到的地方或不相關的問題上，進行報復。

靜。牠停在泛漣漪的水裡，轉頭看哈魯牧特，復又鳴叫，聽起來友善。哈魯牧特卻覺得像是恥笑，他拿石頭，朝水鹿攻擊，咒罵幾聲，引來大家從營地探頭。哈魯牧特離開他們，衝向水鹿。水鹿離開水面，朝山崗跑去，牠每跑一段便等待暴怒與哭泣的哈魯牧特追來，帶他往稜線。不久，他不再把情緒虛耗在傷感，因為星雲投影在眼眸裡。

星雲安撫了哈魯牧特，還有海努南講過的射日傳說。星星，是太陽熊被箭射瞎的右眼濺出的血淚，不閃的是血，會閃的是淚，而銀河是眼殼滾過的路徑，全是太陽熊的發光傷痕，流過天穹，它們靜靜，哈魯牧特靜佇。而交錯的稜線在星空下，靜藏無垠森林，熊吼沉沉，鹿鳴呦呦，從更深的山谷傳來。哈魯牧特坐了下來，把口袋的白石扔走，他不需要它了。

現在是晚上，你在想什麼？
我循著你留下的線索，前進
扔走一顆白流星
那都是冷風的曠野。
年少失去的夢想，每晚入夢來折磨
棒球、海浪與淚水
都來相對無言
唯獨你遲遲不進來
我那又濕又冷的心裡

第三天的路程沒有太艱困，卻顯露疲憊了，大家嘴上不說，卻猛調整背包。判讀地圖，卻差點走錯，城戶所長在休息時得再看地圖確定，灌入口的水出發時才吞下。走在三千公尺的稜線，盾狀高山沒有路徑，敷著抹茶色草原，早已失去首次見到的驚豔。有任務在身，逼得大家找目標，他們的心情像是腳底的水泡，看不到，卻不斷影響。

來到長滿矮杉的稜線，風很涼颯，他們卻是疲憊，在尚未抵達墜機現場的心理準備下，被某種臭味激醒。納布判斷，這不是一隻動物的死亡味，而是一群人的死訊。他們往稜線下方走，預期自己要看到什麼，不久出現了像癌症末期的山林環境，樹木不是折倒，就是焦黑，露出鮮黃表層土，鋁皮金屬像是盡力絞扭的毛巾而擰出大把反光，空氣中瀰漫刺鼻燃油與液壓油味。但鼻子無法承受的是屍臭，屍塊哪都是，死者用惡臭延續他們的生命，符合當初獵人說的「光用鼻子就找得到現場」。

所有人僵住，面對綿延六十公尺長的墜機現場，無法再跨進去。這時候霧氣來了，掩蓋了四周，但是掩蓋不去失事現場的殘酷，掩蓋不了死亡臭味，他們不曉得怎樣做，直到一隻覓食的巨嘴鴉從扭曲的鋁片飛出來，大家才驚醒看著彼此。

「南無阿彌陀佛。」城戶所長雙手合十，念了幾聲佛號，說：「我們先離開現場吧！」

大家退到不遠處，圍成圈坐下，城戶所長拿出菸分享。大家癟著腮幫子，把菸抽得吱吱響，這是唯一言語。哈魯牧特也得到菸，他沒點，要是抽了有好心情也行，可是抽菸只是讓自己陷在更濃的莫名情緒。又多耗了點時間，大家才願意討論。

「狀況超出我們的預期，這點大家剛剛都看到了。我請大家先報告你們看到的，以及想講的話。」三平隊長夾著熄掉的菸頭，「我以為是一般的轟炸機或戰鬥機，沒想到是客機，傷亡人數超出我們的想像，我剛剛算了一下，大概有十二位罹難者，碎片範圍恐怕有五十公尺。屍體破碎，死亡已久，才會腐爛長蛆，現場蒼蠅飛舞。飛機墜落後起火燃燒，但火勢沒有燃燒很久，焦黑的地方並不是很多，一些橡膠物質的輪胎都有保留下來，可能飛機墜落爆炸起火後，被颱風雨勢澆熄。」

「這應該是轟炸機，屬於哪一型的未知，而且罹難人數不止十二具，有些破碎難辨認。為什麼飛機上有這麼多人，令人費解。」城戶所長說。

「我看到機艙裡擠滿了人，他們抱在一起……」哈魯牧特說。

現場沉默幾秒，三平隊長繼續說：「要是大家沒有更多的觀察，就照我先前說的工作分配，我們幾人分三組。一組搭帳篷、準備柴火過夜，兩組沿著現場往下走，先尋找生還者，最後丈量失事的範圍，繪製現場圖。現場調查的兩組要用心，兩人走在現場內，兩人走在外側。我們首先的目的是找生還者，或生還者離開現場的線索，方便我們救助。好了，要是大家沒有問題，開始進行。」

「你們都沒有發現，這架轟炸機還攜帶七、八顆的炸彈？」

「炸彈？」

「我看到這麼大的橢圓形物體，鮮黃色、金屬製材。」藤田憲兵的雙手展開約半公尺寬，比擬炸彈大小。那不是炸彈，是機員在高空作戰使用的呼吸氧氣筒，藤田憲兵的誤解，令他信誓旦旦說：「絕對是炸彈，要是走進裡頭搜索，一不小心會引爆。飛機摔得這麼慘，大家都看見了，四分五裂。我剛剛還看到一截斷裂的白脊椎，不是蛆吃光肉，是飛機墜落的力道太大了，造成那個米國人肉體完全被鐵片削光，剩下脊椎。也或許是飛機墜落後，引起炸彈爆炸造成的二度破壞，只有銳利的彈片與火藥爆炸的威力，才會這麼恐怖。」

「我也看到像炸彈的，令人擔心。」

「所以，我覺得不要太靠近現場搜索……」藤田憲兵說。

「啪」一聲響亮的耳光在藤田憲兵的臉上爆炸，嚇得他再也講不下去。打人的是三平隊長，他轉響頸骨，用嚴厲眼神看著藤田，說：「混蛋，你這種膽小的人，怎麼配當憲兵，想想看那些才死在戰場的皇軍，你這種躲在戰火後頭的人真不好種。」

「天皇陛下宣布停戰，帶給了世界和平。」城戶所長緩頰，「我們不要再談戰爭的事情了。我們現在跟米國是朋友，他們現在遇到危險，我們無論如何都要幫忙。但是現場有炸彈，多虧由你提醒了我們，要保護自己。」

「我走中間好了。」哈魯牧特說。

「那怎麼可以？我安排的，怎麼說變就變。藤田得照規定來。」三平隊長措詞堅定，「不可以把危險工作丟給別人。」

「我不在乎死。」

哈魯牧特這樣說，氣氛掉入詭異點，大家抽完菸，又再點根菸塞死自己的嘴巴。三平隊長知道藤田憲兵膽小，做事不俐落，把他逼入現場，不會是最好的安排，但歸給哈魯牧特，顯得自己領導無方。

「由哈魯牧特來。」城戶所長給自己拋火，「抽完菸，就開始進行，這樣好嗎，三平隊長？」

「不行。」

「憲兵分隊這次上山，穿國防色制服、戴大檐帽，槍與刺刀都佩戴，我看連衣褲內側的出廠布牌都規矩寫上自己名字。」城戶所長吐口煙，「你不像我們穿寬鬆馬褲或便褲，穿分趾鞋靈活。」

「這跟服裝無關，是責任所在。」

「這才對，你們的責任是保護我們，並注意突發狀況，而現場亂得要爬上爬下，走外圍比較好警戒，是吧！」

三平隊長思索後，說：「可行。」

他們第二次進入現場搜尋，戴上口罩，拿木棍前進。哈魯牧特走進散落肉塊與飛機零件的現場，這不可能有生還者留在原地，但仍仔細觀察。美軍沒有給太多訊息給搜索隊，得自行蒐集。在轟炸機扭曲的炸彈艙，有十幾具屍體挨著，像是剛打開的腐敗牛肉罐頭，黑色屍水流出來。一位死者的褲子遭撞擊力而被褪到膝蓋，露出的陰囊腫得像山羌膀胱。一位死者像漢堡肉壓在蒙皮裡，另一位是捏壞的三明治肉。遠處另一位的亡者臉龐焦黑，鼻子與嘴唇肉被削掉，整排白齒露出來。有幾位死者交疊緊擁，他們保持飛機墜落時的驚恐姿態，幸好死亡也帶走他們的痛苦。

哈魯牧特輕巧走著，不要驚擾死者，卻見難以理解的畫面，有個被削爛頭的人緩緩揮動手，肚皮不時蠕動，掙扎的從地上站起來。他嚇僵了，無法移動。這使外圍搜索的人走來，也撞見在掙扎的死人。大家不相信這傢伙還活著，他的頭損毀了，皮膚腫黑。

死者再度微微動手，彷彿要大家救他。

大家充滿恐懼，不知所措。

「唵！呼嚧，呼嚧，戰馱利，摩橙祇，莎訶！」城戶所長雙手合十，不斷念誦佛號，超渡死者。

念誦聲有效了，死者停止蠕動。但藤田憲兵沒有停下動作，用顫抖的手掏子彈，塞進彈匣，瞄準復活者開槍。砰！槍響了，哈魯牧特嚇得閉上眼，槍聲比死亡更可怕，在他腦海嗡嗡繚繞。三平隊長大罵混蛋，上前阻止藤田憲兵時，恐怖的畫面突然加劇。那是死者腹部激烈起伏，有什麼在鼓脹的腸胃裡搋攬，肚皮有異物頂著滑動，伴隨沉悶的洩氣聲，從肛門竄出一隻動物。那是黃喉貂，鬼精靈怪的小臉，褐毛溜亮，修長的尾巴輕晃，胸前獨特的黃毛像是嘴饞兒童的圍巾，牠有個習性是從屍體肛門鑽進去吃較嫩的內臟。牠捕獵的技巧更出色，能集體捕獵山羌，以撕咬喉頸、肛門部位造成對方失血而死。這啃食美軍遺體的小動物，把蒙皮當作伸展舞臺，站在上頭眺望大家的驚駭，牠用前掌磨蹭腹部，表演萌態後，下臺溜走。

黃喉貂離開時，跳過幾個顯眼的黃色物體。哈魯牧特深深吸口氣，他看見那幾個鮮黃的橢圓物，即使不會聯想到炸彈，也想到裡頭可能裝毒氣，惹得他很緊張。大家也是，深怕打個噴嚏會引爆什麼。哈魯牧特前進五十公尺，飛機殘骸漸少，出現一個擠扁的機槍塔，裡頭沒屍體，而不遠處的鐵杉掛著半截屍體，不知道他下半身在哪。更遠處是毀壞的星式引擎，兩公尺長的螺旋槳在墜機時打死了沿途植物。這裡能死的都死了。

沒有生還者，搜索隊把範圍擴大到兩百公尺也沒發現。不過，當哈魯牧特踩上鋁質蒙皮，底下溜出一截死者的腸子，蠕動爬走。他嚇著，驚聲大叫，引來搜索隊聚集。原來那截腸子是菊池氏龜殼花，牠有黃褐交錯的體紋，背上散布不規則的黑色菱斑。金屬蒙皮在白天受日照吸熱，吸引冷血蛇類鑽入取暖，牠被哈魯牧特嚇著，也嚇到哈魯牧特。

哈魯牧特這聲驚呼，使三平隊長宣布，今天的搜救暫停。他們回到稜線上時，疲憊得手腳發軟，很餓，但不想吃任何軟綿綿能聯想到屍體的食物，他們坐在地上喘口氣、喝水。

「被那隻蛇咬到不好玩，比百步蛇還凶。」去取柴的納布回來，對藤田憲兵之前的開槍，滿肚子怒氣，回來後劈頭說：「被咬後，你身體的血會凝固，變成樹木站著。」

「牠叫什麼？剛剛從我身邊溜走。」藤田憲兵說。

「十步蛇。」納布沉思說。

「天啊！我只聽過百步蛇，凡是被咬，劇毒發作，走不到百步身亡。」藤田憲兵大驚，「原來有更厲害的十步蛇，那被咬還行嗎？」

「還有救。」

「怎麼說？」

「被咬後記得把十步蛇抓起來，一口抵上十步，再給牠多咬幾口，可以多走幾步求救。」

「好有趣。」藤田憲兵笑得尷尬。

「是真的。」納布嚴肅，迥異於往日幽默，「我剛剛還遇到『一步蛇』，那才危險。」

「真的？」

「是．你．的．槍。」納布說，「它差點打中我，更差點打中哈魯牧特。」

「我不怕。」哈魯牧特說。

「鬼扯。」

納布很生氣，要是誰中彈，會成為搜索隊負擔。他說，美國人死了，一人不能死兩次，那槍連躺在地上的死人都沒打中，卻差點打死人。哈魯牧特反駁，槍口離大家很遠，不會打中人，況且那種像死人復活、無法理解的超自然現象，任誰身上有槍都可能會出手。他替藤田憲兵撐腰，多少認為對方跟他的性格很像，有點糊塗，時常怯弱，炫耀他的三歲兒子武雄卻很得意，偏偏遇到的長官，是謹慎嚴肅的三平隊長，害他不時被罵，還當眾被打。哈魯牧特猶記得，剛才那槍響，引起三平隊長不滿。隊長不說話，頸骨兩響，以毒辣的眼神狠狠糟蹋藤田憲兵，命令他找回那枚彈殼。而彈殼落在屍水裡浮沉。

現場有些僵，哈魯牧特給人後臺，令納布不是滋味。去取柴回來的笛盎，看見大家不動也不講話，把抱胸的木柴豁出來，說大家喜歡變成沉默樹木，他就不用努力去砍柴了，之後興奮說：「來來來，我發現了飛機的新皮膚，趁太陽落下去前，我帶你們去看，在十五分鐘腳程外。」

「我們累了，如果沒有生還者，明日再去也行。」三平隊長說。

「我覺得大家得去。」

他們不得不動身，拖著荒累身軀，沿著稜線前進，二十分鐘後看見一片機翼蒙皮摔在稜線下方的松樹林。這驚動大家的怒氣，他們不想趕來看沒建設性的發現。笛盎老早知道會有這樣反應，沒有反駁，要哈魯牧特爬上松樹，用隨身攜帶的黃銅望遠鏡眺望，往中央山脈三千公尺的稜線搜尋。

「有些飛機碎片，像是引擎之類的。」哈魯牧特攀在松樹上報告，那些殘骸在遠距離外，在夕陽下反光，像是對他招手。

「多遠？」

「將近一里[45]外。」

「你下來吧！」三平隊長點菸抽，幾個人也靠過去抽菸。他深抽了兩口，用尼古丁消弭疲憊，才親自爬上十公尺高的松樹瞧，他緊貼望遠鏡孔看了很久，眼鏡都擠在眼眶，才說：「那應該是米軍的飛機殘骸，這到底怎麼回事，那麼遠的地方也有。」

「它應該在穿越颱風時，空中解體。」哈魯牧特猜測。

唵！呼嚧，呼嚧，戰馱利，摩橙祇，莎訶！

45　一里，約三九二六公尺。日治距離單位。

帳篷下，篝火旁，城戶所長盤坐在火影模糊的交界處，對藥師如來的神像不斷禮讚，為死去的美軍超渡。他低沉的嗓音與篝火頻率相近，不斷晃動，彷彿是咒語使火焰不斷跳躍。其餘人圍著篝火，話說得有一搭沒一搭。三平隊長朝火堆丟木頭，故意大聲碰撞出聲。城戶所長中斷讚頌，覷著火渣在火焰裡飛升，裊裊的，於似有似無中消失之際，讚頌聲又繼續下去。

哈魯牧特用布農刀截斷箭竹，綁繩子做鴿籠，花兩小時完成。五隻鴿子的翅膀這幾天被束住，現在在籠子裡活動，發出咕咕聲響，啄著米粒。鴿子頸部的琉璃藍羽毛在火焰下發光，走路時點頭。哈魯牧特一邊看著鴿子，一邊將微濕的美國雜誌放在火堆旁烤。

唵！呼嚧，呼嚧，戰馱利，摩橙祇，莎訶！

三平隊長不喜歡禮讚，又朝篝火扔柴，他的焦躁心思像是爆開的火渣。這次城戶所長沒有中斷念佛。大家正在等超渡完成後，做報告與任務分配，久等而不耐煩。納布與笛盎猛打哈欠，空氣快被他們吸光了，最後他們拿兩根細柴在布農刀上敲擊，唱起雙簧曲：把我的內褲還給我，／你說借兩天便還我，／一借就是一年多，／三百六十五天，沒有內褲穿，／我屁股真的好難過，／把我的內褲還給我。

藤田憲兵用野戰餐盒煮水，被歌逗翻了，樂得像他鍋中的沸水。布農雙簧打蛇隨棍上，隨興發揮的唱：「要是沒還我的內褲，記得拿去煮昆布湯」，再引爆一波笑鬧，連臉上表情是洗衣板規格的三平隊長都笑了。原來是藤田憲兵在煮沸的飲用水，色澤偏墨，被說成內褲水。

搜索隊的飲水，取自稱為「水鹿與獼猴廁所」的高山小池。水坑在下雨時蓄水，日後慢慢乾涸，能提供動物飲用水，得煮沸消毒才能人飲。笛盎說，布農人將水分成苦與甜兩種；流動的水屬於甜水，不流動的水是苦水；苦水又分成死水與活水，沒生物的是死水，有生物的叫活水。

「那我們取水的高山池，是死水還是活水？」藤田憲兵問。

「我們喝的是內褲水。」笛盎又講給大家瘋笑，這會是枯燥的高山生活往後幾日的笑穴。見大家笑完，笛盎才用筷子從煮水餐盒撈出小豆龍蝨，說：「這是活水，昆蟲能活，人喝沒有問題。」

「真是太可怕了，我仔細撈掉，沒想這棕色水裡還是有蟲，不喝又不行，覺得很噁心。好在它是活水。」藤田憲兵靈機一動，「你有喝過死水嗎？連生物都無法活下去的那種，味道怎麼樣。」

「有次真喝到死水……」

「不要賣關子，快說呀！」

「那次我在森林打獵太久，斷水很渴，我剛好獵到山羌，拿刀取出牠的腹部找膀胱喝水。對我來說，動物沒有排泄出來的水不算是尿。動物膀胱裡應該不會有生物，那是死水。所以，藤田君你可以放心了，最難喝的死水我都喝，眼前正在煮的活水當然沒問題，而且煮開了，沒有生物，算是健康的死水。不過山羌膀胱的水很特別，就像……」

「說呀！」

「喝起來像是你餐盒裡煮的水。」

藤田憲兵獃愣著，不知該笑，還是憎。大家卻笑歪了。

哈魯牧特也笑了，忍不住打嗝，瀰漫晚餐福神漬菜與味噌的味道，用雜誌遮住嘴氣。哈魯牧特從墜機現場拿了幾本《生活週刊》與《美國佬》軍刊。這是美軍在執行任務的長途飛行時，打發時間的讀物。《美國佬》的報畫女孩穿兩截式泳裝、蹬高跟鞋，露出翹臀痕，模樣撩人，搜索隊都懷疑美國如何驅使腐敗的女人鼓舞大兵。倒是一九四〇年四月號《生活週刊》吸引了哈魯牧特，封面人物是紐約巨人隊的新秀路克（Rucker）。雜誌經過雨浸與曝曬，膨脹增厚，翻閱時發出沾黏分離的唰啦聲，終於翻到運動版的焦點照片：路克蹲在房車前，他穿花格子紋狩獵襯衫、毛邊吊帶褲，得意的抱怨自己討厭穿硬領衫，愛穿運動衫，也愛女孩這樣穿。然後是一串圖文說明，路克如何幫助家族的杜松子酒事業，閒暇打獵，然後收拾行李與女友照片，到佛州溫特黑文市進行集訓。

哈魯牧特有個奇特想法，棒球是共通的世界語言，卻驅使人往不同命運。他想到他從小百步蛇溪的棒球場出發，順理番道路下山，往北方的地平線走。他與海努南，穿著橄欖綠襯衫、吊帶卡其褲與分趾鞋，手拿球套與棒球，一路丟球與接球，帶著夢想穿越無數河流，到達花蓮港市，卻以失敗收場。不過哈魯牧特有個篤定的想法，路克再怎樣糟，也還有休息區的冷板凳坐，絕不可能像他在寒冷的高山夜裡回首前塵。

這沮喪想法，使他瀏覽雜誌廣告，沖散情緒：嘉樂氏的早餐玉米片在腮幫子脆脆迴響、以特殊灌瓶法保鮮的施麗茲啤酒如何滋潤喉嚨，這都勝過目前的野外生活。然後是染髮劑、吸塵器與巧克力廣告，這些城市人的生命價值品，他已遠離了，最後他將目光停留在動物報導：紐約布朗克斯動物園的兩百五十歲加拉巴哥象龜，張開無齒嘴喙，伸長脖子求愛。「活這麼大的歲數難道不是很痛苦？」哈魯牧特心想。報導又說，象龜成為航海船員的鮮肉罐頭，牠們在艙底能不吃不喝的保存數月之久，活得好好，直到被敲開殼吃。看到這，哈魯牧特大笑了。這引來大家的注意。

「你說這個傢伙能吃？牠的頭像是河童。」納布探頭問，「太恐怖了，布農人不會吃跟河水沾上邊的東西。」

「可是象龜是生活在陸地，不會游泳。」

「這種烏龜也太無趣了，連游泳都不會，沒用，難怪拿來吃。想想看，不會游泳的烏龜，就像不會飛的雞，注定成為人類食物，有人遲早念經超渡牠們，是吧！」納布等待城戶所長進行工作會報，等得不耐煩，扯到佛號。

唵！呼嚧，呼嚧，戰馱利，摩橙祇，莎訶！

咕！咕咕！咕咕！咕咕咕！咕咕咕！咕咕！

大家笑得更狠。現在連鴿子的叫聲，都循著佛號節奏，可見這幾隻動物有佛性。三平隊長倒是沒笑，他盯著《生活週刊》某頁，介紹日本人對天皇信仰。他看不懂英文，卻看懂是昭和天皇登基大典、香淳皇后的少女照，以及士兵對皇宮二重橋禮敬。令他不舒服的是，天皇照片布滿四點一排的戳點，那是美軍用叉子發洩的憤怒，氣得把雜誌扔進火裡，又覺得這是對今上天皇嚴重失禮，趕緊把雜誌撥出來。

三平隊長為何動怒，大家不懂，現場氣氛肅冷。

城戶所長終於結束了念誦，他堅持為死者超渡，太耗時，惹來隊員嫌惡，他得先處理這件事情。「抱歉，讓大家久等了。」城戶所長將供奉在佛像前的美軍兵籍牌，傳下給大家閱覽，說：「這是我從失事現場一位死者身上拿來的，他叫布里爾（Brill），大家知道這名字有什麼意涵嗎？」

那片鋁製兵籍牌，以不鏽鋼鍊串著，凹印著布里爾的全名、社會號碼、血型與天主教信仰。兵籍牌在大家手中傳閱，在篝火中反光，逐漸有溫度，最後停在哈魯牧特手中，他說：「這名字也許跟出色（brilliant）的意思有關。」

「布里爾是二十出頭的年輕人，帶著父母給的名字祝福來到世界，希望他變得出色。我的孩子差不多快二十歲了，名字有個『雄』字，這種普通的名字表示我對孩子的期待。」城戶所長拿回兵籍牌，說：「如果戰爭打下去，布里爾與我的孩子會在戰火的某角落廝殺，雙方以槍砲，決戰到一方倒下去。這是很殘酷的事，不是嗎？」

「我很認同。」三平隊長嘆口氣，轉響頸骨。「我得說明，我剛剛往火堆丟雜誌，純粹是私人情緒，不是針對在場的誰。不過這應該造成了大家的誤會，請不要多加聯想。」

「這樣是對的，把事情講明白，大家都能化解誤會。」

「那可以進行明日工作分配了嗎？」

「各位稍待，等我講完內心的想法，」城戶所長的目光逡巡，「大家知道我姓城戶，但知道名字八十八的意思嗎？」

大家猜是米壽（八十八歲大壽），米是八十八的合體字，意謂長壽；有人則說跟佛教巡禮有關。城戶所長對後者點頭，他說這名字是祖父取的。祖父是醬油師傅與虔誠佛教徒，願望是到四國的八十八處寺廟巡禮，這是約一千兩百公里的禮佛步行。事有變卦，祖父在他三歲時去世，這巡禮棒子在他小學五年級時，由攢夠錢的祖母接下來。他記得那是暑假，祖孫兩人從九州的熊本縣出發，坐火車到門司港，坐船穿越瀨戶內海，抵達四國德島。那是痛苦無比的火獄之旅，光是德島縣的幾座寺廟就得走一百公里以上，祖母速度一天只能走兩座寺廟左右，在豔陽下是無止境折磨，背上汗水沒乾過，腳底水泡沒消過，痛得踩釘子似，一路像走在地獄。

城戶所長說，祖母的四國巡禮是進行「追善供養」，好讓墮入惡道的親屬亡靈獲得解脫，特別是祖父。雖然沿途各寺廟提供膳住，有的食物還不錯吃，但整趟巡拜，他想到的不是為死的親人超渡，是祖母走好慢。那是熱得蠟質樹葉快捲枯的夏天，天空無雲，地面無風，泥地散發熱氣，世界白晃晃刺眼，處處給人漩渦狀綠色蚊香的暈眩感，唯獨叫作蛁蟟（ミンミンゼミ）的蟬在樹上不斷叫著，祖母在這些充斥熱氣的小路上像烏龜慢慢走著。他有時藉故上廁所，脫隊去玩，用祖母給的零錢買涼水喝，然後溜回來，躲著看祖母孤單的背影，她戴著寫有梵文的斗笠、穿白衣、持金剛杖的身影，像一滴露水在焦熱道路堅持滾動下去。他會祝福祖母務必加油，只因她答應，完成四國巡禮要送他一隻狗當寵物。所以整趟旅程，他想到的不是消災祈福，是終點站有隻值得奮鬥的小狗，最好是吐著粉紅舌頭的柴犬。

城戶所長繼續說，沿途上，祖母告訴他如何分辨菩薩：阿彌陀佛的右手會以拇指扣住中指，形成個圈，像比出錢幣。藥師如來的左手會持藥瓶；大日如來用右手握住左手的食指。她又說，那裡有尊保佑的地藏菩薩，快去拜；那有空海大師[46]初種植的長命杉，去摸摸樹幹。他問祖母，一路又拜又走又摸的，難道不覺得無聊疲累嗎？「空海大師都可以這樣修煉自己，為什麼我不可以。」祖母笑咪咪說，「而且我想到，我還有孫子陪伴，這有『同行二人』的感覺，他常常會在背後偷偷為我加油，想到空海大師什麼都沒有，我有點小幸福呢！」同行二人是指一個人漫長的朝聖參拜，其實有涅槃的空海大師隨行。城戶聽得出來，祖母把他視為重要的修行伴侶，令他有點驕傲，又有點不好意思了。

城戶所長停頓，臉上表情有了變化，才慢慢說出來，結果事情有劇變，就在巡禮的第二十三個寺廟藥王寺。據說廟裡的藥師如來像，是弘法大師每刻一刀，朝拜三次的方式完工；不過他沒興趣，只努力爬陡峭的除厄坡，數著信徒供養在階梯的硬幣，回頭催促慢吞吞的祖母，卻發現她癱倒了，她手上握著的念珠還閃著陽光，可是人沒呼吸了。沒想到祖母的生命在巡禮路途結束，當時想起來真是不甘願。家人接到電報後，回電感謝寺廟師父處理祖母後事，也希望火化儀式在寺廟辦妥。在等家人前來的幾天，他待在寺裡發獃，有時到附近散心，某天他忽然發現死去的祖母就在遠處的樹蔭下凝視

46 空海，諡號弘法大師。日本佛教僧侶，於八世紀到中國唐朝學習唐密，日本佛教真言宗的開山祖師。日本四國八十八座與空海有淵源的寺廟，稱四國八十八靈場。

他，有點駝背，臉上微笑，完全是她的模樣。那絕對是祖母，怎麼活過來了。他嚇著，邊喊邊跑去瞧，但那不是祖母，是地藏菩薩神像，臉上晨露就像她走路的汗水。他撲倒在石像上大哭，因為想起祖母在路上講起的：「如果八十八在我前面，那就像是小沙彌引路；如果八十八走在我後面，我都能感受他的祝福……」

「藥王寺的師父說，祖母走的時候，臉上微笑，這是修行，漂漂亮亮的成佛去了。我現在想，那是地藏菩薩的微笑。」城戶所長說，「宗教力量，可以給生者活下去的勇氣，幫助死者涅槃淨化。」

「我直接說，但沒有惡意，米國人是信基督的。」

「這我知道，我只不過盡自己力量，呼喚菩薩，護佑死者亡魂，不受山區惡靈侵擾；米國人的基督教我不懂，要是我懂，我也願意幫忙。」

「在場的有誰懂基督教？」三平隊長問。

「我知道一些，但沒深入，所以沒有辦法用完整儀式為米國人祈福。」哈魯牧特說，他想起在花蓮港教會的追思日儀式，自己也是含混度過，「我只知道在胸前畫十字架、喊阿門。」

大家將拇指、食指、中指聚攏，在額頭與胸前畫十字聖號，這動作撞到彼此肘子，要嘛像是抓臉上飯粒、要嘛像是猴子抓癢，練了幾回，才得意的說學會給美國人打電報方式。

「我們懂得畫十字、說阿門，幫米國人祈福。要是可以，使用自己的信仰也行，宗教有安靜作用，像我昨天念佛號就感化了黃喉貂，而我剛剛念佛號，結果連鴿子都被感染這種氣氛了，不是嗎？」

城戶所長說到這，大家都笑了，連柴火也爆裂而發出笑聲似，為寒冷的山林增添了點歡樂，淡化了死亡陰影。接下來時間，他們檢討今日工作，並分配明日行程，直到受不了冷才鑽進帳篷睡，夜空綴滿星子，唯有躺在篝火旁的布農獵人獨享。在帳篷內，哈魯牧特與城戶所長鄰睡，從未如此靠近過，看得清楚臉上的細紋。城戶所長忽然睜開眼，詢問凝視的哈魯牧特怎麼了。「要跟你說謝謝，你講的祖母的故事，是講給我聽的吧！」哈魯牧特說，他感到所長講往事時，目光逡巡在這邊。「多少有點，另外，我幫海努南也超渡了，相信他會離厄脫苦，你可以安點心。」城戶所長說完，閉眼睡去。哈魯牧特眼前仍有魅影竄動，睜眼閉眼都有，他渴望用睡眠趕走它們。要睡著時，藤田憲兵忽然大笑起來，笑得不可開交，驚得大家起身。

「發生什麼事？」三平隊長問。

「剛剛想到，內褲歌很好笑。」藤田憲兵說罷，又大笑。

「你的心情消化與傳導很慢耶。」布農獵人大驚，「一小時前的歌，你現在才吸收完畢。」

「是呀！我要認真學這首歌，下山後唱給我兒子聽。」

「學這首有個祕訣，學著點。」

「要怎樣？」

「先借我的內褲去穿一年，用你的屁股感受它的味道。」

「不對，是我的內褲借你穿才對，是吧！」

一時間，話題又打開，多丟兩根木頭取暖，哈魯牧特拖著笑壞的疲憊臉頰回床位，頭沾到地面就睡著了。

淡橘色的晨光漫暈，隨太陽東昇，矮杉群的影子漸漸縮短，從露濕的草坡縮走，哈魯牧特卻走向那裡，綁腿發出摩擦的沙沙聲。短叢裡，蔭蝶盤桓在龍膽科的紫花，蛇目蝶吸吮佛甲草的花朵，蝶影斑斑。他停在稜線上，確定手中握著的鴿子的信筒固定好，將牠拋飛。鴿子盤旋三圈，才朝霧鹿部落飛去，牠帶走牠的琉璃羽光澤，那是哈魯牧特昨夜的夢境顏色，乾燥明亮，卻注定要被藍天稀釋不見了。

這是他今晨釋放的第二隻信鴿，前頭那隻飛錯方向，為了確保再放。鴿子帶走搜索隊蒐集到的消息：飛機可能是轟炸機，暱稱是Liquidator（清算者），機鼻繪圖是裸女躺在高腳酒瓶，機身碎片蔓延三公里。發現十八具屍體，腫脹腐爛。需要增援來處理屍體，包括就地掩埋的圓鍬與棺木，以及增強工作能力的香菸。

這是朗朗的日子，空氣乾爽，工作卻艱辛。留在原地的人，有的蒐集死者兵籍牌，有的做陷阱阻擋黃喉貂之類動物騷擾死者。其餘的人擴大搜索到三公里的遠距，這架轟炸機殘骸落在廣大的高山稜線。三大水系的猛亂溪[47]、多肥皂樹溪、小百步蛇溪的源頭在此奪蝕，將搶來的水源餵哺她們的生態。流水不只灌溉大地，也是自然界的雕刻家，將高山雕塑得險峻。流水到不了的地方就化成雲霧前去，奔騰的水氣流動，在日照高峰的午後增添了律動；這使中央山脈永遠活在潮濕中，動植物之豐沛，彷彿是熱衷夢占的布農人夢境，每個絕崖孤鷹或松蘿交纏的巨檜，都是靈視時刻。吃飽的哈魯牧特，獨自搜索多肥皂樹溪流域，順著騰舉的山勢下行，走入不同層次森林。藍尾鴝的叫聲忽而自東，白眉林鴝的呼喚時而在西，不見鶲科鳥類的小巧倩影，只聞鳴叫，只見密集的鐵杉與箭竹，他尋找方向，跌入無邊無際的綠意，怕深入後找不到回頭路，但不深入不是搜索員該有的挑戰。他沿途做標記，期待這能引領他回來。

不久，箭竹林漸稀，他進入濕濡環境，地蘚承受他的足印後吱吱冒出水，他的鞋緣浸水了，襪子濕黏。大地不只有哈魯牧特烙下的足印，一群山羌的足跡引領他前進，漸行漸密。樹上也留下動物刻痕：黑熊在櫟樹留下四道爪痕，那是上樹食用橡果的禮儀；水鹿只有下門齒，由下往上撕樹皮，在嗜食的冷杉與鐵杉幹留下啃痕；而哈魯牧特在他喜歡的樹幹留下回頭的刀痕。蕨類瘋狂成長，受霧氣餵養，彷彿天神哈出水氣，它們便活躍地面，不論蕨葉排列或孢子布置，都充滿神性的藝術。瘤足蕨群聚汪洋，稀子蕨的拳狀不定芽慢慢伸開來，他順手摘了不定芽，這是小零嘴，用火煨，有花生米味道。這是今晚餐點。

他來到狹葉櫟附近，停在馬蘭草旁，聽到昆蟲急速振翅聲。他想，那是蒼蠅群聚，非常密集，騷動著、暴躁著，無比歡虐，這種高頻率聲響正廣播：「死屍盛宴開動了。」他情緒卯起來，盤算該如何處理這屍體，他來就是處理他人最後的程序，但希望看到的是一具活人睡在那，只要被叫醒後便微笑的起身離開。這時的雲線從海拔兩千公尺處漲起了，光影慢慢的褪盡，森林慢慢的鍍上鏽色，時間有限，他得快點找到那具屍體。在下個山腰他來到死亡現場，鬆口氣，幸好是兩棵高大的鬼櫟開花，穗狀花兒豎著細微的雄蕊，昆蟲赴宴的聲響讓他誤以為是蒼蠅。琉璃豆金龜閒靜的吸蜜；黑焦色的臺灣小翅鋸天牛蠕行；喜歡在殼斗科花叢聚會的狹胸菊虎昆蟲緩爬；最多的食芽蠅，發出刺耳的振翅聲，像是勞工一邊暢飲花蜜、一邊擊掌稱好。最奪目的訪客是曙鳳蝶，黑翅膀的底梢染著紅斑，倩影飛舞，來時冉冉，去復款款，為寒山點綴了佼佼豔紅。花朵，無疑是樹木展示靈魂悸動的時刻，昆蟲列席，哈魯牧特也出席，但是他垂涎的不是花蜜。

他爬上樹，摘了些鬼櫟。鬼櫟的果仁較大，火烤後食用，帶木香味，沒有板栗香甜，但比苦澀

47 這是指著濃溪，取布農族意思「凶猛不安定的溪」，laku laku。

的青剛櫟好吃。高海拔的鬼櫟有個特性，秋花結出來的小果實會以眠滯越冬，來到隔年春季才日漸膨脹。於是秋花會伴隨去年的成熟果實。他摘時，驚擾了採蜜的昆蟲，牠們縈舞在他身邊表達抗議，形成彩雲霧團，反而看起來是費心的歌舞表演。他得快點摘，擔心遇到黑熊。黑熊也愛鬼櫟，樹幹留下刮過樹皮的新鮮趾痕，牠們隨時會來。不過哈魯牧特現在累了，只想躺在地上吃午餐……

現在是中午，你在想什麼？
我躺在兩棵鬼櫟樹下
凝視半朵白雲
不善辭令的白雲，在天空微噪
模擬你呼吸與走過

現在是中午十二點，
你聽到我講話嗎？
我只聽到美軍Hamilton（漢米爾頓）手錶的
機械微噪，每秒私語
我常對它喃喃告誡
怕它冒充你的言語

用完午餐，他啟程出發，爬上尖銳岩盤，朝向反光。

反光的是飛機蒙皮，要是剛剛哈魯牧特沒有爬上鬼櫟是看不到的。但是他遇到棘手問題，得越過多肥皂樹溪源頭，那是寬五十公尺、七十度陡的乾溪——它下雨時是凶殘水魔，無雨時的碎石像是長滿鱗片的惡龍，哈魯牧特每走幾步，踩落的碎石直墜山谷，幾個跳躍，擊中底下五十公尺深的橫倒冷杉。冷杉來自上方森林，順著崩塌地形倒落，樹屍太長而橫疊在下方山谷，形成古怪景觀，看似地獄入口。

他爬過乾溪。赫然間，他看到了什麼，有件白色降落傘掛在上方的冷杉林，長長翩翩，尾端掛了死人。死者的鞋子掉了，臉膛發黑，腫脹身體把穿著的皮夾克與長褲撐繃。哈魯牧特今天得處理這位朋友了。他順乾溪往上爬，手腳並用，蹬落的石片在幾個跳躍後，銳利的直射深谷，從此沒有回音。他來到冷杉林，屍體就掛在十公尺高處，白蛆落下有聲，在黑岩蠕動，鳥群拍著翅膀在這塊餐桌啄食。他走過去，把易驚的褐頭花翼、臺灣叢樹鶯趕走，大膽的酒紅朱雀殿後飛走，最後全都飛隱在樹叢鳴囀，抗議活人到來。

「他經歷了怎樣的恐懼？最後怎樣死的？」哈魯牧特想，「有天我會不會也發生這樣的意外，屍體在荒郊暴露很久。」

「如果是這樣，我希望我的屍體永遠不要被人發現，就安安靜靜成為自然的一部分。」他自我解答。

他爬上樹，用布農刀朝樹幹的兩側砍出踏口，用繩索繞過直徑五十公分的香杉與自己腰部，協助他上移。這不簡單，得持續砍伐踏口，手瘆得快握不住刀子，而且砍口泌出的濃豔馨香，不能稀釋屍臭。他與這棵美麗的冰河孑遺植物奮鬥了半個小時，終於得到回報：與屍體面對面相距半公尺，聽到蛆發出的濕黏譟聲，彷彿死屍用巫語說話。

綠頭蠅與汗水停在他臉上，前者趕不走，後者冒不停。屍體已腫脹，皮膚沉黑，令人看不清楚五官。哈魯牧特再瞧，才分辨出臉上張開的嘴巴成了蛆蟲的游泳池，還從鼻孔爬出來，頸部的裂傷流出黃色與赭色的液體，囤積在夾克的絨毛領子，發出惡臭。這具屍體與大自然的背景很不搭，卻被靜靜包容。哈魯牧特沒有看到兵籍牌，於是得解下屍體來找。他上次看到死人是盟軍轟炸花蓮，那些堆積的屍體很新鮮，即使令人看了不悅，也比今天的好親近。

他抽出繩子，將右手與布農刀柄纏住，確保不會鬆脫，再朝十幾縷的傘繩砍去。繩子沒斷，屍體卻擺起來，向哈魯牧特撲來。他明快用手擋，但是慣性作用使死者口中的蛆噴在他臉上。他嚇得跌下來，還好有腰繩確保才沒高速墜落。哈魯牧特拍掉蛆，那些軟蟲子鑽來鑽去，把他當無用之人鑽營。他脫下衣服，從領口與髮叢甩出幾隻，用壺水洗臉，但是心裡多了陰影，老是覺得有殘影在體內鑽。

臺灣叢樹鶯在遠方的碎石上鳴叫，似乎嘲笑他的蠢樣。

還有人的嘲笑聲，在哪？

哈魯牧特抬頭看屍體，沒聽錯，是它在嘲笑，喉嚨低吟。那嘲笑是死者腸胃的腐爛氣體，經外力撞擊後吐出，使喉嚨不自主發聲。他理解這道理，仍打了個寒顫。

這次哈魯牧特抓到訣竅，他爬上樹，爬到屍體上方，從傘線外側砍，確保屍體不會朝他擺盪。那具腫屍最後像過熟的木瓜摔落，砰一聲，從肚子炸出黃綠色的內臟，噴出甲烷、硫化氫等細菌在體內發酵的副產品，有時帶股甜味。這具屍體看來很慘，腹腔爆炸，露出骨盆腔，右手古怪的折斷，這樣是增加他在巫婆湯鍋裡尋找像是湯匙般兵籍牌的難度。

「混蛋，我真是吉斯巴買。」哈魯牧特咒罵自己是廢物。

他爬下樹，用木棍在臭氣的屍肉裡找兵籍牌，用布農刀割開被屍體撐緊的大衣拉鍊，拿到放在襯衫口袋的兵籍牌。此時此刻，哈魯牧特又聽見呼喚，那不是腐敗器官洩氣的低吟，也不是動物鳴音。他深覺這是真實呼喚，往四周瞧，穿越層層樹影間隙，看見有人趴在一百公尺外的險峻凸岩，不斷揮手喊Help（救命）。哈魯牧特無法理解，那是真人，還是幻影，最終覺察是美軍生還者，也朝對方揮手喊Help，因為他興奮得不知道用怎樣的英語回應，下意識學對方說。

哈魯牧特花了半小時才拉近到兩人距離。他設法爬上凸岩，兩次從底部爬上三十公尺高的苔蘚陡壁而失敗；不得不放棄這條路，用高繞方式到達凸岩上方，換來他的大拇指裂開、褲子的膝蓋磨損；然後，他再順著樹根爬到美國人所在的岩壁，又換來膝蓋瘀青，汗水濕透背部。他累得腳發抖，手抬不起來，只想躺下來休息，卻看見白人比他還要糟糕。白人右臉有疤痕，嘴唇發白，頭髮耷拉，他掛在胸前的鮮黃救生衣已經癟掉，深褐色飛行夾克底下穿著連身工作服，面部表情被邋遢鬍子淹沒了，那簡直是亂草荒蕪的臉型墓碑，符合戰爭時期描述的米鬼模樣。

「帶我回家，拜託。」白人很激動，從見到哈魯牧特那刻起，他蒼白臉上有些微紅氣色。

「當然，何不呢！我叫哈魯牧特，你呢？」他多喘了兩口氣，抓住白人的冰冷大手。

「帶我回家，拜託。」

「我保證帶你走，但你叫什麼名字？」

「湯瑪士．巴爾康（Thomas Balcom），美軍中尉飛行員，是歸鄉戰俘。請帶我回家，我已經待在這鬼地方七天了。」

「我看到你受傷了，你可以走嗎？」

「我沒有辦法移動，沒有辦法離開這塊山壁，我試了很多次，要摔下去只有摔死的分。」

哈魯牧特研判，這塊突出山壁雖然陡峻，但有內凹的地方可以避風雨，湯瑪士利用降落傘尼龍傘衣的材質，裹身保溫，躲過夜晚低溫。救生衣有自動充氣罐失效時可供操作的人工吹氣管，湯瑪士拆下軟管，伸進山壁縫隙，吸出帶有苔蘚苦味的雨水。他說，飛機受颱風襲擊，他是第一個跳傘，落在岩塊位置的上方，第二位跳傘的懷特掛在遠邊的樹上。他能聽到懷特的呼喊，但是不曉得他為何不能從降落傘脫困，只要壓下胸前的環蓋，便能自動脫離傘具。

「他降落時，可能被樹枝割傷頸部，受傷。」哈魯牧特邊講，邊用手比劃自己頸部，輔助自己的英文表達。這解釋懷特在受困樹梢後，逐漸失血休克，因為哈魯牧特看到屍體頸部有深深傷口。

「他解脫了。」湯瑪士看著山谷上方的屍體。

「我們得走了。下方是陡峭山壁，我們不能走那裡，要是可以走的話，你早就下去了，不是嗎？」哈魯牧特往下方鳥瞰，這山崖太陡峭。

湯瑪士的身體機能還行，但是右腳有石膏支撐物，腿傷是在日本東京灣人工小島上的大森島戰俘營受的傷，他說：「不幸的，降落地面時，腿又斷了。」這正是哈魯牧特最擔心的，得揹著行動不便的人離開。多次嘗試，他頂多只能上攀兩公尺，最後被垂直的峭壁悍然拒絕——兩人摔落地。他也用傘繩綁住美國人，試著拉上峭壁，但是失敗了，獨自提取近六十公斤的傢伙是不可能的任務。

「得找人幫忙，我一個人做不來。」哈魯牧特把身上的手電筒、餅乾與飲水留下來，大衣也留下來，足夠保暖。他倒出袋裡的二十幾粒鬼櫟，散落在岩塊上，有顆掉下去深谷，瞬間無蹤影。他說：「天色晚了，我得先離開，這些果實可以吃。」

「不，拜託不要留下我，帶我走。」湯瑪士緊抓哈魯牧特的手，「不要留下我，我怕撐不過明天。」

「我剛剛帶不走你，你知道的。我明天帶救兵來。」

「不，現在就他媽的帶我走。墜機的第二天，搜救機就找來到這山區，但是我的位置太隱蔽，怎麼吼、怎麼用反光物都沒用。他們發現了墜機殘骸，但是沒發現我。海空搜救隊肯定認為我們都陣亡了，不再過來。」

「所以你更要相信我，我會盡力幫你。」

「去找『吉布森女孩』，她會幫助你，讓我告訴你，她在哪。」美國人喝了口哈魯牧特給他的水壺，仔細告訴他如何才能找到「吉布森女孩」。最後，他看著起身爬上岩壁的哈魯牧特，問：「這是哪裡？」

「臺灣。」

「哪裡？」

「臺．灣。」

這架載運戰俘的轟炸機，目的是菲律賓尼爾森機場，受颱風影響，誤入臺灣領空，墜落三千公尺的中央山脈。對湯瑪士來說，臺灣這詞很陌生，福爾摩沙才是他對臺灣的唯一了解，他改口：「臺灣在菲律賓的哪裡？」

「北方。」

「我知道了，我們在呂宋島北部的臺灣山區，救援很快就來……」他的喃喃自語越來越小聲。

哈魯牧特爬上峭岩，從上方切回溪溝，循原路回去。他鑽入箭竹林之際，回頭用望遠鏡凝視。

那美國人好微渺，他是千山萬水中的一小塊拼圖，焦躁、張皇與渴盼，於是眼神從來沒有離開過哈魯牧特的背影。「我明天會回來，我保證會帶你回家。」哈魯牧特圈著手當擴音筒喊去，也喊進心中告訴自己。

接著他邁開腳步，穿過箭竹與鐵杉林，一半的時間陷於迷路，抬頭憑著記憶找路；另一半的時間低頭耗在難以釋懷的記憶，眼睫有淡淡哀濕。這世界是難纏與陷入黑暗的竹林。幸好最後回到稜線，他鬆口氣，癱在地上，聽到星鴉的三兩叫聲，好像海努南在呼喊他，三番兩回，便沉沉睡去。他累得不該有夢，該是堅壁清野的睡眠，卻獨獨夢到了海努南——他活著，躺在醫院地上，皮膚不是焦黑脫落，就是乾硬如皮革，草蓆被流出來的血液濕透，他不斷昏迷呻吟，喃喃說他好想死去……

哈魯牧特驚醒，發現滿臉是淚，而天真的黑了。

大轟炸結束了，哈魯牧特被炸彈震波震暈，躺在路旁水溝，腦袋塞了滿滿耳鳴，有血從鼻孔流出來。麻魯舔著他的臉，是牠熱情呼喚他醒來的。天空飄滿火星與黑塵，無聲無息落下，複製地獄影像，他經過十幾秒才知道發生什麼事，但是無法從水溝爬起來，覺得身體不是自己能控制。防空警報解除，有人陸續上街搶救，有人死了再也不用出門來。人們接力拿消防水與消防沙滅火，空氣有人肉燒焦的噁心味，哈魯牧特這才從水溝爬出來，看城市熊熊焚朽。

消防車急敲鐘經過，火滅後的蒸氣味瀰漫，哈魯牧特沿著到處是破瓦與斷柱的街道前進，麻魯跟著來。救災的人跑來跑去。一個女孩攔下哈魯牧特，對他用盡氣力說話卻得不到回應，然後指著他的腿。哈魯牧特腦子裡都是嗡嗡耳鳴，覺得自己是活在怒濤礁洞的小魚，聽不到外在聲響，他目光順著女孩的手，看見自己的腿流出大量鮮血，而女孩扯掉自己的袖子幫忙包紮。哈魯牧特謝謝她，小步伐慢慢往前蹭，拖著一條廢腿，來到最後看到海努南的位置。那有三具焦黑的屍體放在街邊，他蹲下來檢視，期待死者的右耳沒穿耳洞、左臂沒有種牛痘的蟹足腫、大腿沒有胎記，真的都沒有，哈魯牧特鬆口氣，然而麻魯兜圈子的地方吸引他看去，不遠的騎樓，坍塌的屋瓦下有一隻燒黑、粗壯的小腿露出來，那是海努南——布農的人類美學是小腿與大腿同樣粗，人較矮，可以謙卑爬高山——哈魯牧特鑽入到處是救災水的地面，謝天謝地，瑟瑟呻吟的海努南還活著。那淺促的呼吸比任何聲響美妙，這世界的空氣要兩人共享才有意義，「我是哈魯牧特，你要聽到我說話，也要相信我的話。」他聽到海努南更急促呼吸，知道對方仍有意識，但無法說話，便說：「我不會放棄你，想想我是世界最在意你的人，你要活下去。」哈魯牧特用背頂住傾倒的梁柱，在耗盡氣力的拱起幾次無效，在使勁掏心掏肺向上帝祈禱幾次無效後，他仍不放棄，拉著海努南的手臂，想將他帶離又窄又充滿硫磺味的坍塌處，冷不防扯下海努南的手套。那不是手套，是完整的手掌皮膚，五指俱見。哈魯牧特的悲傷爆炸了，跪著哭喊：「拜託，來救人，來救我的朋友……」

半小時後，走來病院的哈魯牧特，尋找不久前先送來的海努南。他邊找邊惦記剛剛駭人的救人場面，十幾人合力移開梁柱，一根較小的木柱砸在海努南的焦黑大腿。海努南沒有哀號，只是淺喘，好像腿不是他的。病院有五十張床，躺了最新的傷患，哈魯牧特的腿傷值得換來一張床。一位護士攔下他，包紮他恐怖的腿傷，讓她的衣服沾滿血，像要把他大腿拿走的屠夫。包紮完畢，哈魯牧特拖著不中用的腿繼續找。瞬間被炸死算是幸福了，送來的重症在哀號中活著，活著是苦難，旁人得熟悉那種聲音，包括到處瀰漫的肉焦味與血腥。在走廊盡頭的地板找到了，海努南安置在屍體堆，他還有呼吸，短而急促。哈魯牧特坐旁邊，把剛上腿的繃帶解下來纏在海努南手上，而且盡量不去看對方那雙膠鞋與棉褲被火燒熔黏死的小腿。

天漸漸微黑，院裡有蟋蟀鳴聲，哈魯牧特稍稍把一名屍體移開，這樣他可以坐在海努南旁邊。麻魯叼來一根黑木頭，啃著吃著竟然露出人類的肌肉組織，哈魯牧特要牠不要這樣，可是累得無力管，隨牠去了。夜很深了，哈魯牧特找來了毯子，蓋在兩人身上，他握著海努南燒焦的手，輾轉於醒睡之間，整夜向上帝祈禱了一萬次。天將曚曨之際，收屍隊來搬屍體火化，哈魯牧特驚醒的說：「我們還活著。」他起身，被乾涸的血液黏在地板的身體發出唰啦聲才撕開，他們的血混合成死褐色，他在他的耳朵邊說：「等我回來，我去摘花給你，這會是最棒的花朵。」哈魯牧特留下一個人形血痕陪伴他的海努南，在這艱困時刻。

「麻魯，留下來陪他好嗎？」哈魯牧特看著趴在地上的柴犬，看見牠抬起頭發聲，才說：「謝謝你的勇敢。」

街道到處是殘垣斷梁，斷裂的水管滴水，空氣中瀰漫炸彈留下的橡膠與白磷味。他回到料理店，那裡只有殘骸堆積，雄日桑被壓在防空洞內缺氧而死。哈魯牧特在街角找到炸飛的行李箱，破裂了，裡頭的物品散落，哈魯牧特脫掉血漬上衣，穿上海努南的那件。他把襪子裡的風鈴碎片甩掉，用來包紮傷口，發現傷口會痛是裡頭還有木頭碎片，他忍痛用手指摳出來，再包紮。起身之際，把野胡桃吊飾與望遠鏡帶走，並找到一輛腳踏車離開。

這城市進行疏散，居民前往鄉間避開空襲，天亮之後，人潮來到高峰，往南的鄉間道路都是人群。哈魯牧特超過十輛牛車，與一輛蒸汽系統的中型巴士，遠處的山脈嵐煙層層，近處的溪水潺潺酥潤，他在橋上遇到上百位的學弟。他們揹著行李與黑板，往鄉間完成學業，臉上驚懼未定。

「學長，你的腿。」有人問。

「沒事，我只是去摘花。」哈魯牧特停車，「你們來的路上，有看見紅色的虞美人草嗎？」

大家搖頭，不懂那是什麼植物。哈魯牧特繼續前進，選擇崎嶇小徑，與疏散人潮在短暫平行前進之後告別了。他在菜畦拔了蘿蔔，解決了難忍的飢餓，然後才有力氣爬上麵包樹，用帶來的望遠鏡觀察。這雙筒望遠鏡震碎了一筒，仍看得清楚，但是一無所獲。他記得久保田先生曾講過這種豔麗之花在機場附近，戰機起飛不久便可俯瞰。三小時後，他找到了，沒有想像中那樣嬌晃，但他視覺不禁潤濕，湊近花叢摘，躺下就睡翻。他累了，沒有夢，這麼美的花朵不給夢，花瓣微拂而給他的身體有一層吃水線的沉浮，如果這時沉入死境也不會眷戀此生。哈魯牧特卻不久醒來面對殘酷世界，那是不遠的機場警報響起，然後兩架美軍艦載的野貓戰機朝地面掃射，飛得好低，哈魯牧特站起來，無畏的舉起右手比出手槍射擊，嘴巴發出砰砰砰聲響，其中一架凌厲的掠過他的上空，他轉身騎車還擊。天上只剩雲朵，地上只剩奮力騎向都市的哈魯牧特，他裝滿花朵的側背網袋幾乎離開了背部。

城市再度遭到轟炸，看不出很糟，因為最糟的過去了。哈魯牧特慶幸回到病院時，海努南還在努力呼吸等他，而守候的麻魯吠著。他匍匐說：「我來了，帶回讓你感到舒服的花，你可以睜開眼看。」他把那袋凌亂的花瓣抓出來，這麼姣美，他不想獨享。但海努南沉默的展示焦黑嘴唇，無言無語，引來蒼蠅舔食。哈魯牧特小心塞幾片花朵到他嘴裡。猩紅花瓣像鮮血，從他嘴角流出來，而不是吃進去。哈魯牧特再撓了幾把花，塞進自己嘴裡大口咀嚼，再餵給他吃。昨日哈魯牧特求醫生給海努南嗎啡緩解。但醫生拒絕，認為值得用在其他的輕病患。哈魯牧特今生能做的，只剩給他虞美人草，這是製作嗎啡的原料。如今所有原野上美麗的花兒都爛了，都毀了，也餵不進海努南嘴裡，他的肉體在痛，而哈魯牧特的心更痛。

「你是不是舒服點？」哈魯牧特難過得顫抖，那是幾近靈肉分離的悲哀，淚水與鼻涕失控，久久才願意：「如果你想堅持活下去，我會陪你；如果你想放棄也可以，我也會很努力陪你。」

「……」

「你是不是想去當天使？這樣就可舒服點。」

「嗯……」

「謝謝你來當我的哥哥，是真正的哥哥，努力照顧我，給我快樂幸福。」但是哈魯牧特要的不只是當弟弟，「哥哥，我會抱緊住你，帶你去當天使。」

「嗯……」

他緊緊抱他，越抱越緊，那個老是開玩笑叫他砂糖天婦羅的哥哥、那個只接得到他棒球的捕手、那個睡在同張榻榻米上猛打呼的豬隊友、那個永遠是小百步蛇溪形影不離的玩伴、那個當他真弟弟而在家屋跑的小狗人、那個在都市被罵番人而挺身擋刀的室友、那個右臂提供他作畫的傻子，記憶跟得緊，蹭著心坎，哈魯牧特知道再不抱下去就沒了，於是他深呼口氣，緊緊再抱下去，他不曾這樣親密擁抱，直到失去海努南與對方的呼吸。

海努南最大的努力，是微微睜開純淨的眼瞳，看著對方耳垂掛著的野胡桃狐狸吊閃著陽光，奉上帝之名，對他的愛報以最微弱的祝福，三次默許他米呼米桑（好好活下去）……

哈魯牧特驚醒，滿臉是淚，而天黑了。他終於夢到海努南，卻是最後的死亡場景。夢境太鋒利，他的傷口裂開了。

他躺著，在淚水洶湧中，默默念詩：

現在是晚上，你在想什麼？

在接近星雲的稜線
在點點雨光之下
度過一百二十五天
我終於夢到你，
有好多話想說，
只想說，你好嗎？
你只是躺在火裡微笑
突然好想你
而我不怎樣好，真的
真的，一點都不好
我祝你永遠快樂
但我只願給自己永遠的悲傷

火是布農的好友。在荒野，更深的夜裡，有火的地方就是家。

在濃烈黑夜，哈魯牧特循著火光回到營地，他鬆口氣的坐地上，身體順勢癱倒。極度疲累的時候，不想吃，不想喝，不想動，只想躺在火邊好好睡去。這麼晚回來一定驚怒大家，如果搜索隊員不好好保護自己，會增加全隊負擔。不過他聽得出來大家在爭吵關於黑熊什麼的，而他的出現打斷了爭執，陷入寂靜。

「我們約好，在日落前回來，你違反回來的規定時間，我們差點要動身搜救你了。」三平隊長生氣的說。其他隊員跟著發出責備。

「我找到一個米國人了。」哈魯牧特說出實情，這樣可以蓋過責備。他深吸口氣，從地上爬起來，看著大家詫異表情。「真的，一個叫懷特的米國人。」

「真的？」

哈魯牧特從口袋掏出一個兵籍牌，在篝火前晃著，說：「他跳傘落地後掛在樹上，最後死去。」

這是今日搜索的重大發現。由於擴大搜索，他們在小百步蛇溪流域陸續發現飛機殘骸，在猛亂溪源頭發現引擎與起落架，在多肥皂樹溪流域發現屍體。三平隊長攤開地圖，確定遺體地點，用鉛筆圈出來，然後把懷特的名字抄錄在第二十一位死亡名單。哈魯牧特吃著野戰飯盒，報告他今天的搜救過程，他描述懷特掛在樹梢的腫脹模樣，死者的傘繩被砍斷而摔落地面，發出沉悶爆裂聲，而屍臭飄散等等。他夾起飯盒中的臭鹹魚（くさや）時，難以下嚥，味道令人想起屍臭。

「明天我還要去山谷，」哈魯牧特停下筷子。「我要回到那裡，處理那具米軍遺體。」

「我們幾個人不可能把屍體抬回來。我們欠人，也欠缺繩索工具，等第二波救難隊來支援才可以。」

「我想拿東西保護屍體，這樣就不會被動物破壞。」

現場沉默，大家充滿驚訝與敬佩。

三平隊長說：「我請藤田憲兵一起去幫忙好了。」

「我一個人絕對能勝任。那山谷較陡，來回腳程較遠，我會在附近找個地方野宿一晚，明晚就不回來了。」

藤田憲兵鬆口氣，稱讚哈魯牧特的勇敢。三平隊長猛點頭，遞上一杯清酒以示敬意。哈魯牧特真的太累了，耗盡氣力的手仍不禁顫抖，杯中酒晃出層層漣漪與香氣，他仰頭而盡。大家鼓掌說，你這布農小子不簡單。酒精在哈魯牧特身上發酵，情緒咄咄，卻哽在胸臆，只能再貪兩杯。這時在不遠處發出鐵罐聲，納布與笛盎起身去巡視獵物，他們在附近放陷阱，拿回了五隻森鼠與白腹鼠，成了今晚打牙祭的食物。

這幾天上山，納布與笛盎嫌食物無味，面對大山大水豈可枉費布農獵人的本性，他們利用墜機的電氣線當細繩，巧妙的製作石板陷阱hadu，放上誘餌，石板上放空罐頭。只要獵物啟動機關，瞬間被大石頭壓斃，而掉落的空罐頭發出聲響通知。

納布把老鼠放進火堆去毛。鼠毛焦捲，發出啪啦響，細火沿著粗毛燒出鎢絲的亮光。他用布農刀把老鼠撥出火堆，刮掉毛屑，剖肚，拿出心臟與肝臟，其中有隻母鼠懷了四胎，令笛盎的眼睛比火還亮。鼠心與鼠肝蘸了鹽粒，火烤熟吃；裹著紫胎衣的幼鼠則火炙幾下入口，有種泥鰍在嘴中軟骨滑嫩的齒感，再配上酒更得意。

這次上山，用半公升的行軍壺帶了五壺酒、二十幾包菸，每到夜裡，圍著篝火，什麼一億人玉碎[48]、米軍接管日本的話題都無趣之後，不如談談蕎麥麵，或來點曙牌菸與小酒。喝清酒會配上臭鹹魚，將藍圓鰺魚乾放在烤架上，臭味衝鼻，先烤有魚皮的那面可以逼出油脂，趁熱撕下來吃，邊烤邊吃是技巧。食物是鄉愁，這種魚乾是疲勞時恢復體力的傳統補品，累了一天的日警吃了大呼過癮，要是能配上像是威士忌的日本燒酎就絕配了。布農獵人不用瓷杯喝酒，自帶小米酒，獨鍾酒壺灌飲，喝

48 指日本全民（約一億人）皆戰，對抗盟軍的日本本土登陸戰。

得喉結快活，咬得齒間是鼠肉活竄，爽得臉頰全是火影翻動。

「我記得小時候，在家鄉附近的海上，要是發生重大船難，我們有一陣子都不吃海產，你知道為什麼嗎？」城戶所長說。

「這種傳說我也聽說了，大概是魚吃了屍體，要是人捕撈魚類，難免間接吃到人肉。」三平隊長接下話題，看著布農獵人吃老鼠，打了冷顫。

「你們不怕這些老鼠吃過屍體？」藤田憲兵問。

「哪的屍體？」

「米國人。」

「這點我倒是想過了，但我還是無法停下我的嘴巴！」納布說。

「為什麼？」

「要是我停下來，笛盎會把老鼠吃光光了，所以我不要想到什麼，不過你們可以幫我的忙，幫我問笛盎他會怕嗎？嚇嚇他。」

「你會怕嗎，笛盎？」藤田憲兵問。

「等我吃完，再去問老鼠『你有沒有吃米國人肉』。」笛盎總給大家時間大笑，並以接下來的話贏得澎湃笑聲，他說：「可惜老鼠死掉了，不會說話，所以這問題不是問題，而是要不要吃食物的問題。」

白腹鼠散發的烤肉香和烤架木條燃燒的溫暖味道，令人食欲翻騰，十公分的鼠尾先熟，納布摺下來，送給藤田憲兵。藤田嘴上說不要，身體卻誠實表現，拿來蘸醬油吃，臉上縮成酸梅的表情逐漸綻開了喜悅，將鼠尾一截截啃光。布農人對於獵物的原則是分享，納布與笛盎願意做。哈魯牧特也吃了兩根鼠尾，像烤過的魷魚觸手，食物是情感的動力，心中燃起力量，吃起了烤鼠肉，再啜清酒，食物安撫了他今日的疲憊。

「身為獵人，觀察是最重要的。」納布啃完老鼠肉，說：「霧鹿駐在所『耳朵雜貨鋪』的龜藏先生，也喜歡烤鼠尾。他跟我說，他發現老鼠會伸出尾巴，偷花生油來吃，吃飽後又用尾巴蘸油，塞進肛門治療痔瘡。有了如此觀察，他在花生油裡面加入大量的辣椒，那些老鼠不但沒治好自己的痔瘡，反而害自己痔瘡破裂，失血死亡。」

「我沒聽過他講這故事。」城戶所長說。

「可見你們跟龜藏先生的關係不好，他都不願意說。」納布說，「龜藏先生是我看過最像布農族的內地人，不要看他老是坐在藤椅上，他可是仔細觀察部落人的需求。我們要什麼不會說出來，但動作會露餡。他曾跟我說，到雜貨店的人都是跟欲望有關，老人想要菸與酒，女人想要省錢，小孩想要糖。老人與小孩去他的雜貨店，他免費請一根菸或一顆糖果，女人來都算便宜點；可是大人又不喜歡小孩吃甜食，哪怕一小撮砂糖都會開胃，消耗過多主食，特別是小米播種祭到入倉祭之間，連甜食如玉米都不能吃。我說你這樣慷慨就賺不到錢了。他說老了，沒妻沒兒，獨自住山上，也不知道哪時候會死掉，要的不是錢，是朋友，每當他坐在藤椅上彷彿要死掉時，各地布農人來串門子，他覺得自己又活過來了。」

哈魯牧特聽了點頭，不知不覺把頭撳低，難過起來，他想起在那間雜貨店的點滴歲月，龜藏爺爺教他們做糖漬柚子皮當零嘴，或用電池碳芯在木牆記下的帳款與注意事項、木條風鈴的款盪聲、用電池鋁殼製的人偶玩具、屋簷下掛的長苔繪馬、牆角祈福的掃帚草、迎風招展的鯉魚旗，就這樣消失了。

納布繼續說：「像龜藏先生這樣善於觀察的人，要嘛是對工作專注，要嘛是對生活熱情，布農獵人也是這樣。以我的經驗來說，黃喉貂或黃鼠狼之類的，牠們雜食，有可能跑去吃米國人屍體。除非我餓到不行，是不太想吃牠們，這也是對米國人的尊重。至於這些高山老鼠，據我多年經驗，牠們都是吃植物嫩草與種子，就像飛鼠只吃嫩葉，是吃素的，所以可以生吃牠們的肉。」

「老鼠是雜食，牠們食性會隨環境變化，生活在穀倉的吃穀類，生活在田裡的吃根莖，生活在水溝的吃髒東西。」三平隊長說，「今天牠們生活的環境有人類的腐肉，牠們可會吃。」

「你剛剛沒有發現，我剖開老鼠的肚子，檢查胃囊與腸子裡的食物，裡頭有未消化的種子與嫩草纖維。要是老鼠吃了人肉，肚子不會有這些東西。動物會教我們很多道理。比如我們在高山行走不喜歡刺柏，它會刺傷人，現在秋天是它的種子成熟季節，種子小，卻可以吃，這是我從猴子的大便裡發現的道理。同樣的道理，從黑熊大便可知道牠吃什麼、走過的路徑，難消化的果殼、果皮與種子會排泄，牠春天吃嫩植物，夏天吃山枇杷或獼猴桃，秋冬則吃山胡桃或橡果實。大便最老實，不會替嘴巴保守祕密。所以獵人靠近黑熊在四季吃的植物時，就要注意牠有沒有在附近出沒。我很清楚，黑熊幾乎吃植物，不會主動攻擊人，不會把人叼走吃掉，或許牠餓得發慌時會吃腐爛的人肉，但人肉對牠來說肯定是難吃的食物。」納布說到這暫停幾秒，才說：「這就是我們傍晚吵架的原因了。」

「我不認為是吵架，是觀點不一樣。」三平隊長說，「不可否認，黑熊來到墜機現場，掉入陷阱了，不是嗎？」

哈魯牧特聽兩人對話，理出頭緒。原來是今天下午，幾位留在墜機現場的搜索隊發生衝突，一派認為要做陷阱，捕捉侵擾的動物，像黑熊或黃鼠狼。一派認為防不勝防，只要做鐵罐鈴聲或箭竹反彈的警示機關。後者的支持者是納布，他坦承，抓到黑熊很麻煩，布農的災難很多來自面對黑熊；要是殺了熊，得遵照傳統在隔年四月的小米收成之前不能回家，否則會把厄運帶給部落。最後，納布屈服了，服從三平隊長命令製作陷阱，鋼絲來自飛機上的材料。這架飛機提供太多東西，五零機槍的槍柄一拉仍響，輪胎皮比松樹易燃成為火種，鐵管可做槍管，鋼盔能煮湯，完整的減速傘能當雨棚，還有許多電纜、鐵線，各種現代小工具在林間靜躺，如果你懂得使用可以喚醒它們，除了屍體。

結果在落日前，在某個陷阱抓到了熊。這隻成熊體長一公尺半，體毛烏黑亮麗，爪子尖銳，不時吼叫。三平隊長從口袋掏出他撿來的五零機槍黃銅彈殼，丟給黑熊咬癟，證明牠的牙齒媲美子彈。捕獲這隻黑熊，納布與笛盎非常苦惱，他們不希望跟這隻會移動的厄運交手，連夢裡都不要邂逅，完美的布農獵人不該跟黑熊沾上邊。城戶所長下令，先將黑熊留在現場，天黑後回營地討論，可是沒結論，在哈魯牧特回來前，他們幾番爭吵。

在睡前，三平隊長下結論，不必解開套在黑熊前肢的陷阱，牠的吼叫是警示，其他的肉食動物不敢到現場侵擾屍體。夜深了，爭執暫息，隨著大家的疲憊睡去，等待明日醒來再吵。下雨了，帳篷布響不停，漸漸吸水變重，使雨聲聽起來更低沉。哈魯牧特裹著毯子，輾轉睡復醒，常磨損的帆布邊角即使塗上融蠟防水仍滲雨，滴在他臉上。地面很潮濕，他感到地墊下有硬邦邦的東西，睡得心坎有疙瘩；那底下或許是石頭，摳掉這顆，另一顆漸漸成了你的睡眠障礙；或許那是韌性的箭竹叢，砍掉後的斷莖頂著地墊；或許是某個動物殘骸，也或許是自己想太多，唉！這世界到處是海努南留下的遺物，一片風、一株樹或一朵雲，他不該是愛夢占的布農人。

時間在夜裡漫長，帳篷人多，不易翻身，哈魯牧特能做的僅是與背部的凹凸共處，不適感從痛處放大，一點點控制自己睡眠，情緒劣質。他沒有講出湯瑪士的生還訊息，他知道即使講出來，內心仍有更多疙瘩，那是摳不完的石頭、砍不完的短箭竹叢，使得一座山永遠有沉默下去的理由。他無法理解自己為什麼會這樣做，當下錯過講出來時機，就不在乎持續掩藏祕密。更深夜裡，雨還沒有停，哈魯牧特的尿意飽脹，拿出啤酒罐當夜壺，側身往裡頭灌尿，聲音從低沉到快滿的激昂，最後將溫暖的尿瓶抱著取暖，他沒有睡去，尿瓶冷掉後更加寒愴，永無止息。

冷雨下在高山，哈魯牧特想，湯瑪士會不會凍死了。

想到這，哈魯牧特難過了。

忍到第二天才亮，哈魯牧特鑽出帳篷，來到墜機現場，昨日小雨沒有滌淨惡臭與悲痛。死者仍保留他們生前的駭怖，臉部扭曲，嘴巴保持尖叫或緊咬，手緊抱彼此，在高山忍著寂靜與寒冷。當晨曦來到現場，鋁皮的積水反光，一隻腐爛的斷掌也發光，哈魯牧特注意到發光的是十字架，死前的驚駭使他緊握的宗教金屬品貫穿掌心。

哈魯牧特要爬上飛機殘骸，這需要棍子幫忙，陽光告訴他棍子在哪。一根鐵棍在不遠處反光。那恰好有隻熊靜臥，牠是昨日被抓到的，黑茸茸身軀像是大地上沒有被撕掉的黑夜。哈魯牧特來看看被困的黑熊。牠的右腳被鋼絲勒死，極力拉扯，刮掉一層皮膚。牠見到人，膽怯害怕，可是哪也去不了，只能退到樹後躲，這給哈魯牧特機會靠近鐵棍。搜索隊在昨天用鐵棍教訓了黑熊，熊身上有傷痕，眼裡有恐懼。布農人稱熊為托馬斯（tumaz），將成年熊叫作麻待亞茲（madaingaz），這同是老人的意思，意味著兩者在智力與感情相互媲美。「熊是山林的靈魂，」哈魯牧特記得布農人願意這樣相信，「一隻受困的成熊與病死解脫前的老人傷痛，像是山在暴雨中發出的哀鳴。」聆聽熊的哀號使人的靈魂死亡，他深深覺得靈魂被刺傷。

他拿起鐵棍，多次想撬開繫在鐵杉的鋼絲，釋放黑熊，或許能緩解一座山的靈魂傷痛。一旦貼近，黑熊的防禦本能使牠衝出來回擊，嚇得哈魯牧特跳開。這一來一往幾次，哈魯牧特不知道該如何幫忙。不斷反抗的黑熊無法理解，誰要救牠，誰又要殺牠，牠只懂得不要讓人靠近。

哈魯牧特不救黑熊了，他得在搜索隊來到現場前，找到「吉布森女孩」。他往飛機殘骸爬上去，避開被銳利的金屬割傷，並用力拍打蒙皮，好告訴蟲蛆，他來了。這是他為何要找金屬棍的原因。屍蟲與蒼蠅會隨著氣溫，增加活動力，越到中午活動力越強，腐肉上流動的白蛆河，層層疊疊發出黏窒的流動聲，一種酣溺在阿鼻地獄的呢喃，牠們受驚擾後，像蝦子跳起來，在空中扭轉，蹦到搜索隊的鞋子，或嘴裡——如果誰剛好低頭搬動遺體的話——必然品嘗略帶酸澀的屍肉味，刺激腦部化學反應而整天吃什麼都噁心，包括吞口水。反之到了晚間，低溫使蛆的活動力降低。

哈魯牧特爬上斷裂的機艙，看到一支消防斧——供機組員求生時，劈開飛機結構——嵌在變形的機艙內，他費勁取出，並用它剖開機翼與機艙交疊的上方區域。這裡貯存救生系統，不容易受高肩翼機翼設計的B24轟炸機重創而壓毀，當哈魯牧特把一個帆布袋從艙口拉出來時，有個東西迸開，它充氣膨脹，發出嘶嘶聲，大到把他擠下機翼。

那是救生艇，土黃色，橡膠材質。

船傾斜的在飛機上，這三千公尺的高山沒有浪，唯有風浪微微。

哈魯牧特非常驚豔，這橡膠船很漂亮，就像從魑魅夢境漂來的，擱淺在現實的日常。他拉著船緣的繩索，摸它復又拍它，一艘真船，令他心跳加快。船上有求生的馬口鐵罐頭、八罐求生飲水、一個能從海水獲得飲水的陽光蒸餾器、一套組合船槳、風帆、防曬膏，一袋修補工具，一組簡單的魚線與釣鉤，用來標示位置的海水染色劑與信號彈，一本獲得宗教平靜的小冊紙。這不像是求生裝備，而是美軍在任何困境都能度假的裝備。哈魯牧特把一罐半品脫的水打開喝，乾淨清涼，無礙的滑過喉嚨。「原來這是米國水的滋味，好像天空的眼淚。」他仰頭咬著罐子口，看著藍天，這滋味完勝幾天來飲用的高山湖水，那像活飲鹿尿。

最後哈魯牧特也找到「吉布森女孩」，它靜靜躺在船上。「吉布森女孩」是無線電求救機，三十來公分見方，這名字來自它沙漏狀的腰部曲線，是美國女孩身材的複合體。哈魯牧特提著它穿過樹林，來到一方草原，他閱讀說明書，拿出尼龍布與方形鋁骨組合的風箏，趁風放出去，無線電波可以透過鋼絲線拉起的風箏發射。

哈魯牧特不知道為何這樣做，他沒將湯瑪士訊息告訴搜救員，卻是放出求救訊號。在他心底層想法，在失去海努南的那刻起，他對世界不信任了，湯瑪士是毀壞他世界的幫手之一。哈魯牧特知道，這樣做讓他心裡不安，可是也使他的憤怒有了對象。他可以不啟動「吉布森女孩」，但是他做了，他想知道會發生什麼事。

他將手搖柄裝在機體上，雙腳夾緊它的曲線腰部，開始搖動，一種嗡嗡叫的發電機摩擦聲響傳來，燈號亮了，不斷閃動，發射摩斯密碼的求救訊號。哈魯牧特停下來，他以為豔黃色發射器會傳來米軍回覆，像收音機傳來聲響，沒有，安靜得很，於是他再度搖把柄，什麼事也沒有發生，只有天空中的方形風箏不斷飛舞，鋼絲線發出咻咻的聲響。

今天又要釋放一隻信鴿。牠要帶走的訊息是：「罹難人數到達二十一人。捕獲一隻黑熊。請求後援盡速抵達。」哈魯牧特撫摸鴿子頸部，滑順，像他昨夜的夢境偏紫光。他放牠在草地走。所有的信鴿都是被拋到天空起飛。今天牠有權選擇起飛的時刻，只見牠的頭隨腳步而晃動，到處散步，到處啄食。

哈魯牧特坐在山崗，看著牠到處走，就是不肯展翅。風來了，微微吹動，陽光在瘠地草原上發威，出現熱氣晃動，越走越遠的鴿子在蜃影裡徘徊。這耽擱哈魯牧特吃早餐的時間，幾度恍神，幾度看失了鴿子身影。他終於忍不住去追。牠撲翅起飛，盤桓幾圈後，不知朝哪消失了。

鴿子消失了，在哈魯牧特心中沒有消失，他擔心飛錯方向。用過早餐，搜索隊前往墜機現場工作，他走過森林時，恍惚聽到鴿子叫，惹得他抬頭看樹梢外的藍天。今日搜索隊工作，除了部分人完成昨日的外圍搜查，其餘的人留下來把遺體就地簡易掩埋。地太堅硬，不是樹根就是石頭，兩把短圓鍬應付不來，其中一把的木柄在使用半小時後斷裂，大家無奈攤著長水泡的手。他們決定到墜機現場找工具，赫然看到救生艇擱在殘骸上，穿過林間的陽光照著它。

「那是什麼鬼東西？」三平隊長說。

「那是救生艇，應該是昨天有人或動物來這裡，啟動了什麼系統，讓它彈射出來。」藤田憲兵說。

「會不會是昨天的雨，雨的花招很多，啟動了救生艇？」哈魯牧特說了個爛藉口。

「雨的花招？怎麼說起來像一首俳句。」城戶所長給自己上菸，吐出一縷玲瓏的煙。

「有病的句子就叫俳句，包括這句也很俳句吧！」三平隊長點了根菸，他百思不得其解的轉動頸骨，說：「但要是下雨的話，前些日子早就啟動那種系統了，不用等到昨晚。」

現場陷入沉默，那種遇到什麼事就湊成圈打菸的習慣來了，其實就是想抽菸而已。抽完菸，煙散了，大家不是真要解開答案，等心頭的菸癮淡了，才尋找鐵條挖墓穴，藤田憲兵就等這刻發揮他的創意想法：「這是黑熊的傑作，黑熊爬上殘骸不知道怎樣弄出一條船。」

「你也想像力太豐富了。」

「這不是想像力豐富，是真的。你們聽過北海道棕熊殺人事件吧？布農獵人昨天說，黑熊不喜歡吃人肉，只是他們沒遇過而已，有的熊會主動攻擊人，並吃人肉。」藤田憲兵才說，有人瞪大眼點頭，有人張大嘴搖頭，這些表情刺激他繼續說：大正四年，在北海道苫前村出現一隻冬眠甦醒的大棕熊，身高近三公尺、體重超過三百公斤，牠很餓，咬死嬰兒、啃碎大人的頭骨，現場人骨殘片像是打翻的紅豆泥。人們反擊，組成獵殺隊。但是棕熊聰明又狡猾，能吃的就吃，不能吃就撕碎，一路留下有人骨、人類體毛、未消化完人肉的熊糞好證明牠幹了什麼事。最後驚動陸軍調派步兵，再加上各地支援的槍手，共六百人圍捕棕熊，在風雪中殺死牠。

「這種千真萬確的事，大家都聽過了，報紙或雜誌有時會以歷史回顧方式重新報導。」藤田憲兵最後解釋，「黑熊是非常聰明的，牠們的腦袋差不多像小孩的智慧，一隻黑熊被捕，會呼喚牠的同伴來解救牠。這是黑熊的習性，就像人會呼叫同伴。」

「你想太多了，只是昨晚下雨，啟動了救生系統。」哈魯牧特說。

「是黑熊呼喚同伴來了。」

城戶所長打了根菸，也遞給三平隊長，兩人沉默，吐出的煙圈卻像漫畫裡的對話框猛講話，他們都決定要殺死黑熊。兩人抽完菸，帶著大家來到了黑熊受困的陷阱。那隻黑茸茸的傢伙，頭部蓬鬆的毛被雨水浸潤，扁塌塌，使頭形看起來較小，顯得嘴部尖銳。牠露出尖牙，嘶吼警告。大家越靠近黑熊，越感到牠的恐懼，也越樂。藤田憲兵用鐵棍刺探，說牠是殺人魔王。黑熊衝出來，在最後的範圍被鋼絲扯住腳，牠慢慢後退，站起來，向敵人咆哮。

「城戶兄，來一根菸吧！我給你講個故事。」三平隊長說。

「這時講出來，大概不是好故事。」城戶所長遞上菸，俏皮說，「但我會記下來，說不定其中有什麼道理。」

「我的故事不輸你寫的俳句。」三平隊長抽菸，看著藤田憲兵逗弄黑熊，又看了哈魯牧特不知所措的站在遠處，才說：「但是我的故事，絕對贏不了大嫂的俳句。」

「你怎麼發現是她寫的？」

「抱歉，這幾天我們生活空間狹小，我不小心瞥到了你小冊紙上的俳句，有的極富禪意，那是你所謂的有著柳原白蓮般氣質的女詩人寫的吧！我注意到你吟哦時，神情很專注。事實上，那是大嫂寫的，唯有纖細女性思維的想法才能看出不同的世界，這和你寫的俳句風格很不同。你這幾天寫的俳句，都是下山後要給大嫂的吧！」

「佩服，這你也看得出來。」城戶所長瞪大眼。

「我也會寫俳句，要是你覺得寫不好，我可以幫幫你。」

城戶所長大笑完，才說：「你不愧是支廳憲兵分隊著名的人物。女性思維的俳句確實是內人寫的，至於平庸的俳句是我寫的。但你答對了一半。我們夫妻過了『看到彼此痘疤當作酒窩』的熱烈階段，沒有寫俳句餽贈對方的衝動了，會想要寫，主要是大兒子告訴我，媳婦懷孕了。希望總算來了。我們想寫些俳句給未來的孫子，戰爭帶來的辛苦與折磨，會因為新生命的誕生而沖淡，想著延續家族血脈的孫子將來到，這燃起自己的熱情。」

「這我完全認同呢！有了新生命到來，令人熱血沸騰。嬰兒是希望。」藤田憲兵收回逗熊的鐵棒，臉上卻收不住喜悅。

「藤田你笑得太誇張，你當爸爸的事大家都知道了。」三平隊長說。

「隊長，要是你結了婚，也能理解我的喜悅。這次上山，我想找什麼當作禮物送給我那一足歲的兒子，多虧哈魯牧特撿了一支大水鹿的角給我，非常美，相信大家都看到了，要是湊成一對更好，是不是呀，哈魯牧特？」

哈魯牧特受人請託，知道意思，這幾天他得努力找到另一支水鹿角。不過水鹿角多在冬季脫落，總是遺落在河谷或人跡罕至的森林，像根樹枝，得眼尖才能瞧出來，要平白無故撿到，需要運氣。

「看來，我的觀察是對的，但推理不足。這可能是我的腦子盤旋的都是愛情的影子。像我這樣單身的人沒通過愛情考驗，是無法感受到親情，也許這就叫對牛彈琴吧！」三平隊長說。

「菸抽到一半，還沒聽到你的故事，卻聽到你的孤單。」

「這可是我第一次由衷的說出感受，可見在高山，艱鉅的任務會加深彼此友誼，是吧！」

「當然，再待更久，我們也會對黑熊產生友情，對牠們訴苦。」城戶所長，見大家苦笑，才說：「三平隊長，繼續你的故事吧！」

「我這不夠好的故事，不像你的俳句能分享給孫子，我甚至找不到對象來分享這件事。一個故事願意埋藏在內心很久，久得不發芽，想必我心中的土壤太寂寞，死灰鬼灰的。這件是在小四時，一隻中型犬跑進村裡，咬死十隻雞，惹得大家要殺這隻流浪狗。這隻狗躲進我家院子，安安靜靜，不像大家說的瘋狗。我們幾個兄弟輪流餵食，只要食物足，這隻狗能乖乖待下來，不會去咬雞，會跟我們玩。狗真的是男孩的玩具。我想，城戶兄能體會我的行為，你不也想要養狗，才與祖母完成四國八十八靈場巡禮。不過這隻狗染了怪病，時常抽搐吐白沫，哀號，越來越嚴重，我們偷偷的將牠養在附近山區，輪流探望。這隻狗將死去的那天，我們四兄弟蹲在旁邊，連最小的弟弟都大膽的從墳墓偷搬來一尊地藏菩薩護佑。牠痛苦抽搐，最後惹得我拿出小刀，兄弟知道我的意思了，哭得更凶。我一刀戳進狗的喉嚨，血噴出來，牠不久死了，眼神溫柔。那是奇特感覺，我們兄弟生在窮苦家庭，常常為小事爭執，經過這次大家感情比較好。現在兩個哥哥在南洋戰場下落不明，一個在內地工作，或許我們能想起彼此的應該是那段養狗的記憶……」

「啊！這樣我知道了，這件事由你來動手好了。」

「恭敬不如從命。」

哈魯牧特沉浸在故事，卻不理解兩人最後的對話意涵，但是隨即看懂了。三平隊長說完，從槍袋抽出手槍，塞入彈匣的子彈發出金屬契合聲，上彈匣，拉動槍機上膛。這隻被逮的黑熊被視為召喚同夥的吃人獸，牠感受到死亡逼近，驚嚇怯懦，躲在樹後，拚命想逃，就在逃無所逃之際，兩聲槍響，嚇得哈魯牧特閉上眼。

哈魯牧特張開眼，看見黑熊猛力掙扎。他不確定兩發達姆彈打中哪，但是沒有一槍斃命，黑熊的胸膛濕答答，湧著血液，牠坐在地上，鼻孔翕張，嘴巴輕輕呻吟，眼眶流著淚。

這時候，納布從遠遠地方跑來，興奮大喊。「快來去看，抓到豹子，我從來沒有看過Huknav（雲豹）。」他喘氣看著大家對這大消息無動於衷，忽然嗅出空氣中的煙硝味。「你們開槍了。」

「沒錯。」

「可是牠沒有死掉，你得再開槍。」

「要省下子彈。」

「牠會很痛苦，而且不知道要痛多久。」納布說完，拿過藤田憲兵手上的鐵棍，討了城戶所長的刺刀，綁成長矛槍，才說：「你們誰來給牠一個痛快。我們布農人是不殺熊，不然我到小米豐收前都不能回到部落，我不想成為飛來飛去的鳥。」

藤田憲兵拿著長矛槍，靠近黑熊。黑熊沒有任何反抗，除了死去外，哪也去不了。藤田憲兵猛然將矛槍刺向黑熊的喉嚨，牠沒死，反而痛苦的爬起來逃，累了又躺下；他改而去刺黑熊胸膛，被熊肋骨阻隔，拔出，再刺、再刺、再刺，這對他與牠來說，都是折磨過程。

再多的創傷，黑熊都挺過了，牠不愧是山的靈魂，血液像河流般源源不絕的流出來，胸膛激烈呼吸，橫豎都不願倒下去，而且牠站起來，用人的姿態，冷冷看人，要令大家感到脊冷。

哈魯牧特奪下長矛槍，朝黑熊衝過去，刺透牠的胸膛。

黑熊靠在鐵杉，終於死了。

牠流下眼淚，站立而死，睜眼看人。

哈魯牧特知道，黑熊睜眼死去，不是看人，是等朋友。

依照布農傳說，黑熊與雲豹是好友，就像山與雲的關係。

祖父嘎嘎浪說過黑熊與雲豹的故事：某天，這兩隻好朋友的動物，為彼此身體彩繪。黑熊喜歡雲霓、星光與火焰三種色，尤其鍾情火焰，牠去布農家的三石灶偷，前肢捧著火焰走路，有些掉在地上，造成森林大火。黑熊撈回幾朵，幫雲豹完成彩繪，累得睡著。輪到雲豹替黑熊上色了，牠很頑皮，到處找顏色，使用森林大火後的黑灰塗抹。黑熊醒來後氣炸了，認為自己竭力為雲豹彩繪，卻換得烏漆抹黑的下場，絕不饒了對方。雲豹很愧疚，從此獵得山羌後，將好吃的內臟與前肢留在現場，給追來討公道的黑熊吃。

「從今以後，凡是黑熊落難時。」嘎嘎浪朝三石灶丟了根木頭，對五歲的雙胞胎說，「小心，雲豹就在附近，跟來解救。」

「那黑熊會不會原諒雲豹？」小哈魯牧特問。

「那是不可能的，因為雲豹只會獵山羌，不會獵山豬，殺山豬道歉才是和解的開始。」嘎嘎浪笑得大聲，他將布農族殺豬和解的文化融入故事，卻令兩個孫子糊塗不已。

雲豹，擁有雲彩、火焰的神祕動物。牠就算蹲在前方，你也看不到，不是隱形，而是融入茂密森林，唯有用上卑鄙的陷阱才能將牠拽出來。如今哈魯牧特看見雲豹時，難免想到嘎嘎浪所說的布農傳說。牠的出現，使所有的布農傳說不再是精神冥想式神話，而是強烈跟土地連結。這隻雲豹掉入鋼絲陷阱，可能從多肥皀樹溪流域爬上來，被罹難者屍臭吸引。牠優雅，身上有明顯的雲斑，每個迴異，修長身形之後延伸出八十公分長的尾巴，憤怒時它像眼鏡蛇竄動，安靜時它是指揮棒悠閒的指揮風流動。千不該、萬不該，不該殺死黑熊之後，來了雲豹，這使哈魯牧特相信，雲豹是趕來救黑熊的，但為時已晚。

「我的故事給黑熊用完了。」三平隊長說，「這隻由你來決定。」

「我的故事還沒有想到，要是想到什麼，就是我剛歷經一場恐怖的經驗，像是殺了一個想活下去的黑人。我心中不斷念佛號，希望黑熊獲得平靜。」城戶所長說。

「既然你們這麼苦惱，這隻高砂豹由我來處理。」納布說。

「不行，這隻高砂豹是我的。」哈魯牧特嚴正的說。

他提起勇氣去搶，並訝異自己的勇敢來得又快又狠，不搶就慢了，因為納布要雲豹皮。比起黑熊，獵取雲豹沒什麼禁忌，誰獲得牠的皮毛，亦獲得族人的目光。這隻大約十八公斤的雲豹，頂多做一件披肩與帽子，但是皮毛上的雲斑是發光星辰，將夜空銀河攬掛身上般，是榮耀象徵，誰擁有就能把自己鏽蝕斑斑的人生擦亮了。

「我可用五條山豬跟你換。」納布提出條件。

「不行，」哈魯牧特更執著，「這隻豹子就是我的。」

納布冷冷看著，忽然懂道理，他為什麼要跟哈魯牧特談條件，這陷阱是他布置的，獵物也是他發現的，他沒有理由委屈，「你有什麼能力拿到牠？」

「我殺死了黑熊。」

「那有什麼了不起，殺黑熊憑什麼能得到豹子。」

「殺了黑熊，在小米豐收之前都不能回家，這不是代價嗎？」哈魯牧特轉頭對城戶所長，說：「這隻高砂豹是我的，好嗎？」

「這可以。」

沉默數秒後，納布按捺不住情緒，對城戶所長抱怨。似乎積怨數日，才敢對警察頂嘴，他說上山搜索是出於義務，沒有領半毛錢，但有人領錢。哈魯牧特很快聽懂那些碎碎亂亂的言詞，終於釐清，有領錢的是他自己，他確實是為了這筆錢上山，悉數給海努南的家屬，好給那黯淡家屋的小小補償。這是他能做的實質意義。城戶所長這才坦承，全隊唯獨哈魯牧特有支薪，是他動用駐在所的特別零用金。

「那這樣更好，這豹子是給我的支薪。」納布要拿回權益，接著轉頭對哈魯牧特說：「你這個整年逃到山下去讀書的人，雲豹對你沒意義。」

「豹子是我的。」

「你失去自己的部落，失去自己的信仰，憑什麼跟我講話。」

「我這個吉斯巴買（廢物）也可以獲得自想要的東西，總之這隻豹子是我的了。」

「你承認自己是吉斯巴買，就不配穿上豹子做的衣服。」

「我沒有要殺牠，我要放牠走。」

「你敢。」

納布趨前，揪著哈魯牧特的領子拉扯。哈魯牧特劣居下風，消極抵抗，用手頂開，最後摔在地上，被人跨坐在胸前，用手摀著頭，隔開對方的猛揮拳，有幾次臉頰痛吃幾拳，他閉眼受罵，聽納布笑他是穿男人皮、體內卻裝著女人鬼魂的傢伙，現在卻假裝獵人跟他搶東西。

哈魯牧特沒抵抗，默默承受，被數落是伊斯坦大家族的恥辱，被指責是失敗的布農人、受詛咒的雙胞胎。這些無盡的錯誤扎在他身上。他可以接納，願意承受，包括挨打，在很多夜裡他常認為自己是廢物而痛哭。可是當納布罵起嘎嘎浪也是吉斯巴買，沒勇氣將雙胞胎在出生後就殺死，這激怒了哈魯牧特，跳起來回擊，為祖父反抗。嘎嘎浪保護自己的孫子，努力對抗日本的蠻幹政策，戮力保護家族，他懦弱的孫子不能沉默。

「停，你們這兩個混蛋，不要打了。」城戶所長阻止，他的眼鏡在混亂中被打飛了，俯身撿的時候，他聽到了什麼，一種細微低沉的聲響，快速的朝這邊飛來。他掛上眼鏡，凝視天空，說：「你們聽……」

有什麼恐怖的飛獸來了，咆哮著，排山倒海，越來越近。

兩人打架，往往得耗上一群人解圍。除了城戶所長，沒有人在聽，氣得他大喊：「停，注意聽。」

咻，巨獸來臨，刨出了雷聲。

大家終於聽到了。一道尖銳的聲響刷過稜線上方，時速近四百公里，樹木震動，空氣中殘留發動機的煙味。現場靜下來，仰看一架美軍地獄貓戰機飛過，它拉高，要出著名的英麥曼迴旋

（Immelmann turn），這種半翻滾與半觔斗的纏鬥技術能痛擊敵機，如今在沒有宿敵的藍天割開一線銀光。天際遠處，還有一架PBM-5水上搜救機，大範圍偵搜。美軍海空搜救隊來了。藤田憲兵興奮的跑到稜線草原，那裡的小水池倒映藍天，也倒映出他大喊任務順利的姿態，隨後跟來的人脫帽致敬。哈魯牧特踩進小水池，倒影皺了，水滲進鞋裡，如他此刻慌亂的心緒，只有他知道為什麼飛機會來，是他啟動「吉布森女孩」系統，促使美軍從停泊太平洋的航空母艦起飛，來到中央山脈巡邏。

這時再度逼近的戰機，將座艙窗拉開，戴皮盔與風鏡的飛行員比出拇指，扔下一個小型的物體，露出首位駕機橫越大西洋者的林白笑臉，機腹的防撞燈以摩斯密碼閃出午安（kon ni chi wa）。地面隊員高舉雙手，大喊萬歲，第一次看到活體美國人卻不像傳說中的野獸，是人類。雙方目光接觸非常短，不是敵對，是友善，像慶祝二戰結束。哈魯牧特在灌木叢撿到飛行員扔下的史坦利牌真空熱水罐，奮力打開，咖啡香飄出來，隊員沒有喝過那麼美味、比水鹿尿池更深褐的苦茶，值得再喊萬歲。

半小時後，哈魯牧特身在多肥皂樹溪流域的箭竹叢，傘狀鐵杉外，他覷見一架美國陸航隊的B17搜救機在天際盤桓，迴盪著萊特旋風型引擎的低沉響。這會是今日最後一次看到搜救機，它兜圈子偵察，忽而聲近，倏忽遠杳，蒙皮偶爾折射日光，惹得哈魯牧特不斷在風滾撩亂的竹林抬頭瞧。他萌生恍惚感，這種光度，軟乎乎，夢酥酥，自己是身在海底而仰看像是鯨魚沉吟的飛機。事實也是這樣，箭竹叢是高兩公尺的遼闊海草，他在海草間游移，浮滿光斑，不見景致變化，卻處處聞到很濃的動物騷羶。

竹林到處是排遺，新鮮的光亮，舊的灰漬，從形狀呈現主人身分。一顆顆山豬糞便頗大的；山羊的堆成一大堆，都很小粒；邊走邊拉的水鹿糞是一小堆一小堆綿延，四月剛長角的公鹿，糞便較圓大，有層油彩膜，就此留給獵人追捕的線索，而含油量的水鹿糞在求生時可烤來吃，哈魯牧特在成年禮的訓練吃過後就對它絕緣；雜食的黑熊糞便像人類的，條狀，不臭，有著大量主食的種子與植物纖維的發酵味，不像山豬的很臭。雲豹的糞便是怎樣的呢？哈魯牧特想，牠會為地平線留下什麼符號，這是布農人甚少討論過的動物線索。他盤算，心裡有投射對象，尋尋覓覓，終於將懷疑關注在一坨帶粗毛碎骨的糞便，它很新鮮，能想像它是擠壓哪些小獸的殘骸。這會是那隻雲豹的？牠爬上多肥皂樹溪的支流前，或許在此磨蹭，遲疑過，優雅過，以筋結疏朗的皮毛呼應幾朵浮過的流雲，終於留下排泄物。

那隻雲豹是他的了，一隻走在現實與夢境潮間帶的傳說之獸，誰都覬覦牠的華麗雲紋。哈魯牧特與納布為牠打架，一個想要活的，一個要死的。城戶所長仲裁，殺了雲豹，皮毛一人一半。哈魯牧特不肯，他要全部的牠，他索求的榮耀是牠活下來，一人一半牠就死了。雲豹最後判給了哈魯牧特，彌補他殺死黑熊的代價，卻惹怒了納布。可要是這隻雲豹不讓人靠近，動輒用利牙警告，哈魯牧特只好任牠被鋼絲綁著，自己離開稜線，往多肥皂樹溪谷移動，完成今日的任務，處理那具暴露山谷的遺體。

那坨看似雲豹的排遺，新鮮潮濕，裡頭的毛髮可能是山羌的。這時他也有便意，卸下背包，感到肩膀奔活了，解開皮帶蹲下就被薊草扎到，大地跟他的屁股打招呼。這幾天在高山營地上廁所是苦差事，基於衛生，挖小坑埋糞便，往往挖到別人用過的，後來他建議用過的小坑插一根箭竹標示才解決。現在他獨自在竹林拉屎真好，看著菊科的棉絮飄動，裹著光膜，無聲浮著，像水母。這些棉絮出自哪種植物？他想，箭竹叢下只看到黐白草、龍膽與臺灣藜蘆，它們對風沒有貢獻任何令人遐想的棉絮。就在這時候，他才注意到在天空盤桓許久的B17搜救機再也沒聲響，美機什麼痕跡都帶走了，徒留天藍冷冷。飛機是他呼喚來的，最終將求救訊號判定為誤啟而離開。飛機不見了，他有點莫名感傷，那種內疚淡淡的刻在心上，也知道湯瑪士會為救兵的消失而更沮喪。他上好廁所，用箭竹桿刮乾淨肛門，在地上留下一坨他永遠不回頭尋找的排遺。

今天迷路，但方向是對的，溪溝應該就在前方。他沒遇到昨天的鬼櫟，沒遇到大鐵杉，箭竹海彷彿隨著幾陣風就把路徑掃光了。卻在半小時後，來到一片杜鵑地，高株成林。地面很有彈性，這是杜鵑根系鑽延密布，腐植分解而產生的空隙蓬鬆。他躺在上頭，叼杜鵑花，覺得自己是趕上花季尾巴了。金毛杜鵑過了轟轟烈烈開花的春日，秋花零星，飄染微香，常有山風，偶有昆蟲採蜜，要是牠們有美感的話會跟哈魯牧特席地，共享一段時光。哈魯牧特在這吃了點餅乾與半罐的飛機救援水，把空罐扔到樹叢之際，注意到杜鵑葉面的絨毛反光。白絨毛敷著光層，柔柔密密，摸起來很棒，略有蜜潤感，他為此失神多摸，使得手上有葉腺的黏液，那更像是摸到男性運動後的臉頰寒毛，他知道又想到誰了，在情緒潰守前轉頭離開。他知道花季結束之後，冬天要來了，真怕什麼都忘了。

昨日見到的鬼櫟還是沒遇到，注定遇不到了，他沒忘記，就是找不到，它這樣就消失了。而袖口卻沾了鬼督郵的果實，它又是怎麼來的？這世界總有什麼鬼鬼祟祟的瑣物爬上心頭。

他推開一根根箭竹林，又是荒涼無邊的風景。

難道，這秋季要結束了？他想。

現在是下午三點，你在想什麼
你在幹什麼，躺在天空看人間嗎？
在高山與河源的交界

在你留下的半邊世界裡
鐵杉、鬼櫟與箭竹海
富有朝氣的舒湧
而你遺忘的杜鵑
我也要遺忘在森林
那代表，花季會入夢成為我們的詩魂

下午四點，陽光被山頭遮去，哈魯牧特從凸岩上方垂降，與湯瑪士碰頭。他前往凸岩過程，早就看見湯瑪士急切等待，盤算如何圓謊，為此謀算很深。圓謊是慢性中毒，一步步走向敗德，再加上海努南之死已強烈腐蝕內心，總是整夜輾轉反側的芒刺，總是鋒利回想後的再次割傷。他的染上「無法釋懷」的病，每個細胞核都被這種病毒侵入。他聽過漢藥「以毒攻毒」，以更強毒藥，掩蓋目前身體的病毒。他知道他現在就是走上這條路了。

當哈魯牧特垂降到凸岩，夠累了，手上有了滑下繩索的磨傷水泡。他害怕看到湯瑪士的強烈回應，卻沒有，只有一點點的渴切，幾乎是溫馴的狗看見陌生人那樣好奇。哈魯牧特秀出手掌水泡與手臂傷口，沒有說話，無聲的呈現他多麼努力才來到這，再卸下背包，背包外掛一個美軍胸式降落傘。傘布提供今晚無帳野營的保暖被。

湯瑪士爬過來，努力搜東西，他要吃的，有菸抽也行。幾粒鬼櫟從哈魯牧特的背包滾出來，三、四個挨著，外層由厚實的鱗片包裹起來。湯瑪士的牙齦發炎浮腫，昨日咬了哈魯牧特送的鬼櫟，牙縫滲血，硬殼讓他得有黑熊牙齒才行，不料他今天又看到噩夢果實。最後湯瑪士找到用紙包裹的飯糰，兩三口吃乾淨，才抽起了曙牌香菸，手抖著上火，抽得吱吱喳喳響。

「我們需要一些希望。」哈魯牧特說。

「希望，然後呢？」湯瑪士吐煙，原本臉上的棺材氣息漸漸褪了，說：「這煙像是嚼又硬又乾、又讓人老二報廢的瘧滌平[49]，還是鴻運（Lucky Strike）順口，但是抽了它也不會好運來臨。」

「你可以講簡單的英文，這樣可以溝通。」

「這是爽爆（fucking）的好物。」他舉起菸。

「他媽的（fucking）？」

「是的，非常（fucking）有希望的菸。」

「是的，夜來了，火是最好的希望。」哈魯牧特從背包拿出松木瘤，以刀削成有著類似五花肉油質的木片當作火種，飄散雅香。落日餘光就要消失了，在地景朦朧的轉褪之際，森林遞來三疊鳥囀、兩串鹿鳴，三三兩兩的傳來，只要耗上一根火柴便迸亮火種，柴火響不停，篝火擺不停。火光拉近哈魯牧特與湯瑪士之間的隔閡，他們不顧言語，專心顧火，顧著煮晚餐。天色稠黑得嚇人，許多漫漶的線條得逼近火焰才能看見，照得兩人的臉龐與心事，看起來就像軍事鍋才煮好了玉米飯般糊糊的。玉米飯是布農狩獵的主食，用乾玉米磨成粉狀煮稠，稱為噹噹（dangdang），摻點燻肉乾與豬油。

這是湯瑪士七天來第一次吃到熱食，要不是太燙，又受限於拿著文明工具的湯匙，他會直接拿起鍋子仰盡。每口粥飯來自陽光與露水的精華，涓涓蜜潤，湯瑪士簡直像是喝下一片豐饒玉米田的光景，臉光燦爛。他吃完，反覆舔鬍碴，用髒黑的手指伸進鍋底摳，不放過指甲縫的殘餚，軍鍋內緣的那圈焦渣也沒了，被他用舌頭洗乾淨了。然後哈魯牧特架起烤架，把臭鹹魚放上去，將鬼櫟與稀子蕨的芽苞丟進去火堆加熱。

「這叫帕辛骨利，某種橡果實，動物們都喜歡，包括布農人。」哈魯牧特又扔進一顆鬼櫟。

「布農人？」

「是的，我可以花一條河一樣的漫長時間跟你解釋，什麼是布農人。但是河會轉彎，那是最難解說的地方，連布農人都很難說明白，為什麼自己的生命像河流一樣擺動，停不下來。這或許就是布農人不喜歡靠近水的原因，思考太久，太多的無解會溺死自己。」

「我想不用解釋了。」

「為何？」

「你就是布農人，不願意簡化自己，說起來就難了。」

「美國人怎麼想自己？」

「美國人很少思考自己的，都是別人在想美國人是怎樣的人。」湯瑪士淡淡的說，「你怎麼想像美國人的？」

在日本人眼中，美國人暴虐無道，是惡魔，是畜生，稱為「鬼畜」。他們被形容為樹獺，體毛很長，有著像老鷹嘴的尖銳鼻子，體型大卻是窩囊廢。傳說這惡魔在戰爭末期會無情殺人，強暴婦女，在男俘虜的嘴裡塞手榴彈。哈魯牧特看過美國人，那是太平洋戰爭中期的事，滿城居民被要求到街上集合，拿到慶典的紅豆包，卻不是慶祝日軍又攻占哪個城市，是觀看外國戰俘從下船的花蓮港踱步經過市區。兩百多名戰俘一縱隊走，皮鞋綻開，衣褲的關節處破爛，神情恍惚的低頭提行李，像是

49 atabrine，二戰時期美軍治療瘧疾的藥品，丸狀。謠傳吃了會不孕，導致士兵拒服。

從戰場淘汰的雜耍團。居民指指點點的說，美國駐菲律賓的司令溫萊特少將和香港總督楊慕琦都躲在戰俘堆。「看呀！就是那隻最瘦的樹獺猴子。」有人大聲說。

現在哈魯牧特想著，美國人是什麼？他們跟《我的奮鬥》的希特勒照片有相同的陌生臉，深目高鼻。而眼前的長滿落腮鬍的湯瑪士，只不過把希特勒鼻下的那撮「衛生鬍」貼滿了整張臉，他無法分辨外國人的臉哪有不同，更何況去描述美國人，這使得他只能說：

「你的假眼睛好奇怪，有點綠色。」

湯瑪士停頓，思索著，才說：「你的眼睛也很假。」

「你的假鼻子好像假的。」

「你的比較像。」

「你的臉頰好窄，看起來很假，像是溺死在機油裡的納豆。」

「你的也是。」

「你的紅頭髮有點奇怪，看起來很假。」

「你的才太黑，看起來像是黏死在瓶蓋上的馬麥醬。」

「你的假眼睛好假，有點綠綠的哇沙米。」哈魯牧特又把話題繞回原點，他知道自己講急了就亂用文法，而且錯得十分順口。「你的假眼睛很真實。」

「哼！你這不懂的傢伙，這叫『薊眼』，我的媽媽是蘇格蘭人，眸色來自她的遺傳。」湯瑪士從裹身的白色傘衣伸出手，指頭有魔法似，指哪，哪都有一簇薊草，從頭頂岩縫、腳下崖隙、旱溪石溝，到遠處的森林邊緣瘠地，湯瑪士最後將手指縮到眼邊，又說：「這裡到處是薊草，包括我的眼睛。」

薊草四處生殖，謙遜匍匐，葉片卻渾是尖，靠小小的傷人被記得。湯瑪士指的是玉山薊草，凡高海拔的惡地都有，布農人叫tangusak。布農人吃嫩芯治腹瀉，這說明高山狩獵的環境與飲食惡劣，往往腸胃不適，需要植物治療。哈魯牧特記得祖父說過一個笑話，有個獵人夜急在野地腹瀉，蹲下被戳痛，以為是祖靈暗示此地不宜汙染，叫屁股挪去他山，結果這傢伙蹲了八十幾次、憋過四座山，忍不住要將指頭塞進屁眼阻止悲劇，結果腹瀉好了。獵人回頭取火看，才發現是滿山的薊草戳人，認定它可以治療腹瀉。

哈魯牧特想到這笑了。這惹得湯瑪士語帶敵意，問他笑什麼。哈魯牧特笑得更大聲，他想到自己屁股還留下薊草刮痕，沾到汗就疼。這種挺著尖刺的草在哪都惹人厭，總是逗留在險惡之處，休怪給人難堪。你顧忌的找上攀的岩盤時又被螫，休息時頻頻回顧才坐下，又冷不防被扎穿褲子，又這樣、又那樣的被刺傷，它們多得成為植物垃圾。

「我不喜歡你的笑聲，很人工。」湯瑪士強調。

「你的假眼睛好奇怪，有點綠色。」哈魯牧特認真看，「我想知道，裡頭怎麼會有六魂草（sixsoul）？」

「薊草（thistle）。」

「哪六魂？」

「不是六魂草們（sixsouls），是薊草。」

「我現在知道是薊草。但是，薊草，你知道我的意思的，長滿刺的植物怎麼會躲在你的眼睛裡？」

湯瑪士啃著右手中指，那裡的甲皺襞長尖刺，某種環境壓力與高山寒冷形成的指甲逆剝。他反覆啃咬，造成腫痛的甲溝炎，不啃難以緩解情緒，說：「傳說像是刺，不信就拔出來，你信就反而會用手牢牢的扎進心裡。」「你的手指又紅又腫，是被刺傷？看起來很假。」「你的看起來也是假的。」「好了，繼續講你眼睛裡有六……薊草。」哈魯牧特要湯瑪士回到主題。但湯瑪士不急於說話，嘴巴像汙水裡的鯰魚般強悍呼吸，咬著唇上乾裂的皮絲，使嘴皮淌血，等待自己冷冷目光從狼藉的髒臉中殺個對方打顫，才說：我爸爸常講，他祖父是蘇格蘭人，這位英雄在賓州打南北戰爭，而不是像色胚、小偷或無賴來騙到軍餉後逃跑，他在泥濘的惡地裡，用長槍刺刀近距離廝殺，殺人像殺第一個人般恐怖，後來殺人就跟幹婊子般夠勁；而傷兵在病院被醫生以屠夫式的在砧板上截肢，活著沒有比死去更好，戰後每天有殘兵自殺。他最後成了一隻腳殘廢的歸鄉戰士，緩解疼痛最好的方式是拎著一瓶波本威士忌，在人前炫耀他跟李將軍抽過雪茄，在人後則荒涼得有幾次將打破的空罐試著往自己的心臟靠近。

湯瑪士靠過去，秀出微綠瞳仁，說：「那老英雄沒有自殺，就是憑著薊草精神。這是我被俘虜時了解的，日本警察逼情報，會把你的眼睛蒙著、在逼你下跪的頸部比劃恐嚇，像澳洲飛行員喬治上尉被砍的場景。我沒有被殺，在戰俘營抽著用曬乾的馬鈴薯皮自製的香菸，給自己種菜，活吃菜蟲補充營養。自己抓蝨子吃下去，牠們沿著衣服縫線產下一排卵，我用牙嗑爛。我活下來了，包括在這冷得全世界都發抖的地方，這就是薊草精神，就連他媽的鬼地方都有薊草，這世界如果連戰爭都殺不了你，就像我曾祖父那樣，那你絕對能活下來。好吧！薊草精神是曾有敵人要攻擊蘇格蘭城堡，當他們通過滿滿的薊草叢，發出哀號，這聲音提醒敵人來犯，出城迎戰。薊草帶刺由來，是將耶穌固定在十字架的釘子，埋在荒野後長出薊草。蘇格蘭知道這點，和敵人在薊草叢作戰，不只敵人被刺，自己也會被刺，但他們不怕，當薊草刺了蘇格蘭人，當贖罪的釘子掉進他們眼裡，他們能睜著流血的眼睛作戰；同樣釘子刺入敵人眼睛，搗著敗逃。從此他們的眼睛有刺，是綠色，對敵人是恫嚇。」

「你能用簡單的英文講嗎？」

「這哪門子，為什麼要我講出蹩腳的英文給你聽？」湯瑪士深深吸口氣，吃了布農零食——烤過的稀子蕨芽苞，心緒溫緩，說：「來點威士忌，這會是我們共通的語言。」

「我們共通語言太少了，共處的時光可以很多。」

「這樣的時光很帶刺，跟臭婊子一樣。」

「誰是婊子？」

「我在發牢騷，你應該懂的，聽起來跟什麼很像。」湯瑪士往後頭的山壁靠過去，說：「哈魯牧特，你的名字很怪，有什麼意思？」

「跟軟木塞有關，這是製造它的樹木，我喜歡這名字。」

「威士忌少不了軟木塞，這是好姓氏。」

「它比酒還要老，不是嗎？沒有軟木塞比酒年輕的。這名字在森林，卻永遠沒有離開過人們。」

「這怎麼說？」

「森林是個夢，你知道的，布農人的夢占。」哈魯牧特說。他英文不會好到像滾石下坡，用布農與日語來補充。他說，植物眷顧了山川，形成濃密繁複的多樣性生態，動物也受庇蔭。千年來，布農人研究出不同的植物藥性與食用性，拯救他們的靈魂與身體，卻也只是挖掘了森林的十分之一潛力。十分之九的森林祕密，像夢境，而橡樹是夢境裡最會說話的樹木，以落果發出各種說話聲，像havutaz（青剛櫟）瞬間落太多像雨聲；松鴉老是把liduh（長尾栲）啃出像餅乾的脆裂聲；松鼠叼著

kalkalaz（杏葉石櫟）急促越過落葉而暴露歡快心情；小孩將成串像是巧克力的lukisbabu（大葉石櫟）拆下，當陀螺轉動而發出嗡嗡聲。其中batingul（鬼櫟）最受歡迎，在它層層覆瓦鱗狀包裹的殼斗內藏著美味的堅果，在成熟季節，樹叢蹭著十幾對眼睛，賊亮亮，囓齒喧譁，拿彈弓拽下一隻飛鼠，樹上其他貪婪的眼睛還不肯離去；鬼櫟在黑熊嘴裡滾動得更吵，「同樣在你嘴裡獲得讚美。」哈魯牧特從袋裡又掏出昨日摘的鬼櫟，扔進火舌裡，濺出一簇火星，說：「大部分的橡果實都會產生聲音，除了哈魯牧特（栓皮櫟）之外，它總是沉默徘徊，我祖父才給我這名字。」

「等等，我聽不懂你講什麼鬼話，你講好多日文嗎？」

「有嗎？」

「我聽到你講チョコレ̃ト（巧克力）。我保證，我聽到，包括你剛講過的納豆與哇沙米都是日文。戰爭結束，美國戰機丟下很多食物、牙膏、咖啡與糖果到戰俘營，多到每天拿來打雪仗亂丟，我們拿巧克力給附近的日本小孩，他們都喊チョコレ̃ト。」

「你是他媽的認真的嗎？告訴我，你在開玩笑，我很認真看這件事，這是布農的地盤，我講布農話是一種禮貌。」

「當然，我是喉嚨有點不舒服。」

「你可以咬碎指甲吃下去，可以治療喉嚨痛，這是布農療法。」

「我啃的手指腫得像pepperoni（義大利辣味香腸），沒有治療好任何病，我頭痛喉嚨腫，但是我要是不咬，心病得很。」

「是啃指甲，不是啃手指，這連嬰兒都知道的。」

「我不喜歡栓皮櫟，我剛剛啃過，我保證它難吃得像日本人認為能治病的大紅酸梅，他們甚至把一顆紅漬酸梅放大後，畫在白旗上膜拜，小日本都是酸梅文化。」

「今話の気持ちがありません（我不喜歡你講話的口氣）？」

「你講日文嗎？」

「這是布農的地盤。」

「讓我們回到哈魯牧特的話題。」湯瑪士說。

「傳說，所有樹木都走到布農家，跳進火堆燃燒。自從一位偷懶又愛睡懶覺的婦人，被進門的樹木吵醒，便對它們大罵，越罵越凶，最後樹木全部逃開再也不願意走進布農家了。」哈魯牧特朝篝火丟了松木，不久冒起火焰與馨香，他聽火焰在飽含樹脂的松木上吱吱喳喳的跳躍聲，才說：「那些樹木被婦人罵，想到自己幹麼奉獻給火，該逃才行。鹽巴樹跑得冒汗，身子乾了後堆著鹽巴，布農人要吃鹽去找它的汗垢。櫸木逃到懸崖，取它當梁木要注意危險。山漆樹跑太急，壓死了有毒蟾蜍，從此樹幹流白汁，惹人癢。松樹與檜木往高山跑，而口渴的鐵杉喝太多水而難燒；肥皂樹跑到山下，躲在漢人雜貨店碰到肥皂，可用它消毒。你知道，唯有栓皮櫟遲遲不願離開布農人，它在家屋附近徘徊，最後穿上了厚重防火衣靠近三石灶，這樣既可以和布農人做朋友，又不會被燒傷。從此布農人新啟的三石灶，得燃燒栓皮櫟。」

「你們只是用故事，講述植物的功能，這是某種教育傳遞。」

「不僅僅是這樣的。你懂植物嗎？」

「榿木。」湯瑪士看著凸岩上方的那株赤楊樹，「一個牛仔要喝過馬蹄印裡的水，用兩坨野牛糞煮餐，也要懂得榿木是燒火的好木柴。」

「Alnus（榿木），原來這是你的名字。」哈魯牧特若有所思。

「沒錯。」

「一種普通的美國樹。」

「不，你不懂，美國人永遠不懂它的意義，只會拿來燃燒。」

「它有故事嗎？」

「有，多到我無法忘記。」哈魯牧特突然眼眶紅潤，這種樹跟海努南息息相關，永不分離。

「說出來比較好。」

「不認識楷木，會被當作愚蠢或懶惰的布農人，它是靈魂之樹。」哈魯牧特說，「布農小孩最先認識的樹是楷木，它是改變土地的關鍵。當坡地的小米田不再豐收，布農人會將楷木苗種在那，把土地養肥。楷木可以當水管，剖半鑿出水路，比竹管不易腐朽。楷木可以當家屋的橫梁，可以當祭儀木柴，老人可以教導子孫應該像楷木一樣正直。」

「充滿教育意義。」

「那絕對是充滿情感。所以，漢堡只是單純的填飽肚子，而薊草只是帶刺的植物？」哈魯牧特凝視火光，在破碎的英文中摻著布農語、日語，他描述植物是有情緒的，一株千年的檜木會記憶著很多故事，而人生短暫又暴躁。他祖父依照布農，將剛出生的哈魯牧特丟棄在山野，因為他是雙胞胎中，嬰兒奶香較淡的，惡魔比較喜歡，卻在荒野中救了迷路的祖父。哈魯牧特，一種被罵了仍遲遲不願離開的樹，一位被遺棄卻回頭拯救人的嬰兒。這值得他祖父違反禁忌，帶回他，撫養他，教育他，給他哈魯牧特的這種樹名。

「夜深了，我們說些與工作（work）無關的話。」

「走（walk）什麼？」

「我的意思是你老是將談話當成工作；而你的英文再怎麼俐落，遇到真正的美國人都容易聽錯。」湯瑪士覺得疲憊了，「我們談了很久，夜深了。」

夜深了，哈魯牧特望向黑夜，無邊無際的濃稠。遠方有聲，忽近忽遠，有的像獵人吹奏箭竹製笛子、吸引山羌的鳴吟響。有的像是lahlah的空空撞擊聲，那是將幾片豬肩骨的末端穿孔，以藤串起而成，搖響用以祈求豐年。又或許是某生物的鳴囀，森林總會編織一部混音交響曲，一群水鹿聳著肩胛骨經過松林的皮毛摩擦，一隻灰林鴞從棲息的香杉撲向鼠類的衝撞，荒涼之風再度翻閱一萬根箭竹的浪音，千年扁柏的樹幹在風中顫顫吟哦，偶爾有鶇屬鳥類孤鳴，搭配松雀鷹從巢穴吐出食繭的聲響。森林之夜，從未真正靜謐，瀰漫多重宇宙的混音藝術，彷彿是受某位森林智者的指揮，那會不會是上帝自己在這座大自然的教堂彈奏管風琴。哈魯牧特想，並凝觀黑夜，要是累了，聽不透音律，就回頭凝視柴堆冒出來的火焰，這是百看不厭的電影，演員就是美妙身段的火舞者，源源不絕，曼妙迷人，這齣戲碼從人類幾萬年前發現火就開始上演，每夜都有新戲碼，有心事的人可以看整夜。

「你快睡著了？」湯瑪士問。

「睡吧！睡著的人不會逃跑的，我哪也去不了。」他朝火裡丟木頭，他不願再多些心事了，要的是溫暖，「天亮後，你說說你的故事。我想知道你怎樣來到這山上。」

現在是深夜，你在想什麼？
在碎夢的邊緣
出現海浪的翻覆聲
生病的浪，不斷想爬上岸休息

我得阻止她們登陸
深怕，浪花失去呼吸，
死成寧靜的虞美人草花海

天亮之際，東方微曦還深埋在雲層。霧濕森林，風景還是水彩調性，白眉林鴝的歌聲圓潤，從巒大花楸飛唱到紅榨槭。哈魯牧特整晚多次醒來，其中兩次夢見雲豹無聲無息的走來凝視，臉龐被牠的長鬚輕輕劃過，像某種液體滑過。然後他流淚醒來，看著湯瑪士凝視他，兩人沒開口。深山鶯飆高音的叫聲這時傳來了，有著令人窒息式的啼叫，這使兩人像是心弦拉壞的小提琴手，哈魯牧特就這樣起身把鳥趕走了。深山鶯離去，驚落了一片赤楊葉，飄落篝火裡。再添柴，篝火不絕，像他們起床後的話題。

「這裡的鳥真是他媽的可愛。」湯瑪士豎起耳朵，「牠會講英文，Nice to meet you, to meet you.」那是冠羽畫眉獨特叫聲，體型短肥，鳴叫在清晨空氣裡傳得好遠。

「是你教會的，你是這裡唯一的美國人。」

「你很懂得美式幽默。但是，昨夜的美式幽默在夜裡常常醒來，試著要殺掉你。」

哈魯牧特笑了，「很幽默，殺了我不難，難的是你要跟屍體相處很久。你知道的，沉默的屍體沒有口臭，只有更難聞的屍臭。」

「屍體是好話題，就拿出來談談吧。我第一次看到死人，是在帛琉的安加爾島。」湯瑪士打開話匣子，「他是小日本兵（Japs），很年輕，跟你很像。」

「這又是一天。」

「我知道，我們還活者，而你昨晚沒逃跑。」

「我不會在晚上跑的，那是動物的行為，夜晚應該是跟夢打交道的時刻，你昨晚作了什麼夢？」哈魯牧特可以幫對方夢占。

「夢到安加爾島。」湯瑪士停頓之後，才說，一九四四年秋天是選舉年，他在安加爾島沙灘椰樹下的票匭，把票投給了又老又病的羅斯福總統。持卡賓槍監票的哨兵戲謔說：「投FDR[50]的都像便祕者在廁所裡奮戰，不像陸戰隊搶灘頭。」那年秋天，美軍陸戰隊花了兩個月才搶下帛琉島鏈。島上有千年的鳥糞磷酸鹽礦，早期開採的蜂窩狀坑洞，成了日軍躲避與襲擊的防禦工事。陸戰隊久攻不下，用火焰槍與炸彈消耗坑內的氧氣，再用推土機把裡頭無數的日軍活埋。之後他們這些陸軍航空隊才開飛機降落在安加爾的機場，混亂的吃K1口糧慶祝。熱帶島嶼果然不同凡響，珊瑚礁、濕熱海風、腐爛厚植被，身上有種撕不掉的鹽溽味。陸地到處有可愛動物，牠們沒有向美國繳稅，連蛇都可愛得沒有毒，除了日軍。那時島上還躲藏著日軍，他們又瘦又小，像發育不良的猴子，伺機狙擊。有天夜裡槍聲大作，哨兵對偷襲的日軍回擊，金字塔式帳篷內的美軍騷動，空氣中有著消滅蚊蟲的DDT味道。第二天早上，大家去觀賞屍體，他躺在水灘邊，身體被自己引爆的手榴彈炸爛，深褐色內臟從肚子噴出來，可以看到些微的黃色脂肪；他斷裂的右臂露出尖銳骨頭，剩下些微的皮肉相連，死亡是殘酷展示肉體的舞臺，飢餓是控制他的惡魔。日本兵不是狙擊手，是來偷食物，身邊散落二十幾個罐頭，不成便自殺。幾個美國大兵各自揶揄或冷笑的說，日軍剩兩條路，要嘛玉碎，要嘛投降後被關在堆滿罐頭的瓦楞鐵圓拱屋，吃到撐死。

50 羅斯福總統的英文縮寫。

湯瑪士又說，他很靠近死亡，飛訓時墜機而死的事件常聽見，但是太平洋戰場上更常聽見，被戰車履帶輾成肉醬的、在碉堡集體自殺的、被火焰槍燒焦的日軍，或者過一段時間被發現的腫脹屍體沾滿蒼蠅，臉部浮腫，但牙齒總是露出嘴唇。他都只是聽過，那次是真的看見屍體。偷食物的日本兵破爛得像打開的牛肉罐頭，肉塊湯湯水水。這是湯瑪士第一次近距離看到死人，死者年輕，不到二十歲。日本兵趴在地上，鼻孔塞滿了泥沙，看起來有點像湯瑪士的堂哥——這傢伙在珍珠港事件的隔天義憤填膺的跑去報名從軍，進入歐洲戰場。這瘦小身影還出現在電影《你逃我也逃》（To Be or Not to Be）的片頭戰爭宣導片，堂哥揹著槍，與無數士兵走在義大利往北的鄉間路，一副年輕不會死的模樣。進電影院的鎮民馬上認出，被他嘛嘴吹口哨的表情逗樂。沒想到嬸嬸收到慰問電報，說貴子弟已戰死在戰場。嬸嬸不相信人死了，每天去看電影片頭，出現兒子嘛嘴巴吹口哨的表情就哭得像難產的老驢，搞死大家看喜劇片的心情。老闆把那段影片剪下，送給嬸嬸，要她別再來了，不然連銀幕上的演員卡蘿・倫芭都會活著跳出來打人。

「卡蘿・倫芭死了，乘坐客機墜機身亡。」湯瑪士咳兩下，「要是你不知道她，應該會知道《亂世佳人》這部電影就是由她老公當主角。」

「克拉克・蓋博，我沒看過電影，卻記得他留小鬍子的照片。」

「你這傢伙也知道他，電影果然比炸彈厲害。」

「我討厭這詞。」

「炸彈？」

「閉嘴。」

天亮了，陽光來了，悶了很久的晨曦從雲端射出，深山鶯又持續飆高音唱出了兩人緊綳的神經。

在危崖上，被森林與潮濕包圍的孤點，陽光照亮兩人，卻又照不透他們，得有人開啟新話題才行。

「從快樂的說起。」哈魯牧特說。

「這世界上沒有純粹快樂的事，快樂很短，痛苦很深，爬不上來的人很多，我就是。」

「說些短的快樂的事就好。」

「帆船賽。」湯瑪士說，在溽熱潮濕的安加爾島每天都想打赤膊，或跳進海裡戲水。他們將戰鬥機三百五十公升的外掛副油箱切開，兩側各焊上一具轟炸機的氧氣筒，像螃蟹船。帆船在游著魟魚、灰礁鯊、粗皮鯛、海牛的藍海競賽，大潮從海岸岩洞噴出比椰子樹還高的水花，非常壯麗。泡完海水，得去泡酒吧，那間調侃納粹德國空軍（Luftwaffe）而叫情色酒吧（LustwaffeInn）的軍官俱樂部，是島上四個飛行中隊中最熱門的。他們喝著蘭姆酒，講著在菲律賓的馬斯巴特島沿岸的轟炸任務，如何遇到兩艘日軍巡洋艦的防空砲火，或有個叫舩坂[51]的日本兵如何在安加爾島戰役頑抗不死。這些不如一則詭異的傳說：那年愉悅的聖誕夜，有個大家不認識的人闖進酒吧，在角落喝杜松子酒，把雪茄的菸灰抖在猴子骷髏頭的菸灰缸，不願跟大家祈願明年攻到東京慶祝。有人靠近這傢伙，發現他衣服徽章是海軍陸戰師第一團，在帛琉搶灘戰時幾乎被日軍殲滅，要對他敬酒，對方開口用美國腔說我goneasiatic[52]了，需要休息。大家靠來看這傢伙，他有混血臉孔，被平底鍋燙過的平板亞洲臉，灰綠軍服有幾個槍孔，名牌跟他報的名字不同，顯然在搶灘時拿了已陣亡的同僚衣服穿。大家議論紛紛

51 舩坂弘（一九二〇—二〇〇六），日軍中士，安加爾戰役的傳奇士兵，被子彈射入身體仍進行突擊、刺殺美軍將領，回日本後，在東京澀谷開書店度過餘生。

52 二戰美軍海軍陸戰隊的俚語，指在太平洋的島鏈爭奪戰中，搶灘久滯危險，情緒壓力太大而近乎發瘋。Asiatic原意是亞洲人。

時，這傢伙秀出滿滿簽名的紙幣籤[53]，這東西竟被陸戰隊員拿出來，惹得大家像灰礁鯊嗅到血腥。湯瑪士說，他的朋友馬克以飛行員才有的好奇，檢視那張十幾國紙鈔黏起來的紙幣籤。陸戰隊員乾脆說：「不用找了，她的簽名在澳洲鈔票。」馬克依指示看去，驚說：「真的是愛蜜莉亞[54]簽名。」最後大家大喊聖誕快樂，縱情喝酒，可是再也不見那個陸戰隊傢伙，他就像在海洋中巧遇的數百隻魟魚就這麼轉眼間游進夢境了。

「你講的英文又複雜又快，故事無趣，我不想打斷你講話，但惹得我耳朵很痛。」

「當然，我聽你講什麼的布農故事，也非常無趣。」湯瑪士說，「至少我講得夠慢了，慢到令我懷疑我是不是朗讀《聖經》。要是我會講布農話，我還會用英文跟你說嗎？」

「我不喜歡你把戰爭講成戲院，這不是電影，是真實的死亡。」哈魯牧特煮起早餐，又是玉米飯。「我不喜歡你的幽默。」

湯瑪士隨即了解到，哈魯牧特把戰區（theater）誤認成戲院，說：「我沒別的意思，那是不同講法。」

「是嗎？」

「我沒指責你英文不好，不是嗎？」

沉默幾秒後，哈魯牧特轉移話題。「你是怎樣被抓的？」

「Ha—ru—na—，你聽過嗎？」

「Ha-chi（八）……，不，我不懂，你再說一次。」哈魯牧特說謊，他對Haruna（榛名）非常耳熟，它是八八艦隊之一。八八艦隊是日軍海軍的八艘戰艦及八艘萬噸以上重巡艦，榛名號是其中之一。他隨即裝傻的問：「再說一次。」

「Ha—ru—na—」

「沒聽過。」

「日本最難纏、最滑溜的戰艦，不是大和號，不是武藏號，是榛名戰艦。這艘戰艦參與過珍珠港事件、中途島海戰，又橫跨印度洋海戰，被美國潛水艇不斷夾擊，又遭航空母艦攻擊，最後負傷逃回了廣島吳市港。」湯瑪士冷冷說，「它是日本聯合艦隊的不死船艦，我們就是要去炸沉它。」

「繼續說下去，聽起來很有趣。」

湯瑪士說，他收拾A1飛行包，六月底離開帛琉，抵達美軍攻下的沖繩。七月底的早晨，他們飛行四小時，來到瀨戶內海的吳市港，那裡才被美軍百餘架的艦載戰機攻擊，但是仍有強大的防空砲火反擊，一團團砲彈黑煙，把飛機震得搖晃。命運的時機，不曉得哪時勾住你的腳，從此躲不開厄運羈絆，湯瑪士說。他駕駛的轟炸機被擊中，壓克力窗破裂，發動機著火，艙內到處是黑煙，飛機高度與濃濃火勢都不受控，唯有跳傘。最後跳傘的湯瑪士通過炸彈艙的貓道時，看到機械士死在那，破裂的頭下垂擺動，鋼盔蓄滿鮮血與腦漿，模樣像溺死在安加爾島的晴陽淺海。他跳傘，在混亂的地面逃亡，深怕被憤怒的民眾打死，逃到派出所投降了。

「我的眼睛永遠被日警蒙著，」湯瑪士說，「不然就是把我的眼睛對著燈泡訊問，你懂嗎，哈魯牧特？」

「我懂。」

---

53 Short snorter，一種用各國紙幣黏成長卷，同盟國飛行員用來炫耀自己到過無數國家。

54 愛蜜莉亞•艾爾哈特（Amelia Earhart，一八九七—一九三七）是首位駕機環球的女性，在最後行程的太平洋離奇失蹤，她的生死下落一直受到全球關注，有人宣稱在太平洋諸小島看到她活著。

「你不會懂，兩片同時掉的落葉，不會在地上重疊，何況是理解彼此的命運與痛苦。」湯瑪士抽動嘴角，「恨不會阿諛人，但是人卻會伺候仇恨，用痛苦、無奈與怨血餵養恨，當珍品收藏。」

「我聽不懂你的英文？」

「我用再淺白的句子，也有你永遠不懂的意思。」

「我懂。」

「上帝拆掉巴別塔之後，人們從此用不同語言打仗。」

「我懂。」

「如果要去愛人，你得要盤算好，是否願意為了他，放棄像是上帝般自由的心靈，從此心甘情願有了羈絆。」

「我又不懂了。」

「這是費茲傑羅在《大亨小傳》說的。這是我讀州大學時，印象最深的小說，從此我知道愛人會讓你不自由，恨人也一樣。」

「我不懂。」哈魯牧特頂嘴。

「恨，比愛的生存動力還強。」

「我不懂。」

「你有傀儡線操控你，讓你學會恨，那是誰？」

「你呢？你不是也有傀儡線？」哈魯牧特大吼，「憑什麼這樣問我，你沒有資格這樣問。你，怎麼不說說你內心的鬼？」

「艾瑞卡（Erica）。」

「歐石楠（Erica）？你也知道在山上綻放的雲（山靄）。」哈魯牧特想起花蓮料理店裡，那個菸盒底下壓著的詩箋。

「我不懂雲，這山上他媽的到處都是。」湯瑪士深深吸一口氣，「我能活著到現在，就是為著艾瑞卡。」

「你喜歡歐石楠？」

「不，我不喜歡歐石楠，只喜歡艾瑞卡。」

「他們不是一樣？」

「不一樣，哈魯牧特這名字和軟木塞是不同意思。你知道，一包菸裡的每根抽起來就是不同滋味，情緒決定了味道。」湯瑪士情緒緩和，才說即使這樣，但是有的記憶永遠是對的，艾瑞卡是他的女兒。他記得在愛達荷州山家空軍基地附近的小鎮，都是老電影院、飯館與旅店，永遠蒙著一層灰沙。那年春天，他前往海外作戰前，妻子帶著艾瑞卡橫跨了三千英里來到小鎮，那是最後一次家庭聚會。鎮上只有一間老旅館。客房有兩張床，同時供兩組房客入住，沒得挑，親熱時得與另一組房客套好時機。他打發四歲艾瑞卡去排洗澡間——整棟旅館共用一間有浴缸的盥洗房，女客不時從房門探頭看人龍，抓準時機——艾瑞卡去排澡間，還趁空檔跑去幫忙接櫃檯外線電話。她戴愛蜜莉亞式的飛行帽、胸口別著金蓮花，張手學飛機跑來跑去通報，客房分明有人卻敲門不應。她跑回櫃檯，一手拿琺瑯黑的電話筒、一手絞著辮狀電話線，說：「安靜點，他們有更重要的愛情在發生。」然後整棟旅館震動，一股力量來了，惹桌椅有了起身跟著去旅行的衝動，忽然一輛從西雅圖到芝加哥的特快列車以破百時速通過，一串寂寂曖曖的車光掃過，射到更遠荒野，艾瑞卡開窗對外大喊：「你也安靜。」

靜闃無聲，在兩人之間，只有陽光從赤楊或鐵杉晨露的反光。哈魯牧特將腦內的英語系統全部打開，也只能吸收百分之三十的訊息，其餘的渾沌夾纏，但他感受到眼前的美國人是父親，講到女兒，濃濃鬍碴與雀斑深埋的臉龐會發光。哈魯牧特不喜歡這種目光，因為他認為自己不跟女人結婚，不會成為父親，於是不時瞥向遙遠山谷。森林鬱鬱蔥蔥，往日被勃發的蒸氣遮掩，今日乾淨得有什麼在陽光下悸動，三公里外是廢棄的大分部落的屋舍反光，它是多肥皂樹溪最大的部落，曾是繁華小鎮，很多年前，他的祖父曾對那裡的日本人出草。如果沒錯，哈魯牧特的中學畢旅，是跋涉這條鑿附在峻谷的警備道，穿過莽鬱森林時，他們爭論高畠華宵或竹久夢二的少女漫畫哪個順眼，或研究職棒大阪虎隊的景浦將「投打雙棲的二刀流」技法，沿途借睡在幾個分駐所，包括大分駐在所的武德殿，然後登上近四千公尺的布農聖地玉山，大聲嘶吼給世界聽。但世界出錯了，總之出錯了。

「你在想什麼？」

「山邊的小溪沒有睡，淚水流動在它的路上。」哈魯牧特下意識說日文，然後楞著看湯瑪士。

「你在說什麼？」

「沒事，你說孩子長得慢，生病嗎？」

「不是生病，我是說一個孩子為什麼要成長得慢，不像動物快速成長，這違反生物盡速適應森林法則的生存遊戲；一個小孩為什麼天真，不快速社會化，明知世故又不失純真。這絕對是上帝賜給父母的禮物，孩子是《聖經》的濃縮，孩子就是大自然。」

「你在說歐石楠，不，也是艾瑞卡。」

「這名字永遠對你沒有意義，太遙遠了，卻是我的港口。」

「也許！」

「永遠不，你不懂美國。」

「漢堡、三明治與咖啡，還有很多。」

「哈哈，你吃的是漢堡（Hamburger），我吃的是堡（Burger）。你喝咖啡，我的是來杯喬（A Cup of Joe），你可能不知道，我們每天在戰場祈禱時都感謝上帝創造了發明即溶咖啡的人，沒有咖啡就沒有美國魂。」湯瑪士譏諷的說，「比如除了日本酸梅，我也可以跟你談談未拋光的大米與咖哩綠海參。」

「未拋光大米？」

「我在戰俘營都吃，每天一個棒球大。」

「我知道。」哈魯牧特猜出那是糙米，「但我沒看過綠海參。」

「一種長著嫩刺的植物果實，它就是巨大的毛毛蟲。日本人會把它泡在日式咖哩醬儲存，每餐當生菜吃。」湯瑪士說，「你知道的，他們喜歡把什麼都泡在咖哩醬，包括把自己泡在溫泉裡。」

「那是醃漬小黃瓜。」哈魯牧特用日文。

「所以你永遠不懂美國，除了棒球、漢堡、三明治與咖啡，還有呢？」

「螃蟹蘋果。」哈魯牧特記得《生活週刊》上的棒球員路克，這是路克位在北喬治亞州的家鄉名字，不，或是他家鄉種滿這種蘋果。

「什麼？」

「螃蟹蘋果（crab-apple）。」

「垂絲海棠（crabapple）[55]？」這是湯瑪士心中的美國鄉村樹，他被這詞勾起了鄉愁，內心澎拜不已。

「當然，就是螃蟹・蘋果，你能想像它開得滿樹火火紅紅的。」哈魯牧特拎起背包，無論那是滿樹張牙舞爪、無以名狀的紅蘋果，或紅花朵，或詭異紅生物也行，總之他眼見湯瑪士反應激烈，才說：「我得走了。」

「去哪？」

「我昨天來的路上，在那裡設立的陷阱抓到動物了，聽，有聲響了，這就是抓到動物了。」

「帶我走，不然我會殺了你。」

「會的。」哈魯牧特往高處爬。

湯瑪士抓著他的腳，大喊騙子，把人扯下來。兩人拳腳來往，一個是西方的人高馬大，一個是少年的身強體壯，憤怒衝撞，雙方拳腳纏成死局，要解開得有人先痛下殺手，於是湯瑪士用傘繩纏住哈魯牧特的脖子，就要奪盡他的呼吸時，心軟鬆手，送給哈魯牧特反撲機會。哈魯牧特掐住對方斷腳，越掐越緊，直到他脫困，爬上了岩壁，看到湯瑪士還在哭著哀號。

「帶我走。」

「你是鴇鳥（bustard），你他媽的差點殺了我。」哈魯牧特大吼，「如果你殺了我，你能得到什麼?沒有。」

「混蛋，還有你這混種（bastard）的日本與布農人，雜碎的午餐肉罐頭，聞起來像是妓女的屁，不要以為躲在菲律賓繼續抵抗，美國兵就不會找到你。」湯瑪士大罵。美軍奪回菲律賓之後，殘存日軍誓死躲在山區，他知道哈魯牧特就是這種人。「帶我走，我會讓你平安獲得自由的，不讓美軍為難你。」

「你不是在菲律賓，是在臺灣，也就是你認為的福爾摩沙。」

湯瑪士有些驚訝，雖然他預感，運送戰俘的轟炸機在颱風外圍環流中迷失方向，似乎過早轉向，但沒想到墜落地點是菲律賓北方的臺灣。這讓他混亂的思緒更加無措，哀憐說：「總之救救我，帶我走。」

「會的。」

「你說謊。」

「那又如何，這世界都是謊言，你可以努力祈禱，讓我相信，快點回來救你是值得的。」

「我是你昨天用布農語說的kaviaz（朋友），是吧？」

「那也是百步蛇的意思，你知道的，最容易咬傷人的也是朋友。」哈魯牧特說。布農有著人蛇大戰的傳說，人殺死了百步蛇，引起河水倒流，淹滅部落，原來水光是無數蛇群的鱗片反光，雙方才立下和解，視百步蛇為朋友。從此有了小百步蛇溪是逆流河傳說。

「帶我走。」

「繼續說你的故事，」哈魯牧特說，「我只是去拿獵物。」

獵物是長鬃山羊，中了他昨日設下的鋼絲陷阱，激烈掙扎。山羊前腳被索套勒得緊，得用繩子將牠的四隻腳綁起來，才能解套。哈魯牧特費了一番手腳，流汗完成工作。那是奇特初秋，他捕獲三十公斤、皮毛棕亮的山羊，費勁提到凸岩上方，要結束牠的命。

而凸岩上的湯瑪士說著故事，眼神哀憐懇求，要扳回同情。他說他入營的前一天，一家三人坐在長靠背的駝峰款沙發。艾瑞卡躺在他的腿上，妻子輕靠他。在這之前，艾瑞卡模仿雪莉•譚寶唱著

55 字面是螃蟹與蘋果的英文組合字，可翻譯為垂絲海棠、野山楂。這是美國常見的路邊樹，花開滿樹，果實小而酸澀。

〈我的湯裡有動物餅乾〉，學嘴裡誤吃蜜蜂的小熊維尼在呸個不停，作勢把餅乾吐出。現在她躺在他腿上沉沉睡去，微捲頭髮下露出小臉，不知道夢到什麼。不遠的桌子放著一九四三年七月十八日的《每日先驅報》，他熟記每則新聞，這份報紙是為艾瑞卡保留，常念給她聽「波蘭戰士是棕熊」報導。棕熊名叫佛伊泰克（Wojtek），牠是砲兵運補連的正式編制，力氣大，能扛砲彈，不畏爆炸聲，會與士兵一起抽菸喝酒與摔角，除了嫖妓，牠什麼都會。除了避開嫖妓這詞之外，湯瑪士添油加醋的把棕熊說得像真人。這吸引艾瑞卡，她每次聽到都好喜歡，總是天真問：「熊是人扮的嗎？」或竊笑說：「德國完了，小熊維尼當兵了。」然後她睡去，頭壓得他腿發麻，小嘴巴偶爾蠕動。一九四三年七月十八的週日《每日先驅報》，有芝加哥白襪隊與底特律老虎隊在米斯基體育場的昨日比分，有歐洲與中國戰場變化，還有洛杉磯「阻特裝暴動」（Zoot Suit Riots）的餘波。這張報紙沒有一樁寧靜美好的小事，於是在現實生活的廚房，母親為他入伍前的聚餐用火腿骨在鑄鐵鍋熬湯，烤約克夏布丁，空氣瀰漫烤牛肉、馬鈴薯與球芽甘藍的微焦香，這些味道猶記。他們不富有，不像插畫家諾曼・洛克威爾描寫的美國生活，欠缺酒吧、經常烤肉與闊綽居家，可是有美國價值。湯瑪士說，離別那刻真美，孩子還很純真，妻子還能對你笑，陽光照入，像琥珀色蜂蜜氾濫，客廳都是夢，那臺從老酒館買來的中古貨摩托羅拉收音機傳來〈德克薩斯的黃玫瑰〉，而庭院的垂絲海棠花開得像滾焰，又他媽的鬼豔，不愧是花園主角，繁花將枝條壓得沉，風吹得簌簌崩落，幾條街都有花瓣跑來跑去，最後積在屋角。

「那首歌怎麼唱？」哈魯牧特問。

「哪首？」

「德克薩斯的黃玫瑰，我沒看過黃玫瑰，倒是可以聽聽這首歌。」哈魯牧特探頭對凸岩上的傢伙，看著對方的綠暈色眼珠，聽著他用破聲音唱：「在德克薩斯有一株黃玫瑰／我渴望去見上一面／沒有人能忘卻對她思念／但都不及我的一半／當我離別時她淚流滿襟／那真讓我心碎。」然後，他抽出布農刀，避開去看山羊灰藍色的眼珠，戳進牠的心臟。這不是成功的一刀，山羊的拚命掙扎透過他抵壓的膝蓋傳來，非常強悍。這就是生命，要取牠的肉得先釋放牠的靈魂，哈魯牧特重新補刀，直到山羊的熱血湧盡，哀鳴凝固在牠眼裡。剖開山羊肚子，黏膜包裹著瘤胃與其餘小胃囊，綿延的小腸裡面有一顆顆食物球，最後在大腸形成糞便。沒有靈魂，皮囊充其量是裝屎用的。他割下一片肝臟吃，也吃下肺臟中有韌性的氣管，很有嚼勁，牙齦痠得停下來聽湯瑪士哀憐的歌聲，想像德克薩斯州的那株黃玫瑰，令人思念的花朵真是他媽的鬼豔，誰沒有哀傷，如果他停下手邊工作就會流淚。他強迫自己繼續補幾刀，羊血還沒凝固，散成紅玫瑰的姿態，再切開銀白色的肋膜與粉色肌肉，肢解獸體，無法想像牠曾經會呼吸，凝視牠在山壁的矯捷攀爬，現在對人類來說剩下蛋白質。

他還把切塊的骨肉扔到凸岩上，留給需要的人，把場面擰得血腥。

「我不是野蠻人，不吃這些。」湯瑪士大喊。

「我會扔些木柴，你會有火，這些就是你的食物了。」哈魯牧特抹掉嘴角的血。

「拜託，不要留下我，我想回去再看看垂絲海棠盛開。」

「把她的美留在心裡就好了。」哈魯牧特把凸岩上方的赤楊砍下，扔到凸岩當柴火，這柴火不耐久燒，但火焰旺盛。

「混蛋，你要遺棄我，還留下無法燃燒的生柃木。」

「它是穿雨衣的樹，脫掉雨衣，會很快給你光明。」哈魯牧特再丟下一些木柴，「你要記得這種樹的名字，它會給你機會。」

「我不懂。」

「海．努．南，這是它的布農名字。」

「關我何事？」

「那你待在這，想像家樂氏的早餐玉米片、新鮮的施麗茲啤酒吧！這些美國食物就是你的靈魂。」哈魯牧特想到什麼，掏出一小本從飛機救生艇上拿來的宗教冊紙，扔下去。「別忘了，我把你們發明的上帝留給你了，只可惜了諾貝爾獎沒有發明獎。」

「東京玫瑰[56]。」湯瑪士眼見哈魯牧特離去，將越過乾溪，大吼：「你知道這個人的，你的內在有個女生的靈魂，酸溜溜口氣跟她很像。」

「她是誰？」

「東京電臺裡的孤兒『安』，她躲在你心裡。」

「我不認識。」哈魯牧特掉頭離開，越走越快。

「混蛋，她是你心裡的鬼，可是你把她變成惡魔了。你這雌雄同體的蝸牛人是我看過最有黏液的笑話，我開始想像你怎樣打斷肋骨，方便彎腰用嘴巴替自己交配了。」湯瑪士性成癮似的創造這則笑話，可是他眼見哈魯牧特離開，更擔心自己的命運，馬上祈求：「你不要把我留在這裡，我會死掉。」

「不想死的話，你這隻加拉巴哥象龜就自己慢慢游過太平洋，活在他媽的紐約布朗克斯動物園吧！」

「混蛋的蝸牛人……」

「然後成為船艙的肉罐頭去吧！象龜人。」

哈魯牧特第三次夢到雲豹了。

回到箭竹海尋路，他又迷路了，停下休息，頭沾到大鐵杉就打盹，一隻雲豹便躍進他的夢裡睥睨。這是今日的第三次夢到，多過任何布農獵人一輩子的次數。布農人認為黑熊是森林的靈魂，而雲豹是森林之夢。在哈魯牧特「森林之夢」裡，他走到湖泊畔，匍匐舔水，舌尖把湖水點皺了，水中倒影是一座森林風景的流轉，他最後看見自己的倒影是雲豹。這時他醒來，想起夢中那雙貼在水中的豹眼，有種靡靡哀冷。

布農人最愛夢占，常把夢境拿來談論。漢人認為吃飯比皇帝大，見面的問候語是「吃飽了嗎」，這對布農人來說是飯桶。布農人見面的問候語是「你夢得怎麼樣」，邀請到三石灶旁取暖，遞上菸，交換完夢境才吃飯。哈魯牧特從小得練習講述夢境給大人聽，這是夢境再述，他年幼時跟祖父去打獵前，不只先夢占，狩獵過程也得要，野外小盹後或夜晚突然被什麼夢驚醒都要立即夢占。獵人睡在火堆旁，弓著身，面向火源，像在母親的子宮吸收光熱，他們懂得與篝火保持適當距離，既不會太熱，也不會冷得令人難受。火堆旁睡覺沒辦法像在家屋舒適，夜裡會醒來數次，不是添柴，就是整理在烤架燻乾而減少重量的獸物，這時會趁機卜算夢境。這種反反覆覆的夜睡，獵人在白天不會睏倦，仍保有敏銳度，趁機小盹是常態。

夢見自己是喝水的雲豹，到底有什麼意涵？連最高明的布農夢占師，也困擾這個謎。每個夢都

56 二次大戰時，美軍對東京廣播電臺（今ＮＨＫ）女播音員的暱稱。這位女廣播員，自稱孤兒安，對美軍進行心戰喊話，相關訊息出現在本書一一六頁、一六九頁。

是謎。現代文明告訴他，夢是日常的平臺，像鍋子，趁你睡去時把你腦裡的素材丟下煮。但布農人相信，萬物有靈（hanitu），人在睡覺時會使用靈力與萬物溝通，這時的布農人藉由靈力飛行在森林，一塊石頭、一片青苔或一枚種子，都沾惹布農的靈，夢占便是解開人與自然的關係。如果是這樣，哈魯牧特占卜自己的夢：昨夜他的靈，飛在森林，底下萬物張羅，每個都是靈，他哪都不挑，在電光石火之間相中了一隻雲豹。只為雲豹正臨水照攬，使得哈魯牧特照見自己的靈。

於是，當他回到稜線時，決定釋放那隻受困雲豹。他只有半小時可以做這件事，因為有新任務在身，三平隊長要他到十五公里外的登山口，帶領更多救難隊員上山整理美軍屍骸。

這隻雲豹，匍匐在樹下，花容雲霓，眼神卻疲憊。這麼美麗的森林之夢，無法回到森林遊蕩，這大地注定無夢，哈魯牧特意識到這種寡夢像是獵人醒來之後的臉龐沒有淚痕。淚，是夢太滿而滲出肉身的實體，雲豹是森林的淚痕。透過夢占，布農人決定狩獵、蓋屋與播種；多了雲豹，森林能更迷離的推移雲霧、植物療性與動物屬性，吸引布農人去夢見，去親近與解開。哈魯牧特靠近雲豹。雲豹後退，直到腳上的鋼線限制住牠，這時牠弓起腰身，露出尖牙示警。這一切不像在夢中那樣坦然相遇。

「嘿！安靜點，你這個夢。」

雲豹不會安靜下來，齒縫發出威嚇的低吟，一頭會抵抗的獸，一盞森林裡移動的夢境，牠也有牠的尊嚴，牠也有牠的敵意，這是活下去的方式。

「我是來放走你的。」哈魯牧特向前走。

無退路的雲豹上前跳躍，一道瞬忽突襲，在撲到人的剎那被拽落。那條鋼絲限制住牠。哈魯牧特早料到牠會反撲，機靈閃躲。豹子只懂反抗，哪懂哈魯牧特是來救牠，總之不願意誰靠近。

他盤坐在樹下，扔了一塊山羊的後肢。他兩小時前在乾溪取得，大部分給了湯瑪士。這塊腿肉對雲豹是美食，牠夠餓夠渴了，眼神盤桓兩秒，又回到哈魯牧特身上，圓睜睜的眼裡鑲著小瞳仁。那瞳仁內藏著恆久的美感，曾路經一道瀑布飛散的峽谷、經過一座雨苔綿延的菘蘿祕境、蜷在千年紅檜樹洞而聆聽雨聲撾擊稜線的呢喃、踱過繡上一層霧淞的冷杉林、流連在無邊無際草坡中央的一叢朱紅杜鵑，而此時雲海淹上來，一切濃縮在豹瞳，豹走在森林，森林復又在布農人的睡夢裡。要不是雲豹落入陷阱，哈魯牧特不會與這雙眼神接觸，仔細爬梳牠的豹紋。這代價是從自由者欣賞不自由者的身段與落寞，這是不對等的饗宴。

無計可施，包括哈魯牧特無法砍倒大樹，就放不掉雲豹。牠不准人靠近，藉以捍衛牠野性不屈的尊嚴，也不食嗟來食。況且雲豹想脫困，受困的前肢強力拉扯，皮毛掉了一圈，露出粉色肌肉。哈魯牧特多次靠近，反而加劇了雲豹的掙扎，露出更深傷口，這對縈繞的蒼蠅來說是美食的鈴聲。

夠了，哈魯牧特不能多待了，美麗凝視，短暫即可，太多就像是嚥不下又要吃下的大餐。他得離開了，腦袋裡烙下一個華麗印記，往登山口走去，帶著一袋從墜機現場拿到的救生系統。

秋冬之際，動物從高山遷降到低海拔避冬，聖鳥海碧斯卻飛往高山，占據空缺下來的棲地，獲得豐沛食物。布農人不從生物學解釋這現象，是從神話學「在大洪水神話中銜火種救人的海碧斯，自己被燒傷，需要在高山的低溫冷卻身體的灼傷。」嘎嘎浪這樣說之際，他帶領的孩子們來到海拔兩千公尺的獵寮，看見一群海碧斯在昆欄樹休憩，然後往更高海拔飛去，「今天在這休息，明天就爬過那些聖鳥。」

嘎嘎浪用飽含油脂的松樹當火種起火，火越亮，夜就越黑了。一群人圍在篝火旁烤火，聽嘎嘎浪講解，如何整夜弓著身體面向著適當的火源取暖，大火的光源會擾亂睡眠，也容易燒傷人；火小容易熄滅，也不夠取暖。哈魯牧特首次吃烤過的水鹿大便作為求生食物，從中得到道理，這輩子他們可以吃下任何難吃的食物，於是嘎嘎浪拿出mapushun來烤，那是一種半途從陷阱取下的發青發臭近乎壞掉的獸肉，孩子們失魂吃下。

「還有一種腐肉叫minkusa，那是骨頭上幾乎剩下的爛肉，是蛆吃剩的，腐味非常濃。」嘎嘎浪說。

「我吃得下去。」海努南勇敢說。

「我也可以。」哈魯牧特不願意的說。

「這真令我佩服你們嘗試的勇氣，」嘎嘎浪得深吸口氣，忍住笑意。「我沒有嘗試過minkusa這種腐肉，但非得到最後關頭，我才願意，如果明天路上看到，我跟你們一起試試。」

到第二天下午他們才上路，走得緩慢，嘎嘎浪一路介紹動物陷阱、動物足跡與糞便，哈魯牧特擔心遇到腐肉，以致他錯過了爬過聖鳥海碧斯的高度，在傍晚時他被獨自放在月鏡湖旁的冰磧岩堆。在這三千公尺的湖泊畔，低溫與黑暗來得比較快，哈魯牧特從竹罐拿出真菌火種——這種攜火種爬山是模擬海碧斯在大洪水年代的銜火種救人——點燃篝火，僅能用三根穿雨衣、兩根多脂肪的木頭過夜，他把柴火控制適中，弓著身取暖，頭枕在靠火源而溫熱的布農刀。刀子冷了，會通知熟睡的哈魯牧特醒來添柴。半夜，他臉頰刀冷，醒來驚訝火快燒光了，而且被困在無邊無盡的高山寒夜。他大哭起來，根本不像獵人之後，他不喜歡這樣求生術的布農成年禮。

布農人深受大洪水記憶影響，深信水有害，這說明被安排在月鏡湖過夜的哈魯牧特如此沮喪，這裡空曠，只有湖水，沒森林可取柴。他哭泣，旁若無人，從擦淚的指縫中看見一隻動物從湖邊山麓過來，他現在討厭動物，任何動物都令人不耐，牠還發出怪鳴「哈……魯……牧特……」。這值得他靜下來聽，停下淚水凝視那隻動物，原來是海努南，救兵來了，這又值得哈魯牧特哭了。海努南帶了幾根木頭，有穿雨衣的木頭與鹽巴樹。鹽巴樹扔進快闔上眼的火堆，劈哩啪啦響的旺燒起來，火焰熊熊，山脈如此高，火星順著火焰爬，幾乎一蹦成星星。這是溫暖之夜，但是哈魯牧特心有愧歉，海碧斯之夜是布農的成年禮，少年得獨自在荒野過夜，要跟大自然相處，自己卻被海努南解救。

「這是盜壘，就這樣而已。」海努南說。

「很奇怪的解釋。」哈魯牧特側躺，看著火堆另一邊的人，「這跟棒球有什麼關係呢？」

「不被觸殺，就是盜壘成功。這跟海碧斯之夜扯上有些勉強，事實上，你爺爺嘎嘎浪沒有說過不能在這時候互相幫忙，而且他常說布農人要彼此幫助，所以我只是不小心路過這裡，遇到你。」

「可是火焰知道，他們是海碧斯的化身。」

「我剛剛給了他們吃鹽巴樹。海碧斯喜歡吃秋天的鹽巴樹果實，提供他們力量。你看看，他們剛剛吃了鹽巴樹，多快樂。」

「可是火焰還是知道所有的事情。」

「明天就熄滅了。」

「可是它們現在就要熄滅了，有些冷。」

「靠過來吧！」

哈魯牧特靠了過去，緊緊挨著海努南，近得沒有縫隙能容得下塵埃，火焰都看到了。哈魯牧特挽著海努南的手臂，把頭埋進去，火焰看到了；他閉眼感謝這美妙的時刻，火焰也看到了。哈魯牧特的時時刻刻，火焰無時無刻不看到。火焰還聽到了，海努南對哈魯牧特說，我會來救援，是你昨天出發時魂不守舍，拿海碧斯之夜的木柴時都出錯，要挑櫸木這種少煙耐燒又能拿來燻烤獵物的，或黃肉樹這種淋濕還是很好燒的；你卻挑扁柏或紅檜，好燒，但是油脂太多，會燒太快，拿來燻肉又會使獸肉有苦味。我瞧得出來你怕遇到minkusa腐肉，十足是個膽怯的獵人。哈魯牧特不反對這種說法，他輕聲說：「我這輩子不會成為獵人，而是樸實的農夫。」

他會這樣說，是記得某次嘎嘎浪在酒醉後吐真言。嘎嘎浪說，成為技術精良的獵人，不只是獲得肉類，同時也是肩負守護家屋的勇士，但打獵不是每天發生的事，也不是每次都能獲得獸物，這證明了他從牙縫剔出昨天的肉屑都要珍貴的吃下。嘎嘎浪知道，哈魯牧特愛穿男裙裝，這是狩獵服，受漢人影響已經不太有男人穿了，顯示這男孩有奇特的內在；而布農社會有強烈的雄性文化，披著男孩皮、女孩鬼的哈魯牧特勢必受傷，於是嘎嘎浪又說，你要是不能成為勇敢的獵人，就不要放棄成為樸實農夫，土地才是布農人的每日根本，一個誠懇農人，按照節氣種下小米、樹豆、芋頭與玉米，並懂得各種植物特性與食用野生植物，哈魯牧特，這或許是你的生命之路。

「更多時候，我不只是樸實農夫，還是棒球員。」哈魯牧特說。

「這是好的……，火焰聽到了。」

「你快睡著了。」

「是嗎？」

安安靜靜的，哈魯牧特看著海努南，對方閉眼，火浪滔滔，打在他臉上有漲潮退潮的陰影。哈魯牧特豎起右手的食指與中指，當作兩條腿，從地面躍上海努南的肚臍，一步一步的往前探，來到胸部、頸部、下巴、嘴唇，兩指在這裡跳了小小舞步，碰觸柔軟的唇瓣，撫摸那窺看無數次的唇角與梨渦，睡中仍倔降。這一切像蜜蜂在冬陽嬌媚的山芙蓉上飛舞。他的指尖磨蹭淺淺凹槽的人中、扎實挺立的鼻頭、沒扎耳洞的可憐耳垂，還有臉龐那層細細絨毛，無盡流連。

「火焰會看到的……」海努南繼續說。

「明天它們就熄滅了。」

哈魯牧特說完，探頭吻了海努南的臉頰，對方沒有反應，不知道是真睡還是裝睡。這對哈魯牧特來說是美好的夜晚，他知道自己只能成為農夫，是一隻採蜜的蜜蜂，在野菜與糧食間樸實流汗，這件事情挺不賴的。他深深祈禱，天明不要早來，不妨讓火焰知道所有的心事吧！

來到月鏡湖，落日將盡，西方雲彩出現色溫轉換前的絢麗陸離，哈魯牧特感受到氣溫下降，得駐紮了。這座湖泊鑲在稜線凹處，一半暴露在霞光，一半陷入黑蔭。水面上，渺小蜉蝣飛舞，低掠產卵而劃下漣漪，處處是水痕。他生起松火延續晝光，照亮他帶來的美國製橄欖色帆布袋子，這使他的心情來到熾熱點，照英文說明書翻弄，突然自動充氣系統啟動，幾分鐘後，一艘堅實的土黃色救生艇活過來。

多年來，月鏡湖是布農人遷徙與狩獵的地標，使他們能在海拔三千公尺的高山判斷方位。這湖泊是六千年前的冰斗遺跡，兩百年前布農人涉足之後，從未有人泛舟，布農忌水，踏入及膝的水線，會覺得冒犯祖靈，哈魯牧特如今超過這深度，他上船划槳，水聲嘩然，慢慢靠近湖中央。湖好黑，多層次暈散的神聖之黑、膽怯之黑、祖靈之黑，他把照明的松火放在軍事鍋，以繩子拖在船艄，燈影循著水波層層，始於渺渺悠悠，而終於邈邈幽幽。船逗留在湖心，這應是喜訊，令人瑟縮的九月山夜卻展現宜人水溫，湖水貯存陽光的溫度。他萌生在湖上睡覺的念頭。

這套美軍的海上求生系統什麼都有，吃的喝的都有，他不覺得太平洋會為難落難者，何況一座高山小湖。哈魯牧特用鑰匙式開罐器，絞開了一夸脫的鍍鋅罐頭，裡頭有各式食物。他撕開杜邦玻璃紙，吃了膨鬆餅乾。肉乾罐還行，他多吃一些；但不喜歡麥乳精錠，嘗起來又乾又澀。他躺下去，橡膠船底陷落出他的背弧，向外泛開一圈圈水紋，船在湖心，他啃著蠟紙包裹的好時牌（Hershey's）熱帶巧克力棒，獨自看星空好寂寥，看了費時怔怔，徒增了心事重重。星空遼亮，他幾乎像是躺在柔軟雲端看著天穹，流星滑過去，哈魯牧特的淚水與心事也滑過臉龐。

漂浮的軍事鍋盛著柴火，炙熱外緣和湖水接觸的地方滲著氣泡，更深處的水裡似乎有什麼生物。哈魯牧特把海水染色劑撒入水，綠彩暈開，美得像星雲爆炸。他是天地間扁扁的光影。此時此刻，哈魯牧特要是不去想他和海努南在這座湖畔的往昔，只能想像待在冰冷凸岩的湯瑪士，裹著傘衣保暖，偎著苦澀火焰，憎恨他、詛咒他，直到太陽升起仍照亮不了心中的蔭谷。

有什麼在山崗上呼喚，殷切的，傳遞孤寂的短鳴。

哈魯牧特看向山崗，這宇宙太黑暗了，太靠地球，把山稜染成不可見的荒蕪色調。他看向稜線，那裡黑糊糊，沾了幾枚星星綻光，沒有什麼東西。而另一邊的山稜出現銀河，這是傳說中太陽熊眼殼滾過的痕跡，淚光閃閃，星芒喧鬧，慢慢湧向天空。

他躺在月鏡湖，傳說的淚湖，太陽顧憐傷口的地方。

他看著星空。此時此刻，也有人躺在星空看他嗎？

一顆星芒鬆動兩次，化成流星，墜向山崗。

再一顆竄向人間。

有什麼在山崗？不可能有人，哈魯牧特想。

他看不清楚，躺回船上，看向堆疊星空。不會閃的星星是太陽熊的血，會閃的是淚，它們各過各的心情，各有各的光芒。哈魯牧特想要度過一個沒人世煩惱的日子而不可得，老是想東想西，然後想起湯瑪士講起的那個巨大畫面。當飛機進入爆烈颱風時，整架轟炸機發出震動，有時是冰雹打在機體，有時是機翼與空氣激烈摩擦而在翼尖釋放靜電，他們待在炸彈艙，坐在鐵絲固定的三夾板，穿著梅西[57]與降落傘包的身體顛跳。最後大家來到機尾、名為「孵口」的救生口，準備跳傘到時速百公里的暴風中，當體能好被安排第一位的湯瑪士跳下去時，外頭竟然靜得剩下微風，他看見自己置身在巨大的颱風眼邊緣，地面的山川靡遺、頂上的藍天凜然，那是比夢境還要逼真的三度空間漩渦畫面，聳立雲牆，來到《聖經》般的靜謐空間，接著他看見轟炸機又跳下一個人，張開降落傘緩緩降落，然後飛機切入風眼牆，狂刨的強風把機翼折斷，它最後墜落爆炸。

眼前的銀河，也是宇宙中的颱風，有著晰亮星牆。

他也是星河中的孤船，晃蕩漂浮，無處下錨。

又是孤鳴，那是來自山稜線、天地間的呼喊。

哈魯牧特從湖面抬頭瞧，世界冷冷，夜空悽悽，什麼都沒有。忽而，一道極度明亮的流星墜進山谷，不久換來一個影子懸在山頂，襯著銀河。這影子在那叫著。

果真有動靜。

那是誰，是湯瑪士？還是其他的救難隊員？

或是太陽熊？受傷的太陽，祂來臨水照鏡，看看自己的傷悲。

他喜歡兩個太陽的傳說，偏偏其中一個變成月亮。為什麼人類要用武力改變它？為什麼它不能

57 二戰美軍對救生衣的暱稱，來自穿上它像當時出名的女演員梅西（Mae West）的大胸部。

就是太陽，做不了自己？哈魯牧特如此想，起了防衛之心，對那走來的影子大喊：「滾開。不准過來，不管你是誰，就是不要過來。」

那影子走下山稜，孤鳴兩聲，走向湖泊，在暗中不見蹤影。

「混蛋，你笑什麼？」哈魯牧特大吼，向它扔去罐頭與鯊魚驅趕劑。他想起救生船有把信號槍，很快把它揣緊，一邊看說明書，一邊拆開機關裝彈，舉起射擊。砰！一聲悶響，信號彈奔向空中，散成幾枚顫緩緩落下的小火光，空氣中瀰漫鎂粉燃燒味道。信號彈的橘紫色火芒，照亮湖谷，流露異境糾纏的詭譎，湖水泛紫光，船是懸在夢境中的一枚孤島。他看見山坡的短箭竹叢，有道影子走過來。

信號彈沒了，世界暗了，無光無波。

一聲嗚咽，有誰隻身而來，來到湖畔。

哈魯牧特填彈，又發射一枚，湖亮了。

信號彈照亮黑暗後落在湖面，模仿夢的色度發光，緩緩消滅。哈魯牧特裝填最後一發，大喊滾開，朝他發射。照明彈拖出一道光弧，發出橘紫光，落在那傢伙的附近，他沒有離開。

是一隻大水鹿，他朝哈魯牧特走來，直到被湖水擋下。

哈魯牧特划船過去，湖面都是火光粼粼，槳聲呢喃，直到擱淺。他下船，涉過淺灘靠近，用木枝勾著軍鍋的提把，以松火照亮大水鹿。水鹿不怕人，黑眼裡有松焰，慢慢靠過來，要把哈魯牧特眼裡的塵埃燒盡了。哈魯牧特顫抖著、悲傷著，他不敢相信這是布農傳說中的saipukdalah（鹿王）。布農將水鹿分成五種，有bahal（公鹿）、tama（母鹿）；首次長角的ngabul（小鹿）；出生兩年、只有鹿角突的halian（幼鹿）；小鹿的角變硬的vaha（角鹿）。其中以鹿王最罕見，個體如水牛，那是傳說中的動物，哈魯牧特聽過很多獵人形容這種動物，那是奢侈品，凡是遇到牠時，人會進入迷惘、興奮與恍惚的夢境狀態。

現在，鹿王出現在眼前，瀰漫濃濃的臊羶，牠眼睛下方張開的腺體口也散發濃濃的分泌物味，那是野性味道。這隻大水鹿很興奮，前蹄不斷踏地，微微磨牙，腺體孔發出聲響。哈魯牧特也很興奮，提著松火靠近，照亮那雙堅硬的三岔大鹿角。在那小小的光圈裡，像緊繃的氣泡，他們是群山萬壑中唯一被火包圍的。他沒有看錯，那不僅是鹿角，也竄著綠葉。

這是隻鹿王，高聳的鹿角開著綠葉，牠的肌肉抖動趕走蜉蝣，牠的嘴唇不斷翻動似乎在講話，牠的眼裡是松火，牠的身體裝滿著夢要人理解，牠就是來看哈魯牧特的，不畏懼看著。

哈魯牧特扔掉松火，任它在地上炸出更多火光。他摘了一片在鹿角上的綠葉。葉片有尖刺，皮革膜又硬又亮。他搓了搓葉子，有一股沁涼，帶著薄荷清甜，這味道是鑰匙，把他腦袋的竅門都打開了，是冬青味道。這是生長在高海拔的苗栗冬青。

當我到達時，將在你墳上，
放上一束冬青與綻放的歐石楠。

湖岸邊，鹿王戴著冬青刺冕，用盡力氣說話。哈魯牧特聽不懂。

可是他知道誰來了，他用盡力氣哭，撫摸鹿王。

他已心死了，鹿王上墳獻花。

他抱著鹿王，鹿王沒有抗拒。

他們相遇了。

現在是夢裡，你在想什麼？
我如此脆弱、膽小與愛哭，
老是被逼著前進，
有時祈禱睡著後
永遠不要醒來。
我的生命常常耗
不知道自己在做些什麼，
而且認為沒這樣做不行

在月鏡湖，
在千萬星光的指引下
謝謝你來看我，
我們相遇了

哈魯牧特睜開眼，是將近隔天中午，太陽曬醒他。他在橡膠船上裹著軍毯，船在湖上，湖在高山。他手中有冬青葉，衣縫有動物尿臊，髮隙有水鹿毛，信號槍擊發殘留的火藥味就像他昨夜的夢，事情確實發生，可是世界明亮得沒有珍藏夢境的幽域，再也遇不到鹿王了。他甚至在與鹿王相擁而眠的床上，夢見牠來時的路徑：鹿王走過曖曖的溪谷，新生的蜉蝣在餘暉中發亮，牠穿過陡峭森林時天黑了，把一隻褐鷹鴞激怒得豎起羽毛，而紅褐樹皮的香杉用窸窣聲響歡迎，然後牠踩過玉山沙參與鹿蹄草，走向湖泊，走向朝牠射出彩虹光的人也不怕。生命是無解的邂逅，充滿難解的情緒，說來就來，說走就走，天亮後鹿王消失了。

哈魯牧特溫存昨夜異境，用毯子抵擋陽光，透過經緯孔看到的碎光模仿昨夜的星光無數。他獃了許久，等什麼叫醒他似的。於是船靠岸了，他感到擱淺的震動。震動使他意識到，他生命裡所有的美好都有海努南在，或想到海努南；但是海努南要是活著，不許他這樣做，只許他生命裡所有的好時光即使覺得孤獨，都要自在，而不是急著找人分享心事。這座湖不曾改過樣貌，卻改變哈魯牧特的想法。他收好東西，走上山稜，回眸湖泊，湖中的雲光倒影燦爛，湖畔淺灘留下積水的鹿蹄，以及用石頭拼成的布農語**米呼米桑**——多年前的成年禮，他與海努南在湖邊夜宿後，擺出的言語——風吹不亂，水淹不死，溫潤記憶又回來了。而橡膠船綁在箭竹叢，用石塊碇壓著，等待他下次啟航。

哈魯牧特的腦袋一路迸出蜃影，走下山時，他多次走錯路徑，心不在焉的渡過山溪，隨意穿過松林小徑，又在舊家屋被板栗吸引而耽擱時間，出發後終於在臨晚之際迷路，失去前往登山口的路徑。有手電筒探路，薄霧森林照樣把光源吞光光，到處是長得痛苦吶喊的樹木，到處是淹過膝蓋的刺柄碗蕨與巒大蕨，到處是不安的獸鳴與蟲響，都是夢境決堤的飄漫線條。

突然，他聽到笛聲悠悠，從雜亂蟲吟中傳來，分明聽就分心滑跤，此後這世界交給了天旋地轉，人順著潮濕落葉往下滑，聽到細樹枝被自己壓斷的微音與自己偶爾的尖叫，霎時以為要死了，努力要抓住什麼都是徒勞的，只得到一串的磕磕碰碰，從冷山滑進了一團燈圈才停止。

燈圈不只他，還有個孩子。

孩子驚恐的把吹奏的鼻笛懸著，說：「哈魯牧特哥哥，你回來了。」

哈魯牧特看著逆光的孩子，只有依稀輪廓，他是誰？

「我是桃子醬，你忘了嗎？」男孩把懸在樹上的燈摘下，燈圈晃了幾下，照亮自己。

「你怎麼會在這？」

「我來接你，用吹笛子吸引你。」

「我是說你怎麼會來山上。」

「我是壯丁團[58]的小幫手，來救難的。」桃子醬舉高燈往遠處看，把燈圈放大了些，才說：「怎麼還有人沒有從山上滾下來。」

「誰？」

「海努南哥哥呀！你們像是雙胞胎。」

哈魯牧特站起身，看著桃子醬長得白白淨淨，笑得燦燦爛爛，圈在乾乾淨淨的燈圈裡。他不是不敢戳爆光圈，將死訊告訴桃子醬，而是沒準備好透露實情給孩子。哈魯牧特怔了好半天，從口袋掏出冬青葉子。燈圈下，那幾片用杜邦玻璃紙包裹的葉片，襯著紙膜反光，像是捎在流泉裡的書籤，標示重要記憶。哈魯牧特拿一片給桃子醬，要他聞聞，這味道沁透人心，聞了像是感冒鼻塞不通時，突然通透的快感。

「好涼呀！」桃子醬說。

「我是昨天從夢裡摘下來的，我沒說謊，一把夢中的冬青。那時候海努南也在，他很快樂，我也是。」

「夢裡摘的？我也要去摘。」

「別去。」

「怎麼說？」

「夢都要有代價，要失去很重要的東西，才能換來入夢。」

兩人沉默一段路，咀嚼這句話，哈魯牧特更驚訝自己說得溜，轉瞬間就是生命的註腳。山路上，桃子醬走前頭照路，晃動手上燈圈，樣子真逗趣，把自己裹得像一顆深海氣囊裡的小鯨魚，便問他為何當救難隊上山。原來是這樣，哈魯牧特以飛鴿傳遞救難訊息，輾轉傳到鎮上後，動員上百位警義消。他們現在駐紮在登山口，等待第二天出發。哈魯牧特比預期的晚下山，隨行的桃子醬便自告奮勇的深入登山口一公里，等待引導。

相傳說晚上吹笛會招鬼，哈魯牧特稱讚這小傢伙不怕，敢獨自在暗夜吹，更有勇氣來救難。桃子醬笑哈哈，說他上山來有兩個目的，首先是要看雪，他帶了一包砂糖，用來摻雪粉吃，又帶了戰時珍藏沒有被徵收的鐵罐，要帶雪下山給大家看。第二個目的呢，是要來蒐集植物標本，要找齊八八艦隊的樅級巡航艦的植物名稱，有些得到高山才能找到。哈魯牧特對樅級艦隊很陌生，問：「艦隊以哪些植物為名？」「像是樅、榧、栂[59]、栗。」「停下來，看，這不就是。」兩人湊在燈光下，黑暗在燈圈外蹭不進來，哈魯牧特從背袋捧出兩手窩的板栗，褐果實迸著光，油油潤潤。這是哈魯牧特路過舊家屋採的。桃子醬樂大跳，差點戳爆光圈，大喊萬歲，「這次上山的決定是對的，我可以吃烤栗子

58 日治時期的義消義警團體。

59 樅是臺灣冷杉，榧是紅豆杉或臺灣粗榧，栂是鐵杉。

了。」

烤栗子的火源就在登山口，正是戒茂斯駐在所。這擠滿了救難隊，廣場有幾堆柴火，就攏著幾圈人群，大家臉龐照得辣亮亮，前來救援的大部分是平地的阿美族人，有的人抽菸喝酒聊天，有的人揉痠痛腳板，輕鬆氣氛使營火裡的柴裂聲聽起來有種他們族樂旮亙（竹鐘）的節慶歡樂。桃子醬引領哈魯牧特，穿過人群去見隊長。臺東警務課的巡查部長廣元和太，銜命為這批救難隊隊長，他坐著椅子泡腳，上山夠折騰了，他腳底筋膜炎痠痛，接受漢人的獻計，用數種藥草泡腳舒緩。他容許哈魯牧特一邊報告搜索訊息、一邊吃晚餐，這對於趕路下山的人來說是好的。

哈魯牧特決定，吃完米飯配魚乾，便講出仍有生還的美國人待援，這使他得越吃越慢，最後幾口是食不知滋味的掙扎，還起身添了幾口飯拖延。這時他眼前圍著篝火的十幾位救難隊，已不專心聽他講話，各自聊天，廣元隊長也對哈魯牧特重複的話感到膩了，專心用腳攪和水桶裡的藥草。

哈魯牧特聞到一股艾草與芙蓉的香草味，心懷舒坦，扒乾淨飯，說：「報告隊長，這次米國人……」

「二等錙重兵。」廣元隊長扯開喉嚨大喊，眼見桃子醬跑到定位，說：「這次帶領哈魯牧特回到營地，功勞一件。」

「是！」

「即刻升等為一等錙重兵。」

「是！是！」

「這泡腳水冷了，去廚房拿熱水添加。」

「是！」

大家笑壞了，臉被篝火燒捲似，倒是桃子醬驚喜連連，跑去駐在所廚房用鐵鍋燒水，差點把在那裡打地鋪的救難隊員踩到。哈魯牧特也笑了，為那孩子的純真與自在。然後廣場上幾圈的隊員又各自聊天喝酒。

「說到哪了？」廣元隊長說。

「沒事，但我想說的是……」

「他們終於來了，我放心了。」隊長廣元用毛巾擦乾腿部的水漬，起身迎接救難隊的殿後人馬。

只見山下的警備道傳來喧鬧，從群山裡浮來一串燈花，每朵燈花裡都有位人蕊吆喝，亮亮晃晃，扎扎實實，隨後來了一隊人馬。這使廣場侷促。日軍二戰投注太多經費，警備道要是遭到颱風破壞就無錢修復，隊員爬到海拔一千八百多公尺的駐在所得歷經波折，揹重物或體能差的人這時抵達。他們卸下糧食與當作棺材的木板，圍著篝火先抽菸，哈魯牧特無可避免的看見查屋馬教練也在其中，他準備好挑個角落，說出海努南的死訊，且堅強得不會再流淚了。

倒是查屋馬先走過來，平靜說：「我聽說海努南死了。」

「你怎麼知道的？」

「你爺爺說的，再等一下他會來，我們找他來幫忙，剛剛在路上遇到他，聊了起來。」查屋馬拍拍哈魯牧特的肩膀，「這太意外了。」

「海努南哥哥死了？」站在旁邊聽到的桃子醬，難過說，「你不是剛剛說看見他，他怎麼就死了？」

「他死在大轟炸。」

「你這麼愛他，他死了，你怎麼辦？」

大家靜靜看著哈魯牧特，理解一個孩子如何以「愛」這字眼，用在一個少年和另一個少年身上。哈魯牧特倔強的咬著嘴唇，忍著情緒，不斷搖頭，連他都不知道是要逼自己肯定這句，還是要求桃子醬不要步步進逼。在人群面前，要面對最真誠的情感，哈魯牧特知道自己終究是脆弱的。

「我看得出來，你這麼愛他。」

「你不要再說了，拜託。」

「這是真的。」

「拜託。」哈魯牧特要他不要再戳下去了。

「為什麼不能說？我也愛海努南哥哥，我喜歡看到你們一起打棒球，我喜歡你們的一切，可是我們再也不能在操場打球了。」

「你沒說錯，我們也很愛海努南。」哈魯牧特又哭了，他不可能堅強，他的人生處處是一碰就啟動的情緒陷阱，關於海努南的記憶，不知道哪時又踏到。「桃子醬，謝謝你這樣告訴我，我真的很愛他，就像棒球。」

晚間八點左右，最後一批人員才抵達駐在所。這批人以霧鹿部落的布農人為主，嘎嘎浪就在其中，他們受命將海努南的祖母薩芛帶過來。薩芛是小百步蛇溪唯一的基督徒家庭，她知道有關耶穌的知識都是誤傳，比如祂這位受難專家是青蛙的變種人，會用假死躲開敵人；或祂是能用五塊餅乾餵飽五千信徒的神廚。薩芛平日得在操作織布機的聲響中向神祈禱，好躲避警察取締；她窮得只能用珍貴的鹽巴撒入火裡，敬給上帝，祈祐她的孫子海努南在都市平安。她沒看過《聖經》，自己用獸皮製作一本書，裡頭沒有內容，夾著另一位走了三十公里來的基督徒帶給她的聖餐無發酵餅乾，夾得焦焦扁扁，看起來像是神廚最樸實的食譜，但那就是《聖經》，這使薩芛足夠來教救難隊員如何為死去的美國人舉辦基督喪禮。

「一等錙重兵。」廣元隊長大喊。

「是！」已經睡在父親懷裡的桃子醬，跳起來喊。

「下令部隊集合，舉辦米國喪禮。」

「是。」

不用桃子醬出力，廣元隊長剛剛那聲呼喚已經把大家召來。廣場篝火再度旺盛，足夠照亮到天明。廣元隊長有點胖，體能較差，但是用上狸貓般的渾圓肚皮鼓，氣貫丹田，大嗓門使十公尺之內的人沒享受過清幽。眼見隊員都聚集，廣元隊長說，以前美國人喜歡的他都不喜歡，美國人信的宗教他認為很邪門，現在不同，天皇要重建世界和平，美國人有難，我們要全力幫忙。美國人死了，我們要用基督教喪禮安葬……

嘎嘎浪走在人群後頭，慢慢找人，看到熟悉的背影就拉到角落。哈魯牧特早料到是祖父，順從的來到駐在所簷門旁，用手剝著受到嵐霧影響而長厚苔的牆板。嘎嘎浪擔心的說，不要上山了，這幾天天氣會惡化。哈魯牧特說天氣還可以，他得回到山上。「不行，這兩天『老鷹河』沒有流動。」嘎嘎浪強調。每年秋初，赤腹鷹從西伯利亞飛到印尼避冬，路程行數千公里，途經臺灣中央山脈東側，有時達上千隻聚飛而在空中形成黑色河流，這是布農人評判季節的根據。無論嘎嘎浪如何解釋，哈魯牧特覺得這種天氣預測，失去依據，而且他得回山上救美國人。

「跟我回家去。」嘎嘎浪堅持。

「我在山上殺死了一隻黑熊。」哈魯牧特搬出了實情，「直到明年的小米祭之前，我都不能回家，我怕把災難帶回去。」

「這是什麼藉口，我當一輩子獵人，從沒殺過黑熊，哪來輪得到你。」

「真的，我殺了黑熊，又抓到雲豹。」

嘎嘎浪思索一會，「你要殺了雲豹，牠是跟著黑熊來的，不然牠會花一輩子時間為黑熊報仇，最後找到你，甚至鑽進你的夢裡偷夢。」

「所以我更不能回家。」

「那小米祭之前，你要去哪？」

「我想回花蓮港市，去當料理店學徒或什麼的。」哈魯牧特想的是，有機會就留在城市，即使上一趟的城市之旅留下太多悲傷挫敗。他不是不想回家，就怕在窮部落蹲久了站不起來。自此祖孫陷入拌嘴，哈魯牧特不耐煩的離開，沿著人群後頭走，卻甩不開黏死人的祖父與嘮叨，最後撥開人群往內層躲。嘎嘎浪跟進去，繼續囉嗦，音量大而遭旁人鄙夷。逃無可逃的哈魯牧特眼睛一亮，踱到廣場中央的空位，說：「我來示範。」說罷躺下，這位置就是為他預留的。

那躺下去的是死人位置，前頭有個豎立的十字架。

原來是這樣，薩芛教唱基督教聖曲〈奇異恩典〉當作葬禮旋律，至於原文歌詞，她不會，她把僅知的四音節「哈利路亞」套用在全曲歌詞，反覆吟詠。在篝火旁，薩芛教大家對十字架唱聖歌，不斷複唱哈利路亞。現在哈魯牧特自告奮勇的躺下去當死者，大家驚異，但歌曲的旋律肅穆，便覺得要有人躺在那領受才值得。

哈魯牧特躺地上，雙手貼在前胸，他看著嘎嘎浪站在旁邊凝視，便緊緊閉上眼睛，這樣任何光都不會滲進來。漸漸的，他被眾人的聖樂融化，感到一股暖意像雨花灑在胸臆間，眼皮放鬆，看盡那些橘釉火光在他眼皮流動，有一種身體沉澱在水底凝視光影漫漶，心緒毫無渣滓。他心想，要是死亡如此，為何人要為生存掙扎奮鬥。

聖曲已盡，火光不滅，哈魯牧特仍躺在那，不願醒來。人群陸續離去，躺回各自床位睡去，多次被呼喚的哈魯牧特仍沉浸在死亡的莊嚴。或許他對死亡又多了體悟，要是人能夠為生存奮鬥而死，死前那刻必然悔恨消散，如此安詳吧！直到廣元隊長過來大喊一聲，下令哈魯牧特立刻活過來。

「我們要趕快去救，」哈魯牧特睜開眼，他對盤坐身邊的祖父視而不見，卻對廣元隊長說：「有個米國人還活著。」

「什麼？」

「有個米國人沒死，他還活著等我們去救。」

「混蛋，你到現在才說，你在做什麼？」

現場氣氛冷，火炭聲清晰可聞，幾個人轉過頭看。躺著的哈魯牧特從仰角看著廣元隊長的臉龐，塗滿墓碑似陰影，冒著厲鬼怒氣。嘎嘎浪無畏介入，走入兩人之間，挨了一頓雙方的眼神，轉頭對廣元隊長說：「我這輩子快用完了，從來沒有看過你們對布農人客氣說話。這是我們的河，這是我們的山，我們是人，不是你們養在駐在所警戒的狗與猴子。」

廣元隊長選擇不回應才行，十秒，或更久都行，刀瞪著嘎嘎浪，忽然衝著這老頭大喊：「混蛋的一等錙重兵。」他把大夥都吼出了驚恐，吼出腦門扎痛，才轉而對跑來的桃子醬，興奮說：「快把駐在所的所長叫來，我們趕快打電話下山報告這好消息，以電報通知米國，哈哈，有交代了。」

「是！」

「天未亮，立即出發救人。」

「是！」

「我可是有好好講話的，是吧！」廣元隊長這時候才轉頭面對嘎嘎浪，笑著說：「我喜歡布農文化的勇敢與單純，可是你很複雜，不是嗎？」

「我的刀也很單純。」嘎嘎浪摸著布農刀，示凶。

「不如讓它睡在刀鞘內，單純下去，是吧！哈哈。」廣元隊長又大吼，「一等錙重兵給我回來，講你半路講的、什麼番刀的笑話給老先生聽。」

剛要跑去報告的桃子醬連忙掉頭，覺知自己會成為攻擊嘎嘎浪的工具，囁囁的說：「從前從前有個阿美族人，有一天他下山出草，看見一個人，他要抽刀砍時，發現沒有帶到番刀使用說明書，又跑回山上找……」

「不對，你當初不是這樣說，照原版講。」

「從前從前，有個布農人下山出草……」桃子醬低頭說。

「對呀！這才是真正的版本。」廣元隊長大笑，對嘎嘎浪說：「布農的單純可愛，他們的敵人阿美族最知道，是吧！」

清晨五點，百人救難隊離開了駐在所，煤燈與手電筒照亮森林底層。這支雜牌救難隊湊合各族群，漢族與平埔族挑擔；原住民揹藤簍或苧麻網袋，並使用頭帶，這種戴在頭額的帶子能拉住沉重的背負工具。山徑沒有警備道好走。警備道運送控制原住民的機槍大砲與物資，沿著等高線緩升。但是山徑又陡又荒，沒有章法，只容個人前進。廣元隊長下令能力好的原住民隊先行，體能差的殿後，他總是落在最後頭挪蹭自己微胖的身形，遇到陡峭處，費力爬過，膝蓋與屁股已經沾滿泥土。

「快到了嗎？」廣元隊長問。

「我們才開始走，你已經問了八次。」哈魯牧特回應，「前頭隊伍已經離開六町了。」

「又累又咳，我胸口快爆炸了。」

「那休息一下，你得適應高山的氣壓才行。」

「那怎麼行，拯救米國人，得由我到場擔任，還是加快前進。」廣元隊長邊說邊咳嗽，咳得腮幫肉劇抖。

「你有高山症反應了。」

「美麗的高山比美麗的女孩，還令人心跳加速，這高山障礙令人興奮呀！讓我得拿出法寶了。一等錙重兵！」廣元隊長大喊，見桃子醬快爬過來，說：「現在升你為錙重兵兵長[60]了。」

「是！」

「請推我的屁股。」

桃子醬這次上山的重責大任來了。他戴上白手套，站在廣元隊長身後用兩手拖住臀肌，推人上路。大家樂起來，爆笑聲蓋過山鷓鴣鳴叫，但是看到後頭很心酸。在山徑持續五個急彎，來到七十度陡坡處，進入了高潮，只見他用頭頂著隊長的屁股施力，小臉皺成快斷氣的紅酸梅乾，他是身為小兵職責而努力，絕不是討大家歡笑的表演，才把人推上兩千五百公尺的海拔地。可惜之後都是平坦的松蘿小徑，桃子醬失去升官的機會了。

60 日本陸軍舊制，兵長是士兵中的最高階。

傍晚之際，他們來到營地，生火煮飯，高海拔使得飯煮不熟。廣元隊長坐在地上，用濕熱毛巾敷在他膝蓋上緩解滑囊炎，吃飯嫌米心不熟，抽菸又覺得自己咳太凶，大部分的時候是裹著毯子，靠在火堆旁。哈魯牧特決定明天就脫離這體能差的後隊，到達前隊。他預估前隊目前在一小時腳程外的月鏡湖紮營。要不是廣元隊長說救美國人由他來督軍，哈魯牧特不會走這麼慢。

他們晚間睡在圍著火堆的散兵坑。火焰很凶，沒有比寒冷凶，面向篝火的身體很熱，另一側卻冷寒。夜空莫名的清朗乾淨，星子們都垂到杉樹梢，林深處的鹿鳴活潑，但氣溫卻很低，很多人得了高山症而頭痛不舒服。哈魯牧特與桃子醬擠在同個坑取暖，穿好幾件衣褲睡覺，腳趾與手指硬邦邦。他們很多話，幾乎在聊妖怪與棒球，有默契的不聊海努南。桃子醬說他畫了很多阿美族鬼怪，有全身皮膚鬆弛、拖在地上的色老頭裸鬼Cilahining；有長髮像水草的頭顱鬼Pirarono，躲在河裡偽裝成石頭，發出笑哈哈的水聲。還有全身冒著冷焰狀妖光的Tadatadah，不能照傳統葬在後院，被巡查逼迫睡在公墓而怨恨。桃子醬還自創妖怪，結合長奶婆婆鬼與無頭鬼的「蝸牛鬼」：她沒有頭，兩個下垂的乳房像蝸牛觸角可以舉起來晃動，乳暈是眼眶，奶頭是靈活的瞳孔。至於這種鬼是吃什麼怨恨活下來，他還沒想到。

「鬼為什麼要吃怨恨？」

「不吸收怨恨，他們會變成塵土。」桃子醬說，「他們開始是喜歡吃人們的微笑，但是微笑藏針，尤其是大人的。小孩的微笑裡沒有針，妖怪喜歡，所以我奶奶說不要對陌生人笑。」

「可是你還很喜歡笑，對陌生人也是。」

「所以要常笑。」

「不懂。」

「妖怪不吃東西，就變成土了，地球是妖怪的墳場，到處是土。微笑較甜，但有針，於是妖怪改而吃人的怨恨活下去，雖然怨恨吃起來比較苦，但不會斷貨，因為人會整天怨恨。失敗者旁邊最多妖怪，等著吃怨恨。」

「那我身邊一定有妖怪。」哈魯牧特若有所思的說。

「是我這隻小妖精了。」桃子醬笑得很樂，接著用奇異的眼神說：「妖怪是看不見的，但是有一種阿美族的古老方法，可以檢查你身邊有沒有妖怪。」

「什麼法器嗎？」

「這是我奶奶教的，很簡單，只要你開始覺得事情沒有解答時，就是妖怪偷偷來到你身邊把答案偷走了。」

「這怎麼說？」

「當你覺得努力做事，怎麼沒有回報；當你覺得這世界怎麼會這麼不公平；當你覺得被人欺負，怎麼對方沒有得到報應；當你覺得快溺死在醬缸，熬不出頭，又找不到答案；當你覺得難受，胸口悶一攤亂石，而這難受怎樣也沒有原因；當你發愁的看著無害的星星或河流，當你吃飯而吃不出味道，這都是妖怪偷走了你的答案。」

哈魯牧特內心有針似的扎著，苦笑說：「說得真好，你奶奶真聰明，她能從這世界看到不同景象。」

「她說大人都有這種病，差在誰病得重、誰病得輕。」

「好聰明。」

「你也很聰明，教我尿尿這招。」桃子醬拿出用啤酒罐充當夜壺。寒山夜冷，膀胱累積很多尿，衝出去尿尿很費勁，哈魯牧特教他用酒罐。小學快畢業的桃子醬還有尿床的壞習慣，他奶奶用穿山甲的鱗片燒成灰、睡覺時塗在肚臍都沒用。他被這習慣搞得很彆扭，褲子有尿臊，常常被同學取笑，也對自己不受控的小雞雞很生氣。他這次上山多帶了幾件褲子換，幸好哈魯牧特教他用瓶罐，才免去受苦。

「我有把刀也要送你。」哈魯牧特拿出一把美軍飛行員配備的G46型鯊魚刀。它長約六吋，烤藍色碳鋼刀，配上流線的皮革墊圈握把，在飛機上可當餐具刀，刀側的大血槽證明它可以當叢林刀，或在落海時用來跟鯊魚搏鬥。

「這很珍貴，真的給我？」

「當然，你可以防野獸。你看，我上山也有佩刀，你也該有。」

「我會用來打妖怪。」桃子醬將腰帶穿過皮革刀鞘，配上美軍刀，果然帥氣多了。

「你對妖怪有興趣，真的看過妖怪？」

「錙重兵兵長。」廣元隊長入夜後猛咳，這時大喊：「拿熱水來。」

「是！來了。」桃子醬大喊回應，然後笑著對哈魯牧特說：「你聽這妖怪很凶喔！應該是老頭鬼的化身。」

桃子醬笑嘻嘻衝出散兵坑，從爐架端水過去。更晚時，大地泛著一陣陣砭骨寒意，桃子醬睡翻了，廣元隊長揪著喉嚨想叫人，張嘴閉嘴都是咳嗽聲，便由哈魯牧特鑽出來倒熱水。廣元隊長狀況不好，每回激烈咳嗽都使胸部發出水聲，肺葉有很多水泡，吐出的口水有血絲，說明高山症嚴重。到了下半夜，那咳嗽沒有停過，劇咳得像是有妖怪要從肚皮鼓撕裂出來，痛咳得想拿刀往自己喉嚨割開透氣，還好受不了的隊員都累得睡死，哈魯牧特也是。

隔天清晨四點半，哈魯牧特被叫醒。這來自桃子醬的求救，他叫不醒廣元隊長了。空氣中有濃濃霧氣，水鹿在嘶鳴，警告踏進牠們範圍的人類，在草坡留下新鮮糞便，哈魯牧特不小心踩到，但顧不了，衝到廣元隊長的散兵坑。廣元隊長的殺人式咳嗽好了，頭疼也好了，他死於高山症引起的肺水腫，溺死在沒有水的坑內。哈魯牧特碰觸冰冷的屍體，確定人死了，他沒怕，比起腐爛成灘的美軍屍骸，廣元隊長溫和得像賴床。這消息成了清晨最尖銳的起床號，流霧層層，大家層層圍著討論，決定把廣元隊長埋在散兵坑，手掌砍下火化，骨灰拿下山給家屬。

沒有人想動刀，哈魯牧特從巡查拿來五十幾公分長的三〇式刺刀，握柄抵在胸口，朝死者手腕的橈骨戳，骨裂聲清脆，再斬斷肌肉，兩個抓手臂的漢人都被碎肉濺到。脾氣暴躁的廣元隊長沒有喊痛，生命消失後，身體這遺物沒有資格回應靈魂的痛楚。倒是旁觀的人皺眉頭。哈魯牧特的利索獲得敬佩，這是面對太多死亡的麻痺，他還牽起斷手，放入篝火火化。絳色的火，吞掉腥紅的血，斷掌在火中發出焦臭，緩緩握了起來，彷彿從陰界伸過來抓住可留戀的東西，能抓住的都是火劫。哈魯牧特很快離開這幕，銜命帶桃子醬追上前隊，報告死訊。他提煤燈橫過短叢，穿過杉樹交織的森林底層陰冷，弄亂蕨類影子，幾度迷失在霧湧小徑，兩人在落地的燈圈中快走，在天亮後一小時，聽到高原傳來霧中歌謠。

那畫面傳遞人類在白茫茫的孤獨感，極度詩意。二十幾位的阿美族人揹著重物，攀上高山。他們各扛一座墓碑銘是「米國勇士之墓」的十字架，那是昨夜做的。他們沿著稜線走，一排背著十字架的苦路行者，稀薄空氣與艱困路徑，沒有把他們折磨成沉默的送葬隊伍，而是高亢唱著沒有歌詞的〈飲酒歡樂歌〉[61]，十字架將他們肺葉中的空氣擠往喉嚨，越苦越要唱，高歌到三千公尺的月鏡湖。

61 又稱老人飲酒歌、老人相聚歌，阿美族古謠，因一九九六年亞特蘭大奧運宣傳歌導致的著作問題而著名。

簌簌強風與濕霧吞噬他們，只剩十字架輪廓與歌聲，穿破朦朧風景，涉過時間之河而走向永恆的群山。

「爸爸，等我。」桃子醬追上去，去那裡唱歌而成為最稚亮的音符。

哈魯牧特忍到這時才熄燈，天早就亮了。

上帝與自然的誤差距離非常小，像霧粒，於是阿美族歌聲、十字架與森林都被濃霧填滿這微渺間距，融合成流動的詩意，符合大自然就是最佳的教堂。大霧所到之處如此靜美，緩緩掠過群山，葉子懋著淚珠，萬物沾著熟爛濕氣。大霧會帶走森林的每樁死亡，一隻黑熊或藪鳥的靜靜腐爛，一片箭竹盛開花海之後的枯萎，或石縫裡成堆的菊科種子不再發芽。森林一點點死去，又一點點活過來，這是輪迴。大霧也帶給森林生機，萬物發芽生長，動物又吃下植物獲得養分。霧雨時大時小，風景褪淡，救難隊在稜線匆匆隱隱，在幾小時後，所有死在異邦的美國人都領到十字架。

哈魯牧特覺得自己會被釘在十字架上懲罰，他知道，他隱藏美國人生還的訊息會引爆三平隊長的火藥庫，但他準備好領受鞭打。三平隊長當然生氣，他帶隊留守，拆除軍機上損毀的五零機槍，認為這武器還能做什麼，或揣測總督府的官員要他這樣做。他利用飛機上找得到的工具，好不容易拆了兩挺，雙手傷痕累累，這時他被歌聲吸引，歌聲從非常濃的霧中傳來。阿美族揹著十字架來了，並且帶來了雨絲，雨在杉樹梢窸窸窣窣，以冷針插遍了高山。三平隊長知道誰來了，提著機槍，繞過屍骸，前去迎接，驚散的蒼蠅在雨中嗡嗡縈繞。

搜救隊用手趕走蒼蠅，可是雨趕不走，都落在臉上。哈魯牧特沒有趕走臉上的蒼蠅，他站在冷雨中，終於講出美國人湯瑪士仍生還。而從山下來的救難隊這才知道，生還美國人不在墜機地，還得前往他處的深谷搜救。三平隊長越聽越不是滋味，冷冷看著報告完畢的哈魯牧特，胸中都是怒火。

啪！三平隊長一掌打過去。

哈魯牧特後退兩步，臉頰的蒼蠅飛走，疼痛留下。以前他嘗試過幾次這種權威式的掌摑懲罰，極為侮辱，得強忍幾天，情緒才平靜下來，每每事後回想都很憤懣。但這次是他錯，隱匿美國人生還訊息，就得接受懲罰。他走回原位，得到一個啪！又一個啪！還有一個啪！每個鳴響都很嗆耳，那是打得肉體與靈魂撕開似的聲響。哈魯牧特知道懲罰是正確，得咬牙挺過這關才行，沒有人可以解決這難題。漸漸的，他嘴裡有血腥味，腦袋嗡嗡作響，像是被人塞進去無數惡臭的蒼蠅，走回原位討打的速度也遲疑了些。三平隊長乾脆把他逼到松樹下，幾拳揍下去。

「可以了，這樣打下去也解決不了問題。我們得出發去救米國人。」城戶所長說。

「他是說謊者。」

「沒錯。」

「他也是失敗者。」

「但是真正的失敗者，永遠不會講出實情。」

「他拖累了我們。」三平隊長繼續打哈魯牧特，他的力道沒有變弱，每次帶著強烈憤怒。

大家發出各種咳嗽或嘆氣聲，暗示可停止了。最後由城戶所長上前推三平隊長阻止，於是兩人爆發沒完沒了的拉扯。哈魯牧特從地上爬起來，靠在皴裂松樹幹，他高高舉起右手，朝自己右頰揮下去；然後舉起左手，朝左頰下去。這樣輪番打了幾輪，將精神與肉體摧毀成軍機殘骸般，等待冷雨與時間上鏽。他知道得這樣，要是沒趁現在把自己砸毀，他的錯永遠會在大家心中燙出個芥蒂。旁觀的桃子醬哭著要他住手。

「可以了。」查屋馬過來抓住他的手，也對三平隊長說，「你們也是。」

「你沒有資格說。」三平隊長說。

「不要忘了，我目前是以戰勝的支那人在說話，」查屋馬繼續說，「但我不想用這種姿態說話，我想說的是，我們是來救難的。」

「這道理我也知道。」

「那就好。」查屋馬點到為止，這樣夠了，他知道這樣給彼此臺階下，不用再爭執下去。

彼此冷靜下來，冷雨沒有停，而新狀況來了。一位腿力與耐力最好的布農獵人來了，他模仿水鹿的時而走、時而小跑的速度，越過十幾座山的寬幅，從登山口前來報訊。他追過十六多公里的散亂隊伍，抵達墜機地的時候，身上散發濃濃熱氣，他遞給三平隊長用油紙包裹的一封信，令人感到壓迫。

「收到之後，請覆電。」布農獵人說。

三平隊長打開看，緩緩說：「米軍電報來了。」

「無論如何，我們會全力救援。」

「沒問題，我們把人救下山。」

「對，我們可以。」

大家激昂應和，有足夠糧食與炭火，備妥救難繩索與簡易擔架，現在穿上雨衣防著越來越大的雨就行了。哈魯牧特被桃子醬扶起來，他臉頰麻痺，用舌頭去碰觸有些鬆動的牙齒，好在沒掉。他看見三平隊長沒有跟隨大家的情緒，站在杜鵑叢邊不動。雨大了，冷冷的來，積雨的樹叢滴水了，三平隊長心中的鬥志似乎也在滴漏，這使得大家的情緒緩和下來，看向他。

「電報怎樣？」

「米軍與臺北測候所發布了颱風警報。」

果然不是好消息，颱風會打亂救難，難怪三平隊長不語。剛剛情緒沸騰的眾人也跌入了冷場。哈魯牧特打了個激靈，大山是天神給的恩典，豢養了無數的動植物，同時是無法解開謎的有機體，它躺在哪裡不動，卻無時無刻不變化，如果不是在疏朗的晴陽下攫獲你的美感心靈，就會在脾氣暴躁的惡劣氣候中攫獲你的生命，而颱風是頭號殺手。

「多快來？」

「沒有說，應該快從海面登陸了。」

「我們得在颱風肆虐中救援了。」城戶所長抹去臉上的冷雨，說：「這是非常危險的事情，我會留下來幫忙。」

「巡查與憲兵都得留下救難。」這是三平隊長的盤算。

「壯丁團是來幫忙的，但是他們絕對沒有想到會有颱風攪局，這對他們來說有很大危險，是吧！」城戶所長說。

「我聽說你們上山途中，有人體能不好或受不了，脫隊下山。」

「這我聽說了。」

「我希望你們幫忙，但是這件事，在這時候很棘手，要是你們在接下來的救援過程，半途離開，我也阻攔不了。」

「跟我想的沒錯。」

「不如這樣，現在決定，壯丁團要留下幫忙的就留下，要走的立即離開，趁天氣還沒有太糟時下山。」

「這是好方法，跟我想的一樣。」

兩人對話隱藏了權力推移。三平隊長與城戶所長在這次任務中，前者指揮權較高，但是後者經驗豐富。這看似打乒乓球對話，其實是權柄共握，在關鍵時刻呈現他們的想法與決心一致。但是這沒有激起隊員的反應，冷雨幫襯，時間過得慢，沒人回應。

「我願意留下來幫忙。」有人說。

這聲音好亮，是未經喉結摩擦的稚嫩聲，惹得大家看過去。那是身高不及一百五十公分的桃子醬，套著不合身的雨衣，大戴斗笠遮掉臉龐，甚至令人懷疑他那雙過大的分趾鞋會讓他在快步時摔暈。但這位未經世面的小子，此刻挑高斗笠露出臉龐，再度說出，他要留下來幫忙。

「不行。」查屋馬說。

「可以的，我會爬樹和找方向，很厲害。」

「不行，這是救難，不是開玩笑。」查屋馬嚴厲說，轉頭對部落人，「我會留下救難，這不就是上山來的目的。」

查屋馬身為頭目，經他一說，沒要求大家留下，但是不少族人紛紛入列。有人則不願留下，像是納布與笛蟲，根據他們對山林恆久的認識，暴露在風雨是危險的事，這時的大自然比著火的黑熊還嚇人，尤其要跟擅長闖禍的哈魯牧特在一起，會更棘手。幾分鐘後，編制重整，一批人由藤田憲兵受命帶下山，另一批人由三平隊長帶去搜救。接著進行裝備重整，執行搜救的隊員拿到更好的工具，包括雨衣、電燈、繩索與香菸。

不知怎麼的，查屋馬覺得磨蹭在身邊的桃子醬惹怒了他，大吼：「你得下山去了，不能留下來。」

「可以，我想跟爸爸……」

「混蛋，一個睡覺還會尿床的小孩，留下來幫不了忙。」

「沒有，你亂講。」桃子醬覺得委屈，哭了起來，「我昨天沒有尿床，你可以問問看哈魯牧特哥哥……」

「你留下來礙事，走。」查屋馬的大吼生效了，一位父親污辱自己孩子，不過是要看對方安全離開才鬆口氣。

「何苦動怒呢！」三平隊長嘆氣，「但是把他趕走是對的。」

「這我才放心。」查屋馬說。

「等一下，」三平隊長眼見押隊的藤田憲兵要離開，把佩槍交付對方拿下山，不需要這傢伙了，這隱藏著一種訣別的訊息，讓藤田憲兵有點不知如何回應。於是三平隊長調侃說：「你不會沒把菸都留下來給我吧！」

「一根不剩。」

「這才對。」三平隊長讚美，「另外，回覆米軍的電報，由你帶下山去。」

「我會使命必達，傳給米軍。」

「全員玉碎。」

「什麼？」

「全・員・玉・碎・」

現場陷入寧靜，只剩微雨響，以及人員下山的濕黏腳步聲。城戶所長也走進來，把手中寫給孫子的俳句交給藤田憲兵，託對方拿下山。三個男人不習慣寧靜帶來的尷尬，心有千千結，越沉默越緊，就讓嘴上叼菸吧！有種武士未進食也要昂頭叼牙籤的高姿態，至少無話可說就欣賞煙姿，害得藤田憲兵拖慢了兩根菸才啟程。

搜救隊也啟程，往山谷出發，傍晚住在箭竹林。他們將強韌的竹子往中央綁成蒙古包骨架，覆上帳篷。風雨時大時小，當雨水填滿帆布縫隙，開始滲水。水滴在佩刀、煤油燈與柴火上發出不同聲響，落在哈魯牧特的頭上他卻不吭聲，他的臉頰微血管被揍得破裂，牙齦腫痛，耳鳴而老覺得腦袋裡有條小百步蛇溪的跌宕水聲。他沉默，看著大家圍著冒煙的濕柴火取暖。眾人也不搭理這支疤痕斑斑的鏽刀子，碰了不是你傷就是我傷，乾脆冷落。直到查屋馬遞上一塊烤過的「杜倫」，才打開話題。

杜倫是阿美族特有的麻糬，將煮熟的小米不斷用木匙攪拌，拍打出空氣，產生糯性，包上生醃肉，外層再裹上營養有嚼勁、類似小麥的油芒。哈魯牧特需要食物，他又寒又冷，心裡又裝下太多蒼涼，專心咀嚼麻糬，每次都使腫脹的牙齦疼痛。這小米酒糟釀製的醃肉還摻了味噌，搭配小米，自成風味，食物在這時至少是撫慰了哈魯牧特的摯友。

「這吊飾可愛，有個牛頭紋路。」查屋馬突然說。這是找話題。

「喔！是很可愛。」哈魯牧特轉頭看吊飾，感到臉頰筋肉很緊，「但是有些人會看出那是狐狸臉孔紋路。」

沉默一會兒，查屋馬才說：「還有玩棒球吧？」

「昨天。」

「我就知道你從來沒有放棄它。」

「在昨天的夢裡打球。」哈魯牧特說，獲得自己與對方的笑聲，「每個球都打得很好，這是真的。」

「上次真正打球是哪時候？」

「今年九月初，一個在花蓮港職團的秋季大賽，那是最後一次打球，打得七零八落，結果沒有選入職團，算是落荒回來。」

「加入『電團』的業餘棒球隊如何？」在東臺灣電力株式會社任職的查屋馬知道，時機永遠都在，他能提供希望。「電力是民生必需的光明來源，戰爭時被米國轟炸機破壞，目前積極修復中，還缺人幫忙，你可以從雇員做起。」

「太好了。」

「電力是類似怪脾氣的人，只要彼此能夠了解，絕對能和平相處，還能互相幫忙。依照你學歷絕對學得來。」查屋馬稍微停頓，「當然我也有私心，邀你參加『電團』，是希望你有空可以帶著鎮上的小朋友打棒球，桃子醬這些小孩需要年輕教練。」

「謝謝，真的。」

哈魯牧特真誠感謝，他更意識到，在這艱困時刻，查屋馬不只給食物，還給了希望。這樣他可以留在山下小鎮，成為電力公司雇員，加入公司棒球隊，心有餘力而帶小孩玩球。哈魯牧特還感受到查屋馬的私心，這位父親渴盼有位能接近孩子的少年來帶球，非他莫屬。阿美族是母系社會，男人地位是隱形的，越年長越被冷落，阿美族沒有祖父這項稱謂，畢竟最老的男人是被忽略的角落生物。但是重男輕女的漢人思維介入，改變他們觀念，查屋馬對獨子桃子醬的疼愛，勝過所有女兒，唯有兒子能繼承父親對棒球的熱愛與夢想。

那是多風多雨的寒夜，帳篷滴水，拿來鋪地的假石松蓄著雨水。哈魯牧特的屁股濕答答，抱腿入睡前想起了桃子醬。原本吵著留下來救難的桃子醬，被父親罵之後，哭著下山。這時他短暫入夢，夢裡乾燥，雲在天空巡弋，陽光在赤楊葉溫存，蝴蝶在花間喋喋拍翅。然而雨在帳篷喋喋不休，這時哈魯牧特突然被叫醒，就著一盞稀寥的手電筒光芒，隨大家整理裝備啟程，投身帳篷外，那黑得危機四伏，雨猖狂得無邊無際。

哈魯牧特依循大略方向，往昔任何的淺足印與獸糞都是辨別方向的索引，如今由風雨拿回主導權，洗去痕跡，這世界回到混沌狀態。箭竹密集，偶有強風猛烈闖來，將大家捲倒，失去路徑。箭竹林不是穿不過的銅牆鐵壁，反而是柔韌綠海，累死人或氣死人就是找不到方向，得砍竹子找出路，雨多手滑，深怕刀子甩出去成了殺人武器。最後大家半爬半走的穿過密林，來到大崩壁。

見到溪溝，哈魯牧特鬆口氣，意味著目的不遠了。天亮了，他們通過不見天日的箭竹叢還未察覺天色變化，如今天亮得讓他看得出來冷雨在大崩壁努力破壞的結果，形成了水瀑，這令哈魯牧特備覺枯冷，而且真的冷，他簡單的布農式獸皮雨衣漸漸抵禦不了寒冷。他們小心的穿越崩壁，像一群水鹿穿越荒蕪夢境，總是傳來碎石踩落的聲響，它們朝著又深又雨濃的深谷下墜，沒有回音。救難隊專注步伐，每次都在水瀑縫中找支撐點，即使抵達對岸的哈魯牧特回頭伸手幫助了三個隊員，他的雙腳還在發抖。

一聲驚呼傳來，一名搜救隊員失足下墜，停在十幾公尺下崩崖，水瀑漫過他的臉頰，他猛咳，求生意識爆發，伸手往上掙扎卻使身體下滑。

「不要動。」三平隊長大喊。

失足的隊員緊貼崩壁不動，卻不能暫停呼吸，得抬頭躲開水瀑呼吸，加上水流在他的雨衣形成阻力，他再度下滑。大家嚇壞了，心臟哆嗦數下，逼得三平隊長再度大喊：「放掉背上的東西。」救難隊員掙脫背籠，這動作使他又下滑，而背籠則停不下來的在數個翻滾後，裡頭的食物與繩索消失在斷崖下。他慘白的臉裝滿驚恐，腳懸空在斷崖外掙扎，彷彿是死神拉扯。

「我來了。」藤田憲兵鑽出竹叢，滿臉疲憊，但是精神亢奮，「找到你們真的很不容易。」

「啪！」一聲，三平隊長立刻賞巴掌。「叫你撤退，還回來。」

「我們帶裝備來了。」跟來的桃子醬緩頰。

「混蛋。」三平隊長罵。

原來是這樣的，藤田憲兵與桃子醬在昨日撤退，半途遇到拖拖拉拉上山的後隊，命令對方緊急下山。不過藤田憲兵發現，後隊運上來的物資有助於救難，拿了折回，而桃子醬也跟來。桃子醬揮之不去的是被父親驅趕下山的畫面，他自認不是累贅，也折回來幫助。兩人半途除了夜宿之外都在趕路，急急梳過密林，來到大崩壁，卻換來一個怒氣響辣的耳光，藤田憲兵冷肅忍受。

「竹叢找路，根本就是乾草堆找細針。你貿然來，要是根本找不到我們就危險了，我要是你的隊長也會擔心，會狠狠揍你。」城戶所長一邊緩頰，一邊解開藤田帶來的繩索，說：「你帶來的工具正好派上用場。」

「這由我去救好了。」藤田憲兵把繩索抓緊。

「不行，你笨手笨腳。」三平隊長阻止，然後指揮另一個隊員：「佐佐木先生，這由你下去斷崖救人。」

「那麼危險。」

「這是命令。」

「我會救他是因為他是同鄉，不是你的命令。」阿美族的佐佐木動身，但是不忘抵抗與頂嘴幾句。

在藤田憲兵搶著贖罪與佐佐木幾番推遲之間，一道矮小的身影走上崩壁。他是桃子醬，顫巍巍、氣昂昂，跨出既害怕又挺進的步伐。在崩壁對邊的查屋馬連忙走上前去，大喊太危險了，不要逞強。但所有人，包括查屋馬在內，都知道唯有桃子醬瘦小又機靈的身體，適合垂降。查屋馬在崩壁中央遇到兒子時，把不忍藏得很深，果斷將套索交給桃子醬，吩咐小心。桃子醬緩緩爬下去。查屋馬把身體貼緊崩壁，往下放繩索。那繩子在他撩起衣服的腰部繞兩圈，施放過程削掉一層皮，而他拉繩的手臂露出嶙峋筋肉，每個飽滿的筋結是絕不讓兒子出意外的承諾。

「馬耀，」查屋馬對崩壁下的危急隊員喊，「我兒子正靠近你了，他會把繩子套在你手上。」

「快救我。」

「我把醜話講明白，他救你時，別去拉他。」查屋馬大吼，「你要是像溺水的人亂抓，我會放掉綁住你的繩索。」

「照我爸爸說的，」桃子醬既緊張又生澀的恐嚇，拿出鯊魚刀。「要是你敢亂來，我刀子會很凶。」

「桃子醬，你這樣講，馬耀會緊張。」三平隊長說。

「我不會拿刀子去刺他的，不過要是他抓死我，我會割繩子。」

「你不用割繩子，我們會緊抓繩子不放。」

「抓繩子的是我爸爸，要是我不割斷，他也不放，我們全部會死掉。」桃子醬大喊，「你會害死我爸爸。」

大家懂了，這孩子講話不清楚，情感卻清清楚楚——要是危險，他立即割斷確保繩索，保護父親不被扯下水。前來協助抓繩子的哈魯牧特，看著桃子醬的表現，他想起那些陽光繽紛的日子，查屋馬把桃子醬放在肩上，沿著蜿蜒的警備道前進，沒人知道這對父子為什麼每個月要上山教大家打球，自然而然之情，就像看到棒球就該分享打球的歡樂。可是這對阿美族父子未必了解，布農人對他們有敵意——在久遠的歷史裡，曾有一批日本人與阿美族人上山訓誡，阿美族人仗勢屠殺了二十幾位部落人[62]。很多年都過去了，即使日警說當初上山來引爆殺戮的是排灣族人，但是布農人仍將斷頭的血恨塗抹在阿美族身上，只因仇恨要投射在最近的鄰居，傳承幾代都可以，這敵意至今未減，於是部落孩子們找機會諷刺桃子醬。他們說，嫁給靠海的阿美族女孩，嫁妝是一座海，嫁給靠山的女孩得到一座山，但是女孩的洞洞長牙齒，惹她不爽，用屁股咬掉你的雞雞，最後噗一聲，把那團肉吐到門外，像乾巴巴的檳榔渣，然後孩子說：「桃子醬，阿美族男生都沒雞雞吧！像你。」「我有呀！不過你們趕快回家看看大人，聽說他們的都被咬掉了。」桃子醬懂得反駁。

敵人，不單是要拿來殺的，更有可敬與學習的地方。哈魯牧特知道，很多時候，這對深入敵境的父子，成了他對警備道最深的風景，如今延伸到這荒山的絕崖中，他協助抓繩，深信桃子醬會毫不

62 一九一四年，日本人帶領一批排灣族人，從鹿寮溪進入霧鹿部落，藉由發放物資訓誡。不料早有仇恨的排灣族人趁機殺了二十一位布農人。憤怒的布農人，埋伏在對方回程的山道上奪殺了十二位排灣族人首級。此為霧鹿事件。但是根據霧鹿布農人集體記憶，殺人的不是排灣族，而是阿美族。

猶豫的拿他贈與的鯊魚刀，在危急時，割斷繩索，於是大喊：「馬耀，你要是亂來，我會找你報仇的。」

馬耀哪敢抬手抓繩子，手指死命的勾住崩壁縫。多虧桃子醬將繩索從馬耀的腋下穿過，大家合力從鬼門關將他拉上來，耗了幾番折騰。馬耀手上都是岩石割破的傷口，血仍流著，嘟噥著現在撤退還來得及。這說出大家的心情，非常喪志，但是體諒他才歷劫歸來，靜靜的聽他勸敗。忽然間，三平隊長朝他腿肚踹去，兩人瞬間扭打起來，被大夥隔開後仍鬥嘴，罵死對方。

「你這混蛋，救你也白救。」三平隊長憤懣難耐。

「沒錯，我是混蛋，**Wacu kiso**（你是狗）！」阿美族罵人是狗，是最凶厲的譴責，意味著罵人是畜生，馬耀咬著牙，說：「我被你們當狗叫來叫去太久了，現在還是一條狗，混蛋。」

「走吧！快到了。」哈魯牧特趕緊轉移話題。

「尤其是你。」馬耀指著哈魯牧特，「這件事都被你搞砸了，說不定那個米國人都死了，我們還來救他，根本不值得。」

「你這樣講，很令人沮喪。」

「馬耀，要滾就滾，但是講風涼話，就是沒品德。」查屋馬說。

「這有錯嗎？我們隨時會死，我只是誠實的把話說出來。」

這番話把爆炸性的拉扯滅熄了，死纇的拳頭鬆了，但衝突沒鬆開，而是像熾燙的菸蒂深深的捺在心頭，瀰漫了無奈。雲層厚重，忽大忽小的枯雨打在針葉森林，風不曾斷過，其中一道強風被山壁放大威力，將上方纏繞的降落傘吹成巨大水母狀，扯動下方的人。那是美軍懷特的屍體，皮囊內蓄滿屍水，連甩帶翻的闖進救難隊的視野，朝他們衝撞。屍體撞到隊員，爆撒各種肥腫的內臟，留給大家驚駭，然後再度乘著強風起飛，鼓風的降落傘拉著只剩胸部與骷髏狀的脊椎飛走了，而下半身，爛在現場。

湯瑪士沒在凸岩上，他不見了。

哈魯牧特垂降到凸岩，把地上的山羊肉與木炭塊，秀給上頭的隊員看，意味這確實有個人待過。然而人呢？石壁留下湯瑪士的「榮耀，榮耀，哈利路亞」字跡。哈魯牧特往下方的斷崖看，在陡峭岩坡中殘留黑炭與吃剩的獸骸，再下去是無窮無盡的死亡深淵，峻谷除了苦雨放縱，沒有蹤影。

大家分頭找人。桃子醬眼睛尖，不久在虯結的鐵杉樹根找到線索。那是檸檬黃的小紙盒，已拆過，並留下啟用的小鐵線環。哈魯牧特想起，降落傘包的側袋有醫療包，內有這種藥盒。這是應湯瑪士要求拿的，他說是荷爾蒙營養劑，對他有用。Morphine tartrate（嗎啡酒石酸鹽），哈魯牧特拿起藥盒看，不懂藥方，只略懂habit forming（易上癮）意思。即便藥的成分是謎，至少湯瑪士的行蹤不再成謎，救難隊分批往山頭找去。

「多虧你來幫忙，現在很順利，不只找到線索，」哈魯牧特的獸皮雨衣快抵擋不住寒冷時，桃子醬來了。「你還帶來了雨衣。」

「還好我是跟著你的東西來的。」桃子醬拿出吊飾。

哈魯牧特回頭看背袋，牢掛在那的東西果真不見了。這個在密林被竹子勾落的胡桃吊飾，成了引導桃子醬的明燈，他累得在千迴百轉都是路、也不是路的絕望之際，手電筒燈光在黑果小檗的革質尖葉反光，像是數百枚眸光，盯著上頭一個不屬於大自然的物品。要是沒有失落之物，就沒有人獲得路徑，桃子醬在竹林重獲方向。

「我喜歡你的『狐狸桃子』。」

「你知道？」

「桃子裡有兩隻狐狸，嘴親嘴，剖開來面對面。凡是冬天到，滿樹都是猴子臉。」桃子醬念起來，「你們那時都這樣說。」

即便桃子醬說「你們」是多麼小心，哈魯牧特的心弦仍微微嘶鳴，畢竟全世界會說「狐狸桃子」的只有他跟海努南。布農稱野胡桃是halu-singut，意思是「有鼻孔的桃子落滿地」，這是裂開的胡桃內核紋路像鼻孔，但是哈魯牧特覺得像是狐狸頭，乾脆叫「狐狸桃滿地（kukung-singut）」。很多時候，秋日時節，熟果深埋在溫潤的陽光裡，遠在黑熊、飛鼠或果子狸捷足之前，哈魯牧特邊摘邊唱「桃子裡有兩隻狐狸，嘴親嘴」，海努南也唱著，被整個部落的孩子笑。然後他們放幾顆野胡桃在樹下，給從未見過的狐狸，期待來年的秋日流光在樹梢仍痴醉不已。

「這對你很重要，要還你。」桃子醬遞出吊飾。

「送給你吧！」

「怎麼行，它對你很重要。」

「它掉了。」

「我撿回來了。」

「我知道，沒有什麼不能掉的，只是我怕掉不起。」哈魯牧特的堅持，桃子醬最後收下了。

附近傳來了好消息，有人在石縫發現一條羞澀躲起來的棉線。大雨能洗淨線索，幾乎船過水無痕，如果不是救難隊有本事高的獵人，絕對不會發現到；又陸續在鐵杉的苔根發現刮花、折斷的捲耳草，痕跡新鮮，人蹭的。所有的方向指出，美國人爬進箭竹海，那裡荒荒無邊，進得去就別想出來。大家看著急風在裡頭迷路而找不到出口的搖擺竹條，猶豫得踏不出第一步。哈魯牧特勘破這關鍵點，深知催促他們進入竹林，要有動力。「人就在那棵大樹附近。」他指著的那棵五百齡鐵杉是這附近的霸主，距離在百公尺外，嶙峋樹幹撐出傘狀的巍巍枝椏。哈魯牧特出生不久曾被祖父遺棄在大樹下，現在他理解此事了，在生命交關時，誰都會想找附近最大棵的樹依靠，湯瑪士也會是。

救難隊湧進密林，不久有人大喊，看見了。

上帝保佑，哈魯牧特想。

在深深的箭竹叢下，寒冷瀰漫，但氣氛仍是暴風還沒摧毀的寧靜海。一個鹽白物體，縮在滿地的雨渣與竹籜裡，「他在那。」一個隊員大喊，這振奮大家的精神，聚攏來看巨繭。在山頭最高大蒼勁的鐵杉下，美國人裹在層層白膜裡，形如繭蛹，只露出頭顱。白膜是傘衣，湯瑪士靠它保持體溫。要是他沒有用灰色的嘴唇咆哮，大家還以為他死掉了。

「去死吧！我會殺了小日本。」湯瑪士瑟縮的喊。

「我們來救你的。」三平隊長把佩刀放下，展示雙手空空，他不會講英文，用動作解釋，然後他對救難隊員說：「你們也放下刀吧！」

「滾開。」

「哈魯牧特，過來，你跟米國人講，我們是來救他。」三平隊長說。

「颱風要來了。」哈魯牧特從人群後頭走出來，他表情愧歉，「你要相信我們是來救你的。」

「你只有仇恨，只有欺騙。」

「我曾那樣，但我現在是真誠的。」

「騙子。」

「真的，我們是真誠來救你的，冒著風雨。誰會在這麼嚴厲的風雨中，冒著危險過來，這證明我們的真誠。」

哈魯牧特上前去，把話再說明時，胸口傳來細微刺痛。那是他的胸口被湯瑪士捶到的反應，連忙後退，但是遭殃的是第二位前去協助的藤田憲兵。他有不祥預感，撥弄雨衣，發現有小破孔，被什麼扎到。但是藤田憲兵沒這麼幸運，被湯瑪士攻擊後，嚇得往後倒，頭撞上石頭，他爬起來時感到噁心，彎腰乾嘔，不久暈厥倒下。

「我聽不清楚。」

這引起大家恐慌，搞不清楚湯瑪士撒個軟孱的拳碰，大個子的藤田憲兵就栽倒了。他們在戰時聽太多美國人是鬼畜，高挺、藍眼、鼻大，暴虐殘酷，想不到第一次見到就被下馬威。哈魯牧特認為有蹊蹺，而答案就在藤田憲兵的胸口，那裡插著附有針頭的鉛皮軟管膏。湯瑪士起先用針劑攻擊哈魯牧特的胸口，拔出來再攻擊藤田憲兵，後者被注入藥液後發作。

「藤田，你還好嗎？」三平隊長摸了他的脈搏，邊呼喚他，然後對湯瑪士大喊：「你對他幹了什麼？」

「滾開。」

「你殺了他。」

「你們從我面前消失。」

「你殺了藤田，我不會原諒你。」三平隊長來到情緒爆點，緊攥拳頭，咬牙而露出頰筋，他怒視湯瑪士數秒，惹得大家緊張兮兮，以為要把美國人痛打之後，他轉身朝地上的藤田憲兵連甩耳光，彷彿懲罰這傢伙不爭氣，一個嫩拳就倒，丟臉死了。這奏效了，休克的藤田恢復呼吸，但仍未醒來，三平隊長於是下令了：「哈魯牧特，你跟米國人講，他不願意離開的話，就強行帶走。」

「我們要帶你走了。」哈魯牧特說。

「我要待在這。」湯瑪士情緒比較溫和了。

「待在這裡，只剩下讓自己活下去的仇恨，這是你說的。」哈魯牧特說，「無論我做錯什麼，我願意道歉，並且重來。」

湯瑪士不再反抗，安靜的被放上擔架，他沒有獲救的喜悅，枯唇微抖，綴著蜷縮的雨渣與細葉。他們出發，越來越遠離那株在強風中搖擺的大鐵杉，它是測量颱風的風向雞，時而淺吟，常常虎嘯，並猛然發出撼動山峭的震盪，可見暴風發揮了。他們行走不到三百公尺，幾乎花了一小時，抬著擔架上的傷患很費時，一個岩塊或倒木往往讓救難隊擱淺在那費勁把人運過去。況且他們還有個負擔——昏迷的藤田憲兵——沒有多餘擔架，幾個人輪流揹，負荷沉重，有時只能委屈的將他像屍體般拖過阻礙。藤田憲兵逆來順受。

通過大崩壁時，整條三千公尺稜線承受的暴躁雨水，匯成浩浩的水勢，救難隊花了半小時通過，水從頸部灌進衣服，這使原本無法排汗而濕答答的橡膠雨衣，更加水透了。就在這時，在大崩壁那頭殿後的三平隊長下了新命令，新的救難隊長誕生了，由城戶所長擔任，帶領美國人前進，他與兩位警察留下來照顧藤田憲兵。這是大家盤算的答案，如果不放棄藤田，最終拖垮救難速度。現在有人照料，他們放心的朝箭竹林進攻。

哈魯牧特最後才追上救難隊，在此前他站在這端，凝視對岸的三平隊長數人。隔著恣亂的水瀑與強風，他們拖著昏迷的藤田憲兵橫渡幾乎不可能。哈魯牧特有個卑鄙的揣忖，三平隊長留下來照料藤田，其實是避開眾人耳目，以人道方式殺他。三平隊長是能痛下殺手的人，他很冷，常常給人凶狠暴戾形象。哈魯牧特邊想，邊用舌頭鑽弄嘴頰的摑掌痕，發現舌頭僵冷，傷痛也是，但回憶中的嘹亮耳光，如眼前的水瀑滂沛。

「再見，藤田先生；再見了，三平隊長。」哈魯牧特在這敬禮，大喊：「保重。」

「快走吧！只有你知道回頭路。」三平隊長說。

哈魯牧特回頭鑽入濃密竹林，他不只找路，還在沿途的關節處扔下可資辨識的東西，一本小記事本的詩句蔓延四百公尺、一個豬皮棒球放在岩石、一只單眼銅製望遠鏡放在矢竹轉角處、一枝拿掉筆帽的鋼筆插在鐵杉，全都遺落在潮亂的箭竹海，他最後把側背袋掛在紅毛杜鵑，追來的三平隊長可辨識。每次放落，哈魯牧特不猶豫，跟他平日把這些物品拿出來撫蹭、連夢裡都流連不已的脾性，完全相反。這情緒回到稜線時來到高潮，這也是風雨高潮之際，它們狂嘯，它們瘋狂，它們失控的鞭打，像是虎頭蜂打傷人的筋結，哈魯牧特知道自己必然想起此事，有隻傢伙困在附近，於是他花幾分鐘脫隊。

雲豹蜷伏在那，鬍子垂下來，雲霓皮毛沾著水珠，看見有人來絕不放棄傲慢身段，咧嘴露出尖齒，出聲警告。哈魯牧特跨進雲豹的地盤了，如此貼近，近得可以感受到牠的鼻息與體味，近得像是雲豹是他夢裡掉出來的一隻異獸，但卻沒遭受攻擊。

哈魯牧特再跨近。

雲豹棄守，顛簸往後退，直到沒退路。

雲豹為了脫逃，早已花了幾小時，在地上翻滾身體，好把綁著鋼纜的前肢扭斷，使得地面上的高山耳蕨與短箭竹被磨光。鋼絲沒斷，牠的前肢也沒斷，卻磨光皮毛，缺血的粉色肌肉發白。所有的受困時刻值得放棄，但動物沒有想過，壓根兒都沒有。牠的疼痛與疲憊來到高點，而風雨未歇，牠得後退面對哈魯牧特來犯。

哈魯牧特再跨前。

雲豹伏下來，安詳平靜，像是山川傷口流出來的一塊碎夢。

豹子如此鮮明，靈妙、斑斕與不俗，牠的眼神不是傳說中的鋒銳，反而像是人的眼眸多變，如此哀戚。牠也會膽怯，更會難過，傷感在眼裡畢露，那身霓毛只是襯托牠眼神的輔具。

牠是森林的夢，牠快熄滅了。

「走吧！你自由了，我相信你可以活下去。」哈魯牧特說。雲豹是電光石火間灌入他內心的靈魂，是布農人的渴求獵獸，哈魯牧特擁有了，他現在聽得到靈魂內的雲豹聲音，牠劇烈掙扎，非常想一躍而出，回歸到更純粹的森林之夢。於是哈魯牧特把手中拎著的轟炸機消防斧頭——它一直留在現場——高高舉起，狠狠的，劈斷雲豹的前肢。「你走吧！再痛都得走下去。」

雲豹獲釋了，在地上不斷扭身子，最後跛身逃走，以失去前肢當作代價，獲得整片森林。風雨中，值得哈魯牧特目送牠離開了。

現在是下午，你在想什麼？

我有一隻豹了，從我的夢裡

回到暴風雨的森林
我把受傷的牠養在溪流、山川與雲霧裡
直到死去

我也要死去了
腦海曾醞釀的上千次死亡
今天就穿過暴風的界線，走向你
海努南、海努南、海努南君
我默念你三次
在我與你相遇前，請給我力量
先帶領這批人穿過風雨回到家

在追上救難隊的路途，強風把稜線的樹群吹狂了，哈魯牧特的披風式雨衣不時鼓滿風，膝蓋以下暴露在雨中，分趾鞋蓄滿水，棉布鞋墊踩出咕咕水聲。他停下腳步，好確定呻吟不是來自鞋墊，而是來自稜線下頭有位匍匐的隊員，他發出咕咕聲，全身冷僵，還有鼻息，如何都叫不醒。哈魯牧特把人背起來，卻害自己都翻倒，他把人拖到避不了風雨的臺灣冷杉下，至少這是附近最理想位置。他想起什麼似，在對方胸袋找用蠟油封死的箭竹管，那是遺書。他們昨晚在帳篷躲雨時，大部分人寫了箭語。這位縮在角落的傢伙應該是馬卡道族，啃著家人準備的乾糧鍋巴，不多話，像他腳邊的臺灣鬼督郵般微渺。哈魯牧特覺得當初錯過了緊靠的機會，現在他只能在受凍者緊握的掌中，發現了捏爛竹管，鋼筆寫的遺言被雨水洗模糊了。哈魯牧特哭了，淚淌得酸，落入遺言而成為它的全部，字都沖掉了。

當哈魯牧特回到稜線鞍部時，他告誡自己，是疏於人情世故的時刻了，他無法救到每個人。這是死亡之路，連他都感受到。他的指尖發痛，手腳不靈活，隨時打顫，但是追上令人欣慰的一幕。藤田憲兵醒來了，他的肩部衣服被粗木棍穿過，像個狂風吹著走的悲傷衣架子，由警察在兩旁扛著走，而三平隊長在後頭提起他的褲帶助行。稜線瘦瘠，抬行的警察往往走得彆扭，來到第三次絆倒，藤田憲兵再也無法自行站起來，大家也耗盡力氣了。

「站起來，藤田。」三平隊長大吼，「你已經撐到這邊了。」

「惠子呀！記得幫武雄蓋被，他會冷。」藤田憲兵微微睜眼，他陷入恐怖的失溫，記憶紊亂。

「起來，藤田。」三平隊長跪在他身邊，先是輕拍他兩頰，然後猛甩去兩耳光，打得對方嘴角泛青。「你絕對不能死掉。」

「嗯！武雄……」

「起來，我不是你兒子武雄，也不是你老婆惠子，你必須清醒來，給我馬上起來走路。」三平隊長再甩去耳光。

「隊長，他意識不清了。」哈魯牧特抓住三平隊長的手。

「武雄不能沒有爸爸呀！為你兒子活下去。」

「我知道。」哈魯牧特安慰隊長，然後轉頭對藤田憲兵，假裝說：「你兒子武雄來了，他就在你身邊陪你。」

「武雄……」

「繼續說吧！」哈魯牧特說。

「武雄，爸爸最放不下的是你呀。你記得現在開始每天要認真吃飯，認真睡覺，認真唱歌，平安長大，還有……」藤田憲兵氣若游絲的說，「要認真跟三平隊長敬禮，他是好人。」

「我命令你當撤退的隊長，你卻跑回來。」三平隊長突然痛哭，「藤田，你是個大傻瓜，拜託你繼續呼吸，拜託你不要死掉，不然我從此看到你兒子都要羞愧得抬不起頭。」

「爸爸會努力呼吸。」

「聽我的命令，吸•吐，吸•吐，不要停。」三平隊長趴下去說。

「好，我聽令。」

藤田憲兵服從命令，用盡更多的痛苦呼吸，在不捨的淚水流下時，不得不抗命死去，他的體溫漸漸降低到跟雨水相同。他們沒有選擇了，把人留下來，追上救難隊。在豪雨撩亂的稜線，樹木形成的魔掌會捕捉疲憊者的雙腳，伴隨山谷傳來轟隆隆風聲，這世界的黑暗已成形，哈魯牧特快步追隨在後，看著三平隊長的背影，覺得自己先前的想法太黑暗，以為隊長會殺了藤田，但是並沒有，這使得他令人尊敬。不料在走出森林稜線之前，又發現兩名隊員躺在地上顫抖。三平隊長跟死神搶人，要他們起身，卻得到「我先休息一下就跟上」的囁嚅回應，最後拎著人上路。

現在他們來到中央山脈稜線上了，沒有樹群遮蔽，風雨更強，哈魯牧特看見救難隊在兩百公尺外，他們傾斜身體，跟風雨搏鬥，最後停滯原地不能動。他追了上去，風阻越強大，步伐越黏膩，內層濕冷而沾黏在身體的雨衣被吹成一朵火焰狀，仆倒才能撲滅它，位置正是救難隊停下來的地方。

「這不適合休息，趕緊出發。」三平隊長爬過去說。

「雨霧太大了，看不出路在哪裡，我派人出去找路。」城戶所長說罷，轉頭對哈魯牧特：「米國人有話要說，你去聽。」

哈魯牧特打開覆蓋在湯瑪士臉部的雨衣，問：「怎麼了。」

「有多遠？」

「五小時，甚至更久。」

「你們不會成功的。」湯瑪士停頓很久，不知是寒冷，抑或內心遲疑，「如果你們還繼續帶著我上路。」

「我不懂你的意思。」

「放棄我。」

「你的意思是留下你，我們離開？」哈魯牧特看見湯瑪士點頭，才說：「我們不會放棄你，我們努力的目的就是你。」

「你沒權決定，也不該自責而做出不明智決定，去問隊長。」

「我無時無刻不在算計這件事，尤其是越危難時，念頭越緊。」三平隊長聽完哈魯牧特的翻譯，接下話柄：「我真想放棄米國人。」

「這是對的。」湯瑪士說。

「但我不會這樣做，我有放棄念頭，但從不去做。」三平隊長緊咬牙，抹掉臉頰的雨水，「跟米國人講，我要他做一件事。」

「什麼事？」

「跟上帝祈禱，上帝一定很強，強到能打贏我們日本人，那湯瑪士就該跟上帝祈禱，期許我們打敗神風。」三平隊長接著轉頭對大家喊：「撐下去，上帝很快就把颱風綁在十字架上，變成風向雞。」

然後，他們看見，派出去尋路的斥候在百公尺外探出身子，成為稜線上最明顯凸出物的代價，是被狂風的大腳蹬去。只見斥候冉冉上升幾吋，雨衣的下襬翻過胸部，腳步潦草，便在激烈的暴雨漩渦中翻出大家的視野。兩個隊員追過去幫忙，在稜線上搖擺，隨之大叫，被狂風從地面撕下來搓揉成皮團，把玩兩圈，扔進山谷。

「三平隊長，不要抵抗了。」查屋馬抱緊他胸中不斷顫抖的桃子醬，說：「我們各自逃命。」

「這我知道，不用你指導。」三平隊長說。

「隊長，讓想走的人走吧！」城戶所長說。

「混蛋，怎麼可以，我們得互助。」

「他們先離開，說不定能搬救兵來，我們需要人幫忙。」城戶所長順著對方的思維關節摸去。

尋思一下，三平隊長才說：「你們就先走吧！」

任何決定，此時都是艱困的道路。哈魯牧特認為，任何決定都是好的，但是他更關心桃子醬的狀況。他靠過去看，掀開對方的雨衣頭套時，狠狠被查屋馬擋開。「別吵他，他在休息。」那瞬間哈魯牧特看到頭套下的景況，桃子醬緊閉雙眼，嘴角溢出酒味。這不是好現象，救難隊員會以喝酒強振精神，可以短暫提升活力，但是酒退之後更快陷入昏迷。

「教練，我想跟他說句話。」哈魯牧特說。

「他真的累了，不要吵他。不要說什麼了，活下去才能在將來拿來聊。」查屋馬說完，趁著風雨小歇，以竹簍揹負兒子，帶領幾位族人腰繞山頭離去，在現場遺落一把美軍配備的鯊魚刀。

哈魯牧特拾起刀，為查屋馬最後的幾句話琢磨與恍惚了幾秒，繼而當頭棒喝的被什麼兜頭打下。那是冰雹，有的高爾夫球大，有的棒球大，無數冰體從天空俯衝而下，把高山草原打出鬼魅般的低吟與哭號。城戶所長靠過來，說：「哈魯牧特，你來帶路，把米國人帶到月鏡湖避難，那有石堆營地可以擋風雨。」這是最好的決定了，哈魯牧特合力抓起擔架，起身帶大家繞過山頭。月鏡湖在中央山脈稜線的頂端，越過那裡開始下降，進入小百步蛇溪流域，但是到達登山口還有段距離，月鏡湖是目前最佳避難點。

圓盾的山頭連綿，攻下的都是假山頭，要上最高稜線太難了。風雨在山坡揉裂成霧狀的小水珠，襯托出風的形狀，有的像是惡龍捲天，有的像是地獄死神在咧嘴狂笑，有的像是狂妄的惡毒火焰；最恐怖的是有的水霧像溫暖家屋，一位精神耗弱、幾度被拎著衣領上路的警察得到寄託，他大喊完「我回家了」，顫巍巍起身，願受狂風的一記鉤拳打落山坡，永久睡去。太冷了，氣溫驟降到四度，風雨使體感溫度更低，哈魯牧特的手指甲呈灰色，嘴唇麻痺，雙手不受控的劇烈搖擺，他知道寒冷使人發瘋看見幻影，但他沒有辦法克制自己不這樣，終於在更高處看見一群人跳舞的幻影。

那是真的，也像是假的，風中之舞。

他們圍成圈，把死去的孩子放中央，面對空曠跳舞。

他們有的含雨水代替酒，朝外猛噴出霧狀。有的拿起冰雹互相擊聲，朝外扔去。有的雙手拿著華麗螺鈿與鉚釘的佩刀，朝外作勢殺人。有的握緊拳頭，朝外講出惡毒的話。他們右腳猛踏地面，怒目大吼，斥退暴風雨，這是一種古老的驅魔儀式。

「palafoay a kaws（惡魔），放過這個孩子。」查屋馬大吼。

「惡魔們，滾開。」圍成圈的族人大吼。

「惡魔們，回到祖居地Palidaw[63]。」查屋馬用手指抓破臉，用鮮血醜化自己的臉，好把惡鬼趕回百年前他們祖先遷徙的居地。

「惡魔們，滾回去。」

他們在苦厄的氣候舉行驅魔祭，好獲得慰藉、勇氣與身體熱能，誇大的動作與叫囂，來自祖先們在歷史遷徙文化中面對危難的結晶。救難隊學習這麼多現代知識，成為現代人，到頭來是靠祖先密技與風雨搏鬥，並且相信，驅魔儀式要是不能把破口堵死，惡魔帶走了桃子醬，他們會陸續死去。

「桃子醬，醒來吧！你想吃的冰塊來了。」查屋馬大喊，「醒來吧！錙重兵兵長殿下，我們用盒子裝回去給大家吃。」

「惡魔們，滾回去，放了這孩子。」其他阿美族人大吼。

「回家去，爸爸帶你走。」

查屋馬把孩子裝進揹籠，邊吼邊叫，帶領族人越過稜線消失。就在哈魯牧特提著美國人追入那條稜線時，擔架壞了。這擔架是兩根木棍穿過兩件衣服袖口，方便製成，粗略簡單。現在衣服裂開，美國人的腿摔摺出古怪角度，他沒哀號，似乎痛覺神經在酷冷侵蝕之後不存在了。有的隊員期待美國人死去的預感似乎成真，就此解除任務，便看著三平隊長。三平隊長抹乾臉上的雨流，大吼：「修好擔架，馬上上路去，要是米國人死了，我們會被算帳。」城戶所長搡開對方，大吼回去：「我才是隊長，要是米國人死了，我們就地解散。」兩人冷視彼此。城戶所長的眼鏡被冰雹打爛，插著碎玻璃的右眼眶冒血；三平隊長臉上蒼冷，一道豁口翻捲，露出無血肌肉。這場行動，已經有七個隊員不會跟上來，他們在路途死去。

「我需要藥，就在胸口袋。」湯瑪士把緊咬在嘴裡的兵籍牌吐出來，冷得發音不準，「幫我拿出來。」

哈魯牧特伸手，從湯瑪士的衣領口探進去，試圖穿過緊緊裹住的雨衣與尼龍傘縫隙，遇到阻難。

「用刀子割開衣服。」

「這樣雨水會滲入，你會更冷。」

「如果不這樣，我撐不下去，你要負責。」湯瑪士說得嚴正。

哈魯牧特獲得城戶所長的同意，用鯊魚刀割開雨衣，掏出藥品。那是注暈藤田憲兵的凶器，哈魯牧特升高警戒，握在手裡遲遲不交出。湯瑪士抱歉說，「那大個子還好嗎？」「他還好，在大雨中活得像條魚，就在附近山頭找路。」哈魯牧特說謊，撇頭說：「你看，他在那呼喊。」暴風中有位隊員大喊，喊得比一百分貝的風速還大聲，才聽到他說「快要到湖泊了」。這時哈魯牧特遵照湯瑪士的指示，打開藥品的透明護蓋，以金屬針刺破軟管藥品，隔衣在胸口注射。

63 今之恆春。關山鎮一帶阿美族，起源地是清朝的花蓮立霧溪下游，遭太魯閣族勢力壓境，長徙到屏東恆春居住，因牡丹社事件與清朝撫番動盪，遷到臺東關山，這系統叫恆春阿美族人。

「從胸口會太刺激，從口腔來。」湯瑪士說，他瑟縮得嘴張不開，引導哈魯牧特的手勉強深入他的舌下靜脈注射。

猛然間，哈魯牧特的手被湯瑪士緊握，藥物盡皆注入，這顯然是預謀的動作，他驚恐說：「你沒事吧！」

「我會像你的大個子隊員沒事的，不是嗎？」

「這藥是什麼？」

「一種舒緩劑，它是由一種美麗的花提煉的，叫罌粟。」

「我看過這種花，一整片繚繞如火，確實很美麗。」美麗的花都跟死亡有關，不管是哈魯牧特那片記憶中機場旁的芳菲，或他手中殘藥，都是誘人的凶器，便說：「願上帝祝福你。」

「你要活下去幫我傳話，告訴我老婆與女兒艾瑞卡，我愛她們。」

「沒問題，你也要努力。你說過，希望把裹在身上的降落傘帶回去，當作艾瑞卡未來的婚紗；還有，你跳傘成功也想向毛毛蟲俱樂部[64]領勳章，不是嗎？我們出發吧！」

「謝謝你的勇敢，真的。」

哈魯牧特眼淚淹沒，並深知，過量嗎啡是追求死亡，他曾把窈窕的虞美人草獻給海努南，而海努南只把悲念留給他，如今湯瑪士也是，並原諒了他。這使他在抓著擔架穿過山頭的時候，可以忽略暴風，迎向湖泊。大自然的狂暴是純美，赤裸裸演出，風刨起湖水，形成壯麗渦流的怒霧，稍停不久的冰雹再度落下，湖水炸開無數破洞，宛如海岸線的數百隻黑腹濱鷸崢嶸起飛，而四周的山稜線在風中彈奏出嗡嗡鐵鳴。這麼美，離死亡只有幾吋，唯有深陷其中才知恐懼，他們得躲進冰磧石堆營地，那是附近的最佳避難所。石堆洞口較小，擔架卡住了，他們幾度嘗試角度時，哈魯牧特發現湯瑪士死去了。

「放棄湯瑪士，他走了。」哈魯牧特說。

「不行，他只是睡著了，放下擔架，把他拖進去。」城戶所長大喊，「然後我們把脫下的雨衣當遮棚。」

「這樣我們會凍死。」

「石堆會漏雨，我們只剩這條路。」

哈魯牧特覷向湖泊對岸的一艘橡膠艇，知道自己要什麼了。他放掉湯瑪士離開，沒有受到城戶所長阻止，這個救難隊已經有很多人脫隊，眼前的三平隊長就是證明。他脫掉雨衣與衣服，全身赤裸，熱得有如置身火焰地獄，拿著刺刀對抗無人能見的死神，不斷刺捅，殺死每滴雨、每縷暴風、每塊冰雹。這是失溫，陷入失去意識前的瘋狂狀態，哈魯牧特幫助不了他，繞過他，沿著湖岸去，穿過濃稠沒有縫隙的雨幕，幾度被狂風以過肩摔的方式摜翻。那艘堆著石塊的救生艇終於在前面了。強風使附近的碎石曳著條狀雨霧，甩打哈魯牧特，他搬剩三顆壓艙石後，船艇瞬間亂舞，急速下墜後彈飛，繫著船隻的繩索在被強風拉緊的剎那迸出水霧與聲響，把他鞭退幾公尺。船飛不走的，繩子綁在短竹叢，那些箭竹根系可以穿透到地面下半公尺，穩穩把船錨死。哈魯牧特拿出鯊魚刀，趁機砍斷繩索，然後強風再度使船浮飛，他也飛起來，雙雙墜入水中。

他感到刺骨寒冷，身子沉到魆黑的水裡，在更深的水底有許多像花蕊般的手招呼，蒼冷、乾

64 二戰盟軍軍人從失控的飛機逃離，跳傘成功者，可獲毛毛蟲俱樂部（Caterpillar Club）胸針一枚。唯有使用降落傘落地的人，才能獲得認證，其中一個說法是「毛毛蟲的爬出繭而蛻變存活」的意思。

枯、荒涼的骷髏手群，他掙扎幾下便垂下手，將落入彼岸花的花蕊間。一陣浪來，他瞬間被纏在手中的繩索拽出水面，人在湖上拋盪，幾乎失去意識與方向，只能緊拉船舷繩，身子泡在湖水狂顫，救生艇最後被吹上岸，這非常靠近冰磧石堆了。

赤裸的三平隊長用盡殘力，一邊喊「魔鬼，去死」、一邊揮舞刀子把船艇刺瘍了，在幾陣風颳翻之後，哈魯牧特幾乎失去意識，他爬行，拖著軟趴趴的船艇靠近石堆，發現所有的人熟睡安詳，享受大自然最殘酷的風暴摧殘。他們死了，不在乎冷酷世界。哈魯牧特拾起一把刺刀，割開船舷的充氣囊，脫掉衣服，鑽進去狹小的乾燥空間，他知道自己要死掉了。

如果死前有夢，會回顧到什麼？光潋細碎的太平洋岸、操場邊的散掉紅線的遺失棒球、桌緣刻著進入甲子園的誓言、狐狸偷走不還的秋光胡桃、彩虹下飛翔的青鳥，或是有海努南的好日子。沒有，這些死了就沒了，他沒有在月鏡湖邊夢到這些，一個都沒有，卻在往後夢到，年年歲歲皆有，在平淡的殘值歲月，年少得不到的人事物在中年夢裡頻頻出現折磨人。他成為臺電員工，看守里瓏湧水圳的法蘭西斯式水輪機，常常在脖子圍著美軍降落傘裁成的尼龍白絲巾，閒暇在關山鎮帶孩子打棒球，對他們傳述自己曾經打進甲子園資格賽，又如何進入大山救難而倖存，要孩子稱他「不世出老師」。但是這位棒球教練不時對掃過平原的火車發獃、傻笑或流淚，並且不再登山狩獵，救難留下的創傷後壓力症候群，使他無緣無故的遙看刺眼立體的雲朵在中央山脈湧動。這就是哈魯牧特了，做事謹小慎微，人際關係不好，又不愛講話，成為他的真正人生。他不再戀愛，卻娶異族女人，只因婚姻是傳統，只為年少愧對的人事物都是他該照顧的兒女，他為孩子取名海努南，另一個叫湯瑪士，還有個叫嘎嘎浪。

「沒有nas（已故）嘎嘎浪，我不會活下來。」哈魯牧特這樣說時，意味著嘎嘎浪死去了。「是他變成聖鳥海碧斯，救了我。」

「我們願意再聽一次。」說話的是女孩，小名桃子醬。

嘎嘎浪年輕時，戴著有護頸披風的鞣皮帽，穿男短裙，耳洞掛著綠琉璃，揹槍跑在三千公尺稜線，前往多肥皂樹溪對日本出草，一路上他舔手臂的汗水止渴，沒鹹味才補充鹽分。他對布農的保護，從來不管敵人是日本族、阿美族或排灣族，這無愧他名字嘎嘎浪是螃蟹的意思，為了家人可以挑戰布農神話的大蛇與大洪水。那天救難隊在颱風天執行任務，受困遇劫，他決心去救哈魯牧特。嘎嘎浪穿著透氣的山羊皮雨衣——每次將獵捕的動物血，塗在上頭形成防水層。他攜帶竹筒，裡頭用木灰焐著「猴板凳」火種，這種悶燒的松生擬層孔菌在接觸空氣後復燃。嘎嘎浪是海碧斯，傳說中的聖鳥，在暴風雨中前進六小時，來到月鏡湖，拉出在橡膠艇氣囊的哈魯牧特，給他火源。

颱風走了，哈魯牧特醒來了，他這次沒死，聽出火裡炭爆的言語不再是神話，而是傳遞布農族奮鬥生存的真實經歷，他挺過來就聽懂火語了。救難隊都死了，除了他，全隊二十六員覆滅，年老的嘎嘎浪也疲勞死去。哈魯牧特走出幾具屍體的岩堆，湯瑪士保持笑臉看天空，三平隊長握刀躺在光媚的水畔。他爬上稜線眺望，屍體從遠方橫臥到了近處，最近的是查屋馬抱著蜷縮的桃子醬，這父親保護孩子的心意至死不休，於是靈魂乘著昨夜風暴之上的銀河走了。有些骨骸落在孩子旁，那是霜白的水鹿骨，死亡是友善，也是美好永恆，讓細葉薄雪草從裡頭盛開了，絨毛花隨風微顫，受盡了陽光。這時的哈魯牧特回頭看月鏡湖，淺灘有他年少時留下的布農語，石塊拼的**米呼米桑**——想見你，好想見到你，在那天到來之前我會好好活下去，因為我知道你也沒有放棄相會的念頭，即便生死兩茫茫——此誓約風吹不乾，雷打不散，永生永世。

今生今世，哈魯牧特活到老，負責傳遞這些英雄事蹟。

# 【跋】不存在的美好

有些故事猝然闖入，趕也趕不走，死賴在心房。那是二〇〇四年十一月的事了，我從南橫向陽登上海拔三千餘公尺的嘉明湖，在湖畔盤桓幾日。當時的嘉明湖不是高山攀登熱點，普遍認為它是隕石坑湖，而非後來證實的冰斗湖。那是鬆散日子，天氣好得很，好山好水，與難得好無聊，哪都不去，紮營在當時可露營的停機坪附近，耗在湖邊發呆看書。就在那時，我聽聞了「三叉山事件」，在嘉明湖北方數公里處，曾有架美軍飛機墜落，前去營救的地面人員也罹難。故事總是猝然闖入，防不慎防，最後趕不走了。

「三叉山事件」始末如何？從嘉明湖下山後，我翻閱資料，大抵以中研院施添福教授調查最完整。「三叉山事件」是空難與山難結合，一九四五年初秋，二戰結束時，美軍運送前盟軍戰俘的轟炸機，受颱風影響，墜落臺灣山區，有五位機組員、二十位戰俘死亡；臺東海端鄉與關山鎮出動的大批搜索隊（包括日警、布農、阿美、平埔、漢人等），在山區遭受下個颱風，二十六人失溫死亡。

多年來，這故事蟄伏在我心田，發芽生長，我不斷蒐集資料餵養它，也拿出我幻想的情節灌溉它。磕磕絆絆的日子，無風無雨，故事總是按照它的規律成長；或遇到大雷大雨，故事像颱風中的樹幹會失去部分。守候陽光，守候著樹影斜長，以及那些微苦的付出，生命中有價值的東西，非得耗時數十年努力才得以達到，終於在今日付梓出版。《成為真正的人》描寫布農少年哈魯牧特（Halmut）的蛻變，他的棒球失落夢，他為何在救難時搖擺，以及他為何成為他後來的樣子。此書有一半以上篇幅以「三叉山事件」為背景，未必有「三叉山事件」的原貌，我的意思是，那些我調查的、寫作過程孳衍的眾多想法，未必要寫入。小說與現實是兩條線，哪時該平行、哪時該交錯，哪時該重疊、哪時該模糊、哪時又像兩輛火車通過單一軌道般的誰要待避，真的由作者決定就結案了。

實際上，以我的認知而言，讀者要是不清楚「三叉山事件」始末，未礙閱讀本書，仍能進入小說角色的漫漫歷程。將人物個性塑造立體才是我的本意，這才是小說，歷史是重要襯景，但非錙銖必較的細節考究。當然，讀者另對「三叉山事件」有興趣，以及對此書在書寫過程的餘末，或延伸的相關報導等，可在臉書「成為真正的人」（https://www.facebook.com/minhalmut）觀看更多的訊息，我懇請見諒，這網站訊息更新慢，甚或沒什麼資訊，最美好、最善意的閱讀邊界是停留在《成為真正的人》內，不假外求。

這本書完成，要感謝很多人與單位，謝謝林茂生先生、張萬生先生、謝瓊竹女士、森嵐章先生、許泊濬先生、沈明佑先生、張紅雲女士、葉柏強先生、沙力浪先生、朱和之先生協助，他們有些提供「三叉山事件」訊息細節，有些一起去現場考察，有些協助提供小說的背景資料。關於布農文化、歷史與語言，感謝布農專家沙力浪（Salizan Takisvilainan）先生提供意見，但最終由我取捨，以貼近我認為的小說藝術。關於布農植物語言，感謝臺東桃源國小鄭漢文校長的書籍。亦特別謝謝好友李崇建先生默默幫忙。謝謝國藝會贊助此書寫作。以及，花蓮臺東的大山大水，沒哪片風景會失去它的意義。

國家圖書館預行編目資料

成為真正的人／甘耀明著. ——初版. ——臺北市；寶瓶文化事業股份有限公司, 2021.04
面；　公分, ——（Island；309）
ISBN 978-986-406-237-9（平裝）
863.57　　110005804

Island 309

# 成為真正的人

作者／甘耀明

發行人／張寶琴
社長兼總編輯／朱亞君
副總編輯／張純玲
資深編輯／丁慧瑋　編輯／林婕伃
美術主編／林慧雯
校對／張純玲・陳佩伶・劉素芬
營銷部主任／林歆婕　業務專員／林裕翔　企劃專員／李祉萱
財務／莊玉萍
出版者／寶瓶文化事業股份有限公司
地址／台北市110信義區基隆路一段180號8樓
電話／(02) 27494988　傳真／(02) 27495072
郵政劃撥／19446403　寶瓶文化事業股份有限公司
印刷廠／世和印製企業有限公司
總經銷／大和書報圖書股份有限公司　電話／(02) 89902588
地址／新北市新莊區五工五路2號　傳真／(02) 22997900
E-mail／aquarius@udngroup.com

著作完成日期／二〇二一年二月
初版一刷日期／二〇二一年四月二十三日
初版七刷+日期／二〇二四年二月六日
ISBN／978-986-406-237-9
定價／三八〇元


長篇小說 創作發表專案
國|藝|會 NCAF　PEGATRON 和碩聯合科技股份有限公司
長篇小說專題資料庫

AQUARIUS 寶瓶文化事業

# 愛書人卡

感謝您熱心的為我們填寫，
對您的意見，我們會認真的加以參考，
希望寶瓶文化推出的每一本書，都能得到您的肯定與永遠的支持。

系列：island 309　書名：成為真正的人

1. 姓名：＿＿＿＿＿＿＿＿　性別：□男　□女

2. 生日：＿＿年＿＿月＿＿日

3. 教育程度：□大學以上　□大學　□專科　□高中、高職　□高中職以下

4. 職業：＿＿＿＿＿＿＿

5. 聯絡地址：＿＿＿＿＿＿＿＿＿＿＿＿＿＿＿＿＿＿＿＿

聯絡電話：＿＿＿＿＿＿＿＿　手機：＿＿＿＿＿＿＿＿

6. E-mail信箱：＿＿＿＿＿＿＿＿＿＿＿＿＿＿＿

□同意　□不同意　免費獲得寶瓶文化叢書訊息

7. 購買日期：＿＿年＿＿月＿＿日

8. 您得知本書的管道：□報紙／雜誌　□電視／電台　□親友介紹　□逛書店　□網路　□傳單／海報　□廣告　□其他

9. 您在哪裡買到本書：□書店，店名＿＿＿＿＿　□劃撥　□現場活動　□贈書　□網路購書，網站名稱：＿＿＿＿＿＿　□其他＿＿＿＿＿

10. 對本書的建議：（請填代號　1. 滿意　2. 尚可　3. 再改進，請提供意見）

內容：＿＿＿＿＿＿＿＿＿＿＿＿

封面：＿＿＿＿＿＿＿＿＿＿＿＿

編排：＿＿＿＿＿＿＿＿＿＿＿＿

其他：＿＿＿＿＿＿＿＿＿＿＿＿

綜合意見：＿＿＿＿＿＿＿＿＿＿＿＿＿＿＿＿＿＿＿＿＿＿＿＿

11. 希望我們未來出版哪一類的書籍：＿＿＿＿＿＿＿＿＿＿＿＿＿＿＿

讓文字與書寫的聲音大鳴大放

寶瓶文化事業股份有限公司

（請沿此虛線剪下）

| 廣　告　回　函 |
| --- |
| 北區郵政管理局登記 |
| 證北台字15345號 |
| 免貼郵票 |

# 寶瓶文化事業股份有限公司收

110台北市信義區基隆路一段180號8樓
8F,180 KEELUNG RD.,SEC.1,
TAIPEI.(110)TAIWAN R.O.C.

（請沿虛線對折後寄回，或傳真至02-27495072。謝謝）